雪嫁衣

典藏版

步非烟 作品

青岛出版社
QINGDAO PUBLISHING HOUSE

图书在版编目（C I P）数据

雪嫁衣 : 典藏版 / 步非烟著. -- 青岛 : 青岛出版社, 2019.4

ISBN 978-7-5552-4403-5

Ⅰ. ①雪… Ⅱ. ①步… Ⅲ. ①长篇小说－中国－当代 Ⅳ. ①I247.5

中国版本图书馆CIP数据核字(2016)第186029号

书　　名　雪嫁衣 : 典藏版
著　　者　步非烟
出版发行　青岛出版社
社　　址　青岛市海尔路182号（266061）
本社网址　http://www.qdpub.com
邮购电话　010-85787680-8015　13335059110
　　　　　0532-85814750（传真）　0532-68068026
责任编辑　郭东明
责任校对　耿道川
特约编辑　崔　悦　吴梦婷
装帧设计　苏　涛　李红艳
印　　刷　三河市良远印务有限公司
出版日期　2019年4月第1版　2019年4月第1次印刷
开　　本　16开（700mm×980mm）
印　　张　21.5
字　　数　214千字
书　　号　ISBN 978-7-5552-4403-5
定　　价　39.80元

编校印装质量、盗版监督服务电话　4006532017　0532-68068638
建议陈列类别：畅销·古代言情

目录

楔子（一）

卓王孙站在虚生白月宫中。

宫殿的一壁，有一面巨大的铜镜。他的容貌，从镜子中映了出来。

清晨的阳光格外明艳，落在镜角上，凝出一抹灿烂的金色。他黑长的发，也因此镀上了一抹金。

卓王孙并未注意到镜子，他举步正要走出去，却在这时，一股几乎要毁天灭地的庞大黑暗气息倏然压了过来，就连强大如卓王孙，都有一股极度危险的感觉，他忍不住倏然转身，望向镜子！

镜子中，他的影像静静地凝望着他，跟他一模一样的容貌却带着异样的妖异。

镜角的金色宛如劫火，燃烧起来，烧过整面镜子。

镜中人，相貌未有一丝改变，只是，他的发变成了蓝色，蓝色深如海渊。他的眸则变为红色，宛若红莲。

“帝迦。”

卓王孙眉峰一肃。手下败将，死而不僵，又有何惧。

镜中人嘴角斜斜挑起：“我非帝迦，我是你。”

卓王孙：“你是我？”

镜中人：“我又非你。”

卓王孙：“你究竟是谁？”

镜中人：“我为浩渺，我为微茫；我为过去，我为未来；我为广大无量，我为无限无垠；我为生之初，我为灭之极。”

他伸出一根手指，这根手指竟然从镜中穿出，就像是真实的一般，点在卓王孙的胸口。这一瞬间，卓王孙恍惚有一种错觉，真正在镜子中的，是他！

他错愕，转头四顾，却发现这并非错觉。他身处的，正是一面巨大无比的镜子中，这面镜子大到无边无际，大到可以容纳整个世界。他自身已变得微茫，是镜中万千众生的一员。

而那个镜中人，身躯高大到上顶天下顶地。他的脚踩在海中，海涛只没过他的膝盖，他的头耸在天外，青色的云环绕在他颈间。

他是神祇。

比世界还要伟大，就算世界毁灭，他也不灭无伤的神祇。

在他身周，还环绕着另外六面大如世界的铜镜，每一面镜子中都有一个人。他们或发色不同，或眸色不同，但都跟卓王孙有一模一样的容貌。

或者说，跟那位神祇一模一样的容貌。

卓王孙望着神祇，这一幕是如此震撼，就连他也不由得惊呆了。

倏忽间，却像是一阵风扫过般，这幕幻象完全消失了。卓王孙仍然青衣孑立，站在虚生白月宫中，镜中映出他的身影。晨日的金芒在镜角飘浮，如真似幻。

卓王孙突然明白了那人的真实身份！

卓王孙："你是——毁灭之神，湿婆？"

镜中人没有回答，只是加重语气，一字一顿重复了一遍他的话："你，是湿婆。"

卓王孙沉吟，思索着这句话的意思。

卓王孙："你到底想说什么？"

镜中人："我召唤你，你必须回归。神之契约已经完成，回来吧，重新成为我。"

卓王孙不语，望了他所在的世界一眼。

幻象再度出现，他仿佛能在一眼中看尽这个被锁在铜镜中的世界。他看到了无尽终生，看到了华音阁，看到了新月宫中的海棠花树，看到了虚生白月宫后的沙罗树，看到了正燃着火的铸剑鼎、落着花的书卷。他的心中，莫名兴起一丝温暖的眷恋。

然后，他仿佛化成无量广大的神祇，坐在云中高耸的神座上。眼前展开的，是无数个世界的光，那些世界全渺小宛如微尘，他心中没有一点波澜，没有悲，没有喜。

他与众生隔着遥远的距离，比银河还要宽，光飞一万年都不能到达。他不再有情感，偶尔从心底泛起的那一丝眷恋，让他兴起莫名的厌烦，他挥手，将与之相关的那个世界毁灭。

所有人，似烟火的灰烬，在他面前飘落。而他无悲，无喜。

卓王孙不禁一震。

很长的时间，他都感觉不到恐惧了。这世上能让他恐惧的事，已极少极少，但这次，他感觉到了发自心底的寒冷。

他恐惧，恐惧的是自己，恐惧的是站在自己面前的神祇。

“不，我不想成为你。

“我，要做我自己。”

镜中人露出讥刺的笑容：“你不想成为我？难道你忘了，你不过是我的一个分身，我放你下界，只不过是为了完成神之契约，契约完成，你必须回归。你敢忤逆我？忤逆万千亿恒河沙数无量世界的神王？你应该知道，我随时可以让任何人的世界灰飞烟灭，包括你……”

“住口！”

卓王孙猛然一拳轰在铜镜上。

蛛网一样的纹路在铜镜上蔓延，镜中人，也随之破裂。他的声音，戛然而止。

卓王孙：“我说过，我，就是我！我不是你的分身，我也不想做无量世界的神王，我，只想做我自己！”

镜中人住口，目光深深地望着他：“你真的，不想回归？”

卓王孙不语。

镜中人：“你被这个世界污染了……没想到，这次下界，你的心竟生出这么深的牵绊。我知道你舍不得这世上的人，你想守护他们。但你不属于人间，而是世界的神王，你的命运，也必须按照既定的仪轨前行。如若违反，将有大灾劫发生。”

铜镜哗啦一声回归，他随之散成千片万片。他的声音，也因此而变得纷繁芜杂，交缠在一起，模糊不清。他的话，像是某种魔咒，深深印入卓王孙的心底。

那是神的诅咒，预示着他若是不听从神命，回归神界，将会一一发生可怕之事。

但卓王孙脸上没有任何波澜，他踏着铜镜碎片，走出了虚生白月宫。

他的命运，从来都只有一个人能掌握。

那就是他自己。

楔子（二）

晏清媚在等待，等待落日的最后一缕光，照进她的眼睛里。

湖水静静拍着她的脚踝，绿意延伸着，一直铺满整座山。湖并不大，坐落在山坳中，湖面没有一点风烟，就仿佛一面平放的镜子，将晏清媚和她的倒影分割为两半。

镜内镜外，都那么恍惚。

藤蔓从山上垂下来，一直延伸到湖底，根须密密麻麻纠缠在一起。湖并不像是在山中，倒像是被一只翠色的手掌擎在掌心里。

水边寂静得没有丝毫声音，晏清媚的眉微微蹙着。

一朵墨绿色的九纹菊在她身边盛开。这是一种奇特的植物，只有黎明最清澈的露水，才能让它绽放，在落日消失的那一刻，它立即就会枯萎。

花开花谢，日升月落，已有九朵九纹菊在她手中化为灰尘。

她等的人却还没有来。

晏清媚轻轻叹息，平静的湖面上荡起一层细密的波纹。

这一刻，落日掠过山峰的脊背，将最后一缕光照进她的眼中，随之便坠入黑暗，被无穷无尽的墨绿拥抱。

恰如十九年前，那温婉的一剑，带着刺眼的微笑，刺在她最骄傲的自信上，让她败得如此狼狈不堪。

那一剑，有她梦想的所有——强大、庄严、美丽。

可惜，是在另一个人手中。

此后十九年，她无时无刻不活在那一剑中，活在对击败那人的渴望里。

如今，她又来到了这里，带着十九年地狱般的修炼。支撑着她的，是同样的强大、庄严、美丽，让那个人见到她的微笑。

打败她，征服她。

晏清媚凝视着湖面，忽然万分期待与她的重逢。

那无法忘怀的昔日，不由得重上心头。

十九年前。

空山不见人。

湖面仿佛一块翠色的琉璃。晏清媚站在湖波上，便似一朵骄傲的花绽放在这琉璃盘的中心。

晏清媚默默凝视掌心，身形一动不动。只有飞鸟从寂静山岚中划过，在她紫色的衣衫上投下细碎而倏忽的影子。

名花美人，秀山碧水，这一幕是如此动人，但若是稍仔细一点，便可看出，一抹淡淡的碧色正自她体内透出，不住向外飘散。这抹碧色几乎目不能见，只有少数修为极高的人才能凭借内力感应到，这股碧气已与水雾合二为一，扎入了那些百年老藤的内部。

碧气向外弥漫，似要将整座山包在中间。

晏清媚仍然一动不动。

墨菊在她手中盛开，九瓣细长的花瓣在风中伸展，尽见妩媚。

亦尽显杀机。

藤萝一阵哀鸣，似乎不堪碧气的束缚。

晏清媚动了。

纤手一划，九纹菊从右划到身前，倏然刺出。

九瓣花碎成九道剑气，在她身前炸开。剑气如龙如丝，茫茫水雾立即被搅碎，附着在苍翠的剑气之上，向空中怒飞。剑气越来越盛，九条碧龙在一瞬间就涨满整个湖面，倏然深深扎入了湖水中。

只瞬息之间，一切已归于静寂——却是死一般的静寂。

一只飞鸟悠然飞过，却笔直掉了下来。鸟的身上没有半点伤痕，却是惊死的。

这寂静之中，有着怎样的肃杀之意？

晏清媚一动不动，仿佛这一切与她毫不相干。她悠然振衣，浸入湖水中的古藤猛地一颤，整潭湖水被一股巨大的力量鼓涌得冲天而起，化作绿龙，蹿上九天。

整座湖中没有一滴水，所有的水都被这条绿龙带起，飞到了半空。

晏清媚脸上的微笑更加动人，纤手轻轻探出。

怒飞的绿龙猛然一滞，它体内的九道剑光像是得到了某种召唤，飞回晏清媚手中。绿龙顿时失去支撑，轰然一声怒响，满空绿水暴射而下，向湖中落去。水柱从几十丈高落下，整座山都被震动，满山鸟兽惊恐地飞走，大地也跟着轰鸣！

晏清媚丝毫不动，纤手张开，九道剑光依旧合为一朵九纹菊，像是什么都没有发生过一样。

一滴露水巍巍颤动在菊瓣之上，渐渐归于宁静。

她悠悠叹了口气，似是在欣喜自己终于练成了这招九纹秘杀，又似在怅惘，天下又有什么高手，配她施展此招？

山谷雷鸣之声不绝于耳，似大地在叹息，天地间的隐秘，被这位女子窥尽。

晏清媚身上连一滴水迹都不曾沾染，依旧如山中清绝的仙子，遗世独立。

突然，一个声音淡淡道："没有用的。"

晏清媚倏然抬头，看到一抹黑色的影子。

同这深山碧色格格不入的黑色，宛如一片从暮空中裁下的夜色。黑在绿中，本显眼无比，但那人不出声之前，她竟完全没有发现此人的存在。

那人慢慢走上前来，亦是位女子。

晏清媚双眸凝在她身上，瞳孔禁不住渐渐收缩。

她有多高华，那人就有多高华。

她有多美丽，那人就有多美丽。

她有多骄傲，那人就有多骄傲！

甚至，有过之而无不及。

这短短的几步，对方竟给了晏清媚极大的压力，如不是那人主动停步，她几乎就要往后退去。她拥有的一切，竟都被那人比了下去！若不是常年修成的矜持令她保持着冷静，她几乎要忍不住惊呼出声。

恰在这时，她在那人眼中看到了同样的神情。

如她一样，那人也在惊异：惊异眼前之人，竟这般高华，这般美丽，这般骄傲！

晏清媚倏然恢复自信，淡淡的笑靥重新成了利器划出去。她要摧毁眼前这个人，将她的高华、美丽、骄傲全部粉碎！

她从未有过这么强烈的欲望，想要亲手毁灭一个人。

这个人与她那么相似，却又不是面貌、仪态上的相似。

比较起来，那人的容色更冷一些，晏清媚更柔一些；那人更雍容一些，晏清媚更婉媚一些。但她们的灵魂几乎一模一样，这使得她们那一瞬间几乎同时产生了错觉——她们不是在平视对方，而是低头谛视湖水，从水镜中看到了自己的倒影。

晏清媚心中感到一丝刺痛。她绝不允许另一个人跟自己相似。因为相似就代表着对方能靠得很近，随时可能取而代之。

她是独一无二的，如果有另外一个相似的影子，就必须亲手摧毁！

也许，这就是注定，她们一定会是敌人。

晏清媚手指翻转，九纹菊的花瓣指向那人。

她的笑容是那么柔媚，不带有丝毫敌意："你是说，我这招九纹秘杀，没有用吗？你可知道天下招数，无不有破绽，但我这招九纹秘杀另辟蹊径，九招相叠，每一招都将另一招的破绽弥补，九招连绵，因此绝无破绽。无破即无敌，你怎说没用？"

她嘴角的笑意直指那人的心底，她要用这抹微笑摧毁那人的骄傲，因为她知道自己是对的。本族千年秘籍，一直将这一招作为终极秘密，只有族长才能翻阅。几千年的秘籍，怎么可能会错？

那人淡淡道："千招万招，我只当你是一招。"

晏清媚的瞳孔倏然收缩！

这句话是如此尖锐，足以刺伤她所有的骄傲！

她能看出任何招数都有破绽，却没看出就算九招相连，互相弥补，但这九招又成为新的招数。既然是招数，就一定有破绽。或许九纹秘杀已经将九招本来的破绽全部弥补了，但不可避免的是，这一招会诞生新的破绽。

这个人究竟是谁，为什么只看一眼，就能看出这一招的秘密？

晏清媚心中油然生出一阵挫败感，但她不能服输！

就算能看出来又如何？有破绽是一回事，能不能破却是另一回事！

她冷笑："你想不想试试？"

那人轻轻颔首。

晏清媚："你的剑？"

那人指向她："你以花为剑，我又岂能大煞风景？我的剑，就在你手中。"

晏清媚："亦是九纹菊？"

那人摇首："不，是九纹菊的花蕊。"

晏清媚恼怒，这个人似是在故意羞辱自己！

晏清媚以九纹菊为剑，并不是故作姿态，实是因为九纹菊乃一种奇特的花，以此花为剑有种种意想不到的妙处，配合族里的武功，足以出奇制胜。而这些妙处，是别人绝对想不到也无法应用的。所以，这朵花若是在她手中，就会是天下无敌的利器，而在别人手中，不过是一朵花而已。

何况是菊之花蕊！晏清媚自然知道，九纹菊虽然神秘，花蕊却绝没有任何杀伤力，只不过是花蕊而已。

她倒要看看，此人如何从自己手中夺走花蕊，再来破解自己这招千年秘传的九纹秘杀！

碧气再度溢出，迅捷无伦地透过重重水雾，没入无穷无尽的苍翠藤萝中。晏清媚的意识仿佛已打开，同山川、云气、流水、天地合而为一。她手中的九纹菊，也慢慢透出一阵隐秘的光辉。

而那人没有任何动作，身形静止，晏清媚的真气穿过却没有半点阻隔，仿佛她只不过是一道幻影、一片云彩。

难道她已经修习到与天地同化的至高境界？

晏清媚微微沉吟，突然间，九纹秘杀出手！

墨绿色的花瓣炸开，化为九条碧龙，飞上九天，然后猛然扎入了湖水中。这一招称为"秘杀"，关键就在"秘"字上。真气没入湖水中，如何运转、如何出击，根本看不清楚。等到看到时，剑招已在眼前！

这也是晏清媚选择在湖上练剑的原因。

"九纹秘杀，想必这个'秘'字一定会别有文章，你将剑招隐藏在湖水中，你的真气本为绿色，与湖水混合，根本无法辨认。这是否就是'秘'字的由来呢？"

那人看着晏清媚，娓娓道来。

晏清媚心神又是一震。

这也被她看穿了？

那人悠然道："你可曾想过，这个'秘'字，是你这一招最大的优点，也是最大的破绽呢？"

随着这一句话，那人骤然而动！

急速前冲的身影仿佛碎成了无数道幻影，令人根本无法分清哪个是真的。这人来得好快，才一闪之间，就已到晏清媚身前，手一指，向晏清媚手中的九纹菊刺去。

晏清媚大吃一惊。

她知道这人武功极高，但没有料想到竟然高到如此境界，一闪就是两丈多的距离，令她潜伏在湖水中的九道真气来不及发出！

千锤百炼的九纹秘杀，在她面前竟然没有丝毫用武之地！

晏清媚冷笑一声，左手骤然一撤，右手扬出。

一股螺旋般的碧气从她掌心发出，向那人面门冲去，同时九纹菊猛向身后挥去。就算料敌不明，也绝不能让她取了九纹菊花蕊！

那人也不见有什么动作，左手一抬，已将晏清媚的右手握住。那人的掌心中似是有股奇异的吸力，将晏清媚的真气吸住，右手直指晏清媚的眉心。

"你败了。"

她的指间，赫然有一枚九纹菊的花蕊。花蕊迫近晏清媚的眉心，花蕊前端的柔芽，似乎在轻轻触摸着她的肌肤。

晏清媚失声道："你……你什么时候……"

那人淡淡道："你方才演练九纹秘杀之时，有一枚花蕊飘落，恰好落入我的掌心。你有九纹秘杀，我却有一招请君入瓮。"

晏清媚脸色骤然森冷。她千算万算，没有算出那人手中已经有了一枚花蕊，所以，她保护九纹菊的所有努力，都变成了破绽，被那人轻易击破。

那人右手陡然一沉，一指弹出。

九纹菊立即爆散，十几枚花蕊飘散空中，每一枚都像是情人弯弯的眼眸。

那人悠然道："我可以杀你十几次，每一次都用你最喜欢的花蕊。"

晏清媚忽然一笑，那人的挑衅并没有激起她的丝毫恼怒。这一笑褪去了所有骄傲与威严，唯余妩媚，晏清媚细长的眼眸中像是要滴出水来，她柔声道：“你赢了。”

那人心神一凛，全身真气几乎是本能地激起。

晏清媚双手猝然探出，反将那人的双手握住！

湖底雷鸣般的怒响声传来，九条碧龙像是天崩地裂般冲天而起，带起万丈碧水，越过她们的身体，破空直上。森森碧色像是一块巨大的琉璃一般，将天幕完全遮蔽。

又是一声怒啸，碧龙纠结，拥着满湖碧水崩塌！

龙气炸开，化作无穷无尽的剑芒之阵。湖中每一滴水，似乎都成了夺命的利剑！

那人猝然运力，却无法挣脱晏清媚的手掌。她厉声道：“松手！否则离得这么近，你也未必能够逃脱！”

晏清媚冷笑道：“那又怎样？我就是要让你知道，你永远破不了我这招九纹秘杀！”

她一声清叱，九龙合一，将满空碧水挤压在一起，当头劈落！

与此同时，她身子猛然向那人撞去，种种秘式绝学施展开来，向那人猛攻。她的双手却死死扣住那人，绝不放开半分！她的武功并非中原所学，狠辣诡异，双手被缚，却更能展所长。那人眼见碧光临空，越来越近，知道这一招凌厉无比，急欲躲开，却被晏清媚贴身缠住。她几次运劲想要震开晏清媚的双手，都被晏清媚以诡异的身法将力道消解。

终于，碧龙轰然暴落，狠狠砸在两人身上。

两人同时吐出一口鲜血，被砸入湖底。九纹秘杀乃千年奇招，威力岂容小觑？晏清媚与那人皆为绝世高手，但也无法招架这一招的威力，衣衫碎裂，湖水迅速被鲜血染成了红色。

晏清媚在水中宛如飞鱼一般，翔舞回击，发动了暴雨一般的攻击。她深知，那人的水性绝对比不过她！因此，她的攻击猛烈而狠辣，绝不让那人浮出水面！

等到那人胸中积气用完，不得不浮出水面之时，她一招就可取其性命！

她妩媚的面容上，露出一丝残忍的冷笑。

那人几招迫出，将晏清媚逼退，但见晏清媚身子如飞翔般划过水下，借流水之力消解了大半力道，紧接着逼水回击，巧用水力，威力增了不止一倍。

那人不由得皱起眉头。她本有自信能够胜过晏清媚，但在水下，就没有把握了。而晏清媚是绝对不可能放她出去的！

三招绝杀连番攻出，两人在水底已剧斗了一刻钟，满湖碧水已被鲜血浸红。那人只觉双手越来越沉重，真气急速消退，渐渐不能应付晏清媚又狠又急的攻击。

晏清媚嘴角的微笑越来越妩媚，也越来越残忍。

她尝到了血。

那人的鲜血，在水底绽开一朵朵妖艳之花，让她彻底兴奋起来。她心底生出了一阵渴望，要将满湖碧波化为利刃，将她的敌人寸寸凌迟。

她要将那人的血、那人的肉、那人的灵魂、那人的骄傲全部揉碎。

两人劲气逼起的雪浪在水底翻涌着，互相追逐，又互相躲闪，寻找着对方的每一丝罅隙，发动着无情的攻击。

每一瞬，都游走在生死边缘。

晏清媚能感受到，对手的真气在一丝一丝耗尽。她知道自己已掌控一切，只需再加一分力，多靠近她的命脉，只需在最致命的点上，再施加一点压力。

如果不是在水下，晏清媚一定会笑出声来。

她甚至能预见到，那人死亡前的眼神。

痛苦不过是一瞬，此后便永远是宁静。

那高高绾起的云髻将披散而下，化作在水中沉浮的墨色之花，簇拥着已死去的苍白容颜。

这是何等完美。

就在此时，那人双手猛然一划，在身前突然凝止。晏清媚只觉身边的水流被一股强大的吸力吸住，带着她的身体向那人身前狂奔而去。她大惊之下临危不乱，顺着这股水势，九纹菊刺出，剑影如电，直刺那人的面门。

那人双手不知怎的一合，就将九纹菊夺了过去。

晏清媚又是一惊，但这又怎样？她身子游鱼一般从那人身边滑过，驱动水流为剑，将那人紧紧困住。

猛然，九道碧光自那人手中发出，迅捷无伦地射入了湖水中。一阵苍茫的雷霆声响起，碧光炸开，化成九条无比巨大的龙形，带着满湖碧水破空飞去。

晏清媚惊骇地睁大了美眸，难以置信地看着九纹秘杀自此人手中施展出来——几乎跟她所施展的一模一样。

湖水被龙形化成的螺旋拘束着，轰然凌空，整座湖的水都被带了起来，横飞到十几丈的高处。晏清媚倏然发现，此人施展的并非真正的九纹秘杀，因为碧龙在腾空的一瞬间就无法维持龙形，连环炸开。

显然，那人所争取的，只不过是湖水升空的那一瞬。湖水升空，她便不在水中。只一瞬间，黑裳飞舞，那人已闪上湖岸，漫天湖水在她身后崩塌陨落。

这一招虽然强大，仍不足以挣脱九纹秘杀的束缚。如果晏清媚不管她出什么招数，全心全意狂攻，那人绝对无法从水底逃脱。但恰恰因为对方施展出了这一招族中千年秘传的绝学，让她一时间无比错愕，必杀之势微微一顿，才让对方有了逃脱之机。

九纹秘杀，最大的破绽，果然还是一个“秘”字吗？

湖水落下，淋了晏清媚满身。

冰冷刺骨。

她缓缓从湖水中升起，就见那人矗立在岸上，亦冷冷地看着她。

两人浑身都已湿透，鲜血的污迹沾染在破碎的衣衫上，凌乱不堪。但两人的仪态仍然那么高华，方才那场恶斗，亦无法损伤她的美丽。

缓缓地，晏清媚手中绽开一朵新的九纹菊。

那人眸中锋芒一闪，手指轻弹。

一道凌厉的剑芒劈空闪过，在两人正中间划落。湖水暴起，被这道剑芒激起一道两丈多高的水墙，轰然爆炸之声不止，一直响了一刻多钟。

这是警告，在警告晏清媚，如果她还想缠斗，就一定要有必死的觉悟。

晏清媚低头，一瓣一瓣理着九纹菊的花朵，静候着爆响平息。

剑芒消散，湖水宁静，她忽然温柔一笑。

这一笑让她充满了风情。

“春水剑法？

“我知道你是谁了。”

她的眉毛轻轻弯了起来，就像是新月一般。若不是身上的伤还在刺痛，那人几乎怀疑她是在跟一位闺中好友闲谈。

“如果你是位男子，我会认为你是华音阁主；如果你很老，我必定猜你是传言天下第一的尹痕波。但你是如此年轻，又生得如此美……”

她看了一眼那人因衣衫破烂而露出的如雪肌肤，笑容更加明媚。

“所以你只能是一个人，姬云裳。你就是姬云裳。”

那人冷冷一笑，道：“那又怎样？”

晏清媚妩媚一笑，踏波向姬云裳走去。

“你若是姬云裳，那就永远不会是我的敌人。因为我有求于你。”

她的笑容没有改变，但笑容中的含义更加复杂起来，有些魅惑，有些挑逗，宛如与情人戏语：

“普天之下，只有你才能助我完成此事。你若肯答应我，我什么事都肯答应你。”

这些话不免有些轻佻。只因她知道，姬云裳无法对她有什么过分的要求。如果姬云裳是男人，也许他们会发生些什么。但她也是女子，又有什么好怕的呢？

于是这挑逗便成了挑衅。

姬云裳皱起眉头，这本应该是一件值得生气的事，但看着晏清媚的笑容，她忽然发觉自己竟不知道该不该发火。

这个笑得妩媚又天真的女子，褪去了锋芒，也不过花信年华的少女，没有丝毫危险，和方才持九纹菊与她生死大战的绝顶高手仿佛完全不是一个人。

晏清媚依旧在向她走来，走得如此之近，以至于她甚至能闻到对方身上淡淡的气息。姬云裳突然想起来，刚才她们在水下的时候，也曾靠得如此近，她甚至能感觉到对方微凉的肌肤。

姬云裳的心竟然有些乱，她一声轻喝：“站住！”随后匆匆将目光挪开。此刻，她宁愿面对的是一招九纹秘杀，而不是那双新月一般的眸子。

晏清媚止步，微微抬头，饶有兴致地看着姬云裳，似乎在嘲笑她刚才的慌乱：“你害怕我？”

姬云裳皱眉，似是终于被晏清媚轻佻的挑逗激怒：“你求我什么？”

晏清媚展颜微笑，面容却猛然一肃：“我求你带我进华音阁一趟！”

姬云裳面容一冷：“华音阁？你进华音阁做什么？”

晏清媚：“青鸟。我要见青鸟。”

“传说西昆仑山上的神之末裔青鸟族拥有不可思议的预言能力，能够洞见未来，无一遗漏。但千年前的一场浩劫，青鸟族几乎全族覆灭，只剩下了三只。一只在乐胜伦第五道圣泉里，一只居于扶桑国的伊势神宫中，一只被华音阁主豢养在阁内。我想要进华音阁，见青鸟星涟，问她一件事情。”

晏清媚眸中闪过一阵兴奋之色，轻轻拾起姬云裳之手，柔声道：“你是华音阁仲君，尽知阁中之秘，必然知道星涟在哪里。你我武功又这么高，趁着个月黑风高之夜溜进去，必定没人能够发觉。你答应我，好不好？”

她注视着姬云裳，脸上是淡淡的笑意，仿佛她面前的不是一个初次谋面的陌生人，而是一位相知多年的好友。

这本来是一件突兀的事，偏偏她做来是如此自然。

或许她们本应该是这样的，一见如故，成为最好的朋友，无论对方提什么要求都不会拒绝。因为她们是如此相似，她们的灵魂本就是一体，却被分割进了两个肉体中。

姬云裳感受着她手中的温度，几乎就像是自己的手握着自己。

但她的面容渐渐冰冷。

“不。”

她冷冷看着晏清媚的惊愕。她知道这个字会带来什么。

晏清媚有些难以置信，追问道：“你说什么？”

姬云裳的面容是那么冰冷，如果有一丝可能，姬云裳必定会答应她。那双眸子在她眼前一点点被失望的阴霾遮蔽，看上去是那么动人。

但她不能。

这是个禁忌，是身为仲君的她，必须遵循的禁忌。

“我不能带你进华音阁，更不能带你去见星涟。

“如果你一定要去，就先要赢了我的春水剑法，砍下我的头颅，踏过我的尸体。”

冰冷漫过她的脸，充满她的全身，令她就像是一尊冰雕。

晏清媚一寸一寸地放开手，因为姬云裳是那么冷，再握着，她就会被冻伤。

她知道，这样的表情只能说明一件事：她永远不可能踏入华音阁一步。

晏清媚有些恼怒，她第一次这样求一个人，却被如此斩钉截铁地拒绝。但她脸上的笑容并没有改变，声音也更加温柔：“那好，我答应你，不入华音阁。传闻乐胜伦宫就在雪山之巅、圣湖之畔，千年未开，留待有缘人。乐圣伦宫中也有一只青鸟，同样能解答我的疑问。但没有人知道乐胜伦宫的开启之法。你说，我会不会就是有缘人？”

姬云裳身子轻轻震了一震。

“我知道。”

晏清媚惊讶，一双美眸盯住姬云裳：“你知道乐胜伦宫的开启之法？”

姬云裳颔首：“是的。但我不能让你去。”

晏清媚脸上终于有了怒容：“为什么？”

姬云裳沉默。

数年前，她远赴边疆，寻找传说中的上古秘阵——曼陀罗阵。她不仅找到了法阵，还以卓绝的天资破解了其中最大的秘密，从此功力大进，卓出尘外。也因此，她洞悉了很多世人未解的秘密。

三只青鸟，向世人预言天下大事的同时，也在寻找替身。她们会暗中将心头之血注入替身体内，再安排他们汇聚在第五圣泉，使三滴血液聚齐，以召唤神明。因此，每个进入华音阁莫干湖或乐胜伦宫第五圣泉的人，必将受到血之诅咒，饱受折磨。青鸟的预言虽然准确，却要用毕生的幸福来交换。

姬云裳沉默良久，突然微笑：

“你我都受了伤，为什么不到我的居所中，疗居一段时间？

“或许，你能够说服我。”

晏清媚冷冷看着她，似乎要读出她眼底的秘密，良久，终于展颜一笑：“好。”

姬云裳看着她，眸中渐渐也有了笑意。

其实，是她盼着用这段时间来说服晏清媚。但姬云裳不知道，青鸟的血之诅咒，正是晏清媚所求的。比起她所受的苦，这血咒又算得了什么？

如果姬云裳早知道这一切，还会不会拒绝晏清媚？此后所发生的一切，是否就会改写？

前尘幻影，涌上心头。隔着落日灰暗的余晖，在晏清媚心中一闪而过。

十九年的岁月，亦如此而逝。

晏清媚忍不住幽幽叹了口气。

最终，姬云裳还是没有答应她。一月后，她头也不回地离开了，甚至没有向姬云裳告别。最终，她在扶桑国伊势神宫中找到了青鸟月阙，得到了她想要的预言。

她的所求，已经如愿。但这一切，如同这片小小湖水上荡漾的波光，看上去那么真实，却又那么虚幻。

曾几何时，两人相约，每年都要在这湖上再见一次，直到她的九纹秘杀能够杀死姬云裳。

但十九年来，晏清媚一次都没有来过。

只因她知道，她仍没有足够的把握杀死姬云裳。

直到今天，她终于修成真正的九纹秘杀。这一招千年绝技，终于在她手下尽显威力，被她尽窥天地之秘，由“秘”入“玄”，成为天下无敌的绝招。如今，她的九纹秘杀不但可以用花瓣施展，亦可以用花蕊施展。姬云裳若再想突袭，只怕会在她的第二招九纹秘杀下，形神俱灭——当菊蕊刺破她的手腕，散出殷红的血色，那比湖波还要澄静的眸子中，一定会流露出前所未见的惊骇吧？

想到这里，晏清媚嘴角挑起一抹笑意，九纹菊斜指，满池湖波竟在这一指下，隐秘地一跃。

她在扶桑这几年，又修得了极为高妙的绝技——忍术。

忍术在扶桑国流传极广，但真正会的人极少。幸好皇宫中藏着最正宗的忍术卷轴，她从这卷轴上学到了很可怕的东西：

天人合一。

天地间一切力量，被称为“地”“水”“火”“风”“空”，驾驭这些力量的，就是“法”。如果驾驭了法，那么一切力量都会化为我之力，成为“风”“林”“火”“山”。

其疾如风。

其徐如林。

侵掠如火。

不动如山。

是以，自晏清媚站在水边起，忍术的精髓就随着她身上淡碧色的真气袅袅散入周围，与潮湿而浓密的水雾纠结在一起。周围所有的一切，湖水、古藤、雾气，甚至这座山，都已成为她的一部分，任何踏入其中的人，都将承受风、林、火、山的袭击。

她有把握，可在一招之内，就取得姬云裳的性命。

绝不用第二招！

菊蕊，将从她手中刺出，撕开姬云裳的衣襟，带着彻骨的森寒，准确地点在她心脏的位置。只需轻轻抬手，一道血痕便将出现在那凝脂般的肌肤上，并随着她的手势缓缓上行，最终轻轻刺入她的下颌，强迫她抬起头。

那时，她便可以戏谑地看着那双眸子中流露出的恼怒与羞愧，尽情玩赏。

何况，她还有更凌厉的绝招未曾施展，那是姬云裳绝对想不到的秘魔之法，天下没有任何人能够抵挡。

那时，她会后悔曾经对自己的羞辱吗？会乞求自己的原谅吗？

晏清媚微微冷笑，手一划，一连串爆响在空中炸散。

甚至在等候姬云裳的这九日中，湖畔的每一座山川、每一片湖波、每一丝光线都已被她细细揣摩，纳入掌中。她相信自己有十数种方法，可以让姬云裳败于剑下，每一种都经过深思熟虑，完美至极，再无丝毫破绽。

可姬云裳为什么还不来？

她忍不住有些烦躁，却忽然笑了。

是她疏忽了。

她十九年都未来，姬云裳怎会知道这次她又来了呢？她应该通知姬云裳一下才是。

她伸出手，九纹菊在她指间轻轻颤动，手指纤细、白皙，仍然如十九年前一样。

一声轻响，九条苍碧色巨龙卷起整湖湖水，冲天而起。

她知道，姬云裳只要看到这九道龙气，就一定会赶过来。

那是她与姬云裳的约定。

九龙茫茫入天，湖显得那么空。

晏清媚心中忽然滑过一丝惆怅。

淡淡的惆怅，却令她忍不住一颤，就像是心忽然碎了。

她皱眉不语，却想不起怎会有这样的感觉。

苍龙失去了支撑，轰然跌落，将湖中剩余的残水砸得粉碎。晏清媚身子陡然一震。

湖底，似乎藏着令她极为牵挂的东西。

她忍不住匆匆伸手，再度施展九纹秘杀！

苍龙悲啸，卷天而起。

她终于看清楚水下的一切。

那是五道泉水，从五条水底暗道里流出，汇聚到湖的中央。泉水像是经过极远极远才到达这里，早已失去力量，缓慢而寂寞地流动着，又像是多年不见的老朋友，静默地相拥。五道泉水的颜色各不相同，纵然经过千里万里，仍丝毫不变色，黑、白、青、绿、蓝，五种颜色柔柔卷在一起，卷成一棵巨大的曼陀罗，被疾落的苍龙砸得粉碎。

晏清媚一声惊呼，九纹秘杀狂乱地出手，只为看清楚这朵曼陀罗。

当年她负气离开时，姬云裳淡淡的一句话在她的耳边响起：

“如果我死去，我会用五道圣泉与你告别。”

只有曼陀罗阵被毁，湖底连接五道圣泉的地脉才会被打通，才会在湖底形成如此绮丽的景象。

晏清媚全身巨震。她忽然明白，这九日九夜都是白等了。姬云裳并不是不肯来，而是已不能来了。

天荒地老，她永远不能来了，只留下一朵悲伤的五色曼陀罗。

而她，只能紧握着一朵一朵九纹菊，一遍又一遍施展着九纹秘杀，只为看清楚这朵曼陀罗。

她输了。

她等的那个人永远不会来了。她再也没有扳回一局的机会。

剑气狂舞，晏清媚一遍遍施展出九纹秘杀，将湖波击得粉碎，这些可以挫败无数绝顶高手的招数，却无法弥合那越来越破碎的水镜。

直到真气枯竭，直到她无法再抬起一根手指。

她倒在水边，几乎不能呼吸。那朵五色曼陀罗却忽然透过湖水，显得那么清晰。

清晰到她根本不必施展九纹秘杀，就能够看得清清楚楚，清晰得犹如幻觉。

晏清媚忽然笑了起来。

有些东西明明就在眼前，却始终无法看清。

就如她，一直在争，一直在抢，却始终不明白自己要的究竟是什么，伸出去争抢的手，却恰恰将最想要的推得越来越远。

一个灵魂分割成的两部分，本该彼此相伴，彼此慰藉，却猜疑、嫉妒，互相毁灭。究竟是谁的错？

十九年来，她赢了谁，又输给了谁？

水光荡漾，倒映出她的容颜，依旧那么美丽、高华，却再不似十九年前。

年华成空，那双生的影像已然破碎，苍茫世间，只剩下她一个人注视着命运的悲惨。

一丛九纹菊，伴着她寂寂盛开。

而此时，她忽然感受到一阵寒冷。九纹菊的幽光照在她身上，是那么冷，那么寂寞。她霍然明白，她的生命就是一招九纹秘杀，伤了别人，也伤了自己。

她跪倒在地上，突然大笑起来。

第一章

幽寻尽处见桃花

何为天下？

上古之世，先民们点燃篝火，抬头仰望苍穹。那时，天空还是一片混沌。于是他们用那时人类所能想到的最古朴亦最文雅的语言，骄傲而矜持地说："镐京辟雍，自西自东，自南自北，无思不服。"那一刻，人作为天地间的主人，向茫茫天地发出了宣言。

天下，就是站在中原，放眼望去所能看到的地方；天下，是最初诞生的文明。

天下，即我。

上古至于汉，居住在中原的人们终于走了出去，从草原、从山林、从大泽、从沙漠。他们惊异地发现，四周居然居住着这么多人！匈奴、百越、扶桑、羌氐。他们或许没有中原文明，但他们亦是天地的主人。人们的视野发生了变化，天下也随之而变。于是开西域，定阴山，联百越，伏海川。大汉王朝沉醉在天下尽皆我之藩属的荣耀中。天下，是无与伦比的武功。

天下，为攻。

至于盛唐，一条蜿蜒万里的丝绸之路将人们的视野从长安引向远方。草原尽头还是草原，山林尽头还是山林，大泽尽头还是大泽，沙漠背后还是沙漠。当这些勇敢的人跨越这一切，他们发现了充满异国情调的新国度。身毒、大食、暹罗、大秦，这些国家被千山万水隔绝，纵然唐之国力达到了顶峰，也不可能纵跨高原戈壁，用铁蹄将这些遥远的异国纳入自己的版图。但，文明，不是遥远与艰险所能阻挡的。美丽的诗句、悠久的历史、壮丽的文明，被刻在瓷器上，绣在丝绸里，印在纸张上，传在唱词里，驮在驼背上，从长安走出来，走到每个太阳能照到的地方。于是，这些强兵猛将不能攻陷的地方，一一沦陷，成为大唐国荣耀的一部分。从没有任何一个文明，能让世界如此怀念，能如此深远地影响整个世界。大唐国的天下，是文采风华，壮丽锦绣；大唐国之天下，比之秦皇汉武，更为深邃、久远。

天下，在心。

何为天下？

振长策而御宇内，吞二周而亡诸侯。天下，是始皇帝之残暴，之威严。

犯强汉者，虽远必诛。天下，是汉武帝之骄傲，之武功。

万国来宾，为天可汗。天下，是唐玄宗之雍容，之文明。

何为天下？

站在御宿山上，周围三十六里，便是天下。

在这里，天下不再是文明鼎盛，武功卓绝；不再是万国来朝，英雄无敌。而仅仅是一个名字，一个绝顶的人。

华音阁、卓王孙。

天下无人敢犯。

在这方圆三十六里之内，他便是天下，这里就是他的天下。

此地是为武林之中，最为神秘的禁地。自卓王孙成为华音阁主之后，就再没有人敢不经他允许进入华音阁。

尤其是华音阁的后山。

这里山川俊秀，明山净水，风景极为秀丽。但只有极少的几个人知道，这么美丽的风景中，藏着天下最恶毒的阵法——太昊清无阵。

这个阵法究竟有什么厉害之处，没有人知道，因为见识过的人都已不在人世。在这个阵法中，只要踏错一小步，美景立即会成为地狱，将侵入者寸寸凌迟。

这是绝对的禁地，敢踏入此地的人，不但将承受太昊清无阵可怕的攻击，还要直面卓王孙的逆鳞之怒。

那简直就是自寻死路。

所以，这里常年不见人迹，唯有山鸟清啼，青苔返照。无风的时候，花落依旧，在小径上印出浅浅的痕迹。

这里有的，只是寂寞，淡青色的、连日光都晒不透的寂寞。

一柄油纸伞，撑开了碧绿的山岚，浮现在深深浅浅的阳光中。

伞是杭州如意坊的珍品，用上好的油纸裱就，上面绘着一树桃花，花开正艳。纸伞被一只纤纤素手执着，半斜在肩上，挡住了伞下的容颜，只能看到半截高高梳起的宫妆发髻和唇上的一点嫣红。翠色的衣衫流水般自肩头泻下，亦是唐时的宫装，与时下流行的式样格格不入，却与此时的山水、此时的人那么和谐，仿佛时空转换，又回到了那个万国衣冠拜冕旒的时代。翠裙上绘着百种鲜花，鲜红的牡丹、洁白的芍药、金黄的凌霄……以及，墨绿的菊。

一只木屐轻轻踏在落花之上，连淡淡的印迹都没有留下。那人仿佛一缕光、一线风、一抹云、一片羽，飘过这片山林，不带起一丝尘埃。

唯有一点悠悠的木屐之声，淡淡传过，如暮鼓晨钟，流入这座百年古阵中。

太昊清无阵，却没有半丝被惊动。

花丛中至少潜藏着七八种世间罕见的毒物，只要被它们蹭到半点，立即就会暴血而亡。而花丛下，至少埋着十余种猛烈的暗器，只要稍有触及，立即就会引发，将方圆十丈之内炸成粉末，随后，警讯便会传到虚生白月宫中。

虚生白月宫里有一个人。

卓王孙。

只要有一步踏错，就算斩得了毒物，未必破得了暗器；就算破得了暗器，未必挡得住卓王孙的调兵遣将；就算挡得住卓王孙的调兵遣将，却一定挡不住卓王孙的剑。

但木屐声声依旧，碧绿的裙裾扫过浅浅花木，毒物、暗器、机关，没有半点被触及。

因为，那人的每一次落步，都恰恰踏在太昊清无阵唯一的一条通道上。

如所有的阵法一般，太昊清无阵亦有一条生路，唯一的生路。但这条生路隐蔽无比，绝没有其他人会知道，除了华音阁的历代阁主。

这个人怎么会知道？

浅笑浮动，在油纸伞后若隐若现，她的神态是那么优雅、从容，当她行走在这世间最危险的阵法里时，却如闲庭信步。

油纸伞轻轻停住，淡淡的日光透过伞面，落在她的脸上，纤长的眉目间，隐隐带了种娇柔的妩媚。

太昊清无阵的正中央，坐着一个人。

她，就站在这个人面前。

铁恨看着自己的手。

三年，足够让他忘记江湖上所有的光荣，忘记他曾经是神捕，曾经抓过无数大盗，曾经被誉为不败的传说。

足够让他将金蛇缠丝手修炼到化境，让他的武功强了不止一倍。他原来只能用右手使出金蛇缠丝手，但现在，他的双手都能在任何时候将这门奇功施展出来。双手同使，他有自信，就算卓王孙的春水剑法，也未必破得了他这一招。

当然，是三年前的卓王孙。这三年，他都没再见过卓王孙。

他没有见过任何人。

三年来，他几乎一直坐在这里，看着淡淡的风、微微的云。有时他会想起二小姐，想起她柔柔的笑；想起曾经告诉她，要带她去天涯海角，看潮起潮落。

但他最终没有。他端坐在这里，一坐就是三年。

只有每天的正午，他才会沿着这条路，来到太昊清无阵的边缘，待上一盏茶的时间。

因为，那里有一个人在等他。

每天的这个时候，二小姐都会站在路的尽头，给他送一篮子饭。他听着二小姐低声细语，看着她的笑容，知道她一直盼着自己走出去，带着她去天涯海角。

但她从来不说，而他也从不提起。

因为，他还不能离开。

绝不能。

油纸伞仿佛一朵云，轻轻停在铁恨面前。

铁恨抬头，金蛇缠丝手的劲气已灌满双臂，随时可以出手。他感到很惊讶，因为他绝想不出任何人，竟能如此平静地通过太昊清无阵来到这里。

除了卓王孙，怎么会有人办到？

油纸伞缓缓垂下，收起，露出来人的面容。

铁恨目露惊愕。

他从未见过如此温婉的面容，似乎岁月、风霜，都无法在她身上留下丝毫痕迹，她站在江南淡淡的山水中，风的空灵、云的柔婉、雨的清幽尽情洒落在她身上，却又一尘不染。

她微笑抬头，掌心托一朵墨绿色的九纹菊："我可以过去吗？"

铁恨无言。

她可以过去吗？

过去是什么？

是一面很普通的崖壁。崖壁上有一个很普通的山洞。从洞口看进去，洞并不大，里面放了些石桌石椅。

但，这里是太昊清无阵的核心。太昊清无阵唯一的那条生路，在这里戛然而止，被铁恨端坐不动的身形截断。要进这山洞，或者从山洞中出来，要么打倒铁恨，要么引发太昊清无阵，绝没有第三种办法。

崖壁很普通，但在青苔下隐隐泛出淡青色光芒。那是精钢发出的光。这座崖壁，竟全是用精钢浇铸而成的，而那小小的洞口，也被粗如儿臂的钢筋封住。

这里面锁着的究竟是什么？

来人收起伞，雪腮畔浮起盈盈浅笑，仿佛是在跟一位旧友寒暄："我可以过去吗？"

铁恨眉头缓缓皱起。淡淡的金光顺着他的血管流下，灌到掌心，然后散成千万细微的金芒。在宽大的袍袖遮盖下，他的两条手臂散发着强烈的光芒，就像是两条金色的蛇。

她可以过去吗？

如果有人可以从这里通过，他这三年来，又何须枯坐此处，辜负了二小姐如花的年华？

来人微微躬身，微笑着看着他，仿佛在等待他的回答。铁恨目光落在她一只手提着的食盒上。

漆器食盒，分上中下三层，描绘着精致的花纹，与二小姐提的食盒几乎一样。来人仿佛毫无恶意，只不过是想给石洞中人送一顿饭。

铁恨目光回转，深深盯着那人的双眸。

这双眸子温婉、妩媚，清澈得就像是深山中的清泉。

铁恨忽然起身，静默地站在一边。

他本发过誓，绝不会让任何人走进这座山洞的。

现在他却让开了，眼睁睁地看着那个人提着食盒，轻轻走过他身边。

那人缓缓前行，步履依然是那么从容，就连小径上的一朵落花，都不曾惊动。突然，她止住脚步，回眸一笑："你能不能帮我开门？"

她微笑欠身，指向山洞的方向。

这个要求未免过分了一些，毕竟铁恨是这里的守卫，任何人想要打开这道门，都要问过他的血、他的命。她却问得如此自然，如此自信，仿佛这是一件再普通不过的事，普通到让人不会拒绝。

她身上仿佛天生有一种力量，无论提出什么要求，都让人无法拒绝。

铁恨一言不发，走上前去，双臂上的金芒流淌着，握住钢筋，真力缓缓运动，钢筋慢慢被拧弯，露出一个仅容一人通过的洞口。

"谢谢。"她轻轻弯腰，走了进去。

日光骤然暗淡，这山洞逼仄、潮湿、密不透风，仿佛没有任何人进来过。但那人一踏入，却发觉一双眸子正缩在角落里，恶毒地盯着她。

她止步，似乎在等待自己的眼睛适应山洞中的黑暗。

然后，她看清楚，那是个十二三岁的孩子，梳着一对丫角，身上穿着一袭大红的衣衫。那红衣也不知是用什么染的，锁在山洞里这么多年，红色仍然极为鲜艳。那孩子的脸又红又白，看上去天真又可爱，一双眼睛却极为恶毒，鬼魅而苍老。

他紧紧裹着红衣，身子无时无刻不在颤抖着，用力抱紧自己，仿佛想将自己嵌进精钢打造的崖壁中。他的眼神有一丝狂乱，似乎日日夜夜生活在恐惧中。

那人浅浅笑了："上官红？我听过你的大名。锁骨人妖果然了得，若不是我早就知道你是谁，可真被你骗了呢。"

上官红的眼睛就像是锥子一般盯着她，狠狠地看了几眼。他喉咙里嘟囔了几声，像是回答，又像是询问，却谁都听不清楚。

那人笑道：“另一个人呢？”

她扫视一周，却什么都没有发现。

洞穴里，就只有上官红一个人。这绝不可能，上官红不值得铁恨来看守，绝不值得。

太昊清无阵、华音阁后山、铁恨，都只为看守一个人。

而她此次前来，也是为了这个人。

这个人，岂能是上官红？

一个声音淡淡道：“我在。”

那人微微一怔，她这才看清，一个人坐在石桌的阴影里。也许是他太安静，也许是他太习惯囚禁中的寂寞，当他静静坐着的时候，那人几乎没有发现他的存在。

天下都不会发现他的存在，因为他不过是个囚人。

那人笑了，走到石桌边，笑道：“不请我坐下吗？”

囚人淡淡道：“坐。”

那人缓缓坐下，将手中食盒放在石桌上。

“我来看你。”

囚人没有说话。

“我叫晏清媚，你如果愿意，可以叫我晏阿姨。”

囚人沉默了一下。

“晏阿姨。”

晏清媚展颜微笑。她的笑总是那么好看，柔媚中带了一丝缱绻，又有几分慵懒。

囚人无动于衷。也许是他在这山洞中生活得太久了，所有的感情都已经麻木。

晏清媚道：“我来，是因为有位故人托我前来看看你。如果可能，她希望在以后的日子中，我能照顾你。”

囚人的身子微微一震。

“是姬云裳？”

晏清媚似乎惊讶于囚人如此锐敏的判断，轻轻点了点头。

囚人的目光中露出一丝痛楚：“她……已经不在人世了吗？”

晏清媚眸中讶色更重。眼前这个人，竟能从这一句话中分析出这么多信息，有些出乎她的预料。

囚人淡淡道：“你不用惊讶，若你也被关在这山洞中这么长时间，你也会想明白很多事。”

晏清媚沉默。

山洞中的光线更暗了，囚人仿佛再度隐入黑暗中，看不清楚。

上官红瑟缩的身子强烈地战栗起来。他像是知道有什么可怕的事情即将发生，用尽了全部力气，想挤进崖壁里。

囚人亦沉默着，忽然缓缓道：“我想出去。”

晏清媚笑了：“我此次来，正是为了救你出去。”

她轻轻打开了食盒。

第一层，七只闪闪发亮的甲壳，就像是七件精雕细琢的玩具一般。但这七物才现，太昊清无阵中忽然闪过一阵难言的死寂。

太昊清无阵中潜伏的上古毒物，像是遇到了克星一般，凶焰大减。

晏清媚的手指轻轻拂过七件甲壳。

“传闻你被卓王孙锁起来时，周身武功尽废，从此再也不能争雄天下。你要想重出江湖，就必须借助七禅蛊的力量。”

七禅蛊？

难道食盒中所盛的，就是名动天下的七禅蛊？

传说，若有人将这七件蛊物集齐，按照苗疆秘法纳入身体，便可获得神魔一样的力量。

因为这七只蛊物本是天地之间力量的源头，人类的内力、剑术、技巧无一不是从它们那里学来的。七禅蛊的内力、摄魂、剑气、杀气都是天地精华，自然凝聚，与后来修炼的大不相同。所以先哲们将七禅蛊所擅剑气称为先天剑气，而武林修炼的剑气为后天剑气。先天剑气无论在威力、迅捷上都绝非后天剑气所能比拟。

剑蛊，化合天地诸力蕴涵而为先天剑气，无坚不摧。

赤血蛊，能聚合天地灵气，化为内力。赤血蛊乃上古神物，千万年来居于深山大泽之中，所汇聚的灵气，何逊于数百年的内力修为？

飞花浩气蛊，能将自身之力转化为杀气，攻的是心，而不是身。能释放出天海般浩瀚的杀气，往往将敌人心灵深处的恐惧化为最大，摧毁其信念，不战而胜。

碧海玄天蛊，此蛊为七禅蛊之主，凭借高绝的智慧控制另外六蛊的行动。传闻此蛊无所不知，无所不晓，操纵其余六蛊，决胜千里。然而此蛊只擅智慧，一点力量都没有，身躯更是软弱至极，几乎一碰就死。大概是上天觉得七禅蛊太过强大，所以才安排了这么一个弱点。

好在，还有三生蛊。三生蛊百战不死，有着任何力量都无法破毁的生命力，正是碧海玄天蛊最好的护卫。

此生未了蛊，此蛊精擅摄魂之术，可遥遥制住对手心神，它背上极似人脸的花纹，可化身绝色，是摄魂秘术施展的最佳载体。若将它种到身上，便能令寄主幻化出各种人的形貌，以假乱真。

灵犀蛊，一雄一雌，据说长着一双千里耳，可千里传音，碧海玄天蛊正是依靠灵犀蛊向其余六蛊发号施令。

这七只蛊乃苗疆神魔洞中的上古秘种，得天地灵气而生，乃万蛊之首。若能将它们全部以秘法移入身体里，便可获得剑蛊之剑气、赤血蛊之内力、灵犀蛊之听觉、飞花浩气蛊之杀气、碧海玄天蛊之智慧、此生未了蛊之容貌、三生蛊之长生，拥有秘魔一样的力量。

二十年前，落第秀才邱渡因缘际会，偶然得到了七禅蛊，短短数月，便从不会武功的文弱书生，成为纵横江湖的大侠，打得整个魔教几乎瓦解。九华山的弃徒辛铁石身上种了此七蛊，于昆仑山上与当时天下第一高手、华音阁主于长空对决，竟是分庭抗礼，不逊分毫。辛铁石虽然落败，仍重创于长空，令于长空独挑魔教总坛的壮举功败垂成。

传言，邱渡与辛铁石相同的遗憾，就是得到七禅蛊的时日尚浅，不能发挥出其全部的威能。

若能呢？

说不定邱渡就会灭掉魔教，而于长空就会死在辛铁石剑下。

七禅蛊，是邪魔留在人间的力量。

而今，却休眠在这小小的食盒中。

囚人忍不住坐直了身子，紧紧盯着这七只小小的甲壳。

就算是婴儿，也能从这些一动不动的甲壳中感受到惊人的力量。若真的能将它们“种”到身体里，他能不能击败卓王孙？

他能不能一雪三年前败于天下英雄前的耻辱？

囚人缓缓合上眼睛。

晏清媚轻轻揭开第二层食盒。

一张纸，一幅简简单单的图。

也许，不简单的只是图上沿所写的一行字：华音阁总图。

图中心画着一栋楼宇，上面标着一行小字：虚生白月宫。连绵的房屋围绕着宫殿建筑，绵延开去，一直到朱红的围墙。围墙外面，密密麻麻地圈着点与线，东、南、西、北分别标着红色的粗体字：太昊清无阵、太上玄元阵、太炎白阳阵、太一御灵阵。

四条绿线，穿梭在这四座绝阵中。其中一条，赫然便是太昊清无阵唯一的生路。

若是看仔细一些，就会发现，华音阁方圆七十里内，所有的埋伏、机关、毒物、暗器，都巨细靡遗地绘在这张图上。只要有这张图在手，出入武林中最大禁地华音阁，就将如履平川。

这张图，是无价之宝。

晏清媚柔声道：“有了这张图，你便在暗，卓王孙便在明。你想怎样杀他，都由你。”

囚人目光闪了闪，似乎因这句话而动容。

对卓王孙的任何一个敌人来讲，这张图的诱惑实在太大。而这些敌人中，又有哪位比囚人的仇恨更深？

晏清媚缓缓打开了第三层食盒。

囚人的目光终于变了。

他终于离开了黑暗。

食盒中，摆着一把剑。

一把曾断裂过，却又修复如初的剑。

一把很普通，却又很不普通的剑。

普通，是因为这柄剑已经三年未被拔出过，纵然它有惊世的锋芒，也几乎快变成一块顽铁；不普通，是因为它曾经被握在一位天下无敌的人手中。

纵然此人的骨已化成土，但只要这柄剑还在世，就绝没有人能忘记它的名字，也绝没有人能忽视它。

囚人颤抖着双手，抓住了剑柄。

这一刻，一道虚无的光华仿佛从他体内迸出，他整个人充满了一种莫名的威严。

究竟是他带给这柄剑的威严，还是这柄剑带给他的威严？

不可否认，他的一生，都与这柄剑连在一起。

没有这柄剑，也许他什么都不是。

有了这柄剑呢？

囚人眼中仿佛泛起了一丝涟漪。他颤抖着手，竟似无法将这柄剑拿起。

晏清媚柔笑："舞阳剑，只有握在剑神郭敖手中的舞阳剑，才称得上是天下无敌的名剑。"

囚人的身子震了震。

剑神，郭敖。

剑、神、郭、敖。

被困在这个狭小山洞里的人，还能称为剑神吗？还配再握这柄舞阳剑吗？

他怆然一笑，手指抚过舞阳剑的剑身，剑在哀鸣。

这柄剑属于他。多年之后，再度会面，它在悲泣，为它，也为他。

一时，醉酒高歌、狂放豪迈的江湖岁月，都上心头。

是的，他是剑神。

他是郭敖。

他曾用它行侠仗义，成为武林中最受人敬仰的少年英侠；也曾用它敲响皇鸾钟，成为天下第一大派华音阁的主人；亦曾用它弑父杀母，化身天下人所不齿的恶魔。

前尘往事，尽在心头。

囚人闭上眼睛。

舞阳剑的哀鸣贯穿他的身体，催促着他将它紧紧握在手中，杀回华音阁，用鲜血与战意，取回本就属于自己的一切。

不正应该如此吗？

晏清媚带着浅笑，注视着他。

啪的一声轻响，舞阳剑落回食盒中。

哀鸣声戛然而止，似乎连舞阳剑都被惊呆，不知道主人为什么放弃它。多少年来，他们一起喋血江湖，主人可是宁愿死都不愿放开它啊！

晏清媚柔如春水的眸子中，也绽开一丝讶然。

囚人淡淡笑了笑。

“我是郭敖，却已不再是剑神。”

他的笑容是那么柔和，曾经他宁愿牺牲生命都不愿放弃的，此时一旦放手，却发现不过是云淡风轻。

他抬头，晏清媚发现，他眸子中的黑色是那么深，里面仿佛流动着整个世界。经年的囚禁，让他的脸显得瘦削而苍白，却透着前所未有的沉静。

他微笑着注视着晏清媚，笑容中没有任何恶意，却让周围的空气都冷了下来。

“晏阿姨，能不能告诉我，你想要我怎么报答你？”

他这一问，穿透了四周的黑暗，直透心底。

晏清媚也不禁微微沉吟。

是的，眼前这个人，已不是当年那恣情破坏的任性少年，他的仇恨、他的心、他的所思所想，全被隐藏起来，就连她也无法完全看透、无法掌握。或许，她今日释放的，不是一个人，而是一场无可挽回的灾劫。

但，这不正是她想要的吗？

晏清媚轻叹道：“姬云裳告诉我，她只想你好好活下去。”

囚人的笑凝滞了一下。

只想你好好活下去——他曾经那样对待她，她却只想让他好好地活下去吗？

好吧，那就好好活下去。

“谢谢。”

他抬手，将七禅蛊跟华音阁总图卷在袖中，对上官红道：“跟我走。”

上官红一声惨叫：“不！”

他一直极力保持着不发出任何声息，拼命祈祷囚人不要看到他，最好能够忘掉他。

没想到囚人却还是向他伸出了手。

上官红嘶声道：“你已经得到了自由，为什么还不肯放过我！为什么？”

囚人淡淡道：“你不喜欢跟我走吗？难道你想离开我？”

上官红脸色骤然苍白，那一刻，他的眸子狠毒得就像是地狱的恶鬼。但他一言不发，静静地站起来，将手伸进囚人张开的掌中，就像个温顺的、乖乖的孩子。

囚人另一只手持着七禅蛊跟华音阁总图，只有舞阳剑留了下来。

这柄名满天下的宝剑，哀伤地躺在地洞里，不明白自己为什么会被主人抛弃。

晏清媚凝视着囚人的背影，嘴角慢慢浮现一丝微笑。

只要他拿走了华音阁总图，她的计划就不会失败。

她十九年来想得到的，就一定能得到。

囚人走出地洞。

满天阳光。

他抬头，让阳光洒满全身，微笑温煦无比。

“铁兄，我们又见面了。”

第二章

江山犹似昔人非

午夜，虚生白月宫。

卓王孙站在虚生白月宫门口，看着铁恨。

这个三年来从未离开后山秘洞半步的神捕，为何来到了虚生白月宫？为什么一定要见他？

但他不想问。

铁恨亦凝视着这位当代华音阁主。

他曾经苦练金蛇缠丝手，究竟是为了什么？

铁恨淡淡道：“我要走了。”

卓王孙不置可否。

华音阁并没有要求铁恨守护后山秘洞，是铁恨自行请缨的。现在他要走，自然也没人阻拦。卓王孙并不喜欢勉强别人。

铁恨自然知道没有人会阻拦他，但有句话他非说不可，这三年来，唯有这句话，他如鲠在喉，不吐不快：“谢谢你。”

卓王孙依旧无言，眉峰微微蹙起，似乎在斟酌铁恨这么说究竟是为了什么。

“只有你才知道，我这么多年来守在洞口，并不是防备有人从洞中出来，而是防备有人进入洞中。”

“谢谢你三年来，全我这份心意。”铁恨恭敬地施了一礼。

这一生，他只有两个朋友，一个朋友已憾然辞世，他只能为另一个朋友尽一份心意。不管这个朋友是不是罪恶滔天，为天下人唾骂。

铁恨只能尽自己的全力，为他守住洞口，不让任何人进去，不让任何人伤害他。

为此，他辜负了二小姐，辜负了那如花的青春。

卓王孙淡淡道："他已经出来了？"

如今，铁恨离开了后山，山洞里锁着的郭敖当然已脱困而出。这个结果并不难猜，是以铁恨点头："是的。"

卓王孙扫了他一眼："那你又为何来这里？"

铁恨不答，缓缓踏上半步。

春水剑法的威名他早就听说，这半步踏上，他距离卓王孙只有四步。这个距离，只要卓王孙出剑，他随时可能会死。

但，他的金蛇缠丝手也有一成机会，在卓王孙的剑刺中他之前，困住对手。

只有一成机会。他本来以为会更高，但当真见到卓王孙后，他发现自己太乐观了。他在进步，卓王孙的进步更大，更可怕。

他缓缓运功，袍袖底下的双臂渐渐透出一阵强烈的金芒。金芒将袍袖鼓开，就像是涨饱了风的巨帆。他的用意，已无须再说。

卓王孙幽幽叹了口气。虚生白月宫前风清月明，他的叹息是那么寂寥。

"你以为，我会追上去，杀了他？或者将他抓回来，重新囚禁？

"悠悠天下，原来竟没有人了解我。"

卓王孙转身，向虚生白月宫内走去。

这一刻，他是如此萧索。

铁恨惊讶地看着他。

是的，他不了解，不了解卓王孙听到郭敖出世的消息，竟会无动于衷。要知道，郭敖当年为了争夺华音阁主之位，可是无所不用其极。就算现在，只要郭敖在，一定会有很多元老耆宿听从他的命令，对卓王孙产生威胁。

但卓王孙只是淡淡一笑，毫不在意。

铁恨忽然有些明白，卓王孙为什么任由他守在后山洞口，三年并无一言。原来他根本就不想杀郭敖。

天下，对于他来讲，实在太小，恩怨情仇，于他并不足萦怀。

这个男子，当他望着天下的时候，他的心也许连天下都盛不下。

何况一个手下败将。

铁恨鼓满了真气的袍袖缓缓落下，他忽然觉得自己的坚持竟是那么可笑。看着卓王孙的背影，他忽然有些不忍。

“郭敖去了御宿峰顶，跟他同行的还有一人，步小鸾。”

卓王孙的身形骤然停住。

步小鸾，一个身罹奇疾的女孩，前一任华音阁代阁主步剑尘的遗孤，也是他最挂怀的人。平日，她就居住在虚生白月宫后院的一座秘密小楼里，没有他的许可绝不会离开。而虚生白月宫是阁主居所，也是华音阁守卫最为严密的地方。什么人，竟能在华音阁的核心之地来去自如，瞒过他的耳目，将小鸾带走？

天空在一瞬间变得漆黑，似乎连天地都无法承受卓王孙的震怒，接着，月光重新归于清明，他的身形已经消失不见。

步小鸾是他的逆鳞，绝不由任何人碰触！

触必杀人！

铁恨站在虚生白月宫前，任落花染满他的肩头。

二小姐缓缓走过来，握住他的手一笑。

是的，他再也没有牵挂，从此江湖逍遥，他喜欢怎么宠着二小姐就怎么宠着。他们可以浮舟海上，将木兰花装满整个船头；也可以在夕阳西下时，赶着牛羊走过天涯。

但他做对了吗？

三年，此刻。他做对了吗？

步小鸾睡眼惺忪地醒来。窗外细细的雨打湿了栀子花，她感到了一阵隐秘的清寒。

她揉了揉眼睛，突然发现窗子外有一双眼睛。

那是一双流动着如星云般纹彩的眼睛，极为奇特，却又不会引起任何人的反感。它仿佛能射进人的心底，一切欲望、渴念都无法在它面前遁形，被它看得一清二楚。

步小鸾凝视着这双眼睛，忽然忘了栀子花。

这双眼睛很温暖，看着它们，她未感到丝毫恐惧，反而有一丝莫名的期待，仿佛这双眼睛乃梦境中的第一丝春雨，能够带来她早就祈祷了多时的礼物。

一个温和的声音传了过来：“想不想长大呢？”

步小鸾身子一震。

长大……

像秋璇姐姐、相思姐姐那样长大吗？有着如花的容颜、曼妙的身姿，怎么笑都很美丽吗？可以自由地到外面去，跟着哥哥走遍整个江湖吗？

“想！”她天真地笑了。

“过来。”窗外的人伸出手向她邀约。他的笑容是那么温和，就像春风中的一条柳穗，被悠悠牧笛吹起。

步小鸾跳下床，微笑着向那人走去。

那人伸出的手苍白而带着春夜的微凉，接触到那双手的一瞬间，小鸾感觉到一阵香甜的倦意，而后便在他的怀中再度陷入沉睡。

来人抱起她，缓步向门口走去。

不远处，一座高山笼罩在月光下，山上桃花烂漫，无声陨落。

御宿峰，峰高四百七十三丈两尺五寸，风流蕴藉，妙相无边。

郭敖站在峰下，看着卓王孙，淡淡地笑了。

“卓兄。”

卓王孙身形倏然顿住，眼神已转冰冷。他凝视着郭敖。当年剑神傲绝天下的骄狂之气已全然不在，他只穿着一件朴素至极的布衣，在御宿峰的春光里，就像是一块石头一样普通。

三年的囚禁生活，让他像是换了一个人一样。

唯一不普通的，是他眸子中偶然一现的星云一般的光彩，并不夺目，却偏偏越看越深。

卓王孙淡淡道：“传说觉悟了春水剑法的人，眸中都会显露异彩。要恭喜郭兄了。”

他猛然踏上一步，无边桃林被杀气惊动，绯红俪白，纷纷摇落。

郭敖依旧微笑。他的笑温和无比，没有半丝敌意：“这个世上真正掌握了春水剑法的只有一个人，那就是卓兄。”

他望着远处的风。

“我不过是想知道，三年前打败我的春水剑法究竟是什么样子，所以才在洞中苦思三年，终于觉悟出它的奥义。但只有在觉悟后，我才知道，我永远不可能打败你。

“真正的春水剑法，是宿命，是与生俱来的，不是练出来的。

“卓兄，不是你修成了春水剑法，而是春水剑法为你而生。别人怎么练，都只能得其形，只有你才得其神。”

他谦恭而温和的话语，让卓王孙都不由得一怔。这实在不像是当年那个人神共愤的少年暴君。难道三年牢狱之灾，当真让他气质尽改？

那又怎样？

卓王孙又踏上一步。

剑气凛凛，犹如烈日。

“小鸾何在？”

御宿峰上的春色骤然不再，随着卓王孙的眉峰一锁，整座山仿佛都化成了一柄剑，随时都能施展出天下无敌的春水剑法。

他的敌人，就在他的剑上。

他以天地为剑，以山川为剑，以王道为剑，以威严为剑，无人能当。

郭敖伸开手，掌中是一只小小的沙漏。沙漏用透明的水晶镂刻而成，里面灌了半瓶蓝色的沙。随着他的手转动，沙粒就像是夜空中的星星，轻轻流动着。

“我一直很想知道，卓兄究竟强到什么地步呢？

“传闻天下最强的蛊物，乃苗疆神魔洞中的七禅蛊，七蛊合一，种在一个人身上之后，就能令此人获得神魔一般的力量，功力超凡脱俗，无人能敌……”

郭敖微笑：“卓兄，不知七禅蛊与春水剑法对决，会是谁胜谁负呢？”

他反手，将沙漏扣在地上。

与此同时，一声刺耳的尖叫从花丛中发出。

夭红的影子在半空中倏然一折，直冲上苍天，这一跃竟足有两丈多高！他双手张开，真气从肋下生出，红色衣衫飞舞，就像是一只巨大的红鹰一般，缓缓落下。

上官红。

他的脸仍然犹如少女，却已被兴奋扭曲。透过那袭红衫，隐约可见他身上有七个光点，正在发出柔和的光芒。一道赤红的血脉贯穿了他的身体，轻轻搏动，一头深深扎入那七个光点中，一头顺着丹田盘旋而上，探入掌心。无尽的力量从这七个光点中喷出，供给全身。

上官红注视自己的掌心片刻，发出一阵狂笑。

“我终于成为高手啦！我终于成为高手啦！”

他骤然扭头，双目因兴奋而变得赤红。他直勾勾地盯着郭敖：“我要杀了你，我恨死你了！”

他缓缓向郭敖走去："你真是被关得太久，脑子坏掉了，居然把这么好的东西给了我。七禅蛊！这可是上古至宝七禅蛊！你真是傻到家了！"

他爆发出一阵疯狂的大笑，却又立即顿住，阴恻恻地道："郭叔叔，为了感激你，我一定会将你大卸八块的！"

他摩拳擦掌，几乎忍不住就要扑上来，将这个折磨自己的家伙一口口咬碎。

郭敖微微一笑，淡淡道："想不想重新成为人人畏惧的魔头，令天下正派一听到你的名字就害怕得发抖？"

上官红身子一震，几乎连想都不想就脱口而出："想！"

郭敖："想不想穿上绣鞋，沾上仇人的鲜血，在地上踩出一个又一个梅花般的印记，就像你原来所做的那样？"

上官红眼中射出一阵奇异的光芒。他最大的兴趣，就是杀人后踩着满地鲜血，踏出一个个美丽的小脚印，宛如开了一地的梅花。

郭敖微笑："你只需要做一件事。"他抬起手指，指向前方，"杀了他。"

上官红顺着他的手指，一寸一寸地扭转脖子。御宿峰的春光在桃花影中显得妖娆无比，衬得那一袭青衫，落落无言。

上官红的脖颈，却泛起一阵兴奋至极的战栗："卓王孙？"

他像是无法相信一般，重复了一遍："华音阁主卓王孙？"

郭敖："不错。"

上官红："不错！只要杀了卓王孙，我就是天下第一，我就是天下无敌！谁都会畏惧我，我想踩谁的血就踩谁的血！"他的眼神突然由兴奋而变得黯淡，"但我怎么杀得了卓王孙呢？"

郭敖柔声道："你一定可以的，因为你身上有七禅蛊。"

上官红犹豫着，眼神重又炽烈起来。

不错，他身上有七禅蛊，完整的、由绝顶高手精心为他镶嵌的七禅蛊。

另外，他还服食了七种珍异的药物，固本培元，令七禅蛊的力量能完美地融合在一起。他本不相信小小蛊物能够拥有这么大的力量，但当封住他真气的银针弹出之后，他的想法完全颠覆了。

他仰起头，在他眼中，浩瀚苍穹也变得那么脆弱！

他如果愿意，可以轻易地捏碎星辰！辛铁石只不过种下了四只七禅蛊，就几乎打败了于长空，他却身种完整的七只！

他将成为有史以来最恐怖的魔头！

上官红几乎笑出声来，死死盯住卓王孙，咬牙道：“我、要、杀、你！”

炽烈的魔气从他身上腾起，就像是狂风一般卷过整座山峰，鼓动那袭红衫，猎猎作响。

卓王孙静静看着他，看着终于脱胎换骨、从地狱深处苏醒的妖魔。

上官红冷冷道：“我从来没有认真出手过，因为我是妖，我杀人不是用刀，而是用骗。但现在，我想让你见识一下我从未施展过的武功！”

上官红的身影倏然消失。

光风霁月，御宿峰春光明媚，上官红却完全不见了，滔天魔气也没有留下丝毫。他就像忽然溶入了风里。

他的声音却从四面八方涌了过来：“这就是我真正的武功：隐杀！你永远无法找到我，也无法知道我怎么出手杀你！七禅蛊真不愧是上古秘宝，借助这股力量，我可以在无声无息中杀人！卓王孙，你死定了！”

卓王孙淡淡一笑，并不看他。他只看着郭敖，一字字道：“小鸾何在？”

郭敖低头看着沙漏。

蓝色的沙静静流淌着，记录着时间已经过去一半。

郭敖轻轻抚过沙漏，似乎要追寻流沙滑落的轨迹：“你有没有想过，你并不能决定别人的人生？”

卓王孙淡淡道：“你若有足够的力量，也可以决定我的人生。”

郭敖摇头：“没有人有这个力量……我只是说，你有没有想过，别人也许想过另一种人生？”

他抬起手，一朵坠落的桃花轻轻打着旋儿，落入他的掌心。

“花，也许不想永为蓓蕾，只想有一夜盛开。幼鸟也许不想固守在巢中，想要去天空飞翔。久病的少女也许不想只是被呵护，而想长大……”

卓王孙眉峰猛然一皱，御宿峰似乎也随之铿然一响！

“你对小鸾做了什么？”

他举步向郭敖走去，再没有片刻停留。

他已失去耐心，要踏平这一切。他的逆鳞已感到隐隐疼痛，不允许任何人再触及！

郭敖悠悠道："没做什么。我只是想让她长大。"

卓王孙狂怒："什么？"

郭敖静静地看着他："我在牢中静思了三年，得出一个结论：我犯下太多的错，只因为我想改变天命。而你，和我有同样的执着。

"我出来，就是想告诉你一件事——强如你我，也违抗不了天命。正如我修不成春水剑法，你也不能阻止小鸾长大。"

卓王孙厉声道："你可知道，她只能停留在十三岁！一旦她长到十六岁，她就会死去。"

郭敖淡淡道："但若只停留在十三岁，她就永远无法经历灿烂的盛开。"

他轻轻将手中的桃花托起，逆着卓王孙威严如天的眸子："这对花，是公平的吗？"

星云般的眸子里旋转着世事忧伤，卓王孙一窒，竟不能答。

因为这正是他的死穴。

用天下最妙手的良医、最罕见的药物、最高强的内力，强行将小鸾留在十三岁，留在花萼紧裹的苞中，永远无法盛开，抗天逆命，强行留她于人世，究竟是仁慈，还是残忍？

这苦苦的挽留，又是为了什么？

郭敖淡淡道："小心。"

大团黑雾骤然闪现，凭空竟响起一声雷！红衫就像是雾中凝结的一点红雨，带着刺骨冰寒的杀意，向卓王孙怒射而来。

"我要杀了你！"上官红的厉啸宛如地狱中的魔音。

赤血蛊之内力、剑蛊之剑气、灵犀蛊之听觉、飞花浩气蛊之杀气、碧海玄天蛊之智慧、此生未了蛊之容貌、三生蛊之长生。

七种蛊的力量混杂在一起，宛如平地卷起的一股狂风，迅速形成风暴，撕扯成十丈多长的龙卷风，却又忽然暴缩成一柄精光闪耀的剑。

一剑刺向卓王孙的咽喉！

七蛊合一，配合着上官红毕生修炼的隐杀，这一击的威力，不是谁都能抵挡的。当世，绝没人有赤血蛊那样浑厚的内力，没有剑蛊这样狂悍的剑气，没有飞花浩气蛊这样浩瀚的杀气，没有碧海玄天蛊这样超绝的智慧，没有灵犀蛊这样灵敏的听觉，没有三生蛊这样百战不死的体质。

也就再无一个人能有上官红这样的隐杀。

卓王孙反手，伸掌探入了狂风中。

内力、杀气、剑气、灵心立即被挑动，展开了疯狂的反噬。绝没有人能抵挡这样的反噬，就算是卓王孙也不行！

但卓王孙并没有抵挡，他的手就像是春水一般，轻轻在狂风中一扫。

怒血飞溅，赤血蛊被他生生地拔了出来。

上官红一声狂啸，赤血蛊强绝浑厚的内力是他统合其他六蛊的基础，一旦失去这股内力，就像是大厦突然失去了基石，瞬间崩塌。

剑气切割，上官红的身躯倏然变成了十七八块。杀气纵横，锐音尖裂，他的血肉化成了一片粉尘。

他被狂风吹起，却已彻底消失在一缕流逝的月光中。

卓王孙轻轻拂袖，将血雾驱散。叮叮一阵轻响，七只甲壳落在地上。

七禅蛊。

有天下无双的七禅蛊，却没有天下无双的人。

也许，辛铁石种下四蛊，能够抗衡于长空，只因为辛铁石本就是能抗衡于长空的人。而邱渡凭借七禅蛊之助，纵横江湖，只因他本就是能纵横江湖之人。

如果是宵小之辈，那么纵然种得七蛊，也未必能成为真正的高手。

郭敖仍旧微笑，轻轻反手，将更漏拾起。蓝色流沙，恰恰在这一刻流尽。

“三年不见，卓兄武功又有精进。”

卓王孙冷冷道：“小鸾何在？”

郭敖悠然淡笑道：“曾有人将七禅蛊放在我面前，让我种下七蛊，以获得能打败卓兄的力量。但我说，七禅蛊打败不了我，更打败不了卓兄。她便跟我打了个赌，如果沙漏流尽之时，卓兄还杀不了上官红，那我就输了。”

他又笑了笑：“我赢了，但输了另一场赌局。”

“她说，沙漏流尽之时，她便能让一朵花盛开。”

卓王孙脸色骤变，顾不得与郭敖纠缠，身化苍龙，向御宿峰顶怒袭而去。

郭敖望着他的背影，淡淡微笑，俯身拾起七禅蛊，收入袖中。

万花盛开，簇拥着一块洁白的大理石台。

那白色是如此净洁，让人无法生出半点污秽之想。小鸾穿着一身洁白的衣衫，静静躺在石台上。她似乎已经睡去，长长的睫毛覆在眼睛上，嘴角含着甜甜的微笑。

她，在长大，长大成十四岁了。

卓王孙赶到御宿峰顶时，正看到这一幕。

不远处，一柄淡青色的油纸伞正擎在白玉般的手中，斜掩着碧绿的人影，缓缓向山下走去。

木屐敲在山石上，发出寂静的回响。

夜色冥冥，人影渐渐隐入月光凝成的雾气中，变得有些模糊。

卓王孙厉声道：“站住！”

他双袖挥出，轻轻托起沉睡中的小鸾，向那人追去。

这个人，一定是郭敖请来的帮手。他能感觉到，自己在小鸾体内种下的禁制已被精妙的手法毁坏，再也无法复原。小鸾即将以超出常人十倍的速度迅速成长，就仿佛一株被压抑已久的花，要在有限的日子里，将未能盛开的岁月尽情补偿。

每一天，都将恢复她本应有的少女年华，却也是在每一天，都更接近凋零。

只有追上这个人，逼迫她逆转她为小鸾做的一切，才有可能让小鸾继续活下去。

哪怕多一天也好。

苍龙一般的身影追随着纸伞，狂掠而去。纸伞浅摆，木屐轻响，但无论卓王孙怎么追赶，都无法靠得更近，只能看着她越来越远。

梦中的小鸾，忽然展颜微笑。

御宿峰下，郭敖负手看着卓王孙远去的青衣，脸上浮起一抹悲悯之色，仿佛看着一尊神祇正徒劳地挣扎，想拯救自己亲手布下的毁灭。

那是他既定的，却不愿承受的命运。

其实，又何尝只是卓王孙？

他自己何尝不是？

如果安于承受命运，他又何须从后山走出来？

郭敖迈步，向峰下走去。

峰下，就是人间。

第三章

只恐夜深花睡去

月光，宛如一片银色的海洋，浸润着大片盛开的海棠。

海棠花圃绵延数里，在夜色中悄然绽放，宛如月光之海中飘浮起的绚烂织锦。

花圃中心，一株合抱粗的海棠树盘根错节。树并不高，树冠却极大，在花丛深处撑起一柄巨伞，看来已生长了百岁以上。猩红、朱红、夭红、橘红、粉红、粉白、紫红，树上竟同时绽放着七种颜色的海棠，在殊方奇药的催开下，结出比其他海棠大数倍的花朵，层层叠叠，将枝头都压弯了。

夜风拂过，一时间，月色似乎也荡漾起来。

比月色更美的是花，比花更美的是人。

云想衣裳花想容。

海棠花树下，秋璇斜倚着盘虬的树干，抱膝而坐。一支白玉簪斜坠在她微微敞开的衣领上，她却浑然不觉，专心凝视着一株花。

那是一株孱弱的海棠，独自养在水晶碗中，在饱满盛开的海棠树下，显得那么寂寥。

她手中斜握着一尊琉璃盏，盏中是凝血一般的酒浆。她饮一口，浇给那花一口。

郭敖缓缓从花丛中走出，坐在她对面。

秋璇像是没看到他一般，自顾自地斟酒、饮酒、浇花。琉璃盏轻轻滑过她的唇，映着如血酒浆，万种妩媚。

郭敖凝视着她，眼中有万种滋味。

良久，他缓缓开口："这些年，你过得好吗？"

秋璇伸出一根手指，放在自己的唇上："嘘……"

她的声音轻而温柔："不要吓着它。"

它，指的是那株花。

此刻秋璇眼中，只有那株花，似乎郭敖从牢狱中脱困而出的事根本不足以让她惊讶。

世间一切，都是那么无聊，只有这株花，才能勾住她盈盈的眼波。

这株花究竟有什么奇特的？

相比其他盛开的海棠而言，它显得那么纤弱，月光的轻寒可以轻易地穿透它，让它肌骨消瘦，宛如透明。花叶有些委顿，刚刚鼓起的蓓蕾藏于其间，像是不胜酒力，残着醉了。无论从哪一方面看来，这都是一株平凡到不能再平凡的海棠花。

郭敖目中露出一丝深思，也注视着这株海棠。

月光照在花苞上，随着月光西移，花苞似乎在一点点胀大。

秋璇仍然有一口没一口地喝着酒，喝一口，就浇一下花。

明月渐沉，天空泛起了微微的红色。

看来，离破晓已经不远。

那朵孱弱的花苞却在这一刻陡然来了精神，变得饱满、丰厚。花苞里似乎充满了奇异的生命力，将会在朝阳升起的一瞬间，尽情开放。

秋璇眸中终于露出一丝彩光，她停止了饮酒，身子也随之坐正，以少有的肃然之色来迎接这朵花的开放。

这朵花究竟有何重要之处，竟令秋璇如此关心？

郭敖目光淡淡，亦凝视着这朵花。

秋璇若在等待，他便一起等待。

秋璇嘴角露出一丝笑意，似乎这朵花即将盛开让她心情大好，她悠然道："你知道这朵花我等了多久吗？"

"我本来有很多种方法，可以让它一夜之间盛开，但我没有。我宁愿等到它愿意开放的那一天。"

她注视着眼前的花，一抹微笑在她唇际扬起："于是，我花了六年零三个月。"

郭敖点头。

六年零三个月，多么准确的时间。六年零三个月前的时刻，一定发生了什么事。

遇见一个人，遭遇一道伤痕，或者快乐，或者不快乐。

郭敖："你种这朵花，是为了纪念这六年零三个月？"

秋璇眸中有浅浅的伤感："不，我是在占卜。"

郭敖重复了一次："占卜？"

"是的，占卜。六年零三个月前，有个神医给了我一颗奇异的花种，可以根据花的颜色，判断出未来的结果。"

秋璇淡淡而笑："她说，未来越是难测，花开所需要的时间就越长。六年零三个月，我的未来一定很不好占卜。"

郭敖点头道："这花会是什么颜色？"

秋璇："血红，或惨白。"

郭敖："红色预示着什么？"

秋璇柔声道："预示我不得好死。"

郭敖微怔："白色呢？"

秋璇一笑："同归于尽。"

郭敖沉默。这不是预言，这是诅咒。

此刻月已西沉，星光尚未消失，天边的朝霞却越来越浓，浓得就像是血。霞光中，秋璇抬头，幽幽道："你说，我的命运，会是血红呢，还是惨白？"

朝阳的光芒照进她的眼睛里，她慵懒的眸子仿佛一面镜子，照出了繁花落尽时的荒芜。

郭敖沉默。

黎明即将来临，这朵预示着命运的花，即将盛开。

秋璇静静地看着它，几乎屏住了呼吸。

六年零三个月，等一朵花开。

多么漫长。

血红，是不得好死；惨白，是同归于尽。

终于，紧紧闭合的花苞，绽开了一道裂缝。风吹过的时候，会听到花在绽放时的疼痛。

裂开身子，以图美丽的刹那。

六年的等待，换取一个命运的诅咒。

秋璇眼睛一眨不眨地盯着花蕊。

星辰即将消失的尾光，在这一刻掠过地平线。

花苞，在这一刻盛放——却已陨落。

剑气与刺目的朝阳同时降临，将孱弱的花瓣吹成漫天微尘。

秋璇静静注视着微尘，却无法看出花瓣本来的颜色。

郭敖一动不动，微尘吹进他的眼睛里，一点点沉淀出看透世事的苍凉。

秋璇缓缓道："为什么要这样做？"

郭敖沉默片刻，缓缓道："你不会有这样的未来。"

青苍的晓色笼罩着花圃，朝阳没有给这片园圃带来勃勃生气，反而剥离了月色掩映下那虚幻的美丽，显出一种前所未有的荒凉。

但郭敖那星云般的眸子，在阳光中更加炽烈。

"你既不会不得好死，也不会同归于尽。

"因为我不会让你有这样的命运。"

秋璇看着他。他的话那样笃定，带着不容置疑的力量。也只有在这一刻，他看上去才像三年前的郭敖。

秋璇叹了口气，露出笑容："若我就是喜欢不得好死与同归于尽呢？"

郭敖似是在慢慢咀嚼秋璇的这句话，良久缓缓道："杀了她，你的未来就会按照你喜欢的方式来安排。"

他伸手，缓缓拉开了背后的海棠花丛。

残红零落，花枝结在一起，组成一个简陋的花台。花台上躺着一个人，水红的衣衫垂落在花中，她静静睡着，嘴角还含着一丝微笑。

秋璇惊讶地站了起来："相思。"

郭敖嘴角渐渐绽放出一丝隐秘的微笑。他举手，做了个邀请的动作。

"杀了她，你就不会再不得好死，或者同归于尽。"

他指间夹着一柄薄如蝉翼的利刃，将其递向秋璇。

秋璇看着他，一字字道："你疯了？我为什么要杀她？"

郭敖眸子中暗彩轮转，就像是照进了她的内心深处："因为你想。"

“你占卜，只因为你已相信，自己的未来必定没有好结果。

“六年零三个月前，你遇到的不是卓王孙，而是她。

“从此，你需要占卜来确定你的未来。你看着她的时候，就看到了命运中的那道伤痕。”

利刃，缓缓挪到了秋璇面前，正照在她的眸子上。淡淡的刀光，映出她眸中的春水涟漪。

杀了她？杀了她就不再有不祥的命运？

秋江上的一凝眸，他与她对视，她在旁边看着。从此，她知道她的未来，只有血红与惨白。

不得好死，或者同归于尽。

要改变吗？秋璇低头一笑。

花台中的人睡得那么恬静。如果可以选择，她愿不愿意睡着的是自己，而拿着刀的，是相思？

郭敖的手停在空中，静静等着她的决定。

花树在她身上投下一片阴影。在这样的阴影中杀人，谁都不会发现，甚至连手上的血都会被黑暗洗去。

明明是她先遇到那个人的，但秋江上凝眸的，不是她。这就是可笑的命运？

秋璇接过刀，轻轻一抖，刀断。

秋璇脸上绽开一抹醉人的甜笑：“你错了。我占卜的未来，并不是这个。”

她抬起头，有些讥诮地看着郭敖：“你看我像是为了爱情哭哭啼啼、死去活来的小姑娘吗？”

她轻轻松手，刀的碎片陨落一地：“带着你的刀和‘好意’离开，你永远不会了解我。”

“不。我了解。”郭敖缓缓摇头，“未来千千万万，但只有最关心的那个才可称为命运。你问的命运就是她。”

秋璇冷笑：“你凭什么知道？”

郭敖道：“因为我也有我最关心的命运。”

秋璇冷冷道：“那你的命运又是什么？”

郭敖淡淡道："是你。"

秋璇一怔。

"我重出江湖，唯一的心愿，就是让你得到幸福。只要你能幸福快乐，我的命运无论是什么都无所谓。"

秋璇冷笑："我和你毫无关系。"

郭敖点头："是。但这仍然是我的命运。"

秋璇一动不动地凝视着他，就像是看着一只怪物。

郭敖沉默，沉黑的眸子淡淡的，不因任何凝视而改变。

秋璇突然一笑："那你为什么不杀她？你要认为杀了她我就能幸福，应该直接杀了她才是。"

郭敖道："我想让你知道，幸福或者命运，只会掌握在自己手中。如果你真想幸福，那就亲手杀了她。"

秋璇点了点头："好理由。但如果我拒绝呢？你总不能强迫我吧？"

郭敖摇头："不会。"

他俯身，托起花台："但我会带走你，去一个无人的地方。

"如果你不能幸福，我宁愿你永远陪着我。"

秋璇静静地看着他。郭敖的脸色很平静，这使他显得很认真。

他的这句话，是用很大的决心说出的。他也准备好了，要用很大的决心去实现。

秋璇忽然觉得有一丝丝冷。

她淡淡地、一字一顿地道："恭喜你，你终于修成了春水剑法。"

郭敖笑了笑："那你总该知道，我若想带走你，你绝没办法阻挡。"

他轻轻将花台向前一送。

"杀了她？"

秋璇嘴角浮起一丝鄙薄的笑："不！"

郭敖："那么走吧。"

秋璇沉默着。

华音阁出奇安静。在曙色的笼罩下，亭台楼阁都是那么阴冷，就像是个毫无灵魂的空壳。

秋璇怅惋一叹，俯身拾起一坛海棠花酿，一缕微笑在她嘴角绽开。

“你真的想带我走？”

“是的。”

“你可知道我精擅暗器与毒物，跟我离这么近，一不小心就会糊里糊涂地送命哦。”

“是的。”

“你好不容易才逃出来，又悟出了上乘武功，为什么不过逍遥日子，非要改变我的命运，莫不是疯了？”

“是的。”

“你抱着这么大个花台，不累吗？”

“是的。”

“你就会说这两个字？”

“是的。”

“……”

白发苍苍的老人跪倒在地上，头顿入泥土里，不顾青泥沾满了额头。

黄衣使者朗声念诵：

“杨继盛，你可知罪？”

“臣知罪。”

“你儿子竟为蒙古番邦国师效力[①]，差点令我大明朝颠覆，你可知罪？”

“臣知罪。”

“你儿子与武林大魔头卓王孙勾结，祸害本朝社稷，你可知罪？”

“臣知罪。”

“你儿子私任武林盟主，不受朝廷节制，如此大逆不道，你可知罪？”

“臣知罪。”

---

① 杨继盛之子，武林盟主杨逸之曾流落塞上，为了拯救相思和荒城百姓，被蒙古国师重劫控制。重劫强迫他成为创世神梵天化身，以辅助自己完成征服世界之大业。事详《华音流韶·风月连城》《华音流韶·彼岸天都》。

“奉天承运皇帝诏曰：兵部尚书杨继盛养子不肖，为祸本朝。不思报效国家，图求功名，只愿打家劫舍，啸聚山林。朕以仁心怀民，而民屡忤逆，国以宽大示众，而众不诚孝。子不教，谁之过？不以嘉赏，不显君德，不以重刑，不显君威。着杨继盛罚去冠冕，收其俸禄，押送军营，为一小兵。后若有作奸犯科，当罚从十倍，若痛忍改非，当缓缓授爵。钦此。”

杨继盛顿首：“谢主隆恩！”

黄衣使者合上圣旨，恭恭敬敬地交到了杨继盛手上，叹息道：“老先生，其实圣上对公子颇有好感，无奈公子一直不肯为朝廷效力。如果老先生肯说服公子出任官职，报效朝廷，就一切既往不咎。”

杨继盛缓慢爬起来，捧着圣旨，心中百感交集。

苍茫功名，三品大员，废兴都在一纸间。

要那逆子为朝廷效力？

杨继盛眉头紧皱。

他宁愿不要这逆子！

黄衣使者领着免去冠带的杨继盛，走入了军营。这是浙江临海的一个驻地，里面驻扎了三百多士兵。明朝海患严重，倭寇时常来骚扰劫掠，是以沿着海岸不远处就设一个哨点，倭寇一来，便可以抵抗，周围的哨点也可驰援。

那些倭寇多在海上设有据点，明朝虽然海运发达，但大海茫茫，哪里搜寻他们？倭寇乘着快船，瞅着明军不防备的时候，便上岸抢劫。等大兵到来时，便退回海上。加之他们又用重金收买了许多探子，明兵到哪里，他们便早就知晓了。哪里有粮有钱，也知道得一清二楚。是以明朝虽屡次派兵围剿，但都不奏效。

倭寇用抢劫来的钱财买了大批红毛枪炮、坚船快艇，声势倒是越来越大。

杨继盛所发配的军营，便是浙江入海口的一个哨营。

第四章

未成报国惭书剑

沉沉的暮霭锁在海面上，风暴过后的大海是那么安静，几乎连一点浪花都没有。军营里的士兵都疲惫不堪，半夜突然而来的暴风几乎将整座军营掀了个底朝天，他们被军官喝骂着，草草将营房重新扎了起来。过度的疲惫让他们忽略了士兵的身份，在黎明前的黑暗中，昏睡过去。

恶魔的脚步踏破宁静。

几艘漆黑的船只悄无声息地停靠在礁石之后。那些礁石高几丈，被海水冲刷得滑不留手，只要稍不留神，撞上去便是粉碎。但掌舵的人技术显然极好，船只恰好贴着礁石停靠，卡在礁石的缝隙里，恰恰避开了风浪的侵袭。

几条粗大的绳索被用力甩起，缠在了礁石上。人影出现，沉默地沿着绳索攀上了礁石。那是些全身漆黑的人，黑色的夜行衣将他们全身都裹住了，只露出两只眼睛。夜行衣紧贴着身体，显得他们剽悍、精干。他们轻轻地在背上撕拉着，拉出两只黑布做成的翼，双臂张开，翼鼓满了风。他们身子向下一纵，便如恶魔一般，在漆黑夜色的掩映下向军营扑去。

杀戮，悄无声息地展开。十几个黑衣人非常默契地同时钻入一个军营，同时钻出。每个人都只有一刀，营房里正昏睡的士兵就全死在血泊中。他们则接着扑向第二个营房。

杨继盛霍然醒来。

他并不仅仅是个三品大员，在京城养尊处优。他兵部尚书的头衔，是他历经几十次苦战得来的，对战争、对血的敏感，他并不逊于任何人。

太宁静的夜，让他隐隐有些不放心。

这时，一些细微的声音传入了他的耳朵。

那是利刃割断骨头的声音。杨继盛心神一凛，霍然跳了起来，狂叫道："快些起来！倭寇来了！倭寇来了！"

苍老的声音中气十足，瞬间传遍了整个营房。

倭寇？

士兵们睡眼惺忪地醒来，一时还没有意识到发生了什么事。但他们连年与倭寇作战，知道这些人神出鬼没，不知什么时候就会从怒涛中杀过来，因此，谁都不敢怠慢，急忙握住枕头上横着的刀剑。

这一瞬间，又有二十三条生命死去。

海风恰如其时地刮起，浓烈的血腥气立即溢满整个军营。

所有人都霍然惊醒！

倭寇来了！

军官急忙传令，沉闷的鼓声轰然响起。

士兵们手忙脚乱地披挂上铠甲，横起干戈。

又有三十四条生命死去。

士兵们仓皇地冲出营房，发现天上飞舞的，全是黑色的恶魔。一半的官兵，已永远沉寂在血泊中。

酷烈的战争，在这一刻真正展开，却是完全一边倒的杀戮。

身着黑衣的倭寇，全是精挑细选的扶桑忍者，身上穿的据说是扶桑伊贺谷秘传的飞忍衣，配合飞忍秘法，可自由翔舞于空中。这些忍者都身怀神秘而又可怕的忍术，哪里是普通的士兵能够抵挡的？

何况，杀戮了一半官兵之后，他们在人数上占有极大的优势。

黄衣使者大惊失色，尖声叫道："撤退！快些撤退！"

士兵们心慌意乱，听到这声怪叫，更是一点斗志都没有了，拖着兵刃向外狂跑。

一个苍老的声音怒叫道："站住！"

只见杨继盛怒目横眉，手握一杆铁枪，站在营门门口。他须发皆张，厉声道："身后十里就是镇海城，我们若是溃退，镇海城来不及防守，必定陷落。城中五万百姓，必被倭寇屠城！国家社稷系于我身，我岂能退？"

黄衣使者平时连京城都没出过，哪里见过如此惨烈的战斗场面，几乎哭了出来："敌兵这么多，怎么打？我们一定会被杀的！管什么镇海城，我们赶紧跑吧，杨大人！"

杨继盛厉声道："国家危难，正是我辈武人报效国家之时。是男儿的，跟我杀出去！"

黄衣使者吓得几乎死过去："杨继盛！我命令你保护我逃走！你若是抗命，我奏请皇上，绝不饶你性命！"

杨继盛哈哈大笑："沙场之上，老夫从未想过活着回去！"

"杀！"铁枪一摆，卷起湿冷的海风与苍苍白发，杨继盛悍勇地向倭寇攻去。

溃逃的士兵不由得止住了脚步。

这个年近花甲的老人，竟让他们有些敬畏。他们与倭寇作战多年，逃过不止一次——当官的都在逃，他们为什么不逃？打不过，就逃，这似乎已经成为天经地义的事了，没什么好羞愧的。

但现在，他们却感到有些无地自容。

他们发出一声喊，跟着杨继盛，向倭寇拥去！

杀！

倭寇们吃了一惊。他们从未见明兵如此悍勇过。一般只要屠杀展开，这些明兵便会溃逃，百姓是死是活他们管不了那么多。多少次，只要战争一开始，明兵如果占不了优势，就一定会退走。

所以，每次战争之前，倭寇们都会做两件事。

第一件事，就是花重金收买百姓，散布谣言，说倭寇们多么凶残可怕，要是战败了落在他们手中，一定会生不如死。

第二件事，就是他们一定会用最精锐的伊贺谷忍者打头阵，务必一开战就将明兵的士气打下去。

所以，倭寇凶残的印象深入人心，每个明兵都生恐跟倭寇作战失败落在他们手上。倭寇不是人，是大海深处的恶魔。种种传说带着妖异之色锁在明朝官兵、百姓的脑海里，令他们只要一落败，就只知道溃逃。

其实，要成为一名精锐的伊贺谷忍者，绝非容易的事，伊贺谷忍者并不多，倭寇绝不愿意这些忍者折损，因此他们绝不想遇到真正的顽抗。

所以，当他们看到一个白发苍苍的老头，身上穿着一件麻衣，连铠甲都没有，手里挥舞着一柄铁枪冲过来时，顿时惊呆了。

这绝不可能。

几名伊贺忍者对望了一眼。

老者身后，是士气渐渐鼓起的明兵。

绝不能让明兵有这样的斗志！

杀了他！

唰，只有一声响，却有八名忍者一齐出手。

太刀卷起的海风，腥咸而锐利。这令杨继盛想到他少年时独步大漠，那头对着夕阳悲嘶的骆驼。他几乎能看到，死亡张开巨大的羽翼，在海风中蹒跚飞舞，向他扑了过来。

他冲了过去。

他只希望，自己的死，能够唤醒明兵的刚烈之气，不要那么懦弱，要勇敢，要战。

死在沙场之上，是军人最大的荣耀。

这样，或许便能洗刷他所有的屈辱。

海风被撕碎，忍者的太刀卷起的锋芒就像是鲨鱼牙一般，怒张着向杨继盛噬来。杨继盛一声怒吼，铁枪舞成一团黑光，向刀身上迎去。

当当当一阵乱响，铁枪被斩成十几截，碎在地上。

杨继盛虎口被震得鲜血直流，手中只剩下半尺多长的一截枪身。他丝毫不惧，大吼道："保家卫国，是男儿的跟我冲！"

下一刻他便悍然向倭寇们扑去。

倭寇们惊讶地看着他，不明白这个人是怎么了。

杀了他吗？

犹豫之间，明兵们的士气完全被杨继盛鼓起，狂喊着冲了上来。

伊贺谷忍者稍稍向后一退，倭寇的正规军立即扑了上来。

他们一定要在黎明到来之前攻下这座哨营，然后，便可在日出前攻破镇海城。

他们必须达成这个目标！

忍者们的目光，重新锁定在杨继盛身上。他们不能让这个老头活着回去。

一连串的倭语响起，他们迅速沟通了下行动方针，身形怒射，背后黑翼张开，从四面八方向杨继盛冲去！

为了这场战争的胜利，他们必须用最残酷的方法杀死这位老者！

刀光紧紧缠绕住了杨继盛，下一刻，他就要粉身碎骨。

一声微弱的叹息，却在此时响了起来。

光在黑暗中炸开，那么淡，那么柔，淡得就像是一泓水，柔得就像是一抹眼波。

水，浮动在海风里，波，盈盈在刀光上。

八柄太刀的光芒，同时碎裂。

八名忍者目中露出难以置信的神色，眼睁睁地看着手中的太刀断成两截，插进了自己的心脏。他们向前飞纵的身躯像是突然折断一般，骤然停止，然后反方向飞回，落到他们起步的地方。

八名最精锐的伊贺谷忍者，跪着死去，死在杨继盛面前。

光猝然熄灭，黑暗就像是黏稠的血。

倭寇们的动作一齐停止。他们尚不明白，究竟是什么力量，在一瞬间杀死了他们最强悍的忍者。这八名忍者，对于倭寇而言，是多么宝贵的财富。

悠悠的海螺声吹响。倭寇们抢起忍者的尸体，潮水一般退走。

杨继盛昂然站在军营正中央，看着倭寇退去。朝阳的光芒慢慢吞噬黑暗，镀在他身上，给他镶上了一层金边。士兵们这时才爆发出一阵欢呼。

他们竟然赢了！

真的赢了！他们保卫了镇海城！他们是胜利者！

但这胜利是多么惨烈，三百名士兵，仅仅剩下了不到五十人。

杨继盛慢慢转身，目光逆着阳光，看着那名白衣男子。

阳光尽情照在他身上，白衣就像是最洁净的羽毛，一尘不染。

是这个人，出手杀死伊贺谷忍者的吗？

士兵们窸窣地低语着，目光中不由得加了些尊敬。这个人身上究竟有什么力量，竟令凶悍残忍的倭寇们望风而逃？

如果他在军中的话，会不会倭寇再也不敢来犯？

“抓住他！”

倭寇退去后，黄衣使者重新恢复了尊严。他手执皇上钦赐的节杖，指着杨逸之。

众士兵面面相觑。

抓他？抓这个刚刚帮他们打败了倭寇的人？黄衣使者莫非被倭寇吓出了毛病？没看到他比倭寇还要狠，一剑就杀了八位忍术高手？我们这么多人连一个忍者都干不掉，冲上去抓他，岂不是送死？

黄衣使者却有信心，冷笑道：“大家不要放他走，他就是逆贼杨逸之！”

众士兵浑身颤抖了一下，不由自主地又退了一步。

杨逸之的名字他们或多或少听说过一点。想在江湖上混，谁能没听过武林盟主的大名？开什么玩笑，让他们这点残兵败勇去抓武林盟主？要抓你自己抓好了！

杨逸之表情淡淡的，转身离去。

他本就没有再留在这里的理由，但黄衣使者的下一句话，让他的脚步戛然而止！

“杨继盛，若是抓不住武林逆贼杨逸之，我就奏请皇上，斩了你的头！”

杨逸之霍然回身，目光凝聚在黄衣使者的脸上。

黄衣使者忍不住倒退了三步。

这个温文尔雅的男子，竟让他心底生出一阵寒意。面对着这双静如秋月的眸子，他不由自主地恐惧，想逃走。

半尺多长的铁枪横了起来，杨继盛白发苍苍，似乎更加憔悴。他注视着这个白衣如雪的男子。

这个令他由三品大员跌为小兵的男子。

这个从小就没让他感受到一丝骄傲的男子，从未光祖耀宗，只会流落草莽。他恨这个出身将门世家，却建立不了丝毫功业的男子。

他还清晰地记着，十三岁之前，曾对男子有多高的期待。男子的才华、才情，都是杨家的骄傲，会是状元榜首，会是出将入相。

然而在十三岁的阳光里，这些都化为梦幻泡影。

是他，令杨家断绝了子嗣。因为从他离家的那一刻起，杨继盛就当他已经死去。

那个被称为武林盟主的杨逸之，不过是个草莽英雄。侠以武犯禁，扰乱法纪，为朝廷不容。

杨继盛看着他，铁枪冰冷，攥在手中就像是攥着一把寒风。

皇命难违，杨继盛踉跄前行，一枪刺出。

杨逸之全身颤抖，缓缓跪倒。

铁枪重重击在他的肩头，杨继盛已闭上双目，老泪纵横。

如果他从不曾有过这个儿子该多好。

黄衣使者却乐开了花。

他指挥着士兵将杨逸之绑了起来，冲着杨继盛堆满了笑："杨老先生，请帐里面坐。"

他命人将杨逸之押进了帐里，屏退了所有人，亲手关上帐门，从门缝里向外望了望，确保周围没有人，才回转身来，冲着杨继盛深深鞠了个躬。

"杨老大人，天大的富贵就在眼前，晚辈还请杨老大人提携一下，望大人荣华富贵之后，不要忘了晚辈。"

杨继盛心中千头万绪，闻言淡淡道："老朽已是戴罪之身，哪里有什么富贵？大人不要开玩笑。"

黄衣使者正色道："晚辈还要大人提携的，岂会开玩笑？大人的富贵，就着落在令郎身上。"

说着，他亲手将杨逸之的绑绳解开，作揖打拱地赔礼道："世兄千万不要见怪，方才小弟无礼，只不过是为了免除那些士兵的疑惑而已。"

杨逸之不知道他葫芦里卖的什么药，不置可否。黄衣使者面容神秘，道："所谓朝中有人好做官，老大人跟世兄在朝中有个天大的靠山，眼前这点小波折算得了什么？只要大人跟世兄肯效忠朝廷，荣华富贵还不是唾手可得之物？"

杨继盛倒被他说得糊涂了。他生性耿直，得罪的人不少，交好的人却没有几个。所以这次落难，连个求情的人都没有，不由得疑问道："大人说老朽在朝中有个天大的靠山，不知此话怎讲？"

黄衣使者笑了，突然高声道："杨继盛、杨逸之听旨！"

说着，他从怀中拿出一幅小小的黄绫来。

杨继盛高呼"吾皇万岁"跪了下去，杨逸之却一动不动。杨继盛怒喝道："畜生，还不跪下！"

杨逸之不由自主地跪倒在父亲身后，就听黄衣使者宣读道：“奉天承运皇帝诏曰：特授杨逸之为天下兵马大元帅，总督天下兵马，为朕扫除倭寇，一统武林。杨继盛即日官复原职，再加一品。钦此。”

说着，黄衣使者将黄绫交到杨继盛手上，笑道：“老大人，这可不是天大的富贵是什么？”

杨继盛接过圣旨，打开一看，果然是这么一段话，上面印着血红的玉玺之印，不由得惊喜交集。他本是三品大员，再加一品，便是二品。明朝二品已经极为稀少，足有入阁做阁老的资格，已是人臣的极限。大悲大喜之下，杨继盛一时竟说不出话来。

黄衣使者笑道：“皇上本痛恨武林中人惹是生非，令郎是武林盟主，且一度与蒙古国师过从甚密，尤其为国法不容。皇上本欲将之捉拿处斩，却有一个贵人向皇上进言，说令郎不是没有忠孝之心，只是报国无门。她将令郎在蒙古时的所作所为向皇上细细诉说，令皇上对令郎的印象大为改观，称赞说草莽之中也有人杰。于是就下了这道密旨，吩咐晚辈见到令郎之后才能宣读。”

杨继盛更是惊喜：“不知究竟是谁为杨家向皇上剖明苦衷？”

黄衣使者俯身到杨继盛耳边，低声道：“便是公主！永乐公主！晚辈说老大人朝中有人好做官，可没有妄言吧？”

杨继盛却有些诧异，公主怎会对杨逸之有如此好感？杨逸之也有些莫名其妙。黄衣使者道：“倭寇犯我中华，保家卫国乃大义，想必令郎不会推却。”

杨逸之目中满是迟疑，抬头就见老父殷切的眼神。显然，只要自己答应，便可恢复父子之情。老父一生耿直，于忠孝两字看得极重，而自己却于这两个字最是欠缺。老父为自己满头白发，被贬谪为小兵，难道自己就不肯尽一点孝道吗？他不由得轻轻点了点头。

杨继盛目中露出一丝欣然之色。养子十余载，他总算是有一点欣慰。

黄衣使者道：“经过吴越王之变，朝中兵员已极为匮乏。世兄虽然做了天下兵马大元帅，但手中实无多少兵可用。好在世兄乃武林盟主，就请即刻回去，召集天下武林豪杰，会于浙江，共同抵抗倭寇。小弟有确切的情报，倭寇已大举集结，不日即将入侵中原。本朝兵力空虚，势不能当，差一些便是亡国之祸。此乃民族大义，务必请世兄尽心尽力。”

杨逸之轻轻点头。武林中人虽然不服朝廷节制，但于国家之义看得极重。国家有难，匹夫有责。倭寇既然乱我中华，召集义兵倒也情有可原。当今皇上一直对武林中人有偏见，借着这次靖寇之举，也可以让皇上对武林改观。自己这个武林盟主也总算做了点事情。

黄衣使者话锋一转，森然道：“皇上还有一道密旨，等杀尽倭寇之后，这些武林人士，也不用回去了。”

杨逸之大吃一惊，黄衣使者冷冷道：“国家无兵，这些武林人士向来桀骜不驯，皇上早就当他们是心腹大患。这次国家有难，不得不倚重他们。等到功成之时，庆功宴两位大人就不用参加了。”

他笑了笑，拱手道：“到时候小弟是要叫世兄侯爷还是驸马爷，都还未知呢。”

杨逸之厉声道：“难道皇上存的，竟然是一箭双雕之心？让倭寇与武林中人拼个两败俱伤，再一网打尽？我岂能做此不仁不义之事？”

黄衣使者淡淡道：“皇上有旨，杨逸之若不从，立即以叛国罪处治。杨家满门……斩！”

杨逸之一窒。

他可以对抗任何敌人，但，让杨家被满门抄斩，也是他无法付出的牺牲。

那是老父永远无法背负的罪孽。

他偷眼看向老父，杨继盛面色如铁。

黄衣使者缓缓道：“草莽之中，能有什么好人？打家劫舍，以力为强。皇上答应他们，死后全封他们为功臣烈士，好好抚养他们的子女。杨世兄，你要知道，朝中之人看你们武林，始终觉得是个毒瘤啊。”

杨逸之盯着老父。杨继盛竟不忍再看他，急忙转首。

但杨父那一瞬间眼神中的冷淡，让杨逸之深深认识到，这种理念上的差异是永远不可更改的。他的父亲，一生忠孝节义，却始终不能认同武林中的那些豪杰。

庙堂之高与江湖之远，中间隔着的，是不可逾越的鸿沟。

一边是贪官酷吏，一边是恶徒暴民。

如果没有了武林，也许天下的确会太平一些，官老爷会放心一些，鞭子挥起的时候，不会被一只有力的手擎住。国家法度，也会更加威严。

但，这些人都该死吗？

如此，成全了忠孝，却将节义置于何地？

杨逸之的笑容有些苦涩，他缓缓跪倒在杨继盛面前。

“父亲大人，这就是您一直的心愿吗？”

杨继盛面色如铁。

这是他的心愿吗？这就是他一直对儿子的期盼吗？

光耀门楣，忠君报国，这是青史最鼎盛的荣耀，是簪缨冠冕的辉煌装饰，亦是君对臣、父对子最大的期望。现在，这个机会就摆在面前。

代价是，武林豪杰，这些他一直认为是乱臣贼子之人的性命。

杨继盛看着杨逸之。虽然父子已多年未曾相认，他亦知道，只要自己亲口提出，无论这个要求多么困难，杨逸之都不会拒绝。

因为这是自己第一次求他，亦将成为他对自己最深的回报。是他的骨、他的血，对诞生他的骨、他的血的自己最虔诚的奉献。

杨继盛极轻地点了点头。

杨逸之沉默，良久，他抬起头，清明如月的脸上浮起一抹淡淡的笑容：“如此，爹爹，我会为你封侯。”

然后他走出营帐，不再回头。

杨继盛双目紧闭，神色中只剩下苍凉。

一将功成万骨枯。

出将入相，何等功业，何等荣耀，连青史都遮不住，他们杨家将光宗耀祖，荣宠无比。他的儿子，将会如他所期许的那样，千古留名，谈笑之间为朝廷去除两大心腹之患，出将入相，封侯尚主。

那样，就会是他的儿子了吗？就会成为他的骄傲了吗？

猎猎的海风吹过他苍白的发，他忽然感到一阵怅然。

第五章

山水照人迷向背

秋璇走得很慢，夭红的裙裾扫过花丛，就像是流云漫过水天。

郭敖并没有催逼，这让秋璇有些惊讶。华音阁是什么地方，她自然非常清楚。三年前的郭敖自然可以闲步于此，但三年之后，华音阁的主人已经换了。那个人，绝不容任何人在他的领地上闲庭信步。

那是否意味着，郭敖已经有了对付卓王孙的方法？

秋璇眉峰轻锁，美眸流转，叹道："你看这春光不好吗？"

水路两边，花红柳艳，江南的春色被烟雨笼着，淡淡的就像是美人刚描好的细眉，带着含蓄的媚态，让人忍不住想靠近。

郭敖点了点头。

秋璇道："这么好的春光，为什么你不好好欣赏呢？你觉悟了剑心，应该没有人再能阻挡你才是。"

郭敖在一株高大的花树前止步。

风静花犹落。他站在花影下，似乎不愿打破这份宁静，一时无言。

秋璇道："就算你不愿逍遥红尘，也不应该找我才是。你若想找朋友，就应该找杨逸之，找崇轩，找柏雍。我们毫无瓜葛，你为什么要找我？

"你总不该还认为，我们俩是兄妹？"

郭敖淡淡道："我从来没有这样认为过。"

秋璇的笑变得有些调侃："或者，你还喜欢我？那你早应该死心了。"

郭敖点头："我明白。"

秋璇微微叹息一声："莫非你想找个仇人？那就该去找卓王孙。夺走你的一切的人，是他而不是我。”

郭敖静静抬头。树的阴影笼罩在他身上，他全身像是染满了绿意，将身心都融入了那巨大的树影中。

“我最恨的人不是卓王孙，而是你。”

秋璇讶然：“我？这怎么可能？”

郭敖缓缓折下一根树枝，翠绿色的露水还凝在枝头，它的生命却注定消失：“我的一生曾行遍天下，却不过可归为三剑。”

他伸出树枝，平平一剑斩出。剑式极为简单，一点花巧都没有，却有一抹妖异的红影倏然在树枝后闪现，诡异无比地顺着树枝斩出的方向扑出，咻然一声没入了长空中。

秋璇道：“飞血剑法，我见过好几次了。”

飞血剑法乃邪剑，以用剑人自身的血肉为饵，召唤血魔。中者血肉立被销蚀。此剑每次在江湖出现，都掀起一阵腥风血雨。

秋璇的目光追逐着那抹早就消失的红影，轻叹道：“当年有一对兄弟，哥哥钟成子是享誉武林的铸剑大师，弟弟钟石子却默默无闻。这让弟弟很不甘心，千方百计想超越哥哥。随着钟成子的剑越来越有名，钟石子想出了一个奇招，就是以人为剑，打造出一把妖剑，击败哥哥所铸的所有名剑。为此钟石子找了个根骨极好的小孩，用各种邪异方法淬炼他，好让他能赶在钟石子死之前，成为绝世高手。这个小孩的武功虽然突飞猛进，心灵却遭到极大的创伤，被埋进了恶魔的种子。有一天，那小孩逃了出去，浪迹江湖，成为当时最负盛名的少年侠士。但恶魔的种子不断在他心中生根发芽，终于，在三年前，他化身为魔，大开杀戒，几乎颠覆整个武林。

“这个小孩就是你。飞血剑法，就是钟石子在你心中种下的魔障。影响你最深的，就是钟石子传给你的邪剑。”

郭敖点点头：“不错。我心中有恶魔的种子。我也一直认为，这颗种子是钟石子种下的。但经过三年的思索，我却发现我错了。这颗种子早已被另一个人种下。”

他的目光有些黯淡，一声叹息，树枝斜挥而出。

如果说，刚才那一剑毫无花巧，这一剑却如天女舞空，绚丽至极。枝上的花叶在山岚中轻轻颤动，激起一串细小的水雾，每一滴却如张开一面空之水镜，须弥芥子，已足以映出红尘的万种繁华。

秋璇的目光动了动。

这一招，出现于世上，绝不超过三次。

这一招，改变了她一生的命运。

她怔怔地注视着剑光，眸中春水般的笑意渐渐冷却，透出淡淡的悲伤。

郭敖收剑，缓缓道："这一招，叫凤还巢。二十年前，江湖上有一对人人羡慕的神仙眷属。男子是号称天下无敌的于长空，女子便是华音阁仲君姬云裳。传说他们两人初识，便是因为这招凤还巢。定情之时，姬云裳告诉于长空，如果有一天他背叛她，她会用这招凤还巢取他性命。两人联姻后，于长空成为华音阁的主人，开启了华音阁如日中天的时代。这段姻缘亦成为江湖上最完美的传说，不断流传。然而，再美的传说也敌不过命运。十三年前，这招凤还巢，果然还是自姬云裳手中施展出，刺入了于长空的胸口……"

他不再说下去，只静静看着秋璇。

秋璇无言，眸子中似乎有澹荡的波光。

良久，她深吸一口气，平静地道："这两个人，就是我的父亲与母亲。这一招凤还巢，曾于严府水牢之中由我母亲施展出来，杀了我父亲。而你当时就在一旁。"

她顿了顿，冷笑道："是不是因为当时你认为我的父亲亦是你的父亲，才对这一剑印象如此深刻？"

她春水般的眸子中也凝聚起一丝怒意。

三年前，正是郭敖当着华音阁众人的面，将这个秘密公之于众——是仲君弑杀了阁主，是姬云裳杀了于长空。

这个消息犹如平地惊雷，华音阁瞬间内乱，姬云裳亦带着秋璇远走边陲。

从那一刻起，她与母亲再未说一句话。不久后，她不辞而别，独行千里，又回到了华音阁。一别之后，音信渺茫。这些年来，她也曾试图原谅自己的母亲，想去曼陀罗阵寻她，却终未能成行。

而后，便传来了永诀的消息。

那一刻她失声恸哭，却再也无法挽回局面。

这一剑，改变的不只是郭敖的人生，还改变了太多太多人。

郭敖亦久久沉默。

他出身富贵之门，却不过是小妾所生，在太师府中的地位比奴仆高不了多少。他的母亲懦弱无能，只天天叮嘱他要讨大哥世蕃的欢心。没有尊严，没有地位，没有庇护，没有前景，他甚至知道，他的父亲严太师是个世人不齿的大奸臣。他的骨与血中，都是肮脏、污秽、下贱的东西，没有半分高贵。

直到有一天，一位虽然落拓却武功极高的人找到他，告诉他，他不是大奸臣的儿子，他是当世第一高手于长空的儿子！他天生就该是剑神，他应该学习绝世的剑法，成为人人敬仰的大侠！

那一刻，他的门忽然被打开，炽烈的阳光让他全身通透。

他不惜冒着被大哥打死的危险，也要去找那人，学习他的绝世剑法。但就在这时，这一招凤还巢出现，他的绝世武功的梦幻戛然而止。

这一招剑法对他人生的改变，甚至更大于飞血剑法。

如果于长空不死，如果于长空有时间将绝世剑法全部传给他，甚至将他带入华音阁，不用漂泊于江湖，不用遇到恶魔般的钟石子，他的人生将会怎样？

一切都因这一剑而夭折。

为此，他失望过、不甘过、痛恨过。后来无论姬云裳对他多么宽容，他都用血淋淋的残暴来回报她。无论华音阁是否愿意将他奉为主人，他都像个少年暴君般，在阁中胡作非为。但这一切，又何尝不是缘于他童年时深深的创痕？

郭敖眸中的神光暗淡下来，眼中露出一丝痛苦之色，因为他从秋璇脸上看到了同样的悲伤。

他轻轻叹息："你以为，是因为我恨你的母亲，才故意要用这一剑来羞辱你吗？"

秋璇不答。

郭敖叹道："你错了。"

"这一剑对我的影响，不是受剑之人，而是使剑之人。正是这个人改变了我的一生。"

他的眉头深深皱起，仿佛被锐利的东西刺中，带来刻骨的痛，却又有种释然，似乎将潜藏多年的愧疚说了出来，于是终得解脱。

秋璇有些错愕："我母亲？"

姬云裳？改变他最深的，竟然不是于长空，而是生命中擦身而过的姬云裳？

若没有于长空的嘱托，姬云裳根本不会看郭敖一眼。就算是有了嘱托，在郭敖成年之前，姬云裳和他也不过匆匆数面。为何郭敖会认为，影响他最深的是姬云裳？

这怎么可能？

秋璇怀疑地注视着郭敖。

她能看到，他的手在垂下的衣袖中用力握住，苍白的指节和突起的筋络缓缓绷紧。

重出世的郭敖一直是那么淡然，淡然到让人觉得可怕。似乎喜怒哀乐已不能再触动他的心。唯有这一瞬间，时空仿佛突然逆转，将他带回到三年前——三年前那个恣意破坏的少年，却在无人的角落里，因恐惧与寂寞瑟瑟发抖。

秋璇秀眉微微蹙起："我明白了。你看到我母亲的时候，不由自主地去跟一个人比较，那就是你的母亲。"

郭敖的身子一僵。

秋璇："我父亲号称武功天下无敌，所以我母亲的武功也就显得不那么引人注目。但我知道，我母亲的武功绝不亚于父亲。在很多人眼中，我母亲在容貌、风采、武功、修养上几乎是一个女子所能达到的极致，所以当她出现时，你便无法忘却。而你的母亲……"

秋璇顿了顿，不忍说下去。

郭敖笑了笑，笑容艰涩无比。的确不用多说，他的母亲不过是大奸臣的一个妾室，只会逆来顺受，甚至为了活下去，不惜出卖自己的尊严。她的美貌只能借助脂粉而存在，且日渐凋零；她的温柔不过是剥离了尊严后的懦弱，在恐惧下忍辱求全。

她的笑容，总是那么惨淡、强颜欢笑。

他曾经以为，天下的女人都是这样的，依附着男人存在，尽自己的努力去讨男人欢心。无论她们想获得什么，都需要别人的施舍，苍白、脆弱、渺小、可怜，只是富丽堂皇的地毯上的花边，虽然美丽却被人践踏，无从躲避。

但那一剑，似一道光，让他看到了另一种女人。

强大、美丽、雍容、坚忍。

那一刻，阴暗的水牢都被这一剑照亮，他看到了毕生未见的光辉。

也在那一刻，恶魔的种子真正埋进了他的心底，再也无法摆脱，他只能无助地看着它越来越壮大，探入他的心底。

它不住在他耳边低语，血淋淋地提醒他：你看，这世界上有武功盖世的侠客，有风华如神的女子，他们是存在的，却与你无关。你一出生，命运就已注定，下贱、污秽、卑微、堕落。一切美好高尚的东西都不属于你，所有人都看不起你。若你不甘心这样的命运，就只能出卖灵魂换取恶魔的力量，将那些人变得和你一样污秽！

他挣扎着，拼命地让自己相信，他是于长空的儿子，是个侠客。他从钟石子手下逃走后，游侠江湖，不惜抱着宁芙儿跳下舍身崖，不惜为了初识的朋友远走苗疆，不惜为了老人、幼女千里护镖，不惜为了一句承诺攻入少林寺。

因为，他要证明他是于长空的儿子，他是侠客。他不是奸臣与小妾的儿子，他不是恶魔。

秋璇看着他，两人一时无言。

童年时心灵的创伤，是多么深重，他们都能体会到水牢中的那个孩子的绝望。那一颗幼小的、敏感的心灵，多么渴望能够做一位侠客。但黑暗而污浊的现实如恶鬼般附骨难去，无视他的一切挣扎，将他拖入罪恶的深渊。

良久，郭敖缓缓抬起树枝，演出第三招剑法。

这招剑法，无须任何解释。

春水剑法中的第一式，冰河解冻。

秋璇轻轻叹息，打破那难忍的沉默：“你对无法觉悟春水剑心一直耿耿于怀。”

三年前，郭敖终于得以于长空之子的身份进入华音阁。那时，几乎每一个人都对这位来历不明的阁主继承人心存怀疑。华音阁，天下第一大派，阁主之位何等尊崇，本就不是以世袭制确定自己的主人。郭敖想要成为阁主，就必须证明自己。这时，秋璇将他带入密室，将继任华音阁主的钥匙——春水剑谱摆在了他面前。但他无法觉悟出剑心，施展出真正的春水剑法。而人中龙凤的卓王孙，不靠剑谱，自行觉悟出了剑心。这几乎摧毁了郭敖最后的信心，也促成了他的疯狂①。

春水剑法，是郭敖永恒的伤。

“不。”郭敖缓缓道，“我的武功从来没有天下无敌，有人强过我，我并不在意。

---

① 详见《武林客栈·星涟卷》。郭敖生平参见《舞阳风云录》《武林客栈》。

但真正摧伤我的，是你。”

秋璇再度惊讶：“我？”

郭敖：“继任华音阁主后的日子里，我经常会从一个噩梦中醒来，那就是，我发现，我不是于长空的儿子。”

那时候，他的血脉几乎已是他唯一的支柱。

如果他不是于长空的孩子，污秽的现实立即就会将他吞噬。因为他就只能是奸臣跟小妾的孽种，注定堕落。

那打马江湖的梦想，那行侠仗义的热血，那多年苦苦努力累积的声望，都将化为泡影。

郭敖抬头，看着秋璇。

秋璇忽然明白，因为他的目光中有深深的嫉妒与刻骨的仇恨。

那是一个饥饿的孩子，赤着脚，背着沉重的背篓，被凶狠的鞭子抽到泥沟里，摔得满身鲜血时，看到了疾驰而过的马车上谈笑自若的贵族公子的仇恨与嫉妒。

那是不可调和的鸿沟，只能一个死、一个生的仇恨。

刹那间，秋璇明白了郭敖为什么那么恨自己。

她也明白了，三年前，郭敖为什么残忍地对待姬云裳，对待步剑尘，对待自己。因为他想让所有的人变得和自己一样。

他化身为魔，不过是要击碎那九层宫阙，让那些居住在洞天福地里的人惊醒过来，看一眼这个世界的本来面目。那时，他们就会被剥去一切高华、尊严、雍容，变得跟自己一样痛苦，一样污秽。

那样，他的痛苦就不会再特立独行。

当我们痛苦时，我们希望别人跟我们一样痛苦，需要一块所有人一起痛苦的废墟。

郭敖的废墟，就是华音阁，是天下。

秋璇，于长空与姬云裳的女儿，从出生那一天起，就无须沾染任何俗世红尘，只需尽情享用锦衣玉食、良辰美景。待青春来临，只要在海棠花树下，执一杯琉璃盏微笑，就会邂逅天底下最美好的爱情。

她像是一面完美的镜子，伫立在他对面，用通透如琉璃的光，照出他污秽的影像，时时刻刻提醒他，他的出身是多么低贱，他的命运宛如尘土。

郭敖目中暗彩旋转，渐渐凝结成悲凉。他沉默地站在树荫中，注视着四月的华音阁中的鼎盛烟花，注视着自己曾经的辉煌、曾经的寂寞。

“看到你的第一天起，我就觉得你很特别，却总不知道为什么。

“我曾以为我是嫉妒你、怨恨你，又或想占有你、得到你。后来我才明白，我其实是想取代你。”

他的笑容有些苦涩。

三年前，他终于在恶魔的诱惑下疯狂，忍不住想将那面完美之镜击碎，令其染上和自己一样的尘秽。于是，他几乎强行侵犯她，只差一点，就铸成大错。三年来，他都在深深的自责中度过，却不知如何去表达自己的歉意。

他甚至不敢想象和她的重逢。

没想到，当真正站在她面前，重提此事的时候，却是如此释然。

“我曾经以为，占有你，就可以取代你。

“但我错了。

“如今，我只是想要你幸福。”

秋璇将目光转开。

这三剑，虽然不是战斗中施展出来的，但其惊心动魄之处，丝毫不亚于一场恶斗。郭敖的一生，是那么沉重、惨烈，令人只看一眼，就几乎窒息。

她觉得心中一阵烦闷，不想再说下去，只淡淡道：“你胁迫我，我怎会幸福？”

郭敖笑了笑：“从出生以来，你的人生是那么一帆风顺。你要的一切都能如愿，不需要去争夺，不需要出卖尊严，亦不需要满手鲜血。这让你变得太过骄傲，骄傲到根本不愿意去争取，骄傲到认为所有人都会对你俯身以就，骄傲到就算嫉妒一个人，也拒绝承认她是自己的敌手。

“我让你杀了她，就是让你知道，命运可以改变，但一定要争，不惜将灵魂出卖给魔鬼，不惜双手染满鲜血。”

他从阴影中转过身来，眸中星云般的光影倾注在秋璇身上。

“你完全可以把我当作魔鬼，以命运之名，许给你幸福的契约。”

秋璇忽然感觉脸上的笑有些僵硬。

她需要这样的契约吗？

在爱情的战场上拼得你死我活，去赢得一个男人？

秋璇眼波沉了沉，不由得转向那个沉睡的女子。

她感到一阵好笑，她为什么要争？

她笑了：“你既然知道我这么骄傲，那为什么非要认为我必须嫁给卓王孙不可？你说对了一件事，我跟你有很多不同，这的确缘于我们的父母。我有天下无敌的父亲，所以我在想，就算我将武功修习得再高，又有什么用呢？我有风仪天下无双的母亲，所以我在想，我就算再美丽、再优雅，又有什么用呢？我的父母并不幸福。武功无敌，风仪无双，在你看来是无上的荣耀，在我看来，却是无法打破的桎梏。如果他们不那么优秀，说不定会更幸福一些。”

郭敖沉默。

会不会是这样？他不知道。也许是吧。太优秀的人，优秀往往会成为一根刺，刺伤别人，也刺伤了自己。

秋璇笑容转冷，冷得也像是一根刺。

“我的父母给我留下的财富，也许远远超过你的想象，甚至超过任何一个人的想象。我若说，我能在一夜之间令华音阁易主，你相信不相信？”

郭敖沉默着，慢慢点头。

他不能不相信。于长空与姬云裳都是惊才绝艳的人，秋璇是他们唯一的孩子，很难相信他们在临死前，不为她做足安排。

秋璇笑得有些讽刺：“但华音阁主有什么好？整天板着个脸，跟牛鬼蛇神有打不完的交道。一不小心被别人打败了，就会落下天大的骂名。就算真的天下无敌又怎样？不能做自己想做的事，爱不了自己想爱的人，又有什么意义？”

她冷笑。

“卓王孙？天下人都当他是了不起的人物，我却不以为然。他自命天下无敌，却连爱一个人的勇气也没有；他自认计谋无双，却看不清自己想要的究竟是什么。说到底，和那些为了力量放弃灵魂的人有什么两样？我为什么要和别的女人抢他？我为什么要哭着喊着求着嫁给他？他愿意做阁主，我就让他暂时帮我看管华音阁。等有一天他被人打败了，我就将他一脚踢开。你大概不知道，在我心目中，他不过是招之即来挥之即去的奴隶罢了！”

郭敖沉默。

这段话实在惊天动地，当今武林中，还没有人敢这样评价卓王孙。

但这才是秋璇，才是那个独立特行、无拘无束的秋璇。她本该是王母苑囿中的夭桃，不该落入红尘是非，更不该停留在任何人身边。

华音阁，是天下最大的是非之地。卓王孙，是天下最大的是非之人。

郭敖沉吟良久，一字字道：“真的？”

秋璇却笑了：“假的！”

她笑得甜美，笑容却又带着某种危险的魅惑：“卓王孙武功天下第一，文采风流天下第一，智谋术算天下第一，我怎么可能将他当成奴隶？”

郭敖凝视着她。距离这么近，他却看不清她。也许，天下并无一人能看清她。

相思不能，卓王孙也不能。

那她又为何要留恋在这是非之地？沉醉海棠花下，不问凡尘，是否便是她对自己的放逐？

年华空逝。

他又怎能看着她有这样的命运？

他从后山走出，又为的是什么？

第六章

轻帆渡海风掣回

海天空阔，平静的大海一望无垠，只有海鸥逐着烈日飞舞，发出一阵阵清脆的欢鸣。大海在这一刻展现它最美丽的一面，琉璃色的海面看上去通透无瑕，微微泛起的波浪像是镌刻于其上的古铭文。不时有长着长翼的飞鱼跃出水面，在空中划出优美的弧线，然后落入水中。海鸥欢鸣着，在海水中捕捉着食物，洁白的羽翼反射出绚烂的阳光。

小鸾兴高采烈地看着这一幕，忽道："哥哥，我们又要去冈仁波齐峰吗？"

卓王孙缓缓操纵着船的方向。

这是一艘画舫，极为巨大，但又极为精致。明朝造船技术已然极高，这艘画舫又是数十名匠的心血所凝结，就算是海上风暴，也无法将其摧毁。整艘画舫长七丈三尺，宽一丈八尺，高一丈三尺，宛如一头苍龙静静地蹲伏在水中。

画舫的甲板很平整，装饰得不像是一条船，倒像是一个花园。中间一个亭子，里面种满了鲜花，尤其妙的是还有一棵树，树下面是一张湘妃竹做的贵妃榻。

小鸾就坐在贵妃榻上，榻旁是一只沉香木雕就的龙首。这艘船乃当时罕见的自行船，船底机关乃聘请红毛国最著名的技师打造，借助机关之力就能在水上行驶，无须帆、桨，只需扳动龙首，船就可如意前行、后退、左转、右弯。

只有这样的船，才配得上华音阁主的威仪。

然而这样的船，太过精致，应当航行在江南如画的山水中，跟如此浩大空阔的大海有些格格不入。远处那艘小舟跳跃在碧波上，画舫却始终无法追上。卓王孙心中有些烦恶，却不想影响小鸾的心情，笑道："不是的。我们不去那里了。"

小鸾："那就好。那里阴森森的，我有些害怕。哥哥，我们要去哪里呢？"

卓王孙长吟道："忽闻海上有仙山，山在虚无缥缈间。我跟你去海上的仙岛，寻访仙人。”

小鸾拍掌笑道：“好啊！好啊！我早就想见见仙人是什么样子了。你说仙人有相思姐姐漂亮吗？”

卓王孙脸色沉了沉，道：“不要靠船舷那么近，小心一会儿起风。”

小鸾听话地走近了些，斜倚着卓王孙坐下。卓王孙目视前面的小船，那是一艘快艇，航行在平静的波涛中，就像是只飞跃前进的青鱼，油纸伞嵌在船头，静立不动。卓王孙固然无法追上它，但海面空阔，毫无遮挡，它也很难逃脱卓王孙的视野。

卓王孙并不担心。

无论快艇多么坚固，它毕竟只是一艘小艇。海上风云变幻，随时可能会起大风暴，海浪滔天，什么快艇都经受不住。所以，撑油纸伞之人乘坐快艇的唯一解释就是：她要去的地方必定不远。

只要一到那地方，卓王孙便会有七八十种办法令她心甘情愿地为小鸾做手术。

是以卓王孙并不太担心。大海就是他最大的帮手，帮他困住前面的这个人。

海景空阔，一望无垠。烈日照在头上，让人有些心烦意乱。

突然，海面上飘来一阵细细的冷香。

小鸾正在打哈欠，闻到香气，怔了怔，忍不住抬起头四处张望。

前面那艘快艇周围，忽然出现一些零星的海岛。

藤萝生长在海岛上，每一株都有碗口粗细，显见是上百年的古藤。藤木越过海面，组成了一个延绵几十丈的绿色巨台，藤蔓纠结，在台子上构建起了一座绿色的宫殿。

一位身披轻纱、头戴璎珞的女子，正枕着藤萝，在这座天然的宫殿中安睡。她侧卧藤萝下，屈臂枕头，安详而宁静，呼吸中似乎有莲花的香气。旁边几十个宫女装扮的人围绕着她，有的打着罗伞为她遮蔽阳光，有的为她轻轻扇着绢扇，有的正燃着檀香，有的伏在她的脚边打瞌睡。这一幕，是那么恬静，唯有缓缓响起的异国琴声，袅袅飘过。

突然，水波分开，一只大象从海中跃了出来。

大象通体洁白，神圣而美丽。它挣扎着爬上绿台，发出一阵沉闷的嘶啸。但那位女子并没有被惊醒，连身边的宫女们也都没有看到它。她们脸上的微笑丝毫不改，仿佛什么都没有发生。

大象绕着绿台转了三圈，慢慢靠近沉睡的女子。它的两根长牙尖锐无比，忽然刺进了女子的肋下。鲜血猛然流出，但那名女子脸上仍带着微笑，安然沉睡，身边的宫女们或打伞，或摇扇，或燃香，或瞌睡，仿佛大象并不存在。

长牙刺得越来越深，沁出的血染红了整片海域。小鸾忍不住一声惊叫。

白象受惊，扑通一声跃回了海中。女子的身体被从中撕开，涌出大团鲜血，横陈在藤萝下。宫女依旧柔静地低语着，没有半点惊慌。

这一切，惨烈而妖异，就像是一场梦。

快艇绕过绿台，驶入了茫茫海涛深处。卓王孙轻轻掩住了小鸾的眼帘，将她抱在怀中，一手操控着画舫，紧随快艇之后。

卓王孙眸中浮起淡淡的冷笑——世界上几乎已没有什么景象能扰动他的心神。敌人既然已经出招，就表示他找对了方向。他要做的，就是看着她将招数出完，然后找出她，任她像一条脱水的鱼一样，在自己手中死去。

画舫静静向前行去，小鸾的眼睛却再也不敢睁开。良久，那座巨大的绿台终于从视野中消失，海面上却突然出现一朵莲花。

一朵巨大的莲花。

莲花呈猩红色，在蔚蓝的海面上，显得那么突兀。莲花就出现在画舫前面，以卓王孙的眼力，竟然都没有发现它是何时出现的。

画舫碾着莲花经过。莲花里面，突然发出一声凄厉的儿啼。画舫不像是碾着一朵花，而像是碾着一个婴儿——一个刚刚出生的婴儿。

小鸾忍不住失声道："哥哥……"

卓王孙的眉头亦微微皱了起来。

另一朵莲花凭空在画舫前出现，然后又一朵，再一朵。

一共七朵莲花，盛开在洒满阳光的海面上，每一朵仅仅隔着一步距离。

卓王孙忽然微笑："小鸾，你想不想知道佛本生的故事？"

小鸾点了点头。

卓王孙："两千三百多年前，古印度东北部恒河河边有个国度，叫迦毗罗卫国，国主叫净饭王，王后叫摩耶王后。一日，王后在睡眠之际，梦见一头白象腾空而来，从右肋进入她的身体，醒来后她觉得很奇异，就去告诉国王。国王召集婆罗门术者占卜，回答说：这个梦预示着王后已经怀孕，所生的王子乃千古圣人，必将成佛。这就是王后梦象成孕的故事。”

小鸾想起方才那头白象竭力要拱进睡眠女子身体里的场景，禁不住打了个寒战，不敢再说什么。

卓王孙道：“至于这海面上的七朵莲花，传说摩耶王后怀孕满十月后，一日率宫女畅游蓝毗尼园，她见到一棵无忧树枝叶茂盛，芬芳可爱，便举手攀摘花果，于是，王子就生了下来，无人扶持即能行走。他身上发出的光，朗照四方，举足行了七步，每一步落下，地上都涌出一朵莲花。一时间香风四散，花雨缤纷。这便是佛陀的俗身悉达多王子降生时七步生莲的故事。”

他笑道:“如今你来海上,天降莲花迎接,难道我们的小鸾姑娘,亦是有佛缘之人？”

小鸾也被他逗得展颜一笑，渐渐不再害怕。

画舫碾过莲花，发出一阵阵凄厉的婴啼，小鸾脸色一变，不敢再说话。卓王孙将她轻轻搂在怀中，谈笑自若。

小鸾紧紧靠近他，听着他平稳的心跳，也渐渐安定下来。只要在哥哥身边，就没有人能够伤害她。

前方的快艇终于慢了一些。

也许，是因为将近傍晚，油纸伞下的人也有些疲倦了。

海面上，忽然传来一阵欢快的歌乐声。

一串红灯出现在海风深处，薄薄的白雾笼住了四周，连日光都被遮住了一些。那些红灯分为整齐的两排，一动不动，静静地悬挂在海面上。

快艇悄无声息地航行在红灯之间，向远处行去。卓王孙稳住了画舫，跟随在快艇后面。他的心志坚定无比，无论海上起什么变化，都置若罔闻。

一条船载着一匹马，从对面驰了过来。马上乘着一个人，满身华服，面如满月，见了卓王孙大喜，躬身行礼道：“悉达多王子，耶输陀罗公主即将到来！”

卓王孙不理不睬，那人也不介意，驱着船行远了。

一会儿，又一个人乘船载马，奔了过来，冲着卓王孙道：“悉达多王子，耶输陀罗公主即将到来！”说完就退了下去。

小鸾见此事甚为奇异，一时忘了害怕，扯了扯卓王孙的衣袖，问道：“哥哥，他为什么叫你悉达多王子呢？耶输陀罗公主又是谁？他们为什么要你娶她？”

卓王孙微笑道："别担心，这不过是一场故事罢了。悉达多王子，便是出家修行前的佛，耶输陀罗公主就是他的妻子。这些人演出的是佛本生的故事，从感孕、出生、成婚一直到悟道成佛。你好好看下去，接下来便是佛出家、觉悟的戏文了。"

正说着，他们面前忽然出现一个极大的集市。

集市上人来人往，中年妇女在买柴米油盐，年轻姑娘在选胭脂花线，贵家公子在挑粉靴绸衣，农夫农妇们看着牛羊猪圈。华丽的绸缎铺挂满了绫罗丝缎，巨大的饭庄里坐满了高朋贵客，宽广的道路上挤满了逛街的人群，喧哗之声甚嚣尘上。他们的服装都充满了异国风情，面貌也和中原人氏迥异。

一群演奏着乐器的乐者从他们中间徐徐穿过，无数年轻的舞者跳着欢快的舞蹈，跟随在乐者周围。集市上的人纷纷停止买卖，跟随着乐者、舞者跳起了舞蹈。整个海面上都变得喜气洋洋起来。

突然，一个声音喊道："公主驾到！"

快艇骤然停住！

大海波涛，茫茫千里，快艇一停住，就再也不动，宛如一枚青色的钉子，钉入海涛中。那艇上淡淡的人影，淡淡的油纸伞，就像是江南春色，突兀地静止在海涛中。

只有一个声音响在茫茫碧海上："公主驾到！"

那声音竟然中气十足，越传越远，连海风也遮挡不住。单凭这份内力，就足以称得上是绝顶高手！

快艇仍一动不动。

浪花突然翻动，狂风骤起，偌大的画舫在浪中也有些颠簸，卓王孙脸色一沉："小鸾，回舱里去！"

小鸾答应了一声，急步向舱中奔去。

画舫的船舷上忽然出现十七名红衣女子。

红衣，蒙面，是十七点鲜艳的红——天魔舞。

卓王孙冷哼一声，杀心骤动。

他不能让任何人威胁到小鸾。这些人既然敢登上船，那就该有在下一秒死去的觉悟。

春水剑法骤展，船舷上像是又升起一轮太阳。

卓王孙的剑式戛然停止。

十七名女子一起举手，一扯，红衣、蒙面同时碎在海风中，她们每个人竟然都跟小鸾长得一模一样！

无论身材、面貌、衣服、神情，都一模一样，没有任何差别！

十八个小鸾，一起活色生香，有的惊，有的喜，有的愁，有的怨。她们跟真正的小鸾在一起，已经让人分不出哪个才是真的了。

卓王孙脸色一沉："小鸾！"

十八个小鸾一齐答应。

如果有时间，他一定能分辨出哪个是真正的小鸾。他对小鸾太熟悉了，但越熟悉的人，有时反而越陌生。此刻，他根本无法想出真正的小鸾长什么样子！

突然，一道绚烂的白光从海上横掠而过，光影触及，十八个影像碎为尘埃，宛如十八面被打碎的镜子，在风中飘散。

十八个小鸾都消失不见，甲板上空空如也，包括真的小鸾。

卓王孙盛怒，剑气如狂龙般出手！

一个声音淡淡地传了过来："公子，你在找我？"

青色的油纸伞，在海涛中张开。

卓王孙冷冷一笑："装神弄鬼！"

剑气横空，一剑犹如天神愤怒，向快艇袭了过来。

油纸伞下的人轻轻叹息了一声："你若杀了我，又去哪里找小鸾？"

卓王孙不由得一窒。

油纸伞破裂，在海风中碎舞，伞下却什么都没有。一层淡淡的雾在伞下散开，那个淡青色影子像是突然溶解在雾气中一般。

就像是海上的妖魅，在魅惑了人之后，就会在风中消失。

雾越来越浓，卷过层层海面，伸手不见五指。

突然，狂风卷过，浓雾倏然被吹散。

卓王孙霍然回首。

偌大的集市、乐者、舞者，竟全在片刻间消失。宁静的海面上什么都没有，只有海风、海鸥、飞鱼、阳光。

所有的一切，都消融在青雾里。

卓王孙心头一紧，驾驶着画舫四处搜寻了一遍。

什么都没有。

他眉头紧皱，掉转画舫，向来处行驶，一直行驶了十几里，大海茫茫，仍然空无一物。

绿台、莲花，都像是突然蒸发了一般，不见任何踪迹。茫茫大海上，一切繁华都已消失，都像是一场梦。

但小鸾真的不见了。

突然之间，他的脑海中出现湿婆曾对他说过的一句话。

“我知道你舍不得这世上的人，你想守护他们。但你的力量是破坏。你若不回归，你将看到，他们会一一因你而死。你终将无法拯救他们，最后，连这个世界都将因你而毁灭。”

那是神的诅咒，诸行无常，世界沦灭。

卓王孙怒哼：“你休想掌握我的命运，我的命运，只能由我自己掌握！”

卓王孙一声怒啸，催发剑气，海水被撩起，暴雨般冲刷着炽烈的阳光。

他的影子在海水中映出，宛如神祇之相。

彩霞满地，绿意成荫。

“你要带我去哪里？”

郭敖抬首。西北望长安，可怜无数山。

“沙漠。你若是不愿杀掉她，那就永远陪着我。”

他手里把玩着那个沙漏。蓝色的流沙淌下来，又返回去，这令他想起了少年时曾去过的沙漠。风就像是从天上刮下来的一般，将沙托到半空中，然后再落成瀑布。沙在空中流转着，就像是一个巨大的沙漏。

他曾那么憎恨这一幕，现在却无比怀念。

秋璇讶然：“沙漠？你要带我去沙漠？”

郭敖不答。

一旦进入那个巨大的沙漏，无论是谁，都无法挣脱，只能像一颗蓝色的沙那样，不停地在沙漏中流淌，从这头到那头，再从那头到这头。

那是永恒的囚牢。

秋璇笑了："那你该早说的，我得带全衣服才行。"

女人可以没有足够的饭吃，却绝不能没有足够的衣服穿，尤其像秋璇这样的美人。

所以郭敖只能同意。他只能跟着秋璇穿过花树，走进房子，收拾了一大堆红色的衣服。

但秋璇仍然皱着眉。

郭敖等着她说话。秋璇妩媚一笑："我离不开这些酒的。你若是以为我躺在海棠花中，只是为了逃避某些人，那就错了。因为我有病，有很重的病。这些酒，就是我的药。我若是离开这些酒，必不能活过一个月。"

秋璇眉毛轻轻蹙起，脸上挂满了忧伤。郭敖顺手提起两个酒坛，托在肩上，随即又是两坛托在肘上，跟着又是两坛。一共八个坛子，二百多斤重被他托在臂上，他则静静看着秋璇。

这些酒，足够秋璇喝几年的了。

秋璇拍了拍掌："原来你这么有力气。那我就放心了。"

她柔声笑着，天真又妩媚："因为我还有一个癖好，一旦听不到音乐，就会心情烦躁。你要将我锁起来，那一定要带走我的乐器才好。我最心爱的乐器有点重，本怕你拿不动的，但现在我放心了。"

她带着郭敖向前走去。她走得很急，郭敖身上托了八个坛子，视线几乎都被遮住了。华音阁的道路曲折隐蔽，一不小心就会迷路，迷路的后果自然非常可怕，因为这些花树虽然看上去很美，却都是杀人的利器。

但郭敖偏偏不紧不慢地跟在身后，仿佛对这里的道路非常熟悉。

经过了十七八个弯、五六座房子，秋璇终于站住，笑道："这就是我最心爱的乐器。只要你带上了，我马上跟你走。天涯海角我都跟你去。"

郭敖一看，脸色立即变了。

那是一面铜鼓，直径一丈多长，高几乎七尺，怕有一千斤重。就算是托塔李天王，也未必托得起来。

秋璇满面笑容地看着他，仿佛急不可耐地等着跟他去旅行。

他如果是魔鬼，这个女子就一定是妖精。

第七章

卧雨幽花无限思

不管他武功多高，都不可能托着这么大一面铜鼓走到沙漠的，何况还有八坛酒，还有秋璇。这个女子看上去笑嘻嘻的，却比鬼还鬼，比精还精。他若真带这么多东西上路，她一定会趁他不注意，跑得影都不见的。

他能不能不带这些东西？

不能。

因为秋璇说："你要不带这些东西，我就撒泼。"

一个撒泼的秋璇会是什么样？反正郭敖不太想见到。

所以他只有带着她走。

如何走？郭敖叹了口气。

华音阁在天目山下一片水域之中，进出华音阁的通路有两条：陆路、水路，尤其以水路风光最是美丽，水径静幽，萍草点绿。循着水路出去，乘舟而上，过鄱阳、洞庭，入四川，经青海，便可进入西域沙漠。水路行船，就算带着再多东西，也不怕。

郭敖身形轻烟般消失。

秋璇坐在花丛中笑嘻嘻地等着，不着急，也不逃走。相思仍然锁着眉在花台上沉睡，也不知道是中了毒，还是被郭敖点了穴。

过不多时，一艘画舫缓缓行了过来。那艘画舫极为巨大，但又极为精致。明朝造船技术已然极高，这艘画舫又是数十名匠的心血所凝结，就算是海上风暴，也无法摧毁。整艘画舫长七丈三尺，宽一丈八尺，高一丈三尺，宛如一条苍龙静静地蹲伏在水中。

秋璇笑了："卓王孙做阁主多年，不好器玩，连名马都没养几匹，一共就造了两艘船，造得一模一样，华丽、精致无比，连船头的龙饰都是一模一样。若不是龙首上刻的字不同，几乎无法分辨。平时拿着像宝贝一样，连我都不舍得给。你倒好，趁着他不在就给盗来了。他若回来，一定不会放过你。”

她啧啧称赞着，提起裙裾踏上了船头，留下一地东西让郭敖收拾。

“这艘船名曰‘木兰’，另一艘叫作‘沙棠’。都是以精钢为龙骨，船体由海柳木所造，坚固至极。别看水面上只有一丈三尺高，但水底还有一丈三尺。舱内分双层，最底一层储存了各种佳肴美酒、肉干菜蔬，足够十几个人吃喝一年的了。上面一层则布置了九间房屋，由红毛国巧匠所造，就算在大风大浪之中，也不会有任何颠簸，舒适至极。你选了这艘船，真是有眼光，连我都不由得要称赞你了。

“十几个人能吃喝一年，我一个人岂非要吃十几年？太好了。”

郭敖：“还有我。”

秋璇吃惊道：“你也要吃？我还以为你不会说话不会吃饭呢！”

她笑了：“要是你吃的跟你说的一样少，就好了。”

船的甲板很平整，装饰得不像是一条船，倒像是一个花园，中间一个亭子，里面种满了鲜花，尤其妙的是还有一棵树，树下面是一张湘妃竹做的贵妃榻。秋璇也不管郭敖，径直坐了上去，悠然拳起腿，一面轻轻揉着脚踝，一面自顾自叹道：“今天可真是走了不少路，不知道这船上能不能洗澡……”

郭敖并不理她，只顾将一大包袱衣服、八个大酒坛子、巨大的鼓连同相思都运到船上。

别的都好办，衣服送到舱房中去，相思放到秋璇身旁，酒放到最下一层，一坛酒摆到甲板上，以备秋璇随时饮用。只有那大铜鼓最难办，郭敖费了半天劲，终于将它搬上船尾，用绳索系住，勉强固定起来。

当他坐到船头上时，秋璇已经将指甲全修了一遍。

秋璇：“可以走了吗？”

说着，她轻轻扳动了一下躺椅边上的龙首，一阵吱吱呀呀的声音传来，画舫轻轻动了一下，徐徐向前行去。

秋璇笑道：“这艘画舫的机关乃红毛国技师打造，又称为自行船，不用人力，只靠机关之力行走。你选了这艘船，可省了不少力气。要不从这里划到西域去，非累死你不可。”

她这话郭敖深表赞同。

无论如何，能省劲总比不省劲要好一些。

亭亭画舸系春潭，直至行人酒半酣。不管烟波与风雨，载将离恨过江南。

宋代之诗，以此最是风流。天色渐阴，适时地下起了一阵春雨。江南的雨，淅淅沥沥，沾不湿人的衣衫，却沾湿了万种闲愁。烟雨空蒙，华音阁的红墙绿树都笼罩在淡淡的迷蒙中，渐渐远去。

秋璇斜斜倚着贵妃榻，琥珀盏握在手中，尽是慵懒的风情。水径幽深，渐渐出了华音阁，眼前开阔起来。两岸青山森立，在烟雨中仿佛浓得化不开的墨，正欲临一巨幅山水。画舫行走在青山绿水之间，似万种翠中的一点红。

江水宛转，绕山而行，绕出了九曲十八弯。每一曲一弯，都荡出清新的美景，令人目不暇接。郭敖淡淡坐着，目光如望远山，显得有些落寞。

江山如画，却无他立锥之地。

他已被这个世界遗忘。

秋璇忽然抬手，指着远处道："传说此地山中有一种奇特的花，花名'惜别'，只在雨中盛开，因为花上的雨滴，点点皆是临别之泪。

"如今我离家在即，你能不能采一朵赠我？"

她的声音中满是忧伤，一如山中幽岚，轻轻萦绕。

郭敖顺着她所指的方向看去。那是一朵悬崖上的花，花色绯红，颜色跟秋璇身上的衣服恰好一致。花长在远处的青山上，在浓浓烟雨中显得那么醒目。

还没等郭敖回答，秋璇便扳转龙首，向悬崖行去。

郭敖并未阻止。这艘船虽然巨大，但极好操控，龙首向左，船便向左；龙首向右，船便向右；龙首向前，船便行驶；龙首向后，船便停止。

只是那悬崖上去虽然近，真正走起来，却越绕越远。画舫在青山丛中绕来绕去，拐过了不知多少个弯，方到了悬崖之下。郭敖轻轻跃起，将红花采下，放到秋璇手中。

秋璇笑意盈盈地接过，看了片刻，却叹道："原来传说中的惜别花，放到手中看时，也只不过如此。"

她摇了摇头，俯身将花放到水中，任它随水而去。一瞬间，波光返照，映出她红衫翠鬟，面如芙蓉，仿佛传说中凌波仙子。

她瞥了郭敖一眼："你不着急？"

郭敖淡淡道："不。该着急的是你。"

秋璇："我为什么要着急呢？"

郭敖沉默着，缓缓道："你不觉得相思姑娘一直沉睡，有些不正常？"

秋璇的脸色变了变。

郭敖："有种剑法，也被称为邪剑，虽然没有飞血剑法那么有名，但见过的人无不谈虎色变。无论是什么人，只要被这种剑砍中，全身气血都会慢慢僵硬，渐渐不能言、不能动。过了七七四十九天之后，就会变成一具傀儡，再也无药可救。你知不知道这叫什么剑法？"

秋璇一字字道："傀儡剑法。你用傀儡剑法刺了她？"

郭敖："我只是说，有这样一种剑法。"

秋璇盯着他。郭敖目光淡淡的，神情隐在烟雨中，似乎永远看不清楚。没有人知道他心中有什么打算。

秋璇不再说话，用力扳了一下龙首，船向前行去。

郭敖静默地坐着，似乎无论秋璇做什么，跟他一点关系都没有。

船划过青山，行入更弯曲的水径中，却不知道究竟要去向何方。

四月的江南已快进入梅雨季节，雨一下起来，常常就是半个多月。画舫渐渐驶出青山曲径，进入开阔的江面。水汽蒸腾，更加看不清方向。

夜色渐渐阴沉下来，薄薄的暮气跟水汽纠缠在一起，画舫上亮起了一盏红灯，在风雾中轻轻摇曳，就像是一只昏昏欲睡的眼睛。

秋璇侧卧在贵妃榻上，仿佛已经睡去。郭敖端坐在船头，像是在想永远想不完的心事。三年来，他太习惯于思索，这使他常常沉浸于自己的世界而忘了周围的风物。

夜色渐沉，又渐渐明亮起来，这艘画舫在江面上整整行驶了一夜。黎明的曙光照亮眼眸时，烟雨却更加迷茫。云仿佛沉得就压在头顶上，空气沉闷得几乎让人喘不过气来。江水，也泛着深沉的黑色。

郭敖忽然觉得有些不对。

他回头,就见秋璇正蜷缩在贵妃榻上,春水般的眸子眯成细细的一线,朝着他微笑。

“欢迎到大海上来。”

郭敖错愕。

大海?

他们不是航行在江面上吗?

秋璇看着他无法再板起脸来，就觉得一阵好笑。

她悠悠伸了个懒腰，笑道：“你觉得我们是在江上吗？你错了，在我们摘得那朵花的时候，我们就在海上了。因为那不是山，而是海岛。你听没听过一首诗？‘鹫岭郁岧峣，龙宫锁寂寥。楼观沧海日，门对浙江潮。’这是宋之问咏的《灵隐寺》。是说站在灵隐寺的楼上，就可以看到沧海日出；而打开灵隐寺的门，就可以欣赏浙江生潮。而华音阁离灵隐寺并不远。”

郭敖忽然想起，秋璇去采那朵红花的时候，在群山之中至少绕了七八个弯。显然，这些弯并不是白绕的，绕的结果，就是悄然通过钱塘江边的水径，将船驶到了入海口处。那些海岛，果然跟山很像，加之江南烟雨极浓，竟然骗过了自己。

秋璇悠然道：“要想骗过你，就必须选在你不认识路的地方。其实我在阁中时，就想将你引到机关之处。但几次试探，没想到你对阁中道路极为熟悉，令阁中九千三百七十六处机关竟然无用武之地。若是别人，必定已放弃，但我相信，这必定是有原因的。因为你被关起来之后，阁中的机关、道路已改变了很多，所以，绝不可能是因为你还记得路，必定是因为有人给了你新的地图。”

她的笑中充满了狡黠：“既然是地图，就总有个尽头。果然，一出华音阁，你就几乎不认识路了。我带你去采花的那段路，名字叫作迷魂十八曲，一入其中，再精明的人都分不清楚东南西北。你若是知道这个地名，必定不肯进去。但你不但进去，而且还跟我走到了迷魂曲的最里面。向外走时，你竟然浑然不觉方向已不再是向西，而是向东。那就证明，你所知道的地图，只不过仅限于华音阁内而已！所以我不动声色，将你引入海岛之中，进而将船驶到了海上。”

郭敖沉默片刻，缓缓道：“原来你取衣服、带酒、携鼓，都只不过是在试探我。”

秋璇笑了：“一方面是试探你，另一方面我也的确离不开这些东西。最重要的，是我一定要让你选择水路。因为陆路总会留下痕迹，水路就不同，船过无痕，就算你发现不对，也找不到回去的路。”

阴云满天，不辨星日，的确很难辨明方向。傍晚之时他们就已入海，整整航行了一晚，只怕已驶出几百里，方向只要差一点，就会差出很多，永远无法回到本来的起点。

她又要取东西，又要采花，他知道她在拖延时间，却一直认为她是想等着卓王孙回来，却没想到，她竟是为了等夜晚到来。

夜晚一来，她的计划便无懈可击。

秋璇叹着气，道：“真是对不起，你去不了沙漠了。”

她的叹气也太不真诚了，哪有人一面叹气，一面却笑得像一朵花一样？

“我实在不喜欢沙漠，那么干，又那么热，住在那里皮肤会不好的。我们不如去海上好不好？你没听说过吗？忽闻海上有仙山，山在虚无缥缈间。只要找到一座这样的山，山上必定没有人，跟沙漠也差不了太多。你说呢？”

郭敖不语，缓缓点头。

秋璇的话并不错，如果他仅仅是想让秋璇永远陪着他，的确不必非要到沙漠。但他看着秋璇脸上的笑容，心中忽然有一丝不妥之感。

他总觉得，他又上了这个鬼灵精女子的当。

朝阳落落，两人一时无言。

秋璇斟了一杯酒，轻轻将杯子推到他面前：“喝吧。”

酒为琥珀之色，刚刚沾过秋璇的朱唇。

画舫清寒，春色撩人。

郭敖慢慢端起了杯子。

木兰之枻沙棠舟，玉箫金管坐两头。美酒樽中置千斛，载妓随波任去留。

浮生之世，可真能任去留？

刹那之间，已是无限感慨。

第八章

肯对红裙辞碧酒

卓王孙静静立在海面上。

风暴开始将阴影投向这片海域，晴明的一切已渐渐沉沦。

他在沉思。

这个局，无疑十分精妙，恰恰切中了他唯一的弱点。如果不是那些红衣女子那么酷似小鸾，就算是有一百七十个，他也可以将她们全部拦住，要生便生，要死便死。但恰恰小鸾是他唯一的弱点，他无法让她冒半点危险。

但他并不太担心。没有人会对小鸾怀有敌意，他们的目标总是他。这个局布得越精妙，他就越放心。精妙的局，只有聪明而冷静的人才能布出来。

如此聪明而冷静的人，一定会清楚杀死小鸾的后果。

他缓缓抬头，天地郁怒，似乎在这一刻就要迸发。大片浓黑的云雾集结在他的头顶，阴沉得连一丝光都透不下来。海水缓慢却有力地搏动着，浪涛并不大，却仿佛蕴蓄着连苍天都能拍碎的力量。

几天前还沉静美丽宛如处子的大海，此时却变得这么可怕。

仿佛冥冥中，有一只神之手，在操控着这一切，在逼迫他、要挟他。

卓王孙丝毫不为所动。

他是卓王孙，他没有第二个名字。就算这个名字是湿婆、是神祇，也不行。

他有他的人生，他有他的世界。他的世界，就是那个小小的、叫作华音阁的地方，他要做神祇，也要做华音阁的神祇。

十几年来，华音阁在他的威名垂拂下，安然无事，如同世外桃源。他想象不出，若是没有他，这方世外桃源能支撑多久。也许，下一次风波就会荡然无存。

需要为了成为万千亿恒河沙数无量世界之主，而忘掉他心中的那一个个人吗？

不需要。

因为他是卓王孙。

眼前有敌，斩敌；眼前有局，破局。

他想做的，没有人能阻止。

卓王孙目光坚定，他在思索。

这样的海，无论什么船都无法航行。小一点的岛屿只怕会被巨浪淹没，化为水底世界。在暴风雨肆虐的海上，绝没有一处可以安身。

他这两日穷搜海上，无论风吹草动都无法从他眼底逃脱。白象入梦、七步生莲、迎娶公主这几出戏文，在他眼前演出，人物、布景随之凭空消失，干净得不留下一片尘埃。

他可以确信，没有任何人能真正从他眼底逃脱。

忍术、轻功、障眼法，都可以做到令人顷刻消失不见。但卓王孙毕竟是卓王孙，再强的障眼法都不可能做到真正障眼，而只要有一点蛛丝马迹，必定能被他觉察。

而当时，他只不过是注意力稍有松懈，一切就都消失在浓雾里，就像是突然沉到了海中一般。

沉到海中？

卓王孙眉峰突然一跳，情不自禁地向下望去。

海水深沉，浓得就像是墨一样，又像是一个巨大的深渊，无论什么东西，只要掉下去就会被吞噬，永远无法再出来。

会不会海中真的有个洞，那些人都钻进洞中去了呢？

这似乎太过匪夷所思。

但卓王孙的嘴角慢慢浮现出一丝冷笑。他忽然转身，向舱底行去。

郭敖凝视着那杯酒。

盏是琥珀盏，浅红而盈盈一握，通透无痕；酒是海棠酒，深红而似胭脂凝血；人是画中人，夭红而美人如花看不足。

酒盏上有淡淡的痕迹，似乎还留着她唇间的芳泽。

他缓缓道："这艘船让我想起了一个人。一百年前，他的机关术独步江湖。传言他造的机关人，竟能胜过江湖上一流的高手。他所设下的木人巷，就连打出少林寺的铁罗汉也过不了。这个人叫璇玑老人，他制造了许多精巧的器玩，远远超出人们的想象。其中有一件叫两仪壶，据说壶中分为两半，互相隔离，各储不同的酒液，都由同一个壶嘴倒出，壶把上却有两个小孔，按住不同的小孔，倒出的酒液就不同。璇玑老人用这个两仪壶，一半盛美酒，一半盛毒液，与魔教的斗姥神后连饮三杯，杀死了这位当时几乎无敌天下的魔教护法，名动天下。正是从那一刻起，没有人再敢小瞧机关术。"

他将那杯酒推开一些。

美酒动人，但谁又知道这其中会不会暗藏杀机?

秋璇笑了："但我这不是两仪壶，你看，壶上没有小孔。"

她的笑靥就像是花一样："璇玑老人也已经死了一百多年了。"

郭敖："但一百年后，又出了一名机关奇才，谁也不知道他的出身如何，也不知道他是从哪里学的机关术。只知道，他比璇玑老人更聪明，造出来的机关也更精巧。他特别喜欢璇玑老人留下的两仪壶，不惜费了半年时间加以改良。改良后的壶可盛五种不同的酒液，彼此绝不混合，尤其妙的是，此壶从外表上看去跟普通的壶绝无任何差别，切换酒液的机关更加隐秘。他将此壶视为自己的得意之作，命名为五行壶。后来嫌这个名字不够风雅，改为五梅斛。"

他将琥珀盏放回秋璇面前。

"传言你年轻之时，将你父母所搜集的宝贝都盗了出来，跑到江湖上大闹一番。这些宝贝中，是不是就有一件是五梅斛？"

秋璇笑不出来了。

这个酒壶很素雅，白瓷底子，只浅浅绘了五朵梅花。

秋璇看着他。

郭敖亦看着她。

秋璇如远山般的秀眉微微蹙了起来："你认为，我给你倒的酒，是毒酒？"

郭敖不置可否。

秋璇："我为什么这么做？"

郭敖："也许你只不过想救出相思，也许你只是不想跟我去沙漠。"

秋璇眸中春水渐冷："也许你只不过是不想喝我这杯酒而已！"

说着，她一挥手，琥珀盏滚倒在甲板上，酒液流了满地。

她拿起另一只盏，拍开酒坛的泥封，重新盛起一盏酒，道："现在你总该放心了吧？"

郭敖缓缓摇了摇头。

"五十年前，有位高手就是这样被毒死的。他自以为足够谨慎了，却没想到，毒可以不下在酒中，而下在酒盏里。"

秋璇举着酒杯，静静地看着他，突然松手。

琉璃盏从她指间滑落，在甲板上跌为片片碎屑，醉人的芳香顿时四溢。

她神色不变，又拿起一只琥珀盏，放到郭敖面前，柔声道："那你自己先检查一下，若是认为这只盏没有问题，那就自己去酒坛里舀一杯，如何？"

郭敖盯着那只琥珀盏，盏色浅红，乃用一整只琥珀雕成。盏内什么都没有，他甚至可以拿银针来试探一下，或是拿海水洗刷几十遍。无论盏中下过什么样的毒，都不可能再毒得了他。

但郭敖仍然摇了摇头："盏中没有毒。"

秋璇："那你为什么摇头？"

郭敖："酒坛里已经有毒了！"

秋璇看着他，冷笑道："酒坛密封得好好的，本是预备我自己喝的，我为什么要下毒？莫非我要毒死自己不成？酒坛是你自己运上船的，就算我要下毒，又哪有机会？"

郭敖慢慢道："方才你从坛子里舀酒的时候，盏中既然有毒，酒从坛子里舀起，自然也就有毒了。"

秋璇眸中的妩媚一点点凝结，化为冰霜。突然，她推开桌子站了起来，冷冷道："我明白了，你推三阻四，就是不肯喝我的酒。我诚心诚意想请你喝杯酒，想不到你这么瞧不起我。"

说着，她一脚踢在酒坛上，深红色的酒液哗的一声倒了出来，沿着甲板流了出去。他们坐着的地方靠近向下的楼梯，酒水就沿着楼梯哗哗向下流去。

郭敖沉默不言，皱着眉头，思索着什么。

秋璇生气地踢着亭子里的花木，突然坐了下来。

她蜷缩在贵妃榻上，轻轻抱着膝，看着郭敖，嘴角又挂上了一丝神秘的笑。

她的怒火眨眼间消失得无影无踪。她笑得好像一只猫——一只没有捉到鱼，却寻到了更好玩的玩具的猫。

郭敖静静沉思着。

船本来要去沙漠，却鬼使神差地到了大海上。秋璇收拾衣服、带酒、携鼓，本是为了拖延时间，却出乎他的意料达到了目的。

这个女子所做的事情，绝非表面上看去那么简单。

但她的目的究竟是什么，他想不明白。

秋璇轻轻笑了。她的喜怒哀乐界限没那么清楚，刚才还在生气，眨眼间笑容就挂在了脸上。

她悠然道："你若是卓王孙，就一定会开始担心。"

郭敖："担心什么？"

秋璇不答，拿出一根银钎，用心地修着自己的指甲。她反复审视着手指，觉得涂满蔻丹的指甲已经达到完美，满意地叹了口气："水性向下，因而总往低处流。酒自然如此。刚才我倒下去的两盏一坛酒，现在只怕已经流过木梯，到达船的底舱。此船虽然为钢骨与海柳所造，坚固无比，但毕竟主体多为木板，既然有木板就一定有缝隙，就算没有缝隙，也必定有些纹路、小孔。酒液浸入这些纹孔之中，就会慢慢向外渗透，现在已过去这么久，想必已经有很多酒液渗到了海水中，甚至有一些已被鱼吸入体内……"

她抬头，媚眼如丝："你若是卓王孙，就必定知道这些酒有极强的惑乱之力，连人吃了都会狂暴、躁动、无法压制欲望与冲动，何况是鱼。"

她悠闲地在贵妃榻上躺了下来。船的底处，突然传来一阵呲呲的轻响。

那种声音极为怪异，就像是无数细碎的牙齿在啃着什么，尤其可怕的是，这种声音越来越响，渐渐从船舱的底处向四周蔓延，似乎恶魔正从海底深处升上来，要将这艘画舫吞噬。

海面上阴沉的风暴骤然沉寂下来，只剩下一片微光，分不清究竟是黎明，还是黄昏。闷热的气息几乎让人窒息，大海静得可怕，更衬托得船底那呲呲的怪响妖异无比。

秋璇悠然道："欲望是最好的动力。这些鱼被酒液激得狂暴、躁动，只想将船板咬穿，饮到更多的酒液。它们现在已经狂化，力大无比，连钢铁都会咬下一口来。过不了一刻钟，它们就会将船底噬穿，冲进船中。"

她眨着眼睛，目光中充满了狡黠："那时，你一定后悔为什么没有喝那些酒。因为，它们会将散发着酒味的人当成同类，而去疯狂撕咬那些没有酒味的人。哦，当然，没有人味的人也会被撕咬。"

秋璇挑起媚眼，斜瞥着郭敖："你究竟是没有酒味，还是没有人味？"

郭敖淡淡道："我若是喝了那两杯酒呢？"

秋璇惋惜地摊开手："那你现在就已经是死尸了。"

郭敖还能说什么。

他已经看出秋璇用的是五梅斛，几次端给他的都是毒酒，但他仍然算不到，自己还是上了秋璇的当。这个女子实在是个妖精。

秋璇却皱起了眉头："怎么办？船就要沉了，你要保护我哦。"

她突然又笑了："你只用保护我就可以了，因为，我有办法保护她。"

她，就是一直沉睡的相思。

这种药酒是秋璇酿造的，她自然深知药性，有办法对付，也并不值得惊诧。只不过这意味着秋璇本来就打算将船凿穿，用一群狂鱼让他穷于应付，趁乱带着相思逃走。

这个主意很好，因为他的确没有把握在茫茫大海上控制住秋璇。说不定她又会拿出什么宝贝，一溜烟地跑得没影呢。

也许，这才是秋璇要走水路，故意走错路走到大海上的真正的原因。

这个女子实在太可怕了，可怕到足以将所有人玩弄于股掌之中。

若遇到孤村苦读的书生，她就是花妖狐媚；若遇到披坚执锐的神王，她就是魔女。

秋璇悠然微笑，又开始修自己的指甲。

她似乎在等待着狂鱼破舟的一刹那。只要船一沉，她自有办法摆脱郭敖的掌握。

郭敖沉吟着，忽然站了起来。

他站在船头，船底嗞嗞的啃噬声越来越烈，仿佛就在耳边。他伸出手，忽然一剑平平击出。

血影纷飞，这一招正是他曾经演练的飞血剑法。手中虽然没有剑，但剑意十足，一道血影从他掌底纵起，恍如赤虹般贯空而出，落入大海中。

秋璇笑道："没用的。就算你武功天下无双，也不可能将海中的所有鱼斩尽。"

这句话不错。只要药酒不断渗入海中，狂鱼就会源源不断地涌进来。杀一千，杀一万，都只不过是暂缓船沉没的时间而已。覆水难收，除非将那些倾倒的酒液再收回来。

这可能吗？

绝不可能。

所以秋璇一点都不担心。

奇怪的是，这一招施展完之后，郭敖也不再担心了。他缓缓坐下，坐在秋璇对面。

“飞血剑法是邪剑，以自己心血为引，武功顷刻之间可提升数倍。但如果操纵不好，便会全身血肉被腐蚀，死于非命。钟石子教给我的飞血剑法，更邪更异，以这种剑法施展出来的剑式，血气浓烈至极，就算是大风都吹不散。”

他盯着赤虹落下去的海面。

“我听说海中有种大鱼，名叫鲨，性情极为凶猛，以海中之鱼为食。鲨的嗅觉极为敏感，尤其是血的气息，往往几里之外都能闻到。”

他淡淡道：“我这招飞血剑法所化出的血气，对于鲨来讲，就好比刚刚发生过一场海战，遍地尸体。”

他亦抬头，悠悠道：“不知这方圆五十里内，究竟有多少头鲨。”

秋璇变了脸色！

仿佛是响应郭敖的话，海面上猛然蹿起一只鲨鳍。漆黑的鲨鳍就像是箭一般蹿到船底，鲜血不住地冒了上来。

船底的啃噬之声顿时一滞，取而代之的是鱼尾拍水的刺啦声。阴沉的海面上，跟着又升起几只鲨鳍。

飞血剑法所激起的血气，尖锐而浓重，对于鲨鱼来讲，就跟鸦片一样。五十里之内的鲨鱼，全被这浓烈的血腥味吸引了过来。船底吸食了药酒而疯狂聚成一团的鱼类对它们来讲，几乎就是摆在餐桌上的美餐。它们毫不犹豫地扎了进去，瞬间将海面搅成一团乱血。

血和着药酒，散发出浓烈的气息，吸引了越来越多鲨鱼前来。漆黑的鲨鳍宛如利箭一般撕破海面，重重扎进了鱼群中。

船底的啃噬声，骤然停止。

群鲨搅起一阵阵血浪，等第十七只鲨鱼赶来时，这里已经变成一场单纯的杀戮盛宴。

鱼仍被药酒吸引着不住拥来，却恰好碰上这群守株待兔的饕餮之徒。

郭敖一言不发，双眉微微蹙起，眸中像是有一丝悲悯，不忍心看到如此残酷的场景。

秋璇恨不得扇他一记耳光。

郭敖："你知道吗，我对这幕场景极为熟悉。"

他盯着那些翻滚的鱼与翻滚的血。

"钟石子用飞血剑法训练我们的时候，就跟这幕极为相似。他丢出一块骨头，我们就像这些鲨鱼一样急速游过去围抢，另一半人，则成为这些鱼。"

他的声音中没有丝毫伤感，似乎只是单纯在回忆。

秋璇却无法再生气。因为他的目光就像是一块燃烧过的炭，再没有一点温度。他的心似乎已经死去，所以才没有什么能够伤害它。

郭敖："有个成语叫'饮鸩止渴'，我很久以后才知道。现在回想起来，我们那时候为了争取一线生机，彼此杀戮，不过是饮鸩止渴而已。"

秋璇轻轻叹了口气："你知道那时是饮鸩止渴，那么此时又是怎样？"

再浓烈的血，也有消散的时候。鱼群渐渐被鲨群吞噬、杀戮殆尽，那些吸饱了药酒的鲨鱼都红着眼，浮出海面，盯着这艘船。这艘船上，有浓烈的气息，让它们急欲得之而甘心。

鲨鱼的破坏力显然比那些鱼群要大得多。一旦它们忍不住诱惑疯狂地向船发动攻击，这艘船再坚固也只有化为碎片的命运。

那时，茫茫大海之上，他们只能沦为鲨鱼的食物。

秋璇笑了："鲨鱼的嗅觉极为灵敏，所以才能闻到几里之外的血腥。同样，受到药酒蛊惑的鲨鱼们，也能嗅到船上藏了大量药酒。它们现在对这东西喜欢得不得了。"

郭敖："那我们就将酒坛子全丢给它们好了。"

秋璇眨了眨眼睛："那不行，我必须留两坛。要不我喝什么？何况你若是丢下去，它们暂时会被酒坛吸引，但等酒坛里的药酒散尽后，它们还是会追着我们……不如这样。"

她眼中又闪出狡黠的光，只不过这次显然是对准了那些鲨鱼："我们将五个酒坛里的酒倒进鼓中，然后将它推到海里，那些鲨鱼必定会被这股浓烈的气息吸引，不再追着我们的船咬了。"

她忍不住笑了起来。

郭敖也同意这个办法。想不到这面大铜鼓，竟也有了一点用处，不枉他费尽力气将它搬上船来。铜鼓虽然重，但中间是空的，推下海去，未必沉得下去。只要沉不下去，牵制鲨群片刻，他们就可以从容逃脱。

郭敖起身，从船舱底部将五个酒坛搬了出来。秋璇松开绑着铜鼓的绳索，似乎极为高兴，伸出手道："给我！"

郭敖将酒坛递给她，她在铜鼓的兽钮上按了几下，兽钮缓缓打开，露出个洞来。秋璇将酒坛打碎，将酒倒入铜鼓中，跟着将另外几个酒坛也打碎了，将酒液全倒进铜鼓。

酒坛打破的刹那，芳香四溢。那些鲨鱼好像受到什么刺激一般，狂乱地游起来，不时探头出海，朝着船露出尖锐的牙齿。

秋璇笑嘻嘻地摆手道："不给你们喝！不给你们喝！"

等到五个酒坛里的酒全部倒完，秋璇将兽钮复位，旋了几下，旋紧后，拍了拍手，笑道："好了！你推下去吧。"

郭敖顺着风浪之势，鼓动内力，扑通一声巨响，铜鼓翻入了海中。这么沉重的负担去后，画舫像是突然轻松了一般，笔直向前行去。铜鼓在海浪中载沉载浮，那些鲨鱼被浓烈的酒气吸引，追逐着铜鼓而去。

秋璇叹息："其实我很喜欢这面铜鼓的，它对于我有着非比寻常的意义。今天为了救命将它丢弃，我心中实在悲伤……"

她掩面做哭泣状，郭敖沉默不语。

铜鼓离船越来越远，一丈、两丈、三丈……

秋璇突然呀了一声，惊叫道："我刚才一不小心，将相思也装进鼓里去了！这可糟糕极了！怎么办？怎么办？"

她一面焦急地叫着怎么办，一面却忍不住哧哧地笑了起来。

她悠悠看着郭敖："现在，你再也不能逼着我杀她了！"

铜鼓在风浪中，眼看就要缩小成一个永不再见的点。郭敖突然出手，一把握住了秋璇的手腕。秋璇还来不及反应，郭敖的身子已然拔地而起，如一只灰鹤般双袖拍打着水面，凌空疾行，刹那间已凌波飞渡，落在铜鼓上，衣袖一摆，将秋璇放开。

鲨鱼们感受到有人靠近，全都龇牙露出海面，无声咆哮。

秋璇击掌赞道："好武功。"

她拾起裙裾，在铜鼓边沿坐下，托着腮看着远处。

画舫不知道主人已经离去，依旧被机关催动着向远处行去，铜鼓却一动不动地留在海面。渐渐地，画舫没了踪影。

秋璇叹道：“下次你再做这种事情的时候，能不能先告诉我一声？我的衣服都没有拿呢。”

郭敖沉默不答，旋开兽钮。

那一刻，他的面容忽然绷紧。

铜鼓之内什么都没有，只有浓烈的酒液。

显然，在他进舱取酒坛时，秋璇已经将相思藏起来了——却不是藏进了这面铜鼓，而是画舫上的某处。

他千算万算，无比小心，最终还是上了她的当。

郭敖抬首，那艘画舫早就不见了踪影。就算他有通天本领，也无法踏波再回到画舫上。而周围的鲨鱼全双目血红地看着他，等着将他吞噬。

郭敖静静思索着，缓缓坐了下来，就坐在秋璇的对面。

“你为什么非要救她不可？你可知道我们现在的处境？”

淡水、食物、衣物都被留在画舫上，他们已一无所有，四周却是茫茫大海。

就算他不杀她，他们身处铜鼓之上，哪里也去不了，水下都是红了眼的鲨鱼，大风暴随时都会来临。她为什么要将自己置于这么危险的境地呢？

秋璇微笑着注视着他。

“你相不相信这个世界上有真爱？”

郭敖缓缓点头。

秋璇叹了口气。

“有件事，我本不打算跟别人说的，但事已至此，我们可能连今天都活不过去，而你也不像是口风不紧的人，我就跟你说了吧。

“你说得没错，六年零三个月前，我遇到的人的确是她，也的确是从那一刻起，我不再争，不再追逐什么。因为我爱上的人，不是卓王孙，而是她。”

郭敖吃惊地看着她。

秋璇的目光中有无限的哀婉。

“你能想象，一个女人竟然爱上了另一个女人吗？从此，她无法再爱任何一个男人，但她又知道这样的事情是多么为世人所不容，所以只能躲在海棠花下，躲在美酒中，虚掷年华。”

秋璇抬头，静静地看着郭敖：“你说，她又怎么能跟那个人争，她又能争些什么？”

郭敖沉默不语。

这个答案实在太惊人，却似乎又带着某种合理性。

秋璇爱卓王孙吗？似乎应该是爱，要不为什么留在华音阁中？她又为什么能容忍卓王孙与别的女人缠绵？

这或许就是答案，因为她也爱上了卓王孙的女人。

多么为世不容，竟不能提起。

郭敖斟酌着，缓缓道：“真的？”

他忍不住开始同情她。原来海棠花树下，尽是她对自己的放逐。

秋璇：“假的！”

她忍不住笑起来，这一笑就止不住，笑得花枝乱颤。

“你可……真是幼稚，连……这种事……都相信。”

她的笑很张扬，却丝毫无损她的妩媚。笑声在沉闷的海面上回响，四周的墨云沉了下来，暴雨似乎随时要来临。

郭敖看着她，又一次感慨：

他无法看透她，永远无法看透。

秋璇忽道：“其实还有件事我一直没有告诉你。”

郭敖：“……”

秋璇：“其实这面铜鼓是漏的。”

郭敖：“……”

秋璇：“水会越进越多，然后它就会沉下去。”

郭敖：“……”

秋璇：“唉，它真的在沉。真的！”

郭敖：“……”

第九章

东风吹雪满征衣

卓王孙并不知道，他的一举一动，正暴露在一人的监控下。

一艘小船钉子般钉在波涛起伏的大海上。掌舵的是一位赤膊的力士，双臂胀满了青筋，倾尽全力让小船稳稳不动地停泊在海面上。他身旁，一位俊美的少年正恭谨地捧着一支黄铜做成的铜管，递到小舟正中央的虬髯客面前。

铜管长约两尺，描绘着龙纹，两片精心打磨的镜片镶嵌在两头。这个简单的装置，却价值三千两银子。

铜管由红毛国巧匠制作而成，名曰“千里眼”。有了它，便能隔着十里的距离，清清楚楚地看到碧波深处的画舫。现在，这“千里眼”被虬髯客执在手中，他的目光穿透了遥远的距离，锁在卓王孙身上。

他绝不敢靠得太近。

没有人的目光能够远达十里，就算卓王孙有无上的剑心，也不过能感应到一里之内的动静而已。一里之外，剑心已衰弱到极点。而虬髯客加倍小心，将这个距离扩大了十倍。只因他绝不能让卓王孙发现他的存在。

这艘小船被漆成深蓝色，藏在大海上，就像是一滴水滴进水桶中一样，根本无法分辨。他伏在小船上，尽量不做任何动作。对手若是卓王孙，那么无论多么小心都不为过。

他所做的事情，就只有一件：观察。

卓王孙的一举一动，都通过“千里眼”被他看在眼中。

看到卓王孙的震怒，他的嘴角浮出一丝微笑。

这正是他想要的。

卓王孙走进了画舫之中，良久没有走出。画舫凭借着机关之力，在海面上破浪而行。云影沉沉，浓黑得像是要沉没一样。

虬髯客轻轻将铜管交到了美少年兰丸手中。

“我要你用你的心、你的血，记下这艘船的样子。”

兰丸轻轻答应了一声，接过“千里眼”，仔仔细细地观察着那艘画舫。他自小就有神童之名，号称过目不忘。大海上的这艘画舫又是极难见到的珍品，他相信自己就算再过三十年，也不会忘记。

虬髯客自然非常明白这一点，脸上终于露出了一丝微笑。

“十二天将准备好了吗？”

“准备好了！”

“四海龙王准备好了吗？”

“准备好了！”

“天罗地网准备好了吗？”

“准备好了！”

“如此……困龙计划开始！”

他遥遥伸手，对着那艘画舫，用力握住。远处的画舫缩成一个黑点，仿佛被他抓在手中。

杨逸之带着两千武林人士赶了回来。

他脸上带着一丝倦容。

数日之内，遍行天下，他落落白衣上已满是风尘。

唯一幸运的是，倭寇的确已成为明朝近海的一大灾难。倭寇四处劫掠，杀人放火，奸淫掳掠，早就引起了民愤。武林人士打抱不平，有时遇到了倭寇，不由分说便上去厮打。是以虽然武林对朝廷颇有敌意，但听说是杀倭寇为民除害，此乃大义，没什么好推托的，就都叫来了子侄徒弟，浩浩荡荡地随着杨逸之赶到了镇海城。

少林、武当、峨嵋、崆峒、铁剑门等门派，几乎都出动了本派的精锐。武林中人大多是草莽之徒，这么多人聚集在一起，当真是形形色色，什么样的人都有。和尚、道士、乞丐、尼姑不一而足，麻衣、缁衣、绸衣、破衣样样俱全。刀枪剑戟还算是普通的兵刃，有的拿着板凳，有的拿着烂木头，有的抱着一摞书，有的拖着几条麻袋。看得兵营中的正规军们目瞪口呆，根本不敢招惹。

黄衣使者站在杨逸之身后，啧啧笑道：“侯爷真是神通广大，这些属下看上去没有一个不是身怀绝艺的。虽然只有两千余人，但足以一当十，两千人就是两万精兵。倭寇余孽，虽然势大，但哪里又经得起两万精兵诛戮？势必会马到功成。”

杨逸之淡淡道：“我不是侯爷。”

黄衣使者：“那我叫你驸马爷？”

杨逸之无语。

这位使者是皇上派来的，宫中的规矩自然晓得比他还多。随便拿着侯爷、驸马爷这样的称谓开玩笑，那可是要杀头的。

见杨逸之不置可否，黄衣使者又笑道：“我看你还是喜欢侯爷这个称谓。侯爷，你看令尊大人何等高兴。”

果然，杨继盛在这些武林人士到达之后，一反常态，显得极为高兴。他出身将门，本看不起这些草莽之徒，就连自己的亲生儿子流落江湖，也遭到他铁面冷拒。此时，他却融入了草莽之徒中，就像是个武林耆宿一般。

那些武林豪杰知道他是杨逸之的父亲，对他的命令不敢不听从。倒也颇有秩序。杨继盛从十几岁就开始统兵，对于兵马之道有很深的研究。只不过半个时辰，他就摸清楚了这些江湖豪客的脾性，按照门派将他们分为六个营。少林、武当、峨嵋、崆峒、铁剑各为一个营，其余的门派人数较少，合并为一个营。以五派掌门及另一营中选出一位德高望重之人成为营长，统率各营。当然不能寄望这些武林豪客遵守军法，但他们听惯了掌门的命令，是以这种安排一出，两千豪客立即就变得规矩有法起来。

这些武林豪客都身具武功，有些功力相当深厚。单兵作战能力极强，但往往是单打独斗虽厉害，群体配合作战的能力极差。

杨继盛与几位掌门研究，最后找到了一个方法。

少林有十八罗汉阵，武当有真武剑阵。这些阵法都是历代高手的心血所凝，讲究的正是群体作战能力。比如少林罗汉阵，由十八个功力相若的人组成，就算是武功高他们十倍的人，或是数量超过他们十倍的人，也未必过得去。而且阵法将十八个人的力量聚合在一起，互相照应，在群斗之中大大减少了伤亡的概率。

几位掌门也都是识大体之人，当此关头，顾不得泄露本派机密。于是少林、武当两派将十八罗汉阵、真武剑阵的阵图拿出来，供大家共同参详。其余门派的人又惊又喜，知道这两种阵法都是武林秘诀，修成之后，相当于武功陡增一倍有余，于是都格外认真地学习。由各派掌门共同甄选，按照武功、经验、年龄、体质的差别，共同组成了上罗汉十一座、中罗汉二十五座、下罗汉五十三座。每座罗汉阵十八人，上罗汉阵的组阵之人都是武林高手，一座罗汉阵足以抵挡千人。中罗汉阵的武功稍微差一些，也能抵挡几百人。下罗汉阵武功最低，但罗汉阵一结，挡百余人绰绰有余。另组成了上真武十七座、中真武三十二座、下真武七十二座。每座真武剑阵七人，组成人员跟威力与罗汉阵相差无几。

两百一十座阵法一结成，散乱无章的武林侠士们立即变得井井有条。当下大家分开训练，上阵一起，中阵一起，下阵一起，罗汉阵一起，真武剑阵一起。每个阵法的成员都已固定，每个人都专心修炼自己的方位，但又有灵活之处，只要凑够了方位，立时就能组成一个阵法。

杨继盛叹了口气，看着一下子热闹起来的兵营，忽然感到一丝满足。

在京城做兵部尚书这么多年，许久没有操劳军务，现在他竟然有点疲惫的感觉。但他心中极为喜悦，这些草莽之徒，将会在这片海域上建造不朽的功业。

只是，他已经老了，不知有没有命看到那一刻。

一条白色的方巾递到了他面前，他抬头，杨逸之的目光似乎不敢跟他接触，挪开了。杨继盛的目光颤抖了一下，无言地接过了方巾。

他也不由得盯着这些正勠力训练的草莽之徒。黄衣使者的话，如沉雷一般在他耳边炸响。

“皇上还有一道密旨，等杀尽倭寇之后，这些武林人士，也不用回去了。”

与此相伴的，是杨逸之沉痛的话语：

“爹爹，我将为你封侯。”

杨继盛的身子不由得震了震。一将功成万骨枯，这真的，是他希望的吗？

草莽豪杰们的练兵声如海潮般拍打着兵营，不管怎样，从明天开始，他们的热血即将洒满这片海域。

染红的，将是什么？

练兵仅仅数日，即有很大的成效。

杨继盛老怀大慰，整天忙碌着，杨逸之反倒有些帮不上忙的感觉。

暴风雨来临前，墨云从四面八方飞驰而来，紧紧压着这座军营，像是预示着灾变即将发生。

江湖豪客们跟士兵暂停了练兵，躲入匆忙搭建起来的营帐，等待着暴风雨的结束。

在这等天地之威面前，人力显得那么苍白无力。

营帐都很简陋，仅仅能够遮蔽风雨。风雨若是稍微大一些，只怕就能将它撕成碎片。一群剑客躲在营帐中，兴奋地谈论着真武剑阵的变化，连天上的风雨都顾不得了。

他们是铁剑门的弟子，武功不是很高，被分在中真武阵中。能够参与到抗击倭寇的大计，又学会了闻名已久的武林秘学真武剑阵，让他们感到极为兴奋，恨不得倭寇马上来，好试验一下刚学成的剑阵。

门帘一挑，一条人影闪了进来。

黄衣使者带着一丝诡秘的笑容，出现在大帐正中间。铁剑门的弟子们不知道他有什么来意，都住了嘴，微带敌意地打量着他。

这使者身上一袭黄袍，趾高气扬，显然地位尊崇；脸色微微泛黄，表情僵硬，透着皮笑肉不笑的神色；一双手却极为白皙，一看就从未操劳过。这些，都让他们感到格格不入。在他们心中，这个黄衣使者就像是朝廷的象征，谁都不愿意亲近。

黄衣使者似乎知道他们在想些什么，矜然一笑，忽然有些神秘地道：“想不想知道我带来了些什么？”

铁剑门弟子面面相觑。谁关心他带什么？

黄衣使者招着手：“跟我来。”

他率先走出了营帐。铁剑门弟子们用询问的目光互相看了看，勉强地跟他走了出去。天地昏黑，风紧得像是要窒息一般。虽然正午刚过，天色已经被浓云压得一片漆黑。走出营帐，黄衣使者的身影几乎就要消失在茫茫的海雾中。铁剑门的弟子们不敢怠慢，跟在他身后。

一直走出军营好远，黄衣使者倏然停住。

身旁是一堆厚实的东西，被草垫盖住了，看不清楚是些什么，黄衣使者的笑更加神秘："想不想知道它们是什么？"

他突然抬手，将草垫扯开。

铁剑门弟子们目瞪口呆。

那是一尊尊崭新的大炮。

火药跟炮弹整齐地码在一起，装填在运输大炮的车身上。有些识货的人认出来，这些大炮正是当世最厉害的火器——红衣大炮。这种炮连城墙都可以轰开，威力无边。只是每尊重达数百斤，虽然有炮车辅助，也并不容易运输。

但没有任何人敢怀疑它们的威力，往往几十门炮就能改变一场战争的走向。

铁剑门弟子中不乏见多识广之辈，突然见到这十二门红衣大炮整齐地排在这里，不由得微微变色。

这些大炮堪称是稀世之珍，一门就已珍贵无比，何况十二门？

十二门就相当于千军万马！

黄衣使者的笑不再神秘，他的用意任何人都看得出来了："若是拿这些大炮去轰倭寇，你说会怎么样？"

铁剑门弟子不由得怦然心动！

那简直就是屠杀。在这个冷兵器的时代，大炮有着恶魔一般的力量。

黄衣使者："想不想抢在别人头里，建立剿寇第一功？"

当然想！但铁剑门的弟子不愧是名门正派，犹豫道："是不是该先通知杨盟主？"

黄衣使者笑道："不必。现在暴风雨即将来临，倭寇必然料不到我们居然敢出兵。若是通知杨盟主，一是会贻误战机，暴风雨一来，可就无法出海了。二是安知杨盟主身边没有倭寇的探子？若是消息被倭寇知晓了，有了防备，就达不到奇袭的效果了。"

铁剑门弟子还是有些疑虑："可是……"

黄衣使者："别怕，有我呢！"

这一句打消了大家的顾虑。有这些大炮相助，倭寇不过是炮灰而已！这简直是送到手边的功劳，凭什么不要？不要功劳何必来海边受这个苦！

当下在黄衣使者的指挥下，一百来个铁剑门的弟子将炮车推起，悄悄地来到了海边。一到海边，他们更放了心。在巨大的礁石中间，停泊着一艘巨大的船。这艘船全是用粗大的树木混同精钢做的架子，连上带下都罩住了，就如一只巨大的鳌鱼，不但挡住了风雨，连敌人的攻击也一并挡住。从鳌鱼的肚子里伸出两排五十六支桨，桨上面是二十四个圆洞，每个洞恰好伸出一个炮筒。

这艘船，简直就是为红衣大炮量身定做的。铁剑门弟子们按捺住心里的欢喜，将十二门红衣大炮运上了船，一齐划动船桨，在暴风雨来临前的闷热海风里，向海上驶去。

黄衣使者很有信心地道："我知道倭寇的一处据点，你们跟我来，我们轰它个稀巴烂！"

大船向海内驶去。

风雨更盛，这个世界的罗盘，也在慢慢偏转……

第十章

天外黑风吹海立

虬髯客端坐在船头，踌躇满志地宣布："困龙计划开始！"

他伸出的手，仿佛已握住了浓云紧压下的画舫，天下无敌的卓王孙，似乎已如困龙一般，在他的掌握中，无法逃脱。

这个他毕生最大的敌人，他一切失败的源泉，那已掌握天下的男子，即将在这片海域上，成为他的囚徒。

真是想一想都让人无比兴奋。

然后，他将以这片海域为起点，再度君临天下，取回原本属于他的一切。

他微微闭上眼睛，幻想着辉煌的一切。

猛然，遥远的海面上传来一阵轰隆的轰炸声，就像是一声春雷，炸碎他所有的梦想。

虬髯客猛然抬头，阴云依旧低低地垂着，天色虽然昏黑得厉害，却还没到崩溃的时候。海风中有一丝肃杀之意。

他顾不得隐藏身影，长身而起，鹰隼般的目光穿过铜管，扫过海面！

他突然一声厉啸！

春雷炸响之处，正是他的一处重要基地！

那里，有他囤积的粮草以及抢掠来的金银珠宝，此处基地若是被攻陷，等于拔去了他猛虎背上的一双羽翼！

海风卷动，他的身形已然飞舞而起。他甩手将"千里眼"扔到了兰丸手中："你知道该怎么做。"

兰丸自信地点头。他虽然只有十七岁，但早就是伊贺谷忍者的头目，随倭寇来到中原也已经有两年了。他自然知道该怎么做。

颠覆这座画舫，擒住画舫上的人。

他相信，这是件很简单的事，不过是抓一个人而已。

虬髯客有心再嘱咐他几句，张了张口，最终没有说出来。他不想让兰丸太过担心。

他的身形冲天而起，射向另一艘小舟，催动内力，小舟箭一般飞了出去。春雷阵阵，仿佛阴云中搅动的雷霆，不住轰响，每一声，都像是炸在他的心口！

兰丸模仿着他的样子，抓起千里眼。这一刻，他不再只是活在黑暗中的忍者头目，也有着雄霸天下的气势。

但只一眼，这气势却倏然消失，他脸色惨变！

那艘本来缓缓行驶的画舫，突然在视线中消失了。

兰丸惊呼出声，急忙吩咐手下全力划动小舟，疯狂地搜索着画舫的踪迹。他知道，若是他无法找到这艘画舫，无法完成困龙计划，虬髯客绝不会饶过他。所以他一定要找出来！一定！

他俊美的脸因焦急而苍白，用一连串不清晰的倭语发布命令，调集所有隐藏在黑暗中的部属，狂搜这片海域！

但那艘画舫，就像是完全消失了一般，再也找不到了。

紧压海面的阴云，终于旋转起来。

虬髯客站在海风城下，目眦欲裂。

这座城，建筑在海岛上，海岛隐藏在海波深处，若没有详细的海图，绝难发现。这座城建得相当隐秘，从外面看去，只不过是些巨大的礁石，但想要攻进去无比困难。城中屯有几千人的重兵，个个是杀人如麻的亡命之徒。

正是这样一座城，才足以让他放心地将粮草和抢来的珍宝放在里面。

但现在，这座城几乎已化为平地。

猛烈的炮火几乎将整座城夷平，作为城墙的巨礁被轰得七零八落，有些滚到了海中，有些滚进了城里，反而将他事先设好的机关全部碾碎。大部分的士兵根本不是死在炮火下，而是被这些巨礁压死的。

究竟是谁，竟然能看破他这座城的唯一弱点，趁他不在的时候将城轰破？

他咬着牙，缓缓走在海风城的废墟里。

粮草全部化为灰泥，这使他在接下来的岁月里，不得不考虑手下的吃饭问题。珍宝全部被搬走了，这使他过去几个月的努力，全部化为乌有。

虬髯客仰天，发出一声怒吼。

仿佛回应他一般，一声惊雷响起，倾盆大雨终于狂泻而下。

巨大的神鳌船停泊在镇海城外，杨继盛脸上写满了惊愕。

黄衣使者徐步走下船来，跟在他身后的，是整齐的铁剑门士兵。每两个士兵推着一辆推车，缓缓在大雨中走入营门。

手推车上，满满当当地堆满了各种大口袋。有些口袋已破了，从破口中露出的，赫然是灿灿的金光。

难道这些口袋中装着的，竟然是珍宝吗?

一百多名铁剑门的士兵，推着七十多辆手推车。若是每个口袋里都是珍宝，那该有多少?

营门内外的武林豪客们虽然都是经过大风大浪的，但这么多珍宝，真是连想都没有想过！看着雨水狂浇下的灿灿光芒，一时都觉得有些口干舌燥。

黄衣使者徐步走到杨逸之面前，突然笔直跪了下去，细声道："大明总兵，献俘于天下兵马大元帅！"

第一滴雨水打在海面上时，铜鼓已然有一半没入水中。

秋璇叹着气，坐在铜鼓边沿，修长的双腿垂在水面上方，随着海风轻轻摇晃着，夭红的裙裾已被海水沾湿。她看着天上的阴云，叹着气，却没有丝毫担心的样子。

似乎就算是真的沉到海底，她也无所谓。

铜鼓旁，鲨鱼们被闷热的海风鼓动着，疯狂地围着铜鼓旋游，不时将头探出海面，冲着两人龇出尖利的牙齿。不难想象，只要他们一落入水中，这些鲨鱼就会蜂拥而上，将他们撕成碎片。

郭敖一直不言、不动，似乎在等待着，看秋璇还能使什么诡计。此时，他终于坐不住了，站起身来："闭上眼。"

秋璇转了转美眸，听话地闭上了眼。

一阵风声，像是箫管般吹过海面。

过了半盏茶时间，郭敖淡淡道："睁开吧。"

秋璇睁开眼睛，就见郭敖身上溅满了鲜血，手上提着几张不知什么东西的皮。铜鼓四周的海面，全被鲜血染红。海风鼓动，血腥气淡淡蒸起，就像是苗疆里的桃花瘴。几截赤红的尸骸浸在血水中，狰狞的长牙依旧，却没了丝毫生机。

郭敖手中提着的，赫然是鲨鱼皮！

秋璇怔了怔，第一次，没有再喝她的酒。

她叹息一声，抬起衣袖遮在额前："我……我还是闭上眼睛吧。"

她真的又闭上了眼睛。

铜鼓在慢慢升起。当升到不能再升的时候，她才睁开双眼。只见郭敖已经用鲨鱼皮将铜鼓身上的洞全都堵住，另一张鲨鱼皮被他结成一个大兜，将铜鼓内的水全舀了出去。现在的铜鼓重新浮在海面上，就像一间浮在海上的房子。

刺鼻的血腥气也因为海风的鼓动淡了下去。死去的鲨鱼被蜂拥而至的同类撕成碎片，吞吃殆尽。大海的无情在这一刻显露无遗，方才还是海上的霸主，此时已变成别人腹中的食物。

秋璇扳开兽钮，向铜鼓内看了一眼，叹息道："没想到你这么细心，不但将水舀干净，还擦了一遍。为什么你看上去一点不像是坏人，却总是做坏事呢？"

她说着躬身钻进去，靠着鼓壁舒舒服服地坐了下来，就像是倚在她的海棠花树下。她抬头打量着这个一丈见方的小小空间，叹息道："小虽然小，倒还干净，要是把我那张贵妃榻带来就好了……"

郭敖没有答话，也没有跟她进去，而是盘膝在鼓面上坐下，面色无比郑重。

大海之上，在这一刻变成漆黑。猛烈的狂风陡然卷起，将紧压在头顶的浓云猛地撕开。

暴雨在这一瞬间倾盆而下，狂轰在郭敖身上。

郭敖身上淡淡的精光一闪，左手倏然探出。

海，像是在这一刻被掀翻了一般，巨浪轰然卷起，掀起三四丈高，几千万钧的力量宛如上古洪荒巨人的手掌，猛然向着铜鼓拍了下来！

剑光也在这一瞬间闪起，游龙一般蹿入巨浪之中。

巨浪被硬生生撕开一道口子，恰好穿过铜鼓，甩在了海面上。

这一剑，竟将巨浪斩开，让它不能掀动铜鼓。

但在海上形成更多的巨浪，缓缓逼来。

郭敖眼睛一眨不眨地盯紧眼前的巨浪。

无论如何，他都不能让这面铜鼓沉下去。

无论如何！

兰丸脸色阴沉得发青。

洪涛怒发，小艇宛如一片稻叶，在海面上卷起来，又沉下去。他知道，小艇随时可能被狂浪击成碎片，但他不敢退、不敢逃！

他知道，自己必定要找到那艘画舫，必定要擒住画舫中的人！

否则，他必定会面对虬髯客的震怒。

就算他是伊贺忍者的头目，就算他自追随虬髯客以来深得宠幸，也绝不敢违抗他的命令。

好在他有足够多的手段，在这片大海上施展。他的聪慧，他的修为，都是令人震惊的，他是个天才！

一百七十六名伊贺谷忍者在他的指派下，施展出各种忍术，在大海上穿梭着。兰丸俊美的脸庞在漆黑的风浪中若隐若现，神色却深沉得可怕。

他从袖中掏出一把五色小旗，迅速调遣着。片刻间，海鸥、海豹，甚至鱼、虫、风、水都被征召调集，助他穷搜海上。

终于，一名上忍跪倒在他身前，遍身浴水，喘着气禀报道："主上，我们找到了。"

兰丸大喜，被冠以天才之名的他，怎会出错？怎会失败？他就是忍者的荣耀，就是武士道的尊严！他只要领受了命令，就一定会完成！

小艇在上忍的指挥下，箭一般蹿出。空中，忍者踏着海鸥疾行；水里，忍者骑着飞鱼奔走；身后，忍者化为雾、化为光，寸步不离。全日本最天才的少年兰丸，率领着伊贺最精锐的力量，横扫过海面，却倏然停止。

海面上，暴风雨肆虐的正中心，一艘画舫在缓缓前行。

这艘画舫，不愧是人类智慧与心血的结晶，就连这么大的风暴都无法摧毁它，它航行在狂怒的海面上，竟然还是那么安稳。

独特的船身，机关催动航行，甚至船头龙骨之上，还雕刻着华音阁主专属的纹饰。这一切都提醒兰丸，这就是他要找的目标。他的眼睛从来没有欺骗过他——这就是虬髯客要找的画舫。

兰丸轻轻抬手，示意停步。

他脑海中回忆起虬髯客郑重的眼神。能够让虬髯客如此郑重对待的对手，一定非同小可。虽然身边有整座伊贺谷最精锐的力量相助，他仍不敢造次。

他是天才的领导者，绝不会轻易用部下的性命冒险，何况他俊美的面容可不能受到任何损伤。

忍者们接到命令，在暴雨中消失，海鸥、飞鱼、海豹纷纷散去，仿佛只有那一艘画舫留下。

兰丸深吸一口气，打开了早就准备好的绢扇。

儒将，都是摇着扇子战斗的，乡下的武士才那么崇尚武士刀。

但他立即就将绢扇收了起来——风太大了。

这让他有点不快，但随即就想起该做正事了。他咳嗽一声，压低了嗓音："十二天将！"

十二只漆黑的雕在他身边出现。这些雕都是从西藏深山中求来的异种，翅膀伸开，几乎有一丈多长。每只雕都经过特殊的训练，实力之强，绝不亚于任何上忍，而且灵慧无比，几乎与兰丸灵犀相通，是兰丸最信赖的战斗力。

随着兰丸的手势，十二天将悄无声息地展开翅膀，穿透了风雨。

它们飞过画舫，却没有停留。

淡淡的灰雾，随着他们的身形出现盘旋在一起，将画舫笼罩住。这种灰雾，只有伊贺谷最机密的《忍术秘典》中才有记载，只有兰丸等极少数人才知道怎么制作。无论武功多高的人，只要吸入一口，就会全身酥软，再也无法动弹。就算有了防备，不呼吸，毒气也会透过皮肤传进身体里，让人防不胜防。

狂暴的风雨，也无法吹散这团灰雾。它就宛如是黑暗中恶魔灰色的眼眸，直直凝视着眼前的猎物，随时要将之吞噬。

兰丸嘴角浮起一丝冷笑："四海龙王！"

墨黑的大海突然鼓动起来，四条无比巨大的身躯猛然出现。那赫然是四条大蛇，每一条都有瓮般粗细，昂头无声地嘶啸了一声，转身钻入了海中。

远处的画舫猛然颤抖了一下，被巨蛇拖入了海下。

冰冷的海水刹那间灌入了画舫中，无论谁在里面，都立即会浸入水中，十成的武功，只怕只剩一半。

兰丸嘴角的笑意更浓：“天罗地网。”

消失的忍者们倏然出现，重新踏着海鸥、飞鱼而来。他们急速而整齐地交叉前行，越过画舫，每个人手中都执着一根绳子，瞬息之间已将画舫紧紧缚住。

这绝不是普通的绳子，是用精钢跟冰蚕丝混合制成的，上面有细细的齿纹。就连日本国最负盛名的刀匠所锻造的太刀，都不可能将它斩断。

兰丸做了最后一个手势。

忍者们用力收紧绳索，绳索上的齿纹缓缓蠕动着，尖锐的齿咬进了画舫的船体内。每一个忍者的方位都做了精确的计算，他们手中的绳子组成的天罗地网，恰好将整艘画舫全部围住，只留下一个个巴掌大小的网孔。这样的网孔，是绝不可能钻出人的。齿纹咬啮着，缓缓地将船体解碎，从网孔中散了下来。

一百七十六名忍者全神贯注，天罗地网越收越小。

十二天将不住抖动翅膀，将灰雾撒下；四海龙王在天罗地网外游动着，无声咆哮。

当画舫全被磨碎之后，画舫中的人将再也无法逃脱。

这，是个死局。

一定会抓到猎物的死局。

兰丸嘴角的微笑绽放到最盛，他终于还是忍不住，又将绢扇拿出来了。

做儒将这种运筹帷幄、决胜千里的感觉，简直太好了。

天下无敌的卓王孙，即将成为他的阶下囚。

第十一章

朝来白浪打苍崖

镇海城外三里，东南海边，军营内张灯结彩，大摆宴席，所有的人都兴高采烈，庆祝他们取得的胜利。

酒桌就在军营正中间露天摆着，暴雨落下的雨点噼里啪啦地敲在酒、肉中，浸出一阵腥咸的味道。但这些江湖豪客全然不顾，揎拳撸袖，喝得不亦乐乎。

这是他们剿寇以来第一胜，有着非同寻常的意义。黄衣使者更将缴获的所有珍宝全倒在军营正中央，酒桌围成一个巨大的、歪歪斜斜的圆圈，圆圈中间是灿灿的宝光。江湖豪客们的兴致被点燃到了极点，一个个喝得面红耳赤，狂呼乱叫。

这是最真实的草莽之气，大碗喝酒，大块吃肉，视金钱如粪土。这是燕赵慷慨悲歌，齐梁激昂雄阔之气，是真正的男儿气。

今日斗酒彘肩，明日便血染沙场。

多少壮志！多少年少！

杨继盛看着灯火煌煌，心中倏然有无限感慨。

杨逸之就坐在他身边，把酒不饮，似乎想着什么心事。杨继盛虽然没有看他，但也注意到他的脸色有些苍白。而黄衣使者已经一口一个“侯爷”叫着了。

若是照这样胜下去，倭寇不难剿灭。再荡尽武林中人，整个大明朝恐怕没有人能有如此功勋。就算封侯拜王，出将入相，尚公主，做驸马，荫及子孙，也没有什么不可。杨家功名，至此最为鼎盛，青史留名，也将如卫青、霍去病一般，冠绝千秋万代。

这不正是自己对他的期望吗？

如今看着这些高歌痛饮的男儿，为什么他心中恍然若有所失？

他们，不都是流氓，是无赖，是国之罪民，是该当讨伐的吗？我杨门为玉堂金马之良臣，本就该执国家之重器，将他们全部绳之于法才是。

为什么，心头却总是有一丝愧然？

黄衣使者偷眼看着杨逸之，看着他苍白、低垂的脸，突然站起身来。

“杨盟主让我问大家一句话……”

他朗声疾呼，杨逸之眉峰忍不住一震。黄衣使者言笑晏晏，话语中却透出一丝豪气。群豪一齐住口，聆听他要说些什么。

“想不想再去杀倭寇杀个痛快？”

杨逸之一怔。此时大风大雨，海面上疾风狂卷，巨浪滔天，什么船都无法出海，怎么可能去杀什么倭寇？黄衣使者莫非疯了？

但群豪被酒气催逼，都变得狂热无比，大笑大叫道：“去杀倭寇！杀倭寇！”

一个个抽出兵刃，端着酒，东倒西歪地向外走去。

什么队列、阵法，都不管用了。这要是真的碰上倭寇，一定会被杀个全军覆没！

杨逸之急忙起身，想要阻拦。

黄衣使者：“驸马爷？”

杨逸之皱起眉头，不去理他。

黄衣使者：“侯爷？”

杨逸之沉默。

黄衣使者一手搭在他的肩膀上，一手举着酒凑到他唇边，笑嘻嘻道：“那咱们兄弟饮一杯，去将倭寇杀个片甲不留！”

乌云暴乱，巨大的闪电横过长空，穿越阴云，轰然暴击在礁石上。大海像是翻转了一般，咆哮着想将一切碎成粉末。

虬髯客站在雷霆的正中央，脸上的每一根虬髯都像是被闪电击过一样，根根倒竖。他盛怒的眼神比闪电还要可怕。

沉闷的雷声，也无法掩盖他狂怒的咆哮：“这，是什么？”

四海龙王宛如山岳一般的身躯高高耸起，抓住四条粗长的绳索；十二天将的羽翼拼命扑打，抓住另外十二根绳索。

十六根绳索吊起的，是那副天罗地网，吊在虬髯客面前。

虬髯客猛一拂袖，画舫的残骸便如枯蝶般四散开去。尘埃飞扬，透出锁在天罗地网中的那个人影。

却不是卓王孙。

虬髯客紧握双拳，指节都在咯咯作响。

他渴望见到的，是惊愕、震怒而又无可奈何的卓王孙，那是困龙计划唯一应该有的结果，但现在，他见到的，是一个海棠花枝结成的花台，花台上正沉睡着一位水红的女子。

为什么，困龙计划抓住的是她？

他自然认识这位女子是谁，她也许是华音阁中地位仅次于卓王孙的人，却不是卓王孙！

上弦月主相思，怎么可能是阁主卓王孙？

他咬牙切齿，双目几乎喷出火来！

兰丸惊讶地看着天罗地网，惊讶地看着虬髯客。

他这么完美地完成了任务，连一点抵抗都没有遇到，就俘虏了画舫，捉住了画舫之中的人，为什么虬髯客还这么生气？

简直太委屈了！

虬髯客几乎是在强忍着，方控制住自己没有将兰丸抓过来，一把拧断他的脖子。他厉声道："你抓错人了！"

兰丸一声尖叫："不可能！"

怎么可能！他怎么可能抓错？一百七十六名日本国最精锐的忍者怎么可能错？他不服气地靠近天罗地网，突然发现，他抓住的人竟然是位女子。

也许是他太兴奋、太心急了，困龙计划一结束，他就马上带着猎物来见虬髯客。他甚至没有仔细去看猎物究竟长什么样子。

可不久前，当他们拿起"千里眼"打量的时候，画舫里明明还只有卓王孙一个人，怎么会突然变成这个女子？

画舫没有错，画舫中的人当然也没有错。难道不是这样子的吗？

但世间事，有时候的确不是这样简单。

兰丸窒住，满脑子都是困惑，却不知道该怎么解释。他接受不了这个现实，又走近一步，想要看清楚这是不是障眼法。

虬髯客极力压制着自己：“兰丸，你究竟是没脑子，还是猪脑子？”

兰丸触电一般跳了起来：“我是全日本最年轻、最具天赋的忍者！”

虬髯客脸色漆黑。

卓王孙，果然是天上神龙，变幻莫测，不是小小一个困龙计划就能困住的。

虬髯客环顾四周，海风城的废墟中，站满了他的部下。那是千里之外，跟着他来到海上，就算最失意、最沮丧的时候都没有舍弃他的部下；那是他相信能够东山再起、杀回中原的基石。也正是靠这些人，他收编了海上倭寇，建起了强大的军事力量，成为大明朝不可拔除的海上毒瘤。

这些人，将是他翻盘的底牌。现在，他急需一场胜利。

他沉声咬牙道：“兰丸，我还能相信你吗？”

兰丸精神一振：“当然了！以武士之名义！”

这句话说完，他有些沮丧。他应该是个儒将的，现在却跟那些乡下人一样，拿武士的名字起誓。

太堕落了。

虬髯客缓缓道：“你们忍者有独到的忍术，能够在狂风暴雨中行动，别人却不能。现在海上正起了大风暴，船不能行。敌人绝对料想不到我们会趁着这样的天气出兵。我命令你，带领一万士兵，前去偷袭——劫营！”

他抬起手，向下做了个“斩”的手势。

兰丸大喜。忍者最擅长做的，就是偷袭。现在海上正起大风暴，在别人看来，这风暴是无法突破的屏障，但在忍者看来，是绝佳的掩饰、绝佳的武器。

他啪的一声站直了身体：“得命！”俊美的脸庞上，挂满了胜利的微笑，“要不要连镇海城一起拿下？”

虬髯客摇了摇头：“不，等我回来。我要去见……”

说到这个词的时候，他脸上忽然充满了肃穆。所有的人，无论是忍者，还是水兵，脸上也都充满了肃穆，崇敬、圣洁的肃穆。

“南海观音。”

黄衣使者的尖叫声在海边回响：“不可能！我的神鳌船是最结实的，这点风浪算得了什么！再放一艘下去！”

士兵们颤抖着，几百人一齐合力，将一艘神鳌船从礁石堆里拖出来，推进海浪里。这艘刚炮轰过海风城、重创倭寇气焰、带回无量财宝的船只；这艘混合着精钢与最坚固的木材、用最巧妙的造船术造成、堪称当时的奇迹的战船，在第一个巨浪打下来的时候，就发出一阵令人惊恐的吱呀声。

随着第二个、第三个巨浪打下来，神鳌船终于经不起天地肆虐之威，发出一声狂响，中间的龙骨断成两截。随之，下一个浪打下来的时候，船体慢慢瓦解，被贪婪的大海吞没。

这，已经是第四艘船了。

冰冷的风，冰冷的雨，每个人身上都冻得一片青紫，浑身哆嗦着。就连武功最好的长老们，也都脸上变色。没有人再能感受到胜利的狂欢，他们已经没有豪气在风雨里饮酒，他们只想有一杯热茶，好好捂在被窝里睡上一觉。

方才饮下的酒，已经全醒了。

杨逸之轻轻叹了口气，道：“回营。”

群豪与士兵早就盼着这一声命令，立即掉转头向回就走。

黄衣使者张口想要叫住他们，却被杨逸之的目光一扫，再也说不出话来，只得跟在众人身后。

他一面走，一面用力抽着马，恨恨道：“我恨这风暴！我恨这大海！”

兰丸率领的忍者军团与一万水兵，如鬼魅一般通过大海与风暴的阻隔，来到了镇海城外。忍者也许是最洞悉大自然秘密的人，无论多么恶劣的环境，都会被他们利用，成为他们的遮蔽和武器。

远远地，镇海城的城楼在狂风中露出一角。

兰丸咬住了嘴唇：“很伤脑筋呢……好想就这样杀进去啊……”

但他不敢违背虬髯客的军令，只好嘟着嘴，目光转向城外三里处的军营。军营中张灯结彩，灯火辉煌，以忍者锐敏的感觉，还能闻到些许酒的味道。

兰丸喃喃道："正在庆祝吗？"

一想到敌人正在庆祝以己方惨痛的代价取得的胜利，兰丸就忍不住咬牙。他将"千里眼"交给了上忍："去，看看他们在做什么！"

高手才不自己做事呢。不见虬髯客就总是支使他做这个、做那个。

兰丸悠然坐在马上，打开了绢扇。

上忍看了一眼，眼睛立即就直了："宝贝！好多的宝贝！"

兰丸一把抢过"千里眼"，眼睛立即被成堆的珍珠宝贝晃花了，一把将"千里眼"扔开，拔出了腰间的太刀！

"所有人听令！把敌人杀个精光，把宝贝全抢过来！"

说着，他第一个带着人就冲了进去。

那些水兵全是烧杀抢掠惯了的，一听说"宝贝"两个字，两眼都放了光，不顾命地冲了进去。

大营中空空荡荡的，只有财宝，忍者水兵们更是欢喜。不用打仗就有宝贝拿，这样的好事哪里找？每个人都将身上装得满满的，有聪明的找了口袋来，一口袋一口袋地装，不聪明的马上跟着学。再不聪明的立即眼红了，觉得聪明的拿得太多，拔刀就砍，乱糟糟地吵成一团。刀？累赘，谁拿它啊。马？嗯，可以驮银子！

兰丸骑在马上，哈哈大笑。

他兰丸，全日本最年轻、最具天赋的忍者首领，终于打了个大胜仗，唯一沮丧的是，一个敌人都没有遇到。

黄衣使者走一步，就用力甩一鞭子，骂一声："我恨这倭寇！"

两千江湖豪客组成的队伍，被大海打败了，酒也被打醒了，垂头丧气地回了军营。

转过山角，大营就在眼前，众人却发现有些不对。

这些身经百战的武林人士几乎在同一时间停住脚步，一阵嘈杂之声伴着海风吹了过来。

那是忍者们在兴高采烈时唱起的家乡和歌。

几乎同一时间，所有武林人士刀剑出鞘，自行按照平时的训练结成了阵法。

杨逸之驻马，杀戮之气透风雨而过。

群豪已看清，盘踞在大营中大肆掠夺的，正是倭寇。

只是他们的行为实在太难看，一时很难相信是为祸海疆多年的倭寇。他们一个个身上鼓鼓囊囊的，全是财宝，这使他们的衣服合不上，拖着刀，马也不骑，上面驮满了东西，彼此或唱歌，或骂骂咧咧大打出手。

群豪错愕。

他们是怎么来的呢？怎么突然出现在自己的营地中？

管他呢！

随着一声号令，暴风雨轰然卷起，群豪随着风雨冲进了大营。

倭寇们的鲜血顿时染满了大地。当他们醒过神来时，开始慌忙找自己的刀，又是一片血溅起。他们恐慌地发现，他们已经无法舞刀了，因为身上带了太多东西。当他们极力将这些金灿灿的东西丢掉时，血已经比暴雨还要浓了。

兰丸立即就被吓呆了。

他根本没有明白过来敌人是怎么杀出来的，发出了一声惨叫："退！"

忍者所有的法术都被他运用到了极限，一溜烟一般跑得没影了。这一刻，他居然从少林寺方丈的大力金刚掌跟武当掌门的上清剑法之中逃了出去！若是这件事在江湖上流传出去，他立即会名动天下。

忍者与水兵们听到兰丸这一声喊，斗志立即全消，没命地往外跑去。马匹是指望不上了，全驮满了东西，跑都跑不动。他们只能撒开两条腿，疯狂地逃跑。

一跑到海边上，忍者立即展开忍术，向风浪冲去。武林群豪踏着他们布下的浮桥，一路追杀，鲜血穿过大海，一直流到流花港。

是日，虬髯客的根本重地，流花港破。

流花港是海风城的门户，原本掩藏在巨大的礁石深处，就连附近经验最丰富的海客也未必知晓它的存在。如今，这神秘的港口已被战火点燃，卷涌的波涛拍击着岩石，发出生涩的回响。残损的尸骸、舰船的碎片，以及被倭寇抛弃的辎重在海浪中沉浮。

武林豪客们追亡逐北，搜剿着倭寇的残余力量，渐渐地，杀伐之声小了下去。

杨逸之看着被染成鲜红的海波，轻轻叹息。

他的目光突然顿住。

一艘小艇正随着波涛向远处漂去。这艘小艇是那么普通，夹杂在数十艘被倭寇抛弃的舰船中，是那么不起眼，唯有一抹淡淡的水红，从船身破损的罅隙中透出，宛如红莲盛开在猩红的海波之上。

杨逸之的心瞬间抽紧，他再顾不得其他，驱船追了上去。

片刻之后，他踏上了这艘即将沉没的小艇。

小艇中空无他物，只有一座海棠花树织成的花台，一身水红色衣衫的女子正沉睡其上，睡容恬然，仿佛世间的一切征战杀伐都与她无关。

杨逸之心中巨震。

他扶着花台，缓缓跪下。

是否这就是命运，注定了他们必须不停地相遇？

不祥的命运。

不远处，黄衣使者细长的眸子注视着这一切，眸子中忽然有深深的妒忌。

但随即，他展颜而笑。

第十二章

人言洞府是鳌宫

卓王孙何在?

卓王孙在观鱼。

一尾七彩的鱼从他身前缓缓游过，卓王孙一动不动。那鱼从未见过人，也不害怕，游过卓王孙身前，钻入了深海中。又一群跟它一模一样的鱼跟随着它，从卓王孙身边摇摇晃晃地游了过去。

卓王孙忽然想要饮酒。

海中之鱼颜色鲜艳至极，跟江河里的鱼迥然不同，形状奇特，令人有大开眼界之感。卓王孙倒没有料到，沉到海底，居然会见到这样的美景。

是的，卓王孙就在海底。

一株巨大的海草从海泥里伸出，宽阔的叶子就像是彩虹一样，遥遥地伸展出去。这样的海草还有无数根，密密麻麻地集结着，令海底变成了一片森林。这里生活着各式各样稀奇古怪的生物，都是陆上难得一见的，尤其难得的是，它们都有着鲜艳的颜色与花纹，哪怕最娇艳的花朵，也无法比拟它们的色泽。

森林深处，是一座山，山体黝黑，似乎是万年前喷发的火山留下的遗迹，高高耸立着，从三十丈深的海底，一直穿透海面，形成一块巨大的暗礁。无数藻类攀附着礁山而生，蔓延展伸，雄奇而艳丽。

那艘画舫已沉进这片海底世界，卓王孙的身形一动不动，仍斜倚在榻上。

他在观赏，亦在等待。

狂猛的风暴犹在海面上肆虐着，不时卷起污浊的海水，而后轰然砸下。雷霆之声在海面上怒舞，提醒每一个潜藏着的生物，天地的威严是多么可怕。但若是潜到海下三十丈处，却是波平浪静，丝毫扰动都没有。

大海，用她宽广的怀抱，承受着天地变幻。

相对于那些万丈深壑而言，这里的海底离水面并不远，平日仍有充足的阳光照下，珊瑚才能生长得如此丰茂。但不妙的是，海面的风暴让此地一片漆黑，就算是最明亮的烛火，也只能照到二尺远。虽然只有三十余丈深，但海水的压力已十分巨大，寻常人的身体根本难以承受。

但对于卓王孙，这些都如不存在。他真气鼓荡，一道淡淡的光芒便旋绕在身周，化解了海水强大的压力。而剑心透出，方圆十丈内，如目所见，方圆百丈内，大一点的动作绝无法逃脱他的监视。

所以，他能够安闲地欣赏着来往的游鱼。

因为他相信，那些演出佛本生故事的戏子能从他眼底逃脱，和他逃脱兰丸的视线是一个原因。

那就是：潜入了海下。

他的内力强悍绝伦，配合神秘的龟息术，可以在水下潜行一个时辰左右，兰丸岂能找到他。

当然，这个世上能有他这般内力的人不多，但卓王孙相信，对方既然布下这个局，想必是有什么奇怪的方法，就算不会武功之人也能够长时间在海下潜伏。

传说扶桑国中有群奇怪的术者，他们自称为忍者，修习一种神奇的法术，名字叫作忍术。传说修习忍术的忍者，能够入火不燃，入水不濡。若传说是真，他们能凭借忍术在水底长时间潜伏，也不是不可能的。

但无论忍术有多么神奇，卓王孙都有把握，只要看到一眼，就能看出它的底细来。天下没有什么能瞒过他的耳目，绝没有。而卓王孙也相信，那么多人潜藏在海底，一定会有蛛丝马迹。

现在，他只等着它们露出来。

海底平静得就像乐国一般。

风暴仍在肆虐，却并没有打破这里的平静。

这让卓王孙忽然想起了华音阁的烟雨。

华音阁就像这里的世界，绚烂而宁静，遗世而独立，不管江湖上有怎样的狂风巨浪，都安然而度。

这让卓王孙有一丝感慨。

没人知道，在如此险恶的江湖中创造出一块乐国有多艰难。只因所有的人都认为，只要卓王孙在，多么艰难的事都不再艰难。

但如今，华音阁终于也卷入了江湖风雨中，他的威严，竟不能庇护他最关心的人。

是命运吗？

是远在亿万星辰之上的王座，在召唤他回归吗？

卓王孙不屑一笑。

突然，海水中传来一阵波动。卓王孙心神一动，远放出去的剑心倏然明朗起来，周围二十丈内，全部洞彻。

海底巨大的藻类森林中，忽然出现一个人。那人几乎全身赤裸，身上涂着一层乌黑的海泥，衣服般遮蔽着他的身体。而他披着一袭鹤氅，由黑色的羽毛织成，在水中展开，就像是张开了两只翅膀，微一用力，便自由地穿梭在藻类森林中。

卓王孙皱了皱眉。以他的眼力，居然都没看清楚那人是怎么出现的。

难道忍术真可做到凭空出现，又凭空消失？

卓王孙冷冷一笑，摆了摆手。一股水力被他的真气控制着，悄无声息地向前涌动着，直到靠近那人身侧时，才猛然爆发。这一招数暗含了春水剑法的精义，就算是一流高手都未必抵挡得了，何况那个羽衣人？

那人连哼都没哼，身子便软软垂倒，昏死在海底。

卓王孙并不上前，只在不远处静静地等待着，没有人能察觉到他的存在。若在陆上，说不定他还需要借助柳絮、飞花，总会留下形迹，但在海底，海水就是他的武器，根本就无迹可循。

既然有一个，那就肯定有第二个。

卓王孙的剑心，再一次笼罩了那人出现的地方。

这一次，他一定要看清楚。

海底的火山像是静默的史前巨人，蹲伏在水下的世界里，它的灵魂早就空虚，只留下强壮的躯体，让后人缅怀它曾焚天炙海的威严。

火山脚下的岩石，突然极细微地动了一下，一个人影从岩石底下钻了出来。卓王孙眉峰一展，显然，那块岩石就是这些人出入海下的通道。但观这些人武功也不过平平，怎么可能在水下潜藏这么久？要知道龟息之术可不是人人都能练就的，若没有强大的真气做基础，龟息术根本没有任何用处。

卓王孙袍袖微荡，将那人也击晕，双袖一拂，无数条水下暗流群龙一般将他托起，飘到了岩石之侧。

他知道，岩石之内的人，肯定在通过某种方式观察着外面。所以他很小心，缓行于巨大藻类的阴影中，以免打草惊蛇。

不远处，那艘被他抛弃的画舫缓缓向海面浮去，带起一阵浑浊的沙流，让海底更为昏暗，遮掩着他的踪迹。

卓王孙两指轻轻点在海藻上，海藻顺着水势漂出，悄无声息地卷住了一名昏迷的羽衣人，向岩石送去。在卓王孙内力的鼓动下，那羽衣人被海藻带动，似乎在不停地拍打着岩石，催促里面的人放他进去。

果然，岩石再次微微打开了一道缝隙。

卓王孙闪身而入。

岩石里面是一条狭窄的水道，黑漆漆的，看不清楚里面是些什么，海水也随之将水道充满。卓王孙内息一运，海水立即激荡起来，将水底的污泥冲起，水道里一片混浊。就算里面的人真有方法能监视水道，也什么都无法看到。

卓王孙的疑惑更重。既然里面也是海水，那他们是怎么呼吸的呢？

真的有比龟息术还厉害的法术？

岩石在背后缓缓闭合。卓王孙已然看清，这块岩石是一道门，以机关操纵。岩石从外面看去没什么特别之处，但从里面看极为精巧。石身上刻着密密麻麻的螺旋，闭合之后，跟上下左右的岩壁完全吻合，连水都无法渗入。

既然里面也是海水，这样做又有什么意义？

卓王孙疑窦丛生。

就在此时，他眼前的水道忽然闪起一道亮光，哗的一声响，水道里的海水向亮光涌去。卓王孙微微一惊，真气自动激发，倏然向前探去。他的身子恍如电般闪动，已然进入亮光之中。

他所有的疑惑，于此霍然洞开。

亮光是另一道门。

门背后没有水，清新的空气扑面而来，令他心神不禁一畅。

他终于明白岩石之门为什么要做得那么精密了。这个水道有两道门，每次开启时，先打开一道门，人进入，关上门，然后再打开另一道门，人出去。这样，每次开闭门时，都只会灌入两道门之间的空间那么多的海水，泻入一方池塘中。而池塘外，全是无水的空间。若是只有一道门，那么一旦开门，海水就会将这里灌满。而有两道门，则避免了这一灾难。

这实在是个很精巧的设计，非大智慧不能为此。

实际上，正有几个穿着鹤氅、身涂海泥之人蹲在池中舀水，将水舀到一个槽里，用机簧排到外面去。当他们看到卓王孙的时候，惊讶得说不出话来。

卓王孙微运内息，白雾立即弥漫全身。仅仅数息，他的衣服就已干透了。卓王孙打量了一下周围，不得不赞叹，这实在是项伟大的创举。

从外面看，这只是一方普通的海底世界，藻类森林环绕着一座礁山，雄奇而美丽。但这座礁山已被完全掏空，成为一座小型的水晶宫。

显然，这座礁山是由海底火山喷发形成的，本就是空心的，经过能工巧匠的苦心经营，不但山体全空，还向下挖了十几丈，形成这个巨大的山洞。再人为地建造进出两道门，将洞内的海水全部排出，就变成了一方可以住人的海底世界。

卓王孙站在山洞的边缘，无数级石头阶梯凿在石壁上，螺旋一样向下延伸着，通向漆黑的洞底。

卓王孙仰首往上看，薄薄的海水覆盖在洞顶，最上面是一层透明的琉璃状硬壳，依稀的光芒透下来，照亮这座洞府。洞府中没有任何火把、灯烛，因为空气在这里，是何等珍贵。

海面上风暴肆虐，撕扯出百丈雷电，击打在洞顶。这座礁山极为坚硬，岿然不动。

卓王孙忽然明白了那么多人可以藏在水底的原因。

这座礁山实在太大，被挖空了之后，中间储存的空气可供上百人呼吸几天。想必等几天之后，海潮褪去，山顶的琉璃状硬壳就会打开，吸入新鲜的空气。就算退潮的海水依旧漫过山顶，但已不是很深，灌入新鲜的空气不是什么难事。

令人惊奇的是，如此大手笔，堪称鬼斧神工，旷世难见。营造如此海底洞府的人，抓走小鸾究竟为的是什么呢？

洞府里湿气极重，不断有水滴自山顶落下来，被洞里上升的气流搅碎。卓王孙抬头，细碎的水滴正落在他眼中，仿佛能看到彩虹的颜色。

若不是太过阴冷，这里真像传说中的水晶宫殿。

卓王孙缓缓举步。

那些正在排水的人心底顿时生出一阵冰寒，呼吸随时有可能终止。他们想扔掉手中的勺子，抓住心口，将心脏挖出，以便能接触到新鲜的空气，却连一根指尖都无法挪动，只能任由惊恐在他们躯体里肆虐，以苍白如死的目光，目送卓王孙慢慢走过，一步一步走向深邃漆黑的地心。

然后虚脱，他们心底生出一种莫名的恐惧：这座海底洞府，会如它注定的一般，随着这个人的到来，毁灭。

黑色的石阶仿佛没有尽头，通向深沉的黑暗。卓王孙一步步向下行去，洞府中是那么孤寂、宁静，没有光，也没有一点声音，仿佛这里就是宇宙的尽头。

忽然，他眼前出现了佛。

一枝莲花从洞底最深处涌出，伴随莲花的，是地、水、火、风。刚诞生的释迦太子站在莲花上，双手一手指天，一手指地。九条颜色各异的巨龙自四面八方围住他，吐出清澈的泉水沐浴他。

这不是石像，而是两千余年前发生过的真实景象，不过被时光凝结住了，凝成这一座石雕，所以才能如此动人，只一眼便能令人跪拜。

石雕巨大，释迦太子高三丈三尺，几乎占据了洞府的大半。九龙虽巨，在他面前却宛如虫蚁。

释迦太子的容颜隐藏在洞府最深处，依旧遍开慈柔。众生所受的一切悲苦，都成就了他的悲悯。他指天指地的双手，不是为了宣示威严，而是慈悲。

卓王孙静静地站在释迦太子的像前，抬起头来。山顶滴下来的水滴，就像是天雨之花一般，曼妙地垂落在太子头上、身上。

卓王孙浅浅一躬。

即使世上真有佛，真能够保佑小鸾的平安，他亦不会跪拜。

他施礼，只不过是在赞叹，人的虔诚，怎会创造出如此伟大的作品。佛，究竟是存在于浩渺的天外，还是工匠的指尖上、信徒的心灵中？

面对如此恢宏的雕像，他轻轻叹息，而后，缓缓走过。

地底是一座巨大的集市，星光隐微，照出集市上熙熙攘攘的人影。有很多铺面沿山而建，再往上便是一层层凿岩壁修建的民居。中年妇女在买柴米油盐，年轻姑娘在选胭脂花线，贵家公子在挑粉靴绸衣，农夫农妇们在看牛羊猪圈。华丽的绸缎铺挂满了绫罗丝缎，巨大的饭庄里坐满了高朋贵客，交织的道路上挤满了逛街的人们，就连最寒酸的小摊也不乏人光顾，老板脸上堆满了谄媚而殷勤的笑容。他们似乎习惯了微暗的光线，在这座海底之城中自在地徜徉着，一如海底那些不见阳光的游鱼。集市上人头攒动，喧哗之声甚嚣尘上。

这一幕，和海面上演出的佛本生故事，何其相似。

卓王孙若有所悟。

两行红灯，在人群中隔出一条狭窄的道路，直通释迦太子像。

佛像下有一个幽暗的洞窟，那是个狭小、低矮的洞窟，秽土成堆，污水四溢。世间一切的垃圾仿佛都聚集在这里，残食、死鱼、败藻、淤泥堆积如山，发出阵阵恶臭。

洞窟的正中间，是一个七层莲座。莲座用精钢铸就，每一层用一种颜色描绘出莲蕊的形状，七层莲座，便是七彩。一位白衣老人端坐在莲座中心。

老人面容清癯，胡须很长，眉毛也很长，就像是一位鹤发童颜的仙人。他的神情极为宁静，仿佛置身之处并非污秽之地，而是佛陀讲经的众香国。一股淡淡的旃檀香气从他身上透出，竟连四周的恶臭也遮掩不住，片片白羽织成羽衣覆住他的身体。

莲座中心，无数的莲蕊从他的肌肤中扎进去，刺穿了他的手骨、腿骨，他就像是个干瘪的标本，被精钢铸就的钉子钉在莲座上。

没有血流下，他仿佛已被钉了几十年，手跟足中的血早就流干净了。只是他面色依旧红润，脸上也没有半点痛苦。

他看着卓王孙，双目中满是悲悯。就仿佛亿万年前的佛陀，看着威严灭世的魔神。

他的眸子苍老而寂静，仿佛早已洞彻人世的一切悲苦。

看着卓王孙走近，他霍然睁开双目："神王来了。"

喧哗的集市突然安静下来，所有人都回过头来凝视着卓王孙。他们的双眼中刹那间充满了哀苦之色，直勾勾地前望着，令洞府陷入诡异的死寂。

卓王孙淡淡道："我不是你们的神。"

羽衣老人："我族为释迦余脉，在此海底潜修数百年。数月前释迦示寂，命我现世迎接神王回归。所以我族才以释迦本生故事显于海上，迎接神王。此乃佛谕，岂能有错？"

卓王孙："所以，是你劫持小鸾，将我引到这里的吗？"

他心底杀意暗生，如果劫走小鸾的是眼前之人，他不介意让他们用生命承受自己的愤怒。

羽衣老人摇头。

"小鸾另有她的因果。但的确是我拜托劫她之人，令您经过此处。您可知道，执掌万千亿恒河沙数无量世界的神王，共有两位，执掌生之力的梵天与灭之力的湿婆。而您，就是湿婆神王。生之力与灭之力纠缠盘绕，从无尽虚空而来，到无尽虚空而去。无量众生的命运，便附着在上面。若您不肯回归，无量众生将会失去凭依，那时，会发生极为恐怖的灾劫。王，佛以大慈悲开示于我，要我无论如何劝您回归。请王听谏。"

卓王孙："哦？何劫？"

羽衣老人张口欲说，却骤然喷出一口鲜血。显然，他要说出的那句话，似乎触动了某种隐秘的天机，对他做出了惩罚。

"不可说，不可说。王，请归去吧！"

卓王孙淡笑："那就没办法了。我有我来处，我也有我去处。无量众生之命运，于我何干？"

羽衣老人盯着他，似乎不相信自己听到的答案。他的眸中倏然有一抹七彩的佛光之轮闪过，仿佛从卓王孙身上看到了什么，脸上闪过一阵惊慌。

羽衣老人："我看到了什么？放弃神王之位的您，将成为——"

他死死咬住嘴唇："魔。"

这个称谓，并没让卓王孙惊讶。他淡淡一笑："魔亦何为？神亦何为？"

羽衣老人盯着他。

他的眸中，各种彩光轮现，像是开示一切的佛光，亦像是焚烧一切的劫火。

良久，他喟然长叹一声。

“我明白了。

“我知道您要去何方，我将为您指路，只求您记住今日所见之情形。”

卓王孙沉吟：“我为何要相信你？”

羽衣老人惨然一笑：“因为死人从不会说谎。”

说着，他手上突然多了一柄匕首，匕首薄如蝉翼，仿佛是一片羽毛。

羽衣老人猛一用力，匕首生生插入了自己的胸口。他痛得脸上变色，却毫不停止，将胸前的一块血肉生生剔了下来，露出嶙峋的白骨。

鲜血瞬间涌出，将整座莲台溢满。

老人缓缓伸手，捧起那团血肉，恭恭敬敬地奉出，他枯瘦的手指，直直地指向南方。

他已死去，但他的声音宛如诅咒，萦绕在卓王孙耳侧。

“我族当以全族生命，请王记得。王若不归去，发生的大灾劫，将比此惨烈万千亿倍。王请归去！”

卓王孙也不禁变色。

他不回归，受神王之位，究竟会引发什么样的灾劫，让老人以这样惨烈的方式死去？

呼啦啦一阵响，集市中所有的人都跪了下来，向卓王孙跪拜。他们脸色平静庄严，齐声道：“王请归去。”

他们一起从怀中掏出匕首，生生插入了胸口，而后用力剜去，鲜血四溅，他们将剔下的血肉高高举起，指向南方。

失去了血肉的遮蔽，数百心跳声立即变得响亮无比，在幽静的地洞中回响，而后慢慢低缓，就像是秋风中嘶哑的蝉。

巨大、神秘、如海中水晶宫般的山洞，顷刻变成了修罗地狱。

这些人，想用这种惨烈的方式，把自己深印在卓王孙心中。

他们想要卓王孙记住的，只有一句谏言——死谏。

王，请归去。

卓王孙轻轻叹息，仰头。

释迦太子的微笑在九龙沐浴下，悲悯而忧伤。

“看到了吗？”

释迦太子巨大的塑像寂静无言。

“这就是你的慈悲吗？”

卓王孙青衫飘起，九道剑气飙散而出。释迦太子眉心猛然出现一点红，巨大的佛像轰然坍塌，撞在了山体上。

山体被撞出了一个巨大的窟窿，海水卷涌而起，冲走血泊与污秽的一切。海面上的风暴也在这一刻肆虐到极致，狂欢着撕碎它垂涎已久的避难所，仿佛火山再一次爆发一般，骇浪逆袭而上，足二十丈有余。

那座恢宏的海底壁垒，就在一瞬之间分崩离析。

卓王孙从海底浮出，凌虚站在海面上。

真气从他的脚下升起，将他的衣服烘干。他丝毫没有沉入海中的狼狈，青衣卓然。

他踏着海波，向南行去。

无论什么，都挡不住他的去路。他想要的，他会用自己的双手得到。

谁，都影响不了他，生，或者死。

巨浪在他身后发出尖锐的呼啸，将一切凄恻、惨淡掩埋在茫茫沧海深处。

第十三章

晴空偶见浮海蜃

杨逸之静静地站在营帐中。

他面前是一座海棠结成的花台，花已枯萎。

微弱的烛光在风中轻轻跳跃，照出相思苍白的容颜，她脸上仍挂着微笑，但那微笑也如周围的花朵一样，憔悴凋零。

杨逸之怔怔地看着她，看着她微笑中淡淡的忧伤。

她正在做什么梦？

他的笑容有些苦涩，因为他明白，无论她的梦是什么，都不会有他。

三连城之战后，忘情毒发，她已经忘记了和他曾经历过的一切[①]。之后，大威天朝号上，曼陀罗阵中，乐胜伦宫畔，他只在一旁默默守望，看着她陪伴在那青色的人影身边，怅然无言。

他也从未想过，会在这里与她重逢，更未想到，重逢的时刻，她竟是这样沉睡在自己面前，那么安宁，那么寂静。

几缕青丝被海水沾湿，凌乱地贴在她苍白的肌肤上，看上去就像一道伤痕。

杨逸之伸出手，轻轻为她摘去额上的乱发。

他不由得想起了三连城中，她强行将解药渡入他唇中的景象。他清楚地记得，那一刻曾有一滴眼泪——她的眼泪，在他的脸上慢慢干涸。

---

① 两年前，在塞外，相思和杨逸之曾同时中了忘情之毒。相思强迫杨逸之服下唯一的解药，而后忘记了和他在塞外曾同生共死的岁月，只记得要陪伴在卓王孙身边。而杨逸之亦承诺终身不再提起此事。事详《华音流韶·彼岸天都》。

眼泪是那么冰凉，却也带来烧灼般的刺痛。

忘情之毒，没有带走他的生命，却带走了她所有与他共度的记忆。

从此，两人形同陌路。

那一刻，他的手指竟然有些颤抖。

门帘一掀，黄衣使者走了进来。

他静静地站在杨逸之身后，就像是一抹影子。

他看着杨逸之，然后看着相思，嘴角慢慢露出一丝笑容："她快死了。"

杨逸之身子轻轻一震。

黄衣使者的目光就像是一道钩子，静静地钉在相思的脸上："传说有种武功，人若是中了，就会不言不动，身体越来越僵硬，七七四十九天之后，便变成一具僵硬的人偶。这七七四十九天中，她会将第一个看到的人，当作自己的主人。她的意识还没有完全消失，世间的一切仍能在她逐渐麻木的大脑中留下印记，但她的身体再也不属于她，只属于她的主人。无论她的主人吩咐她什么，她都不由自主地答应。如果她的主人痛苦，她就会流泪；如果她的主人快乐，她就会笑。她……"

他一字一顿道："就是他的傀儡。"

杨逸之面色骤然苍白。

黄衣使者淡淡道："身为武林盟主的你，告诉我，这是什么武功？"

杨逸之的心禁不住抽搐。连黄衣使者这种身在禁宫之人都听说过这种武功，身为武林盟主的他，自然不可能不知道。

但这个事实太残酷，他早就看出了，却一直不敢说出。

黄衣使者目光凛凛，似乎在催逼着他。杨逸之轻轻叹息："傀儡剑法。"

黄衣使者笑了。他在鉴赏杨逸之的痛苦，同时又觉得这痛苦仿佛刺在自己心里，让他的心也不禁抽紧。他俯身，将相思的身体轻轻托了起来，一指抵在她的脑后。

杨逸之脸色骤然一变，右掌淡淡的光芒一合！

黄衣使者微笑："不要怕，我只是听说，有种方法能够让沉睡的人马上苏醒！"

他站在相思身后，小心翼翼地从后面捧起她的脸，让她保持着仰望杨逸之的姿态。

杨逸之怔了怔，似乎明白了他要做什么："住手！"

就在这一瞬间，黄衣使者轻轻用力。

相思的身体一震，仿佛春风破碎了层冰，她的双眸渐渐睁开，映出那明月一般的影子。

杨逸之如受雷击——那眼神，是如此陌生。

没有悲悯，没有温柔，没有恬静，没有婉媚，只如一面镜子，反射着明月的光辉。仔细凝视，却是无尽的空虚。

这一刻，杨逸之心中感到一阵莫名的恐惧，沉稳如他，也不由得仓皇站起，步步后退。

她怔怔地仰望着他，渐渐地，苍白的脸上浮起一缕微笑——顺从、崇敬而又僵硬的微笑。

突然，她敛衽，冲着他盈盈下拜。

“主……”

杨逸之面色剧变，忍不住夺门冲了出去。

黄衣使者轻轻抱住相思，阻止了她进一步的动作。被拦住的相思，就像个脱线的木偶，顿时失去了生命力，斜斜地倚在他怀里。

黄衣使者轻轻搂着她，手指按住她的唇。

“想叫他主人吗？”

“我们可以一起叫。”

他轻轻地将相思安置在花台上，相思温顺地听从着他的吩咐，眸子中有一缕淡淡的黑色。

这缕黑色仿佛已浸透她的生命，正在蚕食着她的血肉，令她慢慢变成一个空壳，一个傀儡。

海面终于平静，暴风雨似乎也畏惧卓王孙的威严，悄悄地停止了肆虐。宣泄完狂躁的海面迎来了最美丽的时刻，空气几乎完全透明，一切仿佛都被笼罩在一块巨大的琉璃之中。斑驳的云层还未完全退却，如细密的鱼鳞覆盖在天上。阳光透下来的时候，云层将它分割为一束束的光，镌刻在琉璃之中，一缕缕凝固。

这里的天空中，可以看到永恒。

寂静仿佛可以永远持续下去，千万年来，没有半分改变。云淡淡流泻，风缓缓吹拂。消失了狂暴力量的海洋，一如慵懒的少女，躺在光与云编织的花架下，星眸半合。

海面上，有一条路，一条绿色的路。

藻类似是被连根拔起的，宽大的叶子漂浮在海面上，组成了一条层层叠叠的道路。碧色的路面宽几丈，笔直地向南方展去。卓王孙淡淡一笑，举步踏上这条碧藻之路。

海神邀客，这似乎是他注定要踏上的路。

去又何妨。

宏伟的彩虹自天上垂下，光芒突然一盛。路的尽头，恍惚间出现了一座极大的海岛，繁华富丽，开满岛上，流泉净水，遍布岛间。

岛的正中心，是一座巨大的废弃的古佛像。紫竹如玉，生满它的周围。无数人赤身而立，围绕在古佛的身旁。这些人身形佝偻、纤细，仿佛终年不见阳光，满身涂抹的海泥使他们看上去更如恶鬼一般。他们站在夕阳之下，漆黑的羽衣随风纷舞，诡异而苍凉。

古佛面容悲悯，双掌合十，只是他的脸与身体只剩下斜斜的半边，切口整齐，似是被一剑斩断，藤蔓丛生，将它的伤口遮蔽。

什么样的人，能舞出这惊天一剑？

古佛的另一半面容又会是怎样？

是一样慈柔悲悯，还是雷霆之怒？是善？是恶？

卓王孙的目光并未有丝毫停留，只沿着藻路，在一片海市蜃楼中缓步前行。他的姿态从容而闲散，仿佛寻仙五岳的名士，然而，随着他每一步踏出，那宏伟而寂静的海市都似乎被他惊散。

身着黑色羽衣的人们齐齐仰望着他，面色悲苦，似乎已感到神王离位、众生失去凭依的命运。

郭敖坐在铜鼓上，胸口起伏。

纵然他已觉悟了春水剑法，但连续几日几夜在海上与风暴相抗，以剑力斩开海浪，他的真气也已全部耗尽。

唯一让他觉得安慰的是，他终于保住了铜鼓的平安。经历数日风暴的侵袭，铜鼓仍安然无恙，当第一缕阳光照下时，铜鼓静静地浮在海波上，夜露始干。

郭敖仅仅能维持坐着的姿势，全身几乎虚脱。看着波动的海面，他感到了人力的渺小。如果风暴再大一些，他不知道自己还能不能扛住。

身后传来一声轻响，秋璇从铜鼓里探出头来：“咦？你还在啊？我以为你走了呢。”

郭敖不答。他几乎已没有回答的力气了。

秋璇打开铜鼓：“你为什么不进来呢？”

郭敖沉吟了一下，慢慢起身，从铜鼓的缺口中钻了进去。

他怔了一下，以为自己走错了地方。

一张猩红的波斯地毯铺在平整的黄铜地面上，地毯中央，秋璇抱膝而坐，赤着脚，玲珑的足踝深陷在地毯之中，她脸上的笑容就像是晨光中盛开的海棠。

四只白玉雕成的仙鹤立在铜鼓四角，每一只都衔着一朵灵芝。灵芝泛着淡淡的光，映着中央一张横放的玉案，案上摆着一张瑶琴、一樽酒盏。秋璇坐在玉案前，笑吟吟地看着他。

这哪里还是那个四壁都是破洞、堵着恶臭的鲨鱼皮、随时会沉没的破铜鼓？这简直就是神仙洞府！

柔柔的珠光映在郭敖的脸上，令他泛起了一阵倦意。

秋璇：“累了吧？其实你大可不必这样做的，只用跟我一样坐在这里就好了。”

她不知动了一下什么地方，铜鼓忽然传出一阵吱呀吱呀的闷响。郭敖赫然发现，这面铜鼓并不是一体铸就的，而是由很多巨大的铜片嵌在一起，铜片挪开，显出二尺余深的夹层来，里边被分成大大小小的铜盒，也不知储存了什么。由于鼓面上本就有很多凹凸的兽纹装饰，这两尺余深的夹层便被掩饰得毫无痕迹。

机簧徐徐转动，他们头顶忽然显出一个天窗，阳光照了下来。

“你看，根本不用什么鲨鱼皮。”

秋璇又动了一下，天窗消失，整个铜鼓都封闭了起来，静静向海下沉去。无数个小小的窗口现了出来，每个小窗上都嵌了一片镜子，将海中的情形映了出来。小窗连成一条线，斜过鼓身，就像是一串星光。

秋璇：“你看，它根本就不怕沉到海里。”

她又按了按，其中的一只仙鹤突然动了起来，衔着一个锦墩，放到郭敖面前。

秋璇微笑邀约道：“请坐。”

郭敖无语。

“这面铜鼓，无懈可击，根本不用怕风暴。你用内力轰了三天三夜，实在是见识短浅。”

“……”

“看不到吧？其实我在铜鼓里储存了很多东西呢。”

“……”

“所以我才任由你将我捉过来。要不是如此，我怎会离开画舫？”

“……”

“你是不是后悔得想打人？”

“……”

不论藻路多远，都会有终点。

终点是一方巨大的礁石。

礁石下藏着一座礁山洞府，比刚才那座还要巨大。卓王孙舞空而落时，洞府里所有的人都抬起头来，面无表情地望着他。

这一刻，那些人身上漆黑的鹤氅暗淡无色。

一株巨大的菩提树攀附着崖壁而生，根深深地扎入了礁山中，枝叶连绵，几乎将整座洞府都遮蔽住了，只在中心处露出一片天空。菩提树叶就像云朵一样，笼罩着这座洞府。水滴不住地自洞顶垂落，又被树叶接住，阴沉沉的，浓翠得仿佛要化掉。

寂静的佛陀盘膝坐在菩提树下，破颜微笑。他的目光仍然是如此悲悯，俗世的悲苦令他哀戚叹息，但他是欢喜的，因为他终于为众生找到了正觉真如。

佛像抬头，仰视着星光，却亦如仰视着从天上翩然落下的卓王孙。

无数身披黑色鹤氅之人，盘膝坐在佛陀四周。他们似乎在等待佛陀妙悟之后，将佛法讲述给他们听。

那一刻，他们将获得解脱。

但他们坐在炼狱之中。

洞府里，是一片隐秘的咬啮、爬行之声，无数指头大小的蚂蚁在他们身上爬行着，不放过他们的每一寸躯体。它们从他们的眼、耳、鼻、口中钻进去，再从口、鼻、耳、眼中钻出来。他们全都不言不动，面带微笑，看着自己的身体在蚁群的啮咬下分崩离析。

黑蚁如乌云、如黑线，在佛像下会合，结成一个巨大的巢。它们的巢却是洁白的，就结在佛像足下。

那白色巢穴在风中微微浮动，仔细看去，却是一袭白色的羽衣。

羽衣下，苍苍的白发散开，在蚁巢上空垂下无数银线。这个蚁巢，竟然是结在一个人的身体上。他的身体早就被镂空，成为一个巨大的蚁巢。

老人鹤发童颜，看上去就像是一位羽衣飞举的仙人。他看着卓王孙的时候，枯叶般的嘴角挑起，聚起一个微笑。

卓王孙叹息。

“佛坐于菩提树下之时，曰：不成正觉，不起此座。后世因此遂称此为金刚禅坐。你又何须如此？”

蝼蚁满身，啮咬潜形，那是何等痛苦。纵然是苦行求佛，亦不需如此。

羽衣老者缓缓道：“我为赎罪。”

卓王孙：“何罪？”

羽衣老者仰首。天光透过菩提树垂下来，那是阴郁的绿色。他仙人一样明净的面容上因此落满了阴影：“佛罪。”

卓王孙淡淡道：“佛亦有罪？”

羽衣老者缓缓低头。他仿佛已和黑蚁一起生活了很长一段时间，整个身体已与蚁巢融为一团。蚁巢是透明的，他体内的器官仿佛可以透过蚁巢而见。血在蚁巢中流动着，从他的心出来，再回归他的心。无数黑蚁在他体内爬行着，咬啮着他的五脏六腑。他承受着人世间最大的苦楚，目光却静如沧海。

羽衣老者静静凝视着卓王孙：“你亦有罪。”

卓王孙嘴角挑起一丝冷笑：“我亦有罪？”

老者缓缓道：“不乐本座，另有所寻，就是你的罪。”

卓王孙微微沉吟。

另有所寻？

小鸾吗？

那一刻，卓王孙的眸中掠过一丝怒意，但他随即淡淡一笑：“那该怎么办呢？”

老者肃穆垂首。

“我族自得佛谕起，就只有一种使命。用自己的血、自己的肉，向王死谏。

“王请归去。”

蚁巢猛然瓦解，洁白的巢跟洁白的羽衣同时震成碎片。老人的身子分崩离析，所有血脉在这一刻破裂，将白色的巢、衣染成猩红的颜色。刹那之间，他只剩下一具白骨，却用双手捧起那颗血淋淋的心，直直指向南方。

围绕盘坐的大众亦齐齐跪拜，朗声念诵：“王请归去。”

他们猛然坐起。

他们的身体早就在岁月的荒凉中被蚁群掏空，支离破碎。这一用力，他们全身的血肉猛然瓦解、坍塌成灰烬。只剩下一颗心，莹莹如美玉，被虔诚地捧在手中。

失去血液供养的心激烈抽搐着，渐渐停止了搏动。

他们指向的，依然是南方。

腥恶的气味充塞洞底，那些巨大的黑蚁犹茫然地爬动着，将血液、碎肉运向佛陀之像。佛陀仰头望着天上的星光，刚觉悟的欢喜化为悲悯。

卓王孙双指扣在菩提树上，菩提树发出一阵轻微的颤动，巨大的树身猛然折断。卓王孙身子飘舞而起，看着剑光在绿影中闪现，将菩提树斩成数段。

“佛已经灭度，你又何必再生长、繁荣？”

礁山的山体在菩提树被拔出的瞬间，现出几个巨大的空洞。那是菩提树深陷的根所造成的罅隙。海水瞬间倒灌而入，猛烈的雷鸣声中，令整座洞府顷刻瓦解。

终于，只剩下佛陀仰面，沉入海水深处，看着被重重碧水阻隔的苍天。

魔王青衣站在他头顶的碧波上，对他微笑。

“费这么多事，就是为了阻止我前行吗？

“我说过，我不是神，不是王。

“我只走我自己的路，我只做我自己。

“为此，成魔又何妨。

“万千亿恒河沙数无量世界，与我何干？”

沧海月明，只剩下，微笑着的魔王，和佛陀。

彼此谛视。

第十四章

舞衫歌扇转头空

海面上，无数飞鱼静静地悬浮着，组成一条飞翼之路，笔直通向南方。卓王孙徐步前行，一只只飞鱼奉侍着他飞扬的衣袂，伴他走向阳光正盛的方向。

南海。

小鸾，是否会在那里？

郭敖沉默地坐在锦墩上。

觉悟剑心、重出华音阁之后，他虽然没有想过天下无敌，但除了有限几个人，还真没有谁是他的对手。但没想到秋璇这个女子，能将他玩弄于股掌之中。

就如他并没有看出这面铜鼓中还藏着这么多秘密，他也看不出来秋璇还有多少鬼灵精没有施展出来。所以他只能沉默。

秋璇叹道："你也不必恼怒，这本就不是一面铜鼓，而是一艘船。这艘船穷极物理，巧夺天工，不识货的也不止你一个。当年卓王孙造好了船，向我炫耀，我说我能造一艘更好的船。他跟你一样不相信，我就造了这面铜鼓。他笑说，鼓怎么可以说是船？鼓在水中如何航行？我就跟他说，所有不相信铜鼓是船的人，都是笨蛋。"

她顿了顿，瞟了郭敖一眼，笑吟吟地继续道："卓王孙不服，就跟我比赛，看谁的船快，结果他输了。"

郭敖虽然不想说话，但实在无法相信这铜鼓会快过靠机关行驶的画舫。即便这铜鼓也装了同画舫一样精致的自行机关，但毕竟是浑圆一块，在水中受到的阻力远比画舫大得多，又怎会速度更快？

他不禁摇头："怎么可能？"

秋璇冲他眨了眨眼，神秘地道："你不相信吗？卓王孙也不相信。但是他没有料到，我的船上装了一件东西。"

郭敖忍不住问道："什么东西？"

秋璇按了按机关，突然，铜鼓四周的小窗上映出了一团阴影。

兽首。

铜鼓的左右两端本铸造着两只巨大的兽首作为装饰，其中一只可以打开，便是从鼓面通向鼓内的通道，刚才他便从此进入。另一只却并未打开过，他以为不过是另一处入口罢了。

然而，他又错了。

机簧转动，另一只兽首缓缓凸出，伸在铜鼓外，兽口大张着，像是要吞噬大海一般。

秋璇："火炮。"

"卓王孙不肯相信，所以比赛完之后，他造的三条船就只剩下两条了，而且输得心服口服。我的铜鼓虽然只行了一尺多远，但他的确输了，因为他的船连一步都没走。若不是他的武功好，只怕连他都走不了。"

郭敖哑口无言。

秋璇："我还跟他说，别看他武功高强，号称能在水中借水击敌，中者立毙，跟我这铜鼓对上，也是一败涂地的结果。别看他的龟息功厉害，要跟我比，还是必输。卓王孙倒是识相，没有再比。"

郭敖连反驳的话都没有了。

铜鼓缓缓升到海面上，突然，一声轻响，顶端的天窗处徐徐裂开一道罅隙，向两边分去，越分越开，仿佛一只打开的贝壳漂浮在海面上。阳光倾泻而下，将鼓内的每一处角落都照得透亮。

秋璇惬意地躺在地毯上，笑道："你为什么总是板着脸，不肯享受阳光呢？看，这里的阳光这么好！"

突然，一声霹雳在天边炸响。

浓黑的烟尘从海底冲起，莽龙般直冲天际。这变故起得太过激烈，平静的大海都被掀起了阵阵惊涛，向两人涌来。那面铜鼓虽然巨大，受到巨浪波及，也不禁颠簸起来。

郭敖已然站起身，看着浓烟冲起的方向，陷入了沉思。

秋璇：“想过去吗？”

郭敖点点头。

秋璇：“我可以帮你。”

她按了按机关，仙鹤再度动了起来，衔过来一支桨。

“你若是想过去，就开始划吧。”

郭敖接过桨，沉吟了片刻，慢慢坐下，划了起来。他知道，秋璇必然有办法，令这面铜鼓在海面上航行；但他也知道，如果秋璇不肯说，那他无论怎么逼问、哀求都没有用。

只是这面铜鼓实在太大、太重，郭敖运尽力气，方令铜鼓缓缓动了起来。

秋璇也不看他，开始往身上涂防晒的花油。

杨逸之扶着礁石，久久无语。

海，是那么平静，海鸥带来的清新空气在夜色中依然沁人心脾，于暴虐之后给人加倍的补偿。月色像是清柔的精灵，为他浅浅吟唱。这样风清月朗的天气，本是最能让他感到轻松的。但现在，他几乎全身脱力，扶着礁石都站立不稳。

那一声，虽未出口，他的心灵却受到了严重的创伤。

主人。

这个词，他从未想象过，能从她的口中说出。

他抬头，静谧的大海仿佛泛起一阵海市蜃楼，漂浮的白色泡沫幻化成一片破败的房舍、狭窄的街道、污秽的土地、满目疮痍的战劫、永无止境的杀戮。

那是荒城[①]。而一个纤细的身影，正跪在地上，紧紧抱住一个瘦骨嶙峋的孩子。她恬静的脸上满是痛苦，不顾灾变、瘴疠、污秽、败血，让那个孩子的脸紧紧贴着自己的脸，因不能拯救他而深深自责。

那时，他正倚在城墙下，默默地看着她。

一缕光将她与他贯穿，将这一幕永远镂刻在他心底。不管岁月如何更改，世界如

---

① 荒城之事详《华音流韶·风月连城》。

何变迁，她永远都是他的莲花天女。

爱上她，只需要一瞬间，又或许，需要一生。他亦是那备受灾变、瘴疠、污秽、败血折磨着的孩子，在漫长的岁月里，一直等待她来拯救。

可如今，她竟然敛衽合礼，对他说：主人。

那一刻，她的眸子是如此空洞，一如他坍塌的世界。

他不能忍受她被恶魔挟持，从此生活在不由自主的空壳里。

绝不能。

他要为她重新拾起剑，杀破七重连营，为她遍身浴血。

他缓缓站直了身体。

要破解傀儡剑法，必须找到施展傀儡剑法的人，拔除受剑人身上的邪气。

但如何找到这个人？又是谁对她施展了这么恶毒的剑法呢？

倭寇？

似乎没有别的可能。杨逸之咬着牙，月光在他掌心破碎。

这一刻，他感受到了刻骨的仇恨。

远远的海面上，忽然出现一座宫殿。宫殿极其雄伟，殿堂高十余丈，全是用最粗壮的楠木砌成，镂刻着极为精细的花纹。宫殿中张灯结彩，隐约可见里面正欢歌曼舞。三十丈长的猩红地毯铺在海上，恭迎着最尊贵的客人。

卓王孙徐步入内，只见三位盛装的美人正在殿中回旋起舞。垂地的纱帐后，传来阵阵欢快的乐曲。她们肌肤微黑，美丽妖娆，好比天竺古画上的天女。璎珞、流苏、轻纱几乎遮蔽不住她们的曼妙身体，当她们起舞时，媚态横生，妙相天成。

在宫殿的正中间，却是一个深幽幽的山洞。卓王孙缓缓向山洞走去。

山洞中，是五百位同样美丽的女子，正三五成群，曼妙起舞。当他靠近洞口的刹那，所有的舞蹈同时停息。

舞女们静静地站立着，飞扬的轻纱缓缓飘了下来，将她们的脸笼住。她们的笑容仍是那么欢愉，却被轻纱蒙上了一层妖异的阴霾。

她们身上的衣裙缓缓褪落，露出玲珑的身体，或纤，或秾，或丰盈，或娇弱。五百名少女，就是五百种不同的美，一起妙态毕呈时，连神魔都不由得赞叹。

但，她们的笑容忽然融化。

丰肌玉骨、花容月貌刹那间从她们的身体上脱落。她们的美貌连同她们的皮肤，瞬间蜕了下来，露出皮肤下的血肉。白色筋络交布，狰狞的血管微微搏动，方才如凝脂堆雪的肌肤，此时渗出浅黄色的液体，看上去秽恶无比。每一张娇媚明艳的脸，此时都成为带血的骷髅。

她们静静地站着，突然起舞，血不断溅出，仿佛天女散出的花。她们的生命，在这场妖异的舞蹈中耗尽，身体缓缓倒下。

卓王孙冷眼旁观，并不阻止。

他知道，这亦是佛本生故事中的一段。

佛端坐菩提树下，即将悟道之时，魔王感到了恐惧，于是派出三位极美的天魔女，在佛前曼舞，做出种种诱惑之态。但无论魔女如何引诱，佛依旧目不斜视。三位魔女心想，每位男子心中所喜的女子都不同，或许是我们现在的容貌不能得到佛的欢心。于是她们显露神通，化身为五百名美女，具备世间种种美丽，企图媚惑佛。

佛却只是淡淡道："你们空有美好的形体，内心却无比污秽，仿佛琉璃碗中盛满粪土，你们却不自知，这是何等悲哀。"

魔女们不肯相信，她们拥有天人清净之身，又如何能说是污秽？于是佛轻轻一指，她们美丽的肌肤顿时隐去，显出极为丑恶污秽的内在。于是魔女知道佛的大智慧，只得羞愧拜退。

看到这一切，卓王孙微微沉吟。

这些，亦是释迦遗族。他们显然与劫走小鸾之人有勾结，一路安排他看这些佛本生故事，目的就是让他回归神王本位。

而这一切的背后，就是冥冥中的那位毁灭神王湿婆，是他于千万年前，早就既定的命运。

他的人生，只是神王的一个赌约，分出胜负后，就该终结。不这样做，就是不乐本座，就是罪，就是孽，就该无论死多少人，都要让他回归。

他想什么，他要什么，根本不重要。

卓王孙淡淡一笑，缓缓步入洞中。

歌舞升平，在这一瞬终结。

无尽的深壑，自洞口处向下蔓延，似乎永远没有尽头。

佛像盘膝，坐在深壑的正中间。

佛的容颜，依旧是那么慈悲、安详，脸上带着恬静的微笑，似乎在赞叹十方众生的功德。但他的手上，拿着一柄锋利的匕首，猩红的血滴从刀锋上滴下来，佛一手抓着匕首，另一手提着一片同样滴血的肉。他的腿上血肉模糊，陷下一个巨大的缺口，似乎这块肉，正是从他自己身上割下来的。

佛静静微笑。

他面前，是一架天平，天平的一端，正瑟缩着一只孱弱的鸽子。佛陀伸出手，似乎想要将肉放到秤的另一端。

他面上始终挂着慈悲的微笑。

一只鹰站在悬崖上，半张着翅翼，双目凶猛地盯着佛陀，似乎在贪婪地注视着佛陀手中的肉，又似乎在审视着，佛陀究竟有多少慈悲。

这座洞府与其他洞府不同。其他洞府中都有许多穿着黑色鹤氅之人，但这座洞府中只有一个人，一个身穿白色羽衣的仙人。

仙人站在鹰的羽翼下，垂首而立，仿佛在沉思。

卓王孙走近的时候，仙人缓缓抬头，淡淡道：“王，你可曾记得？”

卓王孙轻轻皱了皱眉。他不由得想起，经过前两座洞府时，那些人在临死时对他说的话：

“王请记得。”

他不是他们的王，他也不需记得他们临死时的悲苦。对于他们来讲，他只不过是尘世外人而已。如不是小鸾误入他们的红尘，他当永在天外。

何须记得？

卓王孙淡淡道：“你们找错人了。”

羽衣仙人恭谨地跪拜下去。

“传说佛陀曾见老鹰追逐一只鸽子。鸽子投于佛腋下，祈求庇护。鹰对佛说：‘您以救鸽为慈悲，却不知鸽子得救后，我无肉吃就会饿死。救一命而杀一命，还算慈悲吗？’佛想了想，觉得有道理，就对鹰说：‘我割自己的肉给你吃，鸽子多重，我就割多少肉。’于是佛就令人取来一座天平，将鸽子放上去，自己割肉放在另一个秤盘上。哪知佛身上的肉都要割尽了，还无法令秤平衡。于是佛跳了上去。诸天诸神见了，都齐声赞叹，为佛的善行而感动。”

卓王孙淡淡道：“果然是大善行。”

羽衣仙人凛凛看着他，道：“你呢？你能否舍身？”

卓王孙眉峰微挑。

舍身？

原来他们一路指引他来此，不惜用死亡来嘱托他记得之事，就是让他像佛一样舍身吗？

舍弃此世界之身，回归神王之位。

何等荒谬。

卓王孙一笑：“我无慈悲。”

羽衣仙人：“你有。”

地底突然透出一阵暗火，整个洞府顿时充满了焦躁、酷热。一阵火光轰然自深壑的最底端蹿了上来，直达洞顶。

卓王孙微微一怔，他早已看出这些礁山都是由喷发过的海底火山改造而成，但没想到这座礁山竟然还是座活火山！

巨大的佛陀之像在火光的映照下，宛如披上一层血衣，匕首割出的伤口连同那块血肉都变得鲜红至极，佛陀慈悲的面容，也变得有些诡异。

一声凄厉的鹰啼贯穿洞府，那只蹲伏在悬崖上的厉鹰，像是突然活了过来，昂首长唳。一个少女的哭喊声传来：“哥哥，救我！”

卓王孙猛然抬头，天平上的鸽子赫然已经变成了小鸾！

她身上穿着一身洁白的羽衣，用力挣扎，想摆脱秤盘的束缚，但那秤盘上似乎有着巨大的吸引力，她无论如何都无法挣开。

一声悠长的叹息传来，卓王孙再度回头，只见那个持刀割肉的佛陀，竟化成了自己的模样。

卓王孙一声怒啸！

陡然之间，一切幻象消失。

羽衣仙人踉跄后退，一口鲜血喷出。他捂着胸口，卓王孙方才这一啸隐含剑意，岂是他能够抵挡的?

卓王孙双袖盘旋，带着他的身子凌空怒舞，厉声道：“放肆！”

他猛然伸手，一股强力倏然涌出，卷着羽衣仙人的身子，提到了他面前。他的脸上，有逆鳞被触犯的怒意，于这一刻，达到顶峰。

卓王孙冷冷道：“想不想看看，佛流血的样子？”

他提起老者，放在了佛像头顶。

鲜血，从仙人身上流出，漫过佛陀的面容，流进了佛陀的双眼，沿着佛像上割开的伤口，淋漓地向下流淌，沾了血的佛像立即变得妖异而邪恶起来。

羽衣仙人脸上第一次流露出惊恐，欲要挣扎，但剑气已穿透他的身体，令他一动也不能动。他只能无助地睁开空洞的双目，听任自己的鲜血汩汩流出，将佛陀污秽。

他耳边，只能听到卓王孙冰冷的声音：“不是说我会成为魔吗？想见到魔王？

“成全你。”

烟尘飘散的地方并没有什么奇异之象，只有一艘船。

郭敖看到这艘船的时候，不禁讶然变色。

这是一艘画舫，极为巨大，但又极为精致。它长七丈三尺，宽一丈八尺，高一丈三尺，仿如一头苍龙静静地蹲伏在水中。

画舫的甲板装饰得不像是一条船，倒像是一个花园。中间一个亭子，里面种满了鲜花，中心还有一棵树，树下是一张湘妃竹做的贵妃榻。

这，赫然就是他们乘坐的那艘画舫。

只是，船身湿淋淋的，就像是刚从水里捞出来的一般。

郭敖犹豫着，跳上了画舫。

秋璇目光闪了闪，似是想拦住他，却又什么都没有做。她静静地看着那艘画舫，脸上忽然露出一丝笑容。

郭敖的身影没入了船舱中，足足一刻钟过后，他才缓缓地从船舱中走出。他的脸色极为凝重，双眉中锁着困惑。

秋璇：“没有找到她是吗？”

郭敖点了点头。他是在寻找相思，但这艘画舫上显然没有她的踪影。

他很费解，这艘画舫，跟他乘坐的那艘一模一样，甚至连舱里的装饰都一模一样。相思却不在里面。

秋璇：“知道为什么吗？”

郭敖不答。

秋璇：“你记不记得我告诉过你，卓王孙造了两艘一模一样的船？一艘叫‘木兰’，一艘叫‘沙棠’。我们乘坐的那艘叫‘沙棠’，你瞧瞧这艘的龙首上刻着什么字？”

郭敖不用看，秋璇既然这么说，那这艘船必然是“木兰”无疑。

沙棠舟不见了，木兰船却出现在这里。

这意味着什么？

难道，卓王孙也来到了这片海域？

秋璇细细的眼眸瞥着他：“觉悟了春水剑心之后，你有没有想过跟卓王孙再打一架？”

郭敖沉吟着。

他望着这艘画舫。他曾经跟秋璇登上过一艘画舫，中途因故放弃，现在却又出现了一艘几乎一模一样的。

他望着这艘画舫，就像是看到了某种隐秘但他无法拒绝的命运。无论离开多少次，都必将到达终点，他曾经那么多次挣扎着，想摆脱它，但现在，他忽然有了勇气面对它。

他忽然道：“上船。”向秋璇伸出了手。

秋璇倒也没有犹豫，大大方方地将手递给他，在他的搀扶下，缓步登上了木兰舟。

郭敖扳动龙首，木兰舟动了一下，缓缓向前行驶。

“我本不愿意这样做，但现在，我只能带你去一个地方。到了那里，你就再也不能逃脱了，只能跟我在一起。”

秋璇：“什么地方这么神奇？”

郭敖：“仙岛。”

第十五章

此意自佳君不会

海边的天气变化无常，黎明时分，清朗的月色渐渐被厚厚云层遮蔽，几声沉闷的雷声在天海深处炸响，天空再度下起雨来。

风雨宣泄着还未散尽的余威，虽比前一日声势小了很多，却也是内陆少见的暴雨。雨越下越大，漫天串珠渐渐连缀成倾泻的水柱，将原本清明的海面搅成万里浑茫。

杨逸之回过身，茫然地往自己的营帐走去。

他彻夜未眠，直到黎明，方平息心底的震惊。现在他只想好好睡一觉，明日带着武林群豪同倭寇展开一场血战，将倭寇的头目擒住，逼着他解开相思身上的傀儡剑法。

他轻轻撩起帐帘，一缕摇曳的烛光跳入他的眼眸。

营帐中不知什么时候多了一支巨大的黄铜烛台，七只金凤盘旋而上，每一个凤嘴里都衔着一枚红烛，正静静燃烧，柔和的光芒遍布整个营帐。

杨逸之的营帐极为简朴，丝毫没有多余的东西。营帐一角铺着一张麻制的被褥，上面悬挂着白色布帐，都是军中最常见之物。

而今，一切都已不同。

白色布帐已被取走，换上四面绛红色的织锦，从帐顶披垂而下，层层叠叠，就如一场隐秘的梦。锦帐一角被撩起，隐约露出其中铺陈的绣褥。绣褥由最精致的贡缎制成，柔软丰厚，上面似乎还隐绣着宫中行乐图的纹饰。

锦帐绣褥，是那么细腻，一如少女的肌肤；又是那么柔软，仿佛只要躺下去，就会深深陷入其中，再也醒不过来。淡淡的暖香从帐中透出，发出隐秘的邀约。

这一切，和营帐外的倾盆暴雨、隐隐雷鸣形成鲜明对比，对于身心俱疲的杨逸之而言，正是莫大的诱惑。

杨逸之的眉头却皱了起来，一种不祥的预感浮现在心头，他猛地上前一步，将锦帐掀开。

锦帐披垂，红烛摇曳，相思正跪在绣褥上。

她身上披着一袭水红色的睡袍，丝质单薄，剪裁却极为精当，仿佛一道红色的光，流转在她曼妙的身姿上。

她身前，整整齐齐地摆放着五个银质托盘，分别盛着一把团扇、一盘水果、一个博山香炉、一套酒器和一套叠好的中衣。

她就这样静静地跪在绣褥上，也不知等了多久。

当锦帐撩起的那一刻，她似乎惊喜于他的到来，刚要抬头，却又立即垂下了。似乎没有得到主人的许可，她不敢直视他的目光。

“公子，你回来了。”她低下眼帘，轻声道。

那一刻，诸天静谧，只剩下一只迦陵频伽鸟，在夜色中唱起一曲恬和之歌。

杨逸之周身巨震：“你……怎么在这里？”

相思仍旧低着头，嘴角却浮起甜美的微笑：“公子走后，那位大人要我穿上这身衣服，在这里等公子回来。”

杨逸之一怔，随即心底涌起一阵怒意——这个黄衣使者，竟然让她在这里跪了一夜？

他伸出手，想扶她起身，却突然触电般收回。那一刻，凝脂般的温暖从他的指尖传来，也不知触到的是丝绸，还是她的肌肤。

杨逸之此刻才注意到，她的衣衫是如此单薄，几乎不能遮蔽她玲珑的身体。

他连忙将脸转开：“你……先起来。”

相思疑惑地追逐着他的目光，神色有些惶恐：“公子，我做错了吗？”

“没有。”杨逸之不敢看她，“你好好休息吧。”他起身要走。

“不……”相思慌乱起来，“不可以的，我必须先伺候主人休息……”

她迷茫地看着身前的那些银质托盘，这些都是黄衣使者交代给她，要她服侍主人入寝的，她一时却不知先拿起哪个好。

一阵手忙脚乱后，相思捧起那套月白色的中衣，怯怯地起身站在杨逸之身后，道：“您全身都湿透了，就让我替您更衣吧。”

杨逸之没有回头，心中却是一阵刺痛。这还是那个如莲般温婉而执着的女子吗？还是那个筑城塞上、令可汗折箭的莲花天女吗？到底是谁，将如此恶毒的剑法施展到她身上，让她变成丧失意志的傀儡？

相思站在他身后，等了片刻，见他一动不动，却也不敢问。只怯生生地伸出手去，要替他解开腰间的衣带。

当她触及他时，杨逸之如受雷殛，本能地一挥手。

她本来跪了一夜，起身时只觉双膝刺痛，几乎不能站立，只是出于对主人的恭顺，才勉强支撑。此刻被他用力一推，顿时立身不住，重重地跌入锦帐中。

垂地的锦帐发出一声裂响，断为两截，她跌倒在锦帐深处，一块固定营帐的石块正好撞在她的腰际。她的脸色顿时苍白，全身禁不住颤抖，她却咬着牙，不肯痛呼出声。

杨逸之知道失手，再也顾不得其他，上前扶起她："你怎么样了？"

相思紧咬着唇，抬头仰望着他，紧皱的秀眉勉强舒开，浮起一个笑容："我没事……"

那一刻，她的笑容绽放在痛苦中，如此温婉，也如此坚强。这笑容是那么熟悉，岁月仿佛裂开了巨大的罅隙，回到那段被她遗忘的时刻。

杨逸之静静凝视着她，看着她仰着头，泪痕未消，却在自己怀中甜甜微笑。

不知为何，他心中突然生出一丝慌乱。

好在，这笑容只绽放了短短一瞬。

相思似乎突然想起什么，惶恐地挣开他，看着身下乱成一团的绣褥，连声道："对不起！对不起，我把您的床弄坏了，我会收拾好的……"

她慌乱地将打翻的盘子重新摆开，在绣褥上摸索着，将那些散落的水果一颗颗拾起，口中却不断喃喃念着："对不起……"

她的眼神惊慌而空洞，仿佛她生命的意义就在于弥补自己的过失，没有尊严，没有痛苦，没有意志。

她只是主人的傀儡，主人快乐她就惊喜，主人难过她就痛苦。

她是他的傀儡。

杨逸之看着她，感到轻轻的抽搐从心底传来，却不知如何是好。

她将团扇、水果、酒器一一摆好后，又将那个打翻的博山香炉扶了起来，炉中的沉香已经灭了，她慌乱地拿出火石，想要重新点燃。

炉中未燃尽的沉香映入杨逸之的眼帘。

他的脸色陡然沉了下去。

合欢香。

这不是一种迷香，不会迷惑人的意志，只是引诱本已存在的情感，让它燃烧得更加炙热。它的价格可与黄金等值，却在宫廷中十分常见，通常被用于帝王临幸宠妃。

她绝不知道这种香料的用途，这一定是黄衣使者搞的鬼。

方才，自己心中的一点涟漪，竟是因为这个吗？

怒意从杨逸之心底升腾而起，他一把将香炉夺过：“住手。”

相思惊慌中放手，香炉倾倒，燃过的沉香屑四散，沾染上杨逸之的白衣。他的衣衫早已被雨水浸湿，瞬间晕开一团灰色的污渍。

相思惊愕地看着他，不知道自己做错了什么。

她惶恐地跪在杨逸之面前，不断跪拜道：“对不起，对不起，我一定会收拾好的……”说着她慌乱地撕下自己的裙裾，用力擦拭着杨逸之衣衫上的污渍。

杨逸之想要推开她，却一时心乱如麻，是怒，是恼，是悲，是喜？再也无法理清。

她跪伏在他身前，水红的裙裾撕开，露出修长的双腿，她却恍然不觉，只凌乱地擦拭着他衣衫上的污痕。

杨逸之不忍再看，闭上了双眼，轻轻道：“出去。”

相思抬起头，惊讶地望着他，声音有些颤抖：“公子，您说什么？”

杨逸之眉头紧皱，略微提高了声音：“出去！”

她怔了怔，停止擦拭，泪水在她空洞的眸子中凝结，缓缓坠落。她跪着向后退了几步，艰难地站起身。

杨逸之狠下心不去看她，直到帐中的声音渐渐安静。他长长叹息一声，颓然坐在凌乱的绣榻上，久久不语。

刚才那一幕，竟比一场大战还要令他身心疲惫。他宁愿面对的是手持龙泉太阿的绝顶高手，也不愿是她惶恐的目光。

如何才能救她？

一声沉闷的雷声划破帐中的宁静。

杨逸之霍然惊觉，帐外正是大雨倾盆。

相思呢？她衣衫单薄，意志不清，能去哪里？

杨逸之再也顾不得其他，冲了出去。

他掀开帐帘，立刻看到了她。

她跪倒在门口的泥泞中。雨水从天幕中倾泻而下，将她单薄的衣衫完全湿透。她垂着头，双手抱在胸前，在冰冷的雨水中轻轻战栗着。一滴滴水珠滑过她消瘦的下颌，坠入微微敞开的衣领。

杨逸之的心一阵刺痛。他缓缓跪了下来，扶住她："对不起。"

相思抬起头，惊喜从她眸子深处一闪而过，瞬息却又被惶恐充满："不，是我的错……惹您生气。"

杨逸之抬起衣袖，轻轻拭去她脸上的水迹，却不知是雨水还是泪痕。

他生过她的气吗？

哪怕是她忘记了和自己共度的岁月，哪怕是她选择了陪伴在那一抹青色身影的身边，他也从未生过她的气。

如今，他只想让她快乐，无论她在哪里，无论她是否记得自己。

甚至，无论她爱的是谁。

相思偷偷抬起眸子，揣测他的神色，怯生生地道："如果以后我做错了事，就请您责罚我，但千万不要赶我走，行吗？"

杨逸之无言。

不赶走她，不让她离开自己吗？

他的笑容有一些苦涩。多少次，他期盼着有一天，她会如所有情怀初动的少女一样，娇嗔地看着他，逼他许诺永远不会离开自己。

他又是多么想做出这个承诺，形于梦寐，辗转反侧。

竟在此刻实现。

只是，他心中没有喜悦，而只有深深的悲凉。因他明白，这一切，只不过是那邪恶剑法的作弄罢了。当傀儡剑法解除的时候，她会再度忘记这一切。就像两年前那场忘情一样，不留丝毫痕迹。

而后天涯海角，他和她相遇，她只会淡淡地称他"杨盟主"，只会陪伴在那袭青衣身边，只会问一句："我却不明白你的心意。"

短短一语，每个字却都似镂刻在他心底，带来刻骨的痛。

命运为何偏偏要一次次，将尚未愈合的伤痕剥开，露出血肉淋漓的创口？

他苦笑，轻轻拥她入怀。

那一刻，她的身体被雨水浸透，冷得宛如一块冰。他轻轻抚着她散乱的发，用身体为她遮蔽风雨。她静静地依偎在他怀中，感受着他身体传来的温暖，渐渐止住了战栗。

那一刻，她柔顺得宛如一只布娃娃。

四周暴雨如注，海风呜咽，沉闷的雷声从远方隐隐传来。

当杨逸之抬起头时，他的眼神清明如月，已不再有丝毫渣滓：

“我一定会救你。”

天色破晓。

杨逸之将相思抱回营帐，轻轻放在绣榻上，动作极轻，没有惊醒她的沉睡。风雨敲打着营帐，仿佛一声声无尽的更漏。

杨逸之默默看着相思。在绣榻上她濡湿的长发海藻般散开，苍白的脸上还带着一抹甜美的笑意。他轻轻叹息，小心翼翼地为她掖好被角，而后，转身离开。

他走出营帐的一刹那，黄衣使者打着伞，出现在帐门外。

杨逸之没有看他。

黄衣使者拍着他的肩。这个人有点自来熟，尤其是对杨逸之，好像从来没有将他当成外人：“你不喜欢她？”

杨逸之不答。

黄衣使者一脸暧昧的笑意，还要说什么。突然，杨逸之抓住他的衣领，将他提到面前，一字字道：“若你再敢这样对她……”

黄衣使者看着他，目光中并没有恐惧，反而有些欣赏。似乎看到杨逸之这样的谦谦君子发怒，是一件很有趣的事。

他艰难地伸出一根手指，点在杨逸之因用力而苍白的指节上：“驸马爷，息怒，息怒，我是来找你商议剿灭倭寇大计的……”

“倭寇”两个字，让杨逸之的怒意渐渐冷静下来。是的，他还不能将这个人怎样。这个人来历非凡，若伤了他，朝廷必不会善罢甘休，而自己的父亲还在军中。更何况，剿灭倭寇的辎重、炮船都归他调遣，若没有他的协助，很难擒住倭寇首领，替相思解开傀儡剑气。

杨逸之默然片刻，一把将他推开。

黄衣使者踉跄了几步，才站住身形，但当他抬起头时，脸上又堆满了那令人烦乱的笑容：

“您真的不喜欢吗？灯下看美人，那是何等惬意……驸马爷，我想公主并不会介意你先纳一房小妾的。”

杨逸之脸色骤然转红，然后苍白，手用力握紧，一道光芒在他掌心闪现。

寒意，迅速在他指间蔓延。

还不等这寒意及身，黄衣使者已大步向后退去，连连摆手道：“好了，好了，既然驸马爷不喜欢这种口味，那咱们就换一种好了。”

杨逸之脸色却更加阴沉，似乎在极力控制自己的怒意。

黄衣使者却神色一肃，向杨逸之摆手道：“驸马爷，别忘了今日日落之时，暮雪岛。”他也不待杨逸之回答，转身匆匆去了。

杨逸之眉头紧皱，看着他的背影。

他忽然有一丝疑惑——他竟然有点怕这个黄衣使者。

或许，他害怕的并不是任何人，而仅仅是自己的心。

第十六章

旧声偏爱郁伦袍

沉闷的号角声撕破了海风的沉寂，也惊醒了在营帐外和衣而卧的杨逸之。

一位武林豪客禀道："皇使已带着神鳌舰队出发了，请盟主率领我们前往接应。"

几场大胜仗打下来之后，杨逸之率领的这支义军声威大震。皇上正式下旨，宣布了天下兵马大元帅的任命，镇海城也赶忙将兵权交了出来。各地的兵勇聚集过来，也有两万多人。杨逸之不善处理军务，这些人就由杨继盛跟黄衣使者统率。而那两千多武林豪客不怎么服二人的领导，仍旧由杨逸之率领。

杨逸之勉强振了振精神，在夕阳的照耀下，感觉体力正在渐渐复苏。他简单问了几句，就率领着众人出发了。

黄衣使者的安排极为严谨，早就准备好了船只，并且派熟悉的水手掌舵，载着杨逸之等人径直向倭寇潜伏之地行去。

连番大捷，抓了不少倭寇余孽，严刑拷打之下，问出了不少倭寇藏身之地。这一次，他们前往剿灭的，便是倭寇最大的藏身地——飞云城。

飞云城在暮雪岛上。这是一座极大的岛，岛周围三里之内，全是狼牙一样的礁石。当夕阳西下时，大海潮起，潮水冲击着这些礁石，翻卷出无数白色的泡沫，就像是层层暮雪一样，所以叫作暮雪岛。

当地的渔民，也叫它暮血岛。因为夕阳如血，照在这些潮水上，就像是鲜血一般。

似乎注定了，这座岛必将被鲜血染红。

这无尽的礁石为暮雪岛提供了最好的保护，大型船只不可能靠近，就算是小型船只，若没有向导指引，也会被海底的暗礁触没。而熟知这座海岛周围地形的老渔民，不是加入了倭寇，就是被倭寇杀害了。

倭寇认为这座岛已固若金汤，不可能被攻破。

但可惜，这几次大捷的俘虏中，恰恰有几人就通晓暮雪岛的地理。黄衣使者问出此事之后，与杨继盛商议，立即决定兵发暮雪岛，免得倭寇狗急跳墙，暗杀了这些俘虏。

冲天的号角声像是层层暗潮，在海面上震响，千帆竞发，云集暮雪岛周围。

杨逸之赶到之时，大战已一触即发。

所有士兵全部披甲执戈，发出一声激越的战嚎，应和着连天号角，在海波上久久回荡。夕阳如血，海天苍茫，淡淡的血腥之气在空气中沉浮，直让人热血沸腾。

他们最前面，是一抹金黄色的影子。

那是一袭黄金甲。

甲分战盔、战甲、战裙、战靴四部分。战盔是用黄金打造成的一只精致的凤凰，凤头高挑，衔着一支灵芝，压在额头上，凤尾盘旋在脑后，刚好将长发压住。一枚黄金雕成的面具扣在凤头之下，遮住了将领的容颜。

战甲亦是由黄金打造，上面写满了太乙神名。赤红的朱砂镂刻在金黄的甲上，就像已饱饮敌人的热血。双肩之上，各凸起一条金龙，盘旋飞舞。战裙战靴，都是用最昂贵的犀牛皮制成，黄金只是装饰。

金甲将领站在万人之前，长及两尺的秀发飞舞在一片金黄之间。她手中执着的，是一柄巨大的旌旗，金色的旗面上，赫然绣着一朵盛开的莲花。

海风将旌旗猎猎扬起，战鼓之声沉闷地压着涛声，几乎让人忍不住想要怒吼。

那抹裹在金甲里的纤细影子，却是那么熟悉。

杨逸之全身巨震。

黄衣使者回过头来，对着杨逸之微笑，似乎在说，这样的，你喜欢吗？

杨逸之无言。这身黄金甲再熟悉不过，赫然正是相思在蒙古时所穿的甲胄！那本是公主的战甲，怎么可能在这里出现？

前尘往事，都在心头涌现，让他禁不住颤抖！

他纵身上前，抓住黄衣使者："你怎么会有这件铠甲？"

黄衣使者细长的眸盯着他，微笑道："你喜欢吗？"

杨逸之无法回答。

这件甲胄，是他不能磨灭的记忆。荒凉的城池、苍白的神祗、飞舞的桃花，还有唇齿之间那一点永难忘怀的微凉，那是他一生中最真亦最苦的记忆。

他怎能仅仅用喜欢、不喜欢来概括？

黄衣使者笑道：“听说这位相思姑娘曾率荒城之众，对抗俺答汗的十万精兵，而且屡获大胜，令俺答汗不得不折服。中原之中秀美娇艳的女子多的是，驸马爷却从不挂怀。我在想，是否只有这勃勃英姿，才能令你倾心呢？”

杨逸之心弦一震：“你，你怎会知道这些？”

他忍不住盯住黄衣使者。

他一直以为黄衣使者只不过是皇帝的宠臣，仗着圣旨胡作非为。但现在，他不由得重新审视这个人。

这个人身上，有着太多秘密。

红衣大炮、神鳌舰船，这些，都是大明国库中的重兵，绝非普通的人能够调动的。父亲杨继盛曾为兵部尚书，也无权调动这些。黄衣使者却一下子借来了十二艘神鳌船、几十门红衣大炮。

连年与倭寇作战，几乎无兵可用。他虽然被封为天下兵马大元帅，却是有名无实，连镇海城里的守兵都调不动。但黄衣使者一声令下，却顷刻聚敛了两万精兵。

与倭寇的几次作战，与其说是两千武林高手起了作用，不如说是黄衣使者调集来的这些炮、舰、兵恰好是倭寇的克星，几次出奇兵，都收到了意想不到的效果。

而且，他还知道这么多秘密。杨逸之在他面前，几乎连心事都藏不住。

杨逸之忍不住问道：“你……你究竟是谁？”

黄衣使者笑了。他笑的时候，细细的眉翘起，就像是落了一片桃花影。

“想知道吗？”

杨逸之缓缓点头。

黄衣使者看着他，那目光，忽然让他有似曾相识之感。

“还记不记得你曾经求过我？”

杨逸之身子震了震，记忆仿佛打翻的清茶，有淡淡的碎屑泛起，他却又始终无法记起。

黄衣使者细细地笑着，看着他，忽然笑道：“你总会知道的，何必急在一时？驸马爷。”

这句早就叫了多遍的称谓，忽然让杨逸之满面生红。

“还是先关心一下她吧。”

杨逸之心头一紧，忍不住远远望着那抹金黄的影子。

是的，这才是他最该关心的。

那飞扬的长发，是如此凌乱，那黄金遮蔽下的身形，是如此纤细。如果没有他的守护，那朵温婉的水红之莲，如何在这怒涛横布的海上存在？如何盛开？

黄衣使者悠悠笑道：“传说中的莲花天女，是否有着能令这座飞云城破的能力？”

他一挥手，相思猛然一震手中的长旌，鼓声陡然冲天。

暮雪岛上射出密密麻麻的羽箭，十二艘神鳌船罗列在暗礁群外，红衣大炮齐发，暮雪岛的防御工事立即被轰得七零八落。

而在硝烟的掩护下，向导正指引着大明的主力舰队循着隐秘的水道，缓缓向暮雪岛靠近。

倭寇呢？似乎被红衣大炮的威力震慑，连面都不敢露了。

相思独立在船头，站在漫天箭雨中。

这一刻，她似乎又是那个率领着荒城百姓坚强作战的将领，是那个单身匹马闯入俺答汗连营，要跟他三箭定万人生死的女子。

杨逸之身形飘动，闪到了她身前。淡淡的月白色光芒从他身上透出，替她挡下了漫天飞箭。他回头，却只看到面具下透出两只漆黑的眸子。

妖异的漆黑，似乎在侵吞她的灵魂。她的灵魂，亦渐渐陷入了虚无之中，她虽然英姿勃发，但只不过是一具空壳。

泪水浸湿了杨逸之的眼睑。他悄悄转头，强笑道：“我们一起作战！”

那曾是他藏在心底的梦。

终有一天，能够亲手辅佐她，建立一座永恒不灭的都城。人们在这座城市中生活着，一面劳作，一面欢歌。牛羊遍野，麦苗在田野里生长，永远望不到边际。兵器全部销熔，重新打造成各种农具。他和她并肩走在这样的城市中，看着大家的笑脸。

会有这样的一天吗？

会有这一天，他和她亲手缔造出一座这样的城？

什么时候，她才可以脱下黄金色的战甲，不必再为苦难而哭泣？

杨逸之站在相思身旁，突然感到一阵幸福。

那是傀儡的幸福。

全日本最年轻、最具天赋的忍者首领兰丸阁下正站在飞云城头，期待着一场足以洗刷所有耻辱的战争。

他兴奋地看着大明舰队驶入暮雪岛的暗礁群中，一把抓住一名上忍："你确保，头儿不会回来吗？"

上忍点点头。

兰丸笑了起来："哈哈！那就好！再没有人跟我抢功劳了！我要向他证明，只有我才能帮着他打回中原，夺得帝位！那时，我就是全天下的天才忍者！"

他做了个胜利的姿势，久久凝固，然后，抓起一面紫旗。

那是虬髯客告诉他，不到万不得已，绝不能使用的旗子。

现在，在兰丸看来，已经是万不得已了！他的战功已不能等待！

杨逸之默默站在相思身前，为她遮蔽所有危难。

大明舰队在向导的指引下，缓缓穿行在暗礁群中。十二艘神鳌舰的炮火猛烈地压在暮雪岛上空，将倭寇的箭雨压得支离破碎。可以预见，在舰队抵达暮雪岛的刹那，单方面的杀戮即将展开。

此时，飞云城头，忽然显露出一点紫。

这点紫是那么不显眼，没有引起任何人的注意，大海却在这瞬间破开。浪涛涌起，就像是从海底卷起了一阵狂风。一群漆黑的人，随着风势卷了上来。

他们全身涂满了漆黑的海泥，身上披着一袭鹤氅，双手张开，鹤氅宛如黑色的羽翼一般，托着他们在天风之上飞翔，就像是一群漆黑的大鸟，倏然在海面上出现，然后，炮弹一般向大明舰队投下。

在接触到舰队的瞬间，他们眼中突然流出了两串血泪，身子猛然炸开。鲜红的血从他们体内迸出。这一炸，竟然比红衣大炮还要凌厉！

大明舰队虽然船坚舟固，但毕竟是木头所造，哪里经得起炮弹的轰炸？海面上顿时炸起一连串血红的霹雳，顷刻之间，几十艘舰船被炸穿，徐徐向海底沉去。大明舰队顿时大乱，后面的舰船被前面的沉船堵住，再也无法前进。

海风闷热，凄厉的鹰唳声响起。

十二天将庞大的身躯倏然在空中出现，丈余宽的翅翼抖动，立即在暗礁群中布下了一层灰色的浓雾。大明官兵只觉身上一阵困倦，连兵刃都提不起来了，正在惊骇，四条巨大的黑影倏然从海中探出。

一阵凄厉的尖叫声响了起来。四海龙王就像是海底的恶魔一般，才一出现，就吓破了这些官兵的胆子。未被击沉的船只被四海龙王紧紧缠绕着，船体慢慢碎裂，向海底沉去。船上的官兵惊恐地睁大了眼睛，无助地看着自己渐渐沉入海底。

当他们想起要反抗的时候，忍者随着烟雾出现，轻轻一击，就能轻松要了他们的性命。

灰雾慢慢淡去后，暗礁群中一片狼藉。大明舰队最前方的五十六艘船，已全被摧毁，成为海中的废墟。

无数死尸漂浮在沉船周围，是这场战争最好的注解。余下的舰队一阵大乱，顾不得军令严峻，死命地向后退去。

暮雪岛三里外，暮血沉沉，成为死域。

兰丸真实地品尝到了胜利的滋味，纵声大笑，伸手："取我的千里破敌箭来！"

上忍送上弓箭，兰丸开雕弓，发羽箭，一箭如电，向前飙射怒飞而去！

唰！唰！唰！

在大明将士清醒过来之前，所有的向导，皆被弓箭射杀！

兰丸心满意足，重新摇起了扇子。

他感觉到自己胜券在握。谁说自己只能在虬髯客的率领下才能取得胜利？

这时，他看到血泊怒涛中，还剩下一叶扁舟。

淡淡的光笼罩在扁舟上，无论是箭雨，还是鹤鹫羽人自杀式的袭击，都在杨逸之的袍袖轻挥之下分崩离析，不能沾到这艘小船分毫。

相思身着金黄战甲，站在船头，若不是身影太过纤细，简直就如战神一般。

她身前，是一抹月白色的影子，为她遮蔽战火风雨。

黄衣使者远远望着那叶扁舟，脸上的神色看不出是喜是悲。他轻轻从袖底掏出一面旗帜，缓缓展开。那是一面和相思手中一模一样的莲花战旗。不同的是，莲花上，用朱砂写着两个血红的大字，看上去触目惊心。

太乙。

然后，他轻轻将手放在战旗上，说出了一句话：

“为你的主人，攻城。”

相思全身一震，仿佛突然被注入了活力。她踏上半步，用力舞起手中的旌旗。这不再是旌旗，而是足以杀死千军万马的利器！

扁舟猛然一沉，相思身子倏然升空，旌旗怒舞，向飞云城头冲了过去！

杨逸之大吃一惊，不及细想，风月剑气随着流光一抛，托住了相思的身体。跟着他袍袖一舞，白衣如雪，纷纷扬扬地向飞云城头落去。

小船身在暗礁群中，离飞云城头足足有三丈多远。无论多好的轻功，都不可能到达，何况是一女子。

兰丸不禁大笑。

他一向瞧不起女子。女子能做的事，他都能做；他能做的事，什么女子能做？何况这个女子怎么看都神情呆滞、行动僵硬，加上金盔金甲，满身符箓，看上去说不出的古怪。他虽在海外，也听说明朝天子好道术，不理朝政。文臣武将们投君王所好，搞这些装神弄鬼的东西也不稀奇。但这也不过骗骗中原的无知小民罢了，他这样的天才岂能上当？

夕阳之下，一抹月白仿佛张开的羽翼，托起相思的身体，让她如金色巨蝶般，在空中一再飘举，直上城头。

巨大的莲花旌旗，如泰山压顶一般向兰丸击了下来。与其同时压下的，是相思那漆黑的眼眸。

兰丸从来不怕女子。

“居合斩！”

太刀倏然出鞘，一闪如风雷，向旌旗怒飙而至！兰丸有信心，自己这千锤百炼的一招，一定能将这杆黄金旌旗斩断，顺便将相思的长发斩成两截。

可惜，太刀的锋芒，在靠近相思三寸处骤然消失。兰丸惊讶地看着手中的太刀，忽然变成了两截。

旌旗舞成的黄金旋风，即将压在头上。

兰丸一声清啸："飞燕斩！"

日本历史上的天才剑客的招式，在兰丸手下展现着美丽与凌厉并存的光芒。就算只剩下半截，太刀旋起的锋芒亦如飞燕一般，追逐着相思空中的身姿。一变为二，二变为四，倏忽之间，空中十六道精光电舞，齐斩向相思。

但无论多么天才的招式，都消失在相思身前三寸处。兰丸惊骇地看着手中的太刀，只剩下了一柄刀把。

还不待他明白过来，砰的一声巨响，旌旗扑面压下，他几乎被旌旗敲得晕了过去。

这不是平常的女人，肯定是魔女！魔女啊！

兰丸吓得几乎晕过去，一溜烟地闪下了城墙，再一溜烟，已经远远没入大海中。

他的忍术真的天下无双，逃跑的时候，大明的十二座神鳌船一齐万炮齐发，都没有伤到他分毫。

他的脑海中只有一个念头：赶紧找到虬髯客，让他保护我。这个金甲魔女太可怕了！太可怕了！

相思踏在飞云城头，手中旌旗立即被真气催动，化成一道黄金旋风。

倭寇跟忍者们正在惊愕，不知道首领怎会突然丢下他们不管，跑得连影都没有，金色战旗卷出的旋风已经轰然砸下。

夕阳将海天染得一片绯红，她手持莲花战旗，伫立在破碎的城墙上。海风猎猎，扬起她的秀发，金色的战甲与旌旗交相辉映。

那一刻，仿佛命运破碎了时空，荒城中、草原上，那万民传颂的莲花天女，重新降临世间[①]。

杨逸之看着她，心中已是无尽感慨。

---

① 事详《华音流韶·风月连城》《华音流韶·彼岸天都》。

他明白，这一幕重现，并不是命运的巧合，而是黄衣使者刻意安排。

这又是为了什么？

他不由得想起黄衣使者的话："中原之中秀美娇艳的女子多的是，驸马爷却从不挂怀。我在想，是否只有这勃勃英姿，才能令你如此倾心呢？"

他不禁一怔。难道，他爱的是这样的她吗？

温婉悲悯的她，披甲征战的她，到底哪一个才是真实的？

或许，有一天，她的悲悯换一种方式，便会化为莲花天女，为苍生肃清一切苦难。

那时，他是否还会守在她身边，为她绽放一缕淡淡的月光？

是否，那即将是他的幸福——身为她傀儡的幸福？

是的，并不是她成了他的傀儡，而是他早已是她的傀儡。

或许，从塞北一见，他便中了她的傀儡剑法，永生永世，都将是她的傀儡。

她若欢喜，他就会快乐；她若痛苦，他就会流泪。

一枚火炮坠落在城下，激起数丈高的水浪，水花在城头洒落，宛如下了一场雪。

杨逸之猛然惊醒。

他绝不能让兰丸逃脱，因为他必须要解开相思的傀儡剑法！

月白色的光芒托起相思，落到海上，几个转折，便落在了一艘神鳌船头。杨逸之命令道："跟着那名逃走的忍者，抓住他！"

水手跟士兵轰然答应，神鳌船掉头，向南方追去。

杨逸之回首，黄衣使者正微笑着向他挥手，似乎祝福他终于找到了自己的幸福。

是的，伴在她身边，做她的傀儡。

也许，正是自己的幸福。

目送鳌船远去，黄衣使者脸上的笑容渐渐冷却。他扶着船舷，遥望着海天之际，直到鳌船消失在风浪深处，仍久久不肯离去。

兰丸疯狂地奔逃。

东瀛忍术，只要有丝毫凭借，就能在海上踏波窜行。兰丸的忍术堪称无人可比，身影淡淡地幻成了一道烟，划过一道又一道巨浪。

如果不是有神鳌船相助，绝不可能有人追到他。

但神鳌船航行起来实在太快，兰丸跑得再快，都不可能快过一艘船。但这个少年忍者头领潜力巨大，神鳌船几次追近，都被他用烟雾忍术摆脱。十二艘神鳌船，竟不能捉住他。大明官兵恼羞成怒，却依旧无可奈何。

终于，兰丸逃到了一处礁石上。

他跪倒在地，捶着礁石放声大喊："救救我！救救我！"

大明官兵见他不再逃跑，反而向着一块礁石大喊大叫，都感诧异。这一路追来，他们对兰丸也颇感忌惮，不太敢上前。

他所在的礁石极为巨大，刺破水面约有数丈，仿佛一只狰狞的野兽，正向天狂啸。礁体黑沉，似乎比周围其他的礁石颜色更深。

难道，礁石中有埋伏？

一名副将想了想，道："用炮击。"

一顿乱炮下来，兰丸就算有再大的本事，也抵挡不住。虽然元帅让抓活的，但这少年忍术这么高，想必轰也不会轰死吧？就算轰死了，那也没有办法。两军作战，什么事情都有可能发生。

官兵们齐声答应，神鳌船停住，红衣大炮缓缓转动，对准了兰丸。

第十七章

绛宫明灭是蓬莱

又一座海底洞府崩塌，染满鲜血的佛陀脸上已不再微笑，只有静默。

卓王孙脸上显出一丝怒容，他已厌倦了这无休止的佛本生故事，厌倦了这些羽衣人不知所云的求告，只想赶快结束这一切。

他身子飘然而起，十二道剑气如飞龙夭矫，直贯而下。

他知道，剑气触及崖壁的瞬间，必将这一切瓦解、埋葬。而他将乘着海上的仙路，走向下一处洞府。

他需要尽早找到南海观音，尽早找到小鸾。他不能让小鸾成为天平那端的鸽子，绝不能。

剑气纵横中，卓王孙幽幽叹息，满目寥落。

突然，脚下一阵刚猛的力道涌起！

卓王孙身在半空中，正是旧力将尽、新力未出之时。他的剑气刚刚宣泄，这一瞬间，剑气就算能再度凝聚，也已弱了很多。

那股力道，显然对他的武功极为熟知，迸发的时机恰到好处。刹那之间，已带着令山川崩倒的狂猛霸气横扫整个洞府。轰然巨响中，佛陀之像碎成千万片，一掌带着茫茫紫气，向卓王孙怒袭而来！

卓王孙眉峰骤然一凝，这一掌，威力更甚于他所想象！

如果是别人，必已在这一掌之下殒命，但卓王孙毕竟是卓王孙，倏然向漫空碎屑踏下。他的身子借着这一踏之力，迅捷无伦地向空中怒射！

但这一掌威力实在巨大，带着无限风云激荡之意，而且攻其不备，在卓王孙最大意、最寥落、最没有防备的时候出手。

这一击，实有必杀的威力！

整个洞府，都被掌风充满，第一次，卓王孙竟然尝到了血的味道！

诸天血碎，尽是佛陀石像爆散后的粉末，每片粉末上，都沾着羽衣老者的血。一股紫气在血末中飞扬，竟硬生生地将满空碎屑重新凝结成一尊佛首，击向卓王孙。

就算是卓王孙，也无法躲开这一掌！

卓王孙目中闪出一丝冷冽的光。

他已知道，出手的是谁。

此人出手，选的又是自己最弱的一刻，这一掌，绝没有那么好躲。

龙吟声中，剑气陡显，那是卓王孙最后凝聚出的剑威。

剑威破空，令仓促凝聚起来的佛首顿时破开道道裂纹。

这一掌，必将重创卓王孙。

这一剑，却也将重创对手！

冲天豪笑响起，掌威陡然强了一倍有余，如毒蛇一般紧紧追咬着卓王孙。为了这一掌，他足足等了三年。

这一掌，必须中！

两败俱伤的结局，无可避免。

突然，一阵沉闷的雷声在头上响起，碎屑凝聚的佛像，顿时消散。海水猛烈倒灌，巨大的海底洞府瞬间瓦解。

轰然巨响，如天地崩摧。

茫茫紫气带起的掌威，在触及卓王孙之前，竟被一块巨大的落石挡住！

那块落石赫然正是从洞府顶端坍塌的岩礁！

石块巨大，竟足足有一丈见方，宛如一座小山，从数十米的高空急坠而下，威力又岂是人力可以抗衡！

紫气崩散，洞府中石屑横飞，搅成茫茫一片，顿时伸手不见五指。

纵然以这一掌之威仍无法完全消解那落石的力道，落石只略略更改了方向，坠向一旁，将地面砸出一个巨大的深坑。

但这必然命中卓王孙的一掌，也被瓦解。

紫气一顿，一声怒喝传来，刚猛的影子冲天而起，是虬髯客。

他震怒地看着海面。

十二门红衣大炮，正轰隆隆地向这边开着火，兰丸正一脸兴奋，对他大叫大嚷，那些神鳌船见他突然出现，不明白发生了什么事，暂时停止了炮火。

虬髯客转身。

卓王孙衣剑萧然，脸上似笑非笑，冷冷地看着他。

他苦心筹划，在卓王孙防备最脆弱之时施加的暗杀，竟然被这几枚炮弹莫名其妙地破解了。

如果炮弹早一些打过来，卓王孙必定会分神。

如果炮弹晚一些打过来，他的偷袭已经得手。

无论哪种情况，卓王孙都非死不可。但现在，他却连卓王孙的一根头发都没有伤到。

虬髯客望向苍天。

莫非这就是天意?

卓王孙身子缓缓落下，目中充满了讥嘲。

“王爷。”

三年不见，他仍然喜欢用这个称呼来叫他。

虬髯客默然。这个称呼，已经很久没有人对他说了。

他似乎想起了他手握天下兵马，一人之下、万人之上的威风，但此时，都已变成了镜花水月。

不错，那时候，他官拜天下兵马大元帅，人人称他为吴越王，而今，不过是海上一流寇而已，机关算尽，却一事无成。

他目光凌厉地看着卓王孙。这片海，是那么寒冷。

“要杀我吗？”

卓王孙缓缓摇了摇头，目光却投向远方。

水纹澹荡，一朵朵莲花从海波深处浮起，在他面前组成一座桥，笔直地向南海延伸过去。

前方，便是神仙洞府，不由凡人通过。

卓王孙举步向浮桥中走去，不停步，亦不回头。

“杀你的人，已经来了。”

虬髯客回首，旌旗蔽天。

十二艘神鳌船缓缓航行，将这座礁石全部围了起来。神鳌船后，是上百艘战舰。兰丸逃走后，飞云城迅速被攻占。杨继盛率领三千士兵善后，杨逸之、黄衣使者督率着其余的战舰追袭而至。

海风劲急，虬髯客的衣袖被吹动得猎猎作响，他一时静默不语。

他已被团团围住。

杨逸之望着他，面上露出一丝惊容。

“王爷？”

虬髯客虽早有准备，听到这两个字的时候，嘴角仍然忍不住微微抽搐。这是今日，他第二次从别人口中听到这个称呼。

从他生平最大的两个敌人口中。

他淡淡笑了笑：“不错，我就是昔日的吴越王，今日的虬髯客。”

“昔日虬髯客见唐太宗神采惊人，一见之下，便知自己无法与之争雄天下，乃避走扶余国，另成事于海上。我今日不过效仿古人，是以改名虬髯客，不再踏足中原。杨盟主却不可放我一条生路吗？”

杨逸之淡淡道：“非我不能放，请王爷为黎民三思。”

虬髯客大笑：“黎民？不能事明主才是黎民最大的不幸！吾乃明主！”

他踏上一步，傲然笑道：“别看你甲兵数万，战舰百艘，我可令你顷刻成灰！”

天地风云倏然变幻，似乎随着他这句豪语而震惊。

虬髯客厉声道：“旗来！”

兰丸肃然，恭恭敬敬地将紫旗奉上。虬髯客冷笑道：“此乃南海观音钦赐的兜率紫火旗，一旦舞动，龙火上卷，一切皆为劫灰。我受此旗，还未曾施展过，今日就拿你大明官兵来祭此旗。”

说着，他猛然将旗一举，在空中猎猎展开！

杨逸之猛然想起，飞云城头，兰丸用此旗召唤出无数海中伏兵，自爆攻击战舰，令几十艘坚固的战舰顷刻沉没。这面兜率紫火旗的威力当真非同小可！

他连忙挥手，示意大家戒备。

那些明朝官兵及武林群豪也都忆起方才的情景，脸色大变，纷纷张起弓箭，只等海波中蹿出妖人，立即就万箭将他洞穿，绝对不能让他们靠近战舰！

虬髯客嘴角泛起一丝冷笑。若是这种防备就能阻止兜率紫火旗，南海观音又怎会亲手将它赐给自己。他清晰地记得，南海观音郑重地吩咐他，不到危急存亡的关头，绝对不能施展此旗。他的武功有多高，南海观音知道得一清二楚。如此吩咐，那必然是因为，此旗的威力绝非常人能够抵挡！

他甚至想象得出，当海底龙火烧灼在舰船上时大明官兵所发出的惨叫声。然后，他将踏着血泊，反败为胜。只要歼灭这些船只，他立即就能收拾残余，攻下镇海城。虽然伤亡惨重，但他必能在最短的时间内重建根本。

他脸上的笑容充满了豪迈之意。

然而，海面上静悄悄的，什么都没有发生。虬髯客跟大明官兵都紧张地等待着，等待一场灾劫的到来。

兰丸悄悄伸出手，勾了勾虬髯客的衣袖。

“大人……我，我已经用过旗子了。”

虬髯客脸色立即惨变。兰丸畏缩地躲避着他眼中的怒火，分辩道：“我……我只是想替你打一场胜仗……”

虬髯客目眦欲裂。他恨不得抓过这个废物，一把将其撕得粉碎。

兰丸步步后退，一直退到礁石的边缘：“他们，他们有妖法，怪不得我……”

虬髯客深深吸了口气，爆发出一阵豪笑：“真的是天亡我吗？竟令我倚重如此弄臣！”

脆弱的自尊受了伤，兰丸叫了起来：“你当年不也被他们打败过吗？！”

虬髯客冷冷的目光扫了过来，令兰丸不由得一窒。虬髯客随即抬起头，目视杨逸之：“传闻盟主风月之剑天下无双，就连华音阁主也未必挡得住。我今日修习大风云掌，自谓颇有所成，就请盟主为我试掌如何？”

说着，他的袍袖猛然鼓了起来，海风凌厉，陡然将他的双袖涨大，茫茫紫气中，虬髯客倏然一声大喝，身子冲天而起！

掌风龙卷风般从他袖中猛然鼓了下来，海面像是被炮弹击中一般，巨浪逆卷，直拍四丈余高！虬髯客双掌鼓动，真气催动连天巨浪，向大明战舰猛然砸下！

大明官兵大吃一惊，没想到此人功力居然高到如此境界，竟隐然已与天地合，能驱动海涛之力！

所有的人都猝不及防，只能眼睁睁地看着虬髯客如海神一般猛扑而下，带起丈余高的巨浪，拍在舰队之上！

他的身形，已隐没在风涛之中，就连杨逸之那样的修为，都无法锁定他的所在。杨逸之脸色一沉，将相思护在身后。

只要他在，就没有人可以伤害她半分。

山海动摇，水如龙吟。

巨大的海啸渐渐止息。所有人都惊讶地发现，这一击，竟令紧逼的大明舰队齐齐后退了整整三丈！所有士兵看着虬髯客的目光都充满了惊惧，竟无人再敢靠前。

他仿佛又恢复成那个执虎符而号令天下的王者，无人敢逆视。

兰丸几乎忍不住要鼓起掌来。

紫影闪动，虬髯客依旧淡淡站在礁石上，却已有了君临天下的气概。

他的掌中，瑟缩着一个人——黄衣使者。

虬髯客方才那一掌，不但击退了大明舰队，而且成功避开了杨逸之，将黄衣使者擒到手中。

莫非他早就看出，黄衣使者才是大明军真正的指挥？

他轻轻抖袖，黄衣使者落在地上。

虬髯客微笑："公主。"

杨逸之大惊。这位黄衣使者，竟然是大明的公主？

这怎么可能？

黄衣使者抬头，脸色蜡黄，目光远远地望着他，脸上却突然露出了一丝调皮之色。

那一刻，杨逸之猛然醒悟，这位"黄衣使者"，必定是永乐公主。

但公主怎会屈尊微服，女扮男装，来到军中帮助他？

若没有公主，老父杨继盛必然被当作牛马对待；若没有公主，他纵然聚合两千武林豪客，亦无法对抗倭寇，更不可能取得如此大捷。

为什么？

虬髯客淡淡道："你想知道为什么？"

他笑了笑，手指拂过黄衣使者的脸。一层层的黄粉，在他的掌风中滑落。一张娇媚而微带倔强的面孔，出现在众人面前。大明官兵忍不住一阵惊呼。

杨逸之再无怀疑，那人的确就是永乐公主。

虬髯客悠然道："盟主可曾记得两年前，天授村中，曾以一曲《郁伦袍》干谒公主，为父祈命？①"

杨逸之自然记得。也正是那一日之后，他为救公主脱困，不惜血战，却阴错阳差地邂逅了另一位女子，成就一生的伤痛。

怎能忘记？

虬髯客慨叹："可惜，从那日后，公主就再也无法忘记那个一身落满桃花的白衣男子。所以，当她躲在井里，避开蒙古的骑兵后，就来找她的皇叔，询问男子的下落。"

永乐公主身子轻轻地发起抖来，往日宛如梦魇一样紧紧缚住了她，令她无法逃脱。她只能看着那个白衣男子，祈求他救救自己。

就像他杀破连营，来救另一位女子一样。

杨逸之心中一阵触动。

《郁伦袍》的铮铮之声，似乎又在他耳边响起。那时，他沐浴清泉，心无渣滓，以漫天桃花为琴，弹奏一曲《郁伦袍》。此后他流落塞外，历尽磨难，却忘了这一曲《郁伦袍》从此响在另一个女子的心间，从未停息。

浊世无情，那花下弹琴的白衣男子，从此便成为她的光芒，是她在幽闭深宫的日子中，反复追忆的一段传奇。

一见良人，误尽此生。

杨逸之岂能置之不理？

他踏上一步，道："放了她！"

虬髯客缓缓摇了摇头："传闻盟主的风月之剑天下无双，乃天上仙人遗落的仙诀，

---

① 事详《华音流韶·风月连城》。杨继盛因主张对抗蒙古，得罪权贵，被流放塞外。杨逸之向公主求情，请求释放其父。不料正遇到蒙古兵来袭，公主为了脱险，与假扮侍女的相思交换身份。杨逸之感激公主对父亲施恩，冒险从千军万马中将公主救走，却不料救走的是与公主交换身份的相思。杨逸之与相思情缘自此而始。

风月一出，必胜敌手。但有一个致命的弱点，便是数个时辰之内，只能施展一剑。”

他淡淡道：“孟天成。”

茫茫紫雾中，倏然出现了一轮血色的弯月。那不是月，而是刀，冷艳如妖月一样的刀。孟天成像是一抹妖魂一般，隐在红月后，在场之人不乏高手，却没有人能看清他是怎么出现的。

虬髯客缓缓道：“请盟主大人施展风月之剑。”

孟天成踏上一步，手上赤红的光芒突然激烈地旋转起来！

这是一柄妖刀，此刀一出，必饮鲜血而还。

红月后的少年，亦是当世杰出的人物，没有人能在他的舍命一击下，还能隐藏实力。而一旦施展出那招风月之剑，杨逸之就再也无法对抗虬髯客。

虬髯客嘴角含着一丝冷笑。只要控住杨逸之，他就可以挟持公主，要挟这些人退兵，谁若不从，便立即格杀！

公主仿佛也预见到了这一幕，摇着头，闭上了双眼。

杨逸之与孟天成隔海相对，风涛峻急，在两人中间炸开。

孟天成赤红的眸子中却没有半分感情。

他随时愿意舍弃性命，只因他欠虬髯客的恩情，重如泰山。

少年时，他被仇人暗算，惨遭灭门之祸。正是吴越王救了他的性命，十年礼遇，堪比国士。也正是吴越王，让他娶到了最心爱的女子为妻。

犹记得，数年前的一个中秋之夜，他从王府后花园经过，邂逅了一生中最心爱的女子。那一刻，月色如水，绿衣少女站在桂树之下，抬头仰望，仿佛从月宫中坠落的仙子。

后来他才知道，她叫杨静，兵部尚书杨继盛唯一的女儿。而那时，他不过是王府中一个校尉，若没有吴越王的极力促成，他只能永远仰望那月中的仙子①。

士为知己者死。

知遇之恩，只能拿生命来偿还。

---

① 杨静，杨逸之唯一的妹妹，孟天成心爱的女子。事详《华音流韶·蜀道闻铃》（附录在《华音流韶·海之妖》单行册后）。

杨逸之看着他，眸中忽然露出了一丝痛苦之色。

“我不能对你出剑。

“因为，我知道你是谁。”

孟天成身子猛然一震，霍然抬起眸子，凛凛地盯着杨逸之，却像一面染血的镜子，将杨逸之眸中的痛照得那么明显。

是的，杨逸之知道他是谁。

自己和孟天成中间，隔着那个叫杨静的女子。

蜀中的天色总是那么阴沉，她也从来没有快乐过。

自己和孟天成，或许是她最亲的人，却在海上刀剑相对，要拼个你死我活。

孟天成惨然一笑。他想起了来之前，吴越王对他说过的话。

“这一战后，你便自由了。”

自由，意味着他可以离开这荒凉的海岛，不再过这颠沛流离的生活，不再背负万千骂名。但他都不在乎，他只在乎从此便可以回到浣花溪畔，见到那朝思暮想的人儿。

他的面容渐渐冰冷，指间的弯刀泛起肃杀的光芒。如今，他只想将眼前所有的一切都斩断，然后返回浣花溪畔的小屋，用力拥她入怀。他不在乎此后会怎样，也不在乎她会恨他一生。

杨逸之看着他决绝的眸子，眼中浮起无尽的哀伤：“你难道不知道吗？静儿……她……她已经……”

他无法再说下去，因为他看到，孟天成的眸子忽然变得漆黑，赤月之刀锵然坠落在地上。

礁石被斩裂。

“你……你说什么？”孟天成怔怔地看着杨逸之，这句话几乎像是哀求。

杨逸之痛苦地闭上眼睛。他能感受到孟天成心中的痛。

撕心裂肺，刻骨铭心。

正如他初听到这个消息时一样。

直到如今，他仍不愿意接受这个事实，何况将它重新提起？但他更不想看着这个深爱着静儿的少年，继续在罪孽中沉沦。

于是，他轻轻重复了一次，每一字，都如双刃之剑，划伤彼此。

“静儿……已经去世了。”

泪水，从他眼角坠落。如果不是妹妹已经去世，他又怎会执着地要回到老父身边？除了他，谁还能尽一点孝道？

孟天成颤抖着，整个大海都仿佛在同他一起颤抖。

他猛然发出一声撕心裂肺的怒啸，双目中流下一串血来，漆黑的血。

他盯着杨逸之，一字一顿地道：“我一直想杀两个人，但为了不让静儿伤心，一直没有动手，现在，我终于可以了。这两个人，就是——”

他顿了顿，嘴角也浸出鲜血。

“杨逸之、卓王孙，若不是你们，她又怎会一生悲苦？”

雷霆一般的刀芒，猛然出现。

孟天成手中并没有刀，但冷冷刀芒从他的掌心中溢出，凝结成一柄漆黑的刀。刀的锋芒扎破了他的掌心，鲜血顺着刀身流淌着。刀形如眸子，鲜血就像是眸中流出的泪。

孟天成泪水纷洒，刀芒倏然飙涨丈余长，向战舰怒斩而下！

每一个观战的武林豪客都大惊失色，因为他们都认识这是什么武功。

飞血剑法，武林中最臭名昭著的邪剑，噬血蚀骨，却能够令修为陡增两三倍。

鲜血不住自孟天成的眼角、唇间、掌心溢出，流淌在刀芒上。刀芒吸噬着他的精气，越来越灿烂，越来越凌厉。

虬髯客嘴角露出了一丝微笑。

这样的孟天成，足够逼出杨逸之的每一分实力。只要风月之剑一出，他随时可以掌控全局。然后，他将举天下之力，治好孟天成的伤。

这一战，他有必胜的把握。

孟天成的刀，斩向杨逸之。

孟天成的悲伤、痛苦凝结在刀芒中，一刀刀劈开海涛，斩碎舰船。

杨逸之步步后退，并未还手。

他该如何抵挡，又怎忍心抵挡？

此刻，他又怎能施展出那天下无双的风月之剑，将孟天成击败？

静儿若是泉下有知，必然不愿看到他们两人血拼。

刀光如血，缠绕着杨逸之的身侧划过，将战船斩开一道巨大的裂隙，瞬间木屑飞溅。

“住手！”随着一声轻喝，金色的战甲从一旁闪身而出，挡在杨逸之身前。

她跨上一步，直面着赤红的刀锋。虽然还有一丈的距离，但凌厉的杀气已如钢针侵入，刺痛她的肌肤，她却全然不顾。

她是傀儡，必定要舍身保护主人的安全。

杨逸之大惊，一把将她拉开，只这片刻之间，刀锋的杀气已将她的黄金面具划为两半。

面具缓缓坠落，露出那如莲温婉却也如莲执着的容颜。

孟天成身子一僵，暴涨的刀芒也随之一滞。

他记得她。

那是荒城的莲花天女，曾在荒城中，率领着满城衣不蔽体的流民，一次次击退蒙古铁骑的进攻。如今，她正静静地站在海波上，直面他的刀锋。

孟天成心中一阵颤抖。

“不……我不能杀你……”

他不能对她出手。荒城中，他们不过寥寥数面之缘，他便为了她，毅然去向吴越王求情。为什么？

就因为，她跟静儿，是那么相像吗？

孟天成极力握紧双手，刀芒刺破了他的肌肤，更多的血渗出。

他的心突然惊醒，却一片茫然。

静儿不在了。无论他怎么疯、怎么狂，杀多少人、受多少痛苦，都不在了。

静儿不在了，天荒地老，他该怎么办？

孟天成颓然跪倒。

公主觉察到了一丝机会，趁着虬髯客惊讶的瞬间，厉声对相思道：“斩将！”

相思仿佛突然惊醒一般，身子陡然拔起，挥舞着一丈多长的战旗，长长的白旄扫过海波，高高扬起，陡然向虬髯客劈下！

虬髯客一怔，但只瞬间就从惊讶中醒来，大风云掌自下而上，凌空拍出。

狂猛的掌风卷起滔天的海浪，在风涛怒啸声中向空中暴击，相思的身体瞬间被裹在白茫茫的海浪中。掌风激发出雷霆般的威力，向她冲卷而来。也许只要一刹那，就能将她击碎！

就在这一刻，一道空灵的月色突然出现。相思身边，像是盛开了一轮新月，将她的身子轻轻罩住，然后灿然下击。

那抹月色，并不峻急，就像是情人淡淡的眸子。但虬髯客全力击出的大风云掌，在月色的映照下，冰消瓦解，化成粉末。

浪涛怒卷而下，向虬髯客轰击而来！

虬髯客大惊，他死都无法相信，他全力击出的一掌，竟然无法抗衡风月之剑！

这怎么可能？！

他怒啸，又是全力一掌！

月光淡淡的，并没有强，也没有弱，只是淡淡地照耀在海天之间。潮汐与浪涛，却在它的映照下变得温和而落寞，然后倒卷而回，渐渐平息。

这一刻，虬髯客忽然有些失神。

这难道就是宿命吗？

兰丸突然冲了上来，一把抱住他。天才的忍术展开，向茫茫海涛上狂奔。

虬髯客怒叫道："放开我！你这低贱的没有廉耻的东西！我不能逃！我就算死，也要死在战场上！"

兰丸大叫道："大人，我们走吧，去找南海观音！观音一定会替我们想办法的！"

虬髯客："放开我！我不会逃！"

兰丸："大人，这不是逃，这是战略转移！"

涛声迅速将两人的话吞没，一株巨大的树木在海面上出现，将两人的去路遮住。树木极大，枝叶展开远达几十里。无数三足的火鸟在它的枝头跳跃着，不时有载着仙人的战车驰过。

那是兰丸为阻挡追兵所布下的结界。

杨逸之执起相思的手："不管如何，我都要追上他，为你解开傀儡剑气。"

但到哪里才能找到吴越王，如何才能逼迫他解开傀儡剑气，杨逸之却没有半点把握。

“我带你去。我知道他们去了哪里。”

孟天成望着南海的方向，满脸都是落寞。飞血剑法的邪毒几乎燃尽了他的全部生命，现在的他，就像是一盏燃尽了油的灯。

杨逸之无言。他不知道该如何面对这个深情的男子。

“能不能答应我一件事？”

孟天成回过头来，认真地看着杨逸之。

“找到王爷的时候，能不能请他用傀儡剑法刺我一剑？

“我想知道，变成傀儡之后，我会不会还记得静儿。”

他说这句话的时候，眼中并没有悲伤，因为他的心已如死灰。

一叶小舟由孟天成驾驶着，载着相思、杨逸之，向南海驶去。杨逸之回望时，天海茫茫，公主正站在礁石上，目送他越行越远。

见他回头，公主勉强一笑。

小舟，渐渐在海天一线间消失。

“师父，你说他还会不会回来？”

“唉，公主，我们还是回去吧。”

“不，我要在这里等，等他回来。”

第十八章

多情海月空留照

孟天成驾着小舟向前疾驰。他一言不发，双目平静地看向前方。或许，从听到杨静的消息的那一刻起，他就不再属于这个世界。

相思紧挨着杨逸之坐在船舷上，柔静得就像是一瓣落花。她的傀儡剑气更加深了，眉心已开始泛出淡淡的绿色。她紧紧握住杨逸之的衣袖，害怕他会抛下自己。海风静静地拂过，将腥咸而新鲜的气息吹到两人中间。相思仿佛经受不住这样的寒冷，拖起杨逸之的衣袖，紧紧抱在胸前。

她蜷缩着身体，像是一朵慢慢板结的花。

杨逸之心中泛起一阵疼痛，他缓缓将外衣脱下来，披在她身上。相思像是突然受到了惊吓一般，站了起来："对不起，公子。"

她恭敬地对杨逸之合掌："请公子多照顾好自己的身体。"她接过杨逸之手中的衣衫，小心翼翼地压平了上面的皱纹，为他披在身上。她被海风吹得嘴唇有点发白，却不敢再挨着杨逸之坐，挪到了船舷的另一角。

她望着前面不远处的另一条小船，那条船上有两个人，虬髯客与兰丸。兰丸正在拼命施展忍术，召唤海底下潜行的四海龙王，将小船推得飞速向前。但无论船行多快，两条船的距离始终没有被拉开。

杨逸之站起身来，走到相思身边悄悄坐下。他不知道该说什么，只有跟她一起，望着前面的小船。

虬髯客一动不动，反向坐着，目光冷冷地看着他们。

无论沦落到什么地步，他始终有一种王者之气，令他的对手绝不敢小视他。

杨逸之轻轻呼吸，在盘算着该如何抓住他，逼迫他解开相思身上的傀儡剑气。

吴越王的武功如何，他自然非常清楚，融合了武当三老的修为之后，若单论内力之雄浑浩大，恐怕连卓王孙都有所不及。唯一欠缺的是，他始终没有领悟剑心，无法到达武学的巅峰。但就算他的武功不及自己跟卓王孙，也相差不远。只要有一个帮手，自己就未必是对手。

兰丸？不必多虑。

孟天成？他的确是个很大的变数。静儿之死对他是极大的打击，他对吴越王又有报恩之心，难保不会倒戈相向。

而自己的风月剑气也是个极大的隐患。一次只能施展一招，之后便有数个时辰不能再用。虽然他还能用别的剑法，但威力已大减。这一弱点，天下皆知，杨逸之也曾试过很多方法，但都无济于事。这道屏障就像是深植于他的血脉中一样，牢不可破。他也隐约知道是什么原因。因为这一剑，是用他全部的身、心、神、意发出的，大家都知道他一次只能施展一招，却不知道他为了施展这一招，也要凝聚很长时间的心神。

虬髯客的面容隐在海涛中，显得有些莫测高深。

相思轻轻地靠了过来："公子，你在担心吗？"

傀儡剑气并不能消解她的蕙质兰心，她的心玲珑剔透，本没有什么能瞒过她。杨逸之勉强笑了笑，没有作答。

相思："如果公子担心，就不要再追了。不要为我受任何伤害。"

她淡淡道："只要伴在公子身边，我就已经很满足了。"

杨逸之的心震了震。

相思的长发被海风吹起，一丝丝拂在他的脸上，一如她的话轻轻触动着他的心。这难道不是他所求的吗？小鸟依人般的相思，正伴着他，一心一意只为他着想。

那朵水红的莲花，如今只笼罩在明月的清辉之中。

不正是他所求的吗？

不。

杨逸之轻轻对自己说。他执起相思的手，将它按到自己的胸前。他心中有微小的希望，希望相思能够感受到这里的温度，能够感受到这里面包含的热切。

如果说爱我，至少该知道我是谁。

相思的面容静静的，没有丝毫波动。

傀儡是没有任何记忆的。

海面上的风波陡然恶劣起来，巨大的浪将两艘小船高高抛起，骤然拉大了两者的距离。杨逸之一惊，极目望去，原来他们已经靠近一座海岛。

海岛极低，仅仅高出海浪数尺，如果大海涨潮，随时可能将它完全淹没。岛很大，以杨逸之的眼力，竟也无法望到边际。岛上郁郁葱葱长满了异样的树木，在岛的正中央，突兀地立着一座极高的山。山峰陡峭，上面光秃秃的什么都没有。山前耸立着一尊同样巨大的古佛像，却斜斜地缺了半边，像是被什么巨大的刀刃削去了一般。古佛跟高山上都长满了青苔，显见已饱经岁月沧桑。百余株花树在树林之中开放，环绕着古佛，像是为佛而设的供奉。

风浪显然是被近岛的暗礁激起的。这些暗礁藏在海波里，极难发现，只有少数高大的礁石突出海面，如犬牙交错，极为狰狞。四海龙王已无法在暗礁中游走，虬髯客乘坐的小船速度骤然降了下来。孟天成内力不停，两船之间的距离越来越近。

兰丸着急起来，握着船桨一阵猛划，啪的一声响，船桨断为两截，兰丸气得用倭语一阵咒骂。

虬髯客抓起他，大袖飘动，踏着露出海面的礁石，向岛上飞纵而去。

杨逸之眉头微微皱起，牵着相思的手，踏波而起，紧跟在他们身后。

他修习的武功特异，周身没有半分内力，却能上体天心，与物两合。于光、风、霁、月之处，陡然生出大神通来。此时阳光满空，海风浩荡，最是他得心应手之时。两人凌空飘飞，竟比虬髯客还要快，正截在他们前头，落在岛上。

虬髯客陡然驻足，冷冷盯着杨逸之。

杨逸之慢慢将相思放开，示意她躲到自己身后。相思虽然有些不情愿，但还是很听话地躲开了。

虬髯客冷笑道:“盟主一路追我到此，是想赶尽杀绝吗？难道没听说过穷寇莫追？”

杨逸之淡淡道：“王爷自有天命，岂是我能干预的？我来，不是追王爷，而是求王爷的。”

虬髯客：“求我何事？”

杨逸之：“求王爷慈悲为怀，解开这位姑娘所中的剑毒。”

说着，他将相思轻轻推了出来。

虬髯客怔了怔，仔细地看了相思几眼。

“傀儡剑气？”

他不愧为行走江湖多年的老手，相思脸上的异状自然无法躲过他的眼睛。他惊讶地看着相思，转而看着杨逸之。

“她中的是傀儡剑气？”

杨逸之轻轻点头。

“你认为是我出的手？”

杨逸之再度点头。

虬髯客：“不错，你是在我的军营中发现她的。整个海上，也只有我有这个修为施展出傀儡剑气。我若是说傀儡剑气不是由我施展的，你反倒无法相信了。”

他冷冷一笑，道：“可是，你知道她是谁吗？”

杨逸之脸色变了变。

虬髯客冷笑：“她乃华音阁主卓王孙的属下，她跟卓王孙的关系，江湖上谁人不知？杨盟主将她带在身边，可大大不妥。”

他笑了：“不过边塞之外，荒城之中，杨盟主也不知带了多少次，也不多这一次了。”

他大笑：“人言杨盟主是个大仁大义的侠中之侠，在我看来，却不过是个乘人之危的小人罢了。”

他又看了相思一眼：“传闻杨盟主与卓王孙乃莫逆之交，既然存了这样的心思，何不向他直言，求他割爱？如此鬼鬼祟祟，未免有失光明磊落。更何况对这位姑娘的名节……”

杨逸之喝断他：“住口！”

一道光芒猛然自他手上飙发，一瞬间已达虬髯客面前。

水珠散乱之间，光芒如月神凌空，倏降面前。

虬髯客一声暴喝，双手全力上击！

紫气像是浪涛一般卷涌在他身前，隐然爆开成三朵巨大的紫花，将他全身护住。但那抹淡淡的月白色光影，却在紫云凝结前的一瞬间，从极细的罅隙里探入，直没入虬髯客的胸口。

虬髯客一声厉喝，踉跄后退，一股鲜血飙射而出！

兰丸吃了一惊，慌忙抢上去为他包扎，虬髯客静静地将他拦住。

鲜血滴下，将他胸前染得一片血红。在他内力的催逼下，伤口流血渐渐止住，他脸上泛起一丝诡秘的笑容。

“好个风月之剑！好个杨逸之！”

他的笑容有些得意：“我全神防范，三花聚顶神功无时无刻不在全力运转，想不到还是挡不住你这一剑。果然不愧是武林盟主！”

他笑容一冷：“但出完这一剑之后，你还能做些什么？”

“我方才故意出言不逊，就是要激怒你，令你施展出这一剑！杨盟主，你果然上当了！”

他冷笑着，慢慢跨上一步：“现在，你已是任人宰割。”

他实在应该得意，因为他的计谋已经得手，掌控全部局势的，又应该是他。

现在，是他取得胜利成果的时候了。

杨逸之脸色有些苍白，站在那里，双袖慢慢垂下，似是不知道该如何应对。

相思站在了他面前：“不，你不能伤害公子。”

虬髯客冷冷一笑：“当年你在塞外，以一己之力入俺答汗营帐，三箭令这位大汗心折。今日我给你同样的待遇，只要你能接我一剑，我便放了你们如何？”

相思淡淡道：“好！”

水红色的衣袖缓摆，她挡在了杨逸之面前。

杨逸之道：“你……”

相思的面容静静的，傀儡剑气的绿意却更加重了，在她眉心凝结，似是一朵小小的莲花。恍惚中，杨逸之似乎看到两年前的一幕。她就这样站在他面前，就如当初站在荒城的每一位百姓面前一样。

就算没有傀儡剑气，她依旧会站出来。这样的她，才是真实的她。

刹那间，他心中有无限的感慨：“你……你无须这样。”

相思回头，对着他一笑：“我只想要公子平安。”

她转身，向虬髯客冲去。

虬髯客出手。他有把握，相思绝挡不住他这一招。他要一招重创相思，然后以她来控制杨逸之。

茫茫紫气一闪，将相思笼罩在他的掌风之下。他知道，自己此时出手绝不能有半点留情，因此，他准备先断相思的双手，然后再擒住她的脖子，以她的死来威胁杨逸之。

他的真气已锁住相思。中了傀儡剑气之后，相思本身的真气几乎已全部僵硬，比不会武功好不了多少。

但在此时，他浑身的紫气突然消失。

相思冲了过来，狠狠一拳砸在他胸前的伤口上，痛得虬髯客脸部扭曲，却不敢动弹分毫。

只因为，不知何时，一抹淡淡的月影已贴在他的后脑上，显然，只要他有丝毫动作，月影就会透脑而入，令他立即毙命。

他脸上全是惊恐，厉声道："这怎么可能？"

杨逸之缓步走了过来，牵起相思的手。

"你若是仔细一点，就该发现，先前的那一剑，并不是真正的风月剑气。"

虬髯客霍然明白。

他一直想要引诱杨逸之施展风月剑气，因为一旦施展，至少有几个时辰，杨逸之的武功将会降到极弱。没想到，杨逸之反而利用了他的这种心理，模拟出一种极似风月剑气的剑法，引他上钩，而趁着他最得意的时候，一击得手。

如果自己不是太相信这一计策，就算对战真正的风月剑气，也绝不可能这么轻易落败。可惜自己就是太自信。虬髯客一念及此，钢牙几乎咬碎。

杨逸之淡淡道："你的性命已在我的剑气笼罩之下，现在，我要你解开相思姑娘身上的傀儡剑气。

"你一定要很小心，因为在你做任何手脚之前，我都有能力提前杀你。"

虬髯客忽然哈哈大笑起来："我相信。我相信你说的每一句话，可是你不相信我。

"施展傀儡剑气向她出手的，绝不是我。你若是不信，那我就刺她一剑试试。"

破解傀儡剑气的方法，就是由使剑之人以同样的手法，再刺一剑。但若是另外的人，那么只要刺中，两股剑气互相激荡，受剑之人就会立即毙命。

虬髯客左手伸出，指尖一道碧芒闪现，赫然正是傀儡剑气。他盯着杨逸之，一字一顿道："我问你，你可愿意？"

这一刻，控制局面的，不再是杨逸之，而是虬髯客。

杨逸之不由得一窒!

他敢不敢冒这个险?

虬髯客伸手，向相思刺了下去。

杨逸之猛然大喝：“住手！”

虬髯客脸上露出一丝微笑，缓缓住手。杨逸之的反应，未出他的意料。

“既然盟主相信我非凶手，而盟主又不是在追杀我，那就请盟主解开风月之剑，放我一条生路。”

杨逸之默然。这似乎是唯一的办法。他淡淡叹息一声，虬髯客脑后的剑气缓缓消失。

虬髯客哈哈一笑：“无论何时，只要盟主想要我刺出这一剑，我随时奉陪。”

说着，虬髯客携兰丸向岛内走去。

相思转过身来，静静地看着杨逸之：“公子，你为什么不让他刺呢？”

杨逸之脸上露出一丝痛苦之色。他岂能让这一剑刺下？万一凶手真的不是虬髯客呢？那他岂不是会抱恨终生?

相思仍然静静地看着他：“如果他是凶手，那么就能治好我，公子便会欢喜；如果他不是凶手，这一剑刺下去，我就会死去，这样，公子便可以解脱。反正公子又不喜欢我。”

杨逸之的心一阵抽搐：“你说什么？”

相思淡淡道：“使者大人告诉我，让我讨公子的欢心。但我每次陪伴公子，公子都会赶我走。这不是因为公子讨厌我吗？”

杨逸之身子震了震。

是因为讨厌，还是不敢靠近?

他轻轻握着相思的手，将她拉得靠近了一些。他看着她柔静的脸，看着她仰视自己的目光，心里感受着轻微的刺痛。她就是他最深的一道创伤，伤到连自己都不忍谛视。

“我只是……”他轻轻说着，“我只是不想让你说喜欢我的时候，却不知道我是谁。”

他闭上双目，陷入到那只有两个人的静谧中。

突然，一声冷哼重重地传了过来。

这声冷哼是那么熟悉，杨逸之立即睁开双眼！

一袭青衣飞舞在明朗的天空上，连布满阳光的天空都显得阴沉起来。无数鸥鸟从他的背影中飞出，散落天空，于是，青天似乎成为他的影子。就连正要离开的虬髯客，也不由自主地停住了脚步。

卓王孙！

杨逸之惊讶地看着他，卓王孙的目光冷冷掠过他，锁在他的手上。

他的手，还紧紧握着相思的手。

杨逸之更惊，急忙想放开手。

相思却没有松手，而是更紧地握住了他。他的泪落下，滴在相思的脸上，晶莹得就像是一个印记。

卓王孙伸出手，对相思道："过来。"

相思缓缓摇头。

卓王孙伸出的手猛然僵住！

海上的风变得腥咸起来，沉闷而焦躁。天光云影，尽在卓王孙脸上投下阴霾，让他浑身充满了肃杀。

他重重重复："过来！"

杨逸之忍不住甩开相思的手。他很想告诉卓王孙，这只是一场误会，他们虽然拉着手，那只是因为傀儡剑气。

相思怔怔地仰头看着他，目光是如此哀婉。

"您又赶我走吗？"

她静静地放开手，低下头，沉默地向卓王孙走去。

她的背影，是那么柔弱。

她不会抗争，只会做主人想要她做的一切。无论她多么不情愿。

杨逸之忍不住，伸手拉住了她。

那一刻，相思脸上露出了一丝甜蜜。

那一刻，卓王孙的脸色沉到了极点。

那一刻，杨逸之的心突然无比宁静。

卓王孙嘴角的弧度一点点上扬，牵起一缕冰冷的笑容。

逆鳞，像是从他身上爹起。远在十几丈外的兰丸浑身禁不住战栗发抖，几乎控制不住要逃走。但他知道，只要自己敢动分毫，魔王的怒火就会立即喷发，将自己轰成粉末。他只能苦苦地强撑着，不知道什么时候崩溃。

吴越王强作镇定，但全身真气就跟沸腾了一般，完全不受自己的控制。他大吃一惊，全力镇压，三朵紫花砰然在头顶盛开，全身紫胀。

大海仿佛涌起了一阵急风惊涛，凶猛地拍向杨逸之。一抹月白绽放在杨逸之的眉心，那抹月白，似乎是天地间唯一的静寂。

卓王孙一步步走近，每一步，都似乎足以令世界崩坏。

腥咸的海风紧紧缠绕住每一个人，整座海岛即将沦为修罗战场，一切都将在雷霆一怒中灰飞烟灭，只有杀戮才是唯一的存在。

突然，一声慵懒的叹息传来：“又是打来打去的。大侠们，你们到了这海外仙山，还是不肯和平相处吗？”

第十九章

相见惟应识旧声

卓王孙倏然回头。

这世上，只有一个人敢如此对他说话，但这个人绝不可能出现在这里。她只会待在华音阁的海棠树下，与夕阳同饮。

秋璇微笑着出现在沙滩上，赤脚站着，任浪花亲吻着她的脚踝，双手轻轻拧起裙角，裙子的下摆已被打湿。她脸上的笑容却像是刚从海波里跃出的太阳，鲜艳而动人。

只有卓王孙那么犀利的目光，才能在这一瞬间看出，她的肤色已被晒黑了一些，脸上堆起了一层淡淡的红晕。衣衫上的夭红似乎也褪去了些许颜色，只是她脸上的笑容仍然那么慵懒，那么妩媚。

见卓王孙回过头来，她向他摇了摇手，脸上的笑容有些恶作剧，似乎在说，想不到我在这里吧？

卓王孙的确想不到。这一瞬，他忘记了逆鳞之怒，讶然道："你怎么会在这里？"

秋璇皱眉叹道："我被绑架了。"

她唉声叹气："你还记得你造的那两艘船吗？我被绑架到其中一艘上，驶入了大海，先遇到鲨鱼，又遇上暴风雨。后来船也不见了，只好漂在海上，最后捡了另一艘船，才到了这里。"

她不停气地说着，卓王孙想插嘴都插不上。

只是她神采飞扬，无论怎么看都不像是被绑架，倒像是去野游，或者她绑架别人。

她反问卓王孙："你又为什么到这里来呢？"

卓王孙淡淡道："有个叫南海观音的人带走了小鸾，我来找她。"

秋璇笑了："南海观音？那不是应该住在珞珈山上的吗？"

她突然回头："哎，你不是说这里是海上仙岛，什么人都没有的吗？怎么会有这么多人？"

这一句话她已不是对卓王孙说的了。

那她在问谁？

众人这才看清，她身后不远处还站着一个人。这个人手里拿着火石、火绒，背上背着一口锅，还拿着一柄砍刀，活脱脱像是一个要准备野炊的伙夫。

但无论杨逸之还是卓王孙，脸上都微微变色。

这个人，便是郭敖。

他并没有将手中的家什放下，只是淡淡地打了个招呼："卓兄、杨兄。"

他真的走上岛，找了一棵大树，开始搭灶，摆锅，就像真的要生火野炊。

卓王孙目光渐渐冰冷："你一直跟他在一起？"

秋璇无可奈何地叹了口气："没办法啊。谁叫他绑架了我。"

她顿了顿，继续道："不过他的厨艺不错，我这几天吃得很饱。你真应该尝一下他做的生鱼片，简直绝了。"

她说一句，卓王孙的脸色就沉一分，杨逸之的眉头也皱了起来。

郭敖绑架秋璇，卓王孙要寻南海观音，而他追虬髯客去救相思。

但他们，到了同一座岛上。

他们的目的各不相同，遇到的事情绝不相似，彼此从未碰面，他们却在这座岛上聚合。

如果这是巧合，那也太巧了。

又到底是谁，安排了这些"巧合"？

但他无暇关心这些，他关心的只有一件事：相思所中的傀儡剑气。

他还不能放走虬髯客。于是他高声道："王爷，请你告诉我究竟是谁刺了她傀儡剑气？"

虬髯客冷冷一哼。

秋璇诧异地道："傀儡剑气？"她美眸流转，随即见到杨逸之身边的相思。

相思眉心的碧气已清晰可见。

秋璇立即高声道："下毒手的人我知道，就是他。"她纤手所指，正是郭敖。

郭敖方才舀起一瓢水，添到锅里，看着细微的蟹沫泛起，闻言淡淡道："不错，是我。我在她左手小指处刺了一个十字纹，剑气只入了三成，因此剑伤发作得极慢。但到今日，也已有七天了。"

杨逸之抓起相思的左手，果然见小指上有一个很浅的十字伤痕，一丝妖异的碧色，从伤口处透出。他再无怀疑，对郭敖一拱手，道："请郭兄救她。"

郭敖缓缓站了起来。

卓王孙跟杨逸之随意地走了几步，却将他的一切去路全部拦住了。茫茫大海，他也没有什么地方可逃。

郭敖遥望着海天一线处。他整个人似是正在转变，从一个舀水烧火的伙夫，蜕变成杀人如麻的魔头。

他淡淡地笑了，然后，他转身望着秋璇。

"你不是曾说过你爱的是她吗？只要你能证明，我就救她。"

他并没说"否则"怎样，但在场的都是聪明绝顶之人，又何必多讲？

否则，你们可以杀了我，但相思必定会化为傀儡而死。

傀儡剑法并不是极高明的武功，会的人并不少，但一旦中剑，就只有种下剑气的人才能解开。纵然卓王孙、杨逸之武功玄妙，亦无法解开它。

他淡淡的表情，让人无法怀疑他说的每一个字。

秋璇叹了口气："大庭广众之下，这怎么好意思呢？"

卓王孙冷冷道："你究竟说过什么？"

秋璇看了他一眼，在众目睽睽之下，将那番话重复了一遍："我对他说，我爱的其实不是你，而是她。我这么多年待在华音阁，只不过是为了守着她，多看她一眼。而你，只不过是我的奴隶，替我看管华音阁。你如今虽贵为阁主，但我若想让你下台，只不过需要一夜而已。"

卓王孙怒道："胡说！"

秋璇淡淡地笑了："是的，我不过是胡说。那我在华音阁究竟算是什么呢？"

她抬头，逆着卓王孙的目光，静静地看着他。在夕阳的光芒中，她的眸子是那么通透，宛如无瑕的琉璃。

卓王孙不由得一窒。

他无法回答。

秋璇低头一笑，缓缓向相思走去，不再看卓王孙一眼。

她每走一步，脸上的笑容就会增加一分，让人恍惚以为，她永远是这样快乐，永远不会有半分忧伤。她永远是华音阁的公主，所求无不得。她所爱的，一定会爱她；她所恨的，一定会自惭形秽。

是这样的吗？

秋璇在相思面前止步，轻轻俯下身，手指托起了她的下颌。

相思静静跪在沙滩上，抬头望着她，并不躲闪。无论是谁，她只会静静地仰望。

这是一个傀儡所能做的一切。

秋璇缓缓低下头，在相思唇上轻轻一吻。

岛上忽然变得难言地沉默，所有的人都被秋璇这一举动惊呆了。

虬髯客、杨逸之、卓王孙、孟天成、郭敖、兰丸，他们本来各怀心事，或恼怒或惴惴不安。但这一刻，他们都震惊在秋璇的这一吻中。

两位美艳绝伦的女子，在海风中、夕阳下，众人错愕的目光里，轻轻一吻。

这一吻，是多么惊世骇俗。

相思仍然静静地望着前方，仿佛毫无知觉。

秋璇缓缓起身，唇际依旧荡漾着妩媚的微笑。

难言的静寂像是毒蛇一样缠着每一个人的心。

良久，一声哀号响了起来。

“伟大的忍术之神啊！感谢你对我这么好，让我看到这么精彩的一幕！”

兰丸终于受不了死寂的压抑，高声叫了起来。

“这是在我们倭国绝对见不到的！我一定要活着回去，我一定要回去将它讲给每一个人听！”

兰丸的号叫戛然而止。

冰冷的杀气在沙滩上蔓延。

“你……”卓王孙面色如风暴中的大海，声音也因压抑而暴怒，“你疯了？”

秋璇抬头，盈盈一笑：“我只是在证明我爱的是她。”

海风猎猎，沙滩上的空气却仿佛被瞬间抽空。武林中的任何人，无论修为多么高，面对卓王孙这样的怒意时，都不得不震惊。只有秋璇，是那么浑不在意。

她转头对郭敖道："这样够不够？"

"不够我可以证明更多。"

郭敖沉默，缓缓道："够了。"

连他都没有想到，在众目睽睽之下，在卓王孙面前，秋璇竟然如此大胆。再证明下去，天知道她会证明出些什么来。

他走到相思身边，剑芒淡淡地闪了闪。

碧绿的剑芒，刺在同样的位置上，相思身子陡然震了震，眉心中的碧气缓缓消失。她像是突然从噩梦中醒来一般，身子出现一阵强烈的颤抖，双目紧紧闭上。

郭敖一翻手，已拧住了她的脖子。

相思恰在这一刻睁开双目。她的目光落在杨逸之身上，有些茫然。

杨逸之的呼吸骤然停止。

那目光柔婉如前，却已是如此陌生。

她已不再是个傀儡，所以，她看着他时，已不再当他是她的主人。

他只不过是陌生人而已。

随即，目光转向卓王孙，她眼中闪出一丝惊喜："先生，救我……"

卓王孙看着她，脸色极为阴沉。

瞬息之间，她的声音已被郭敖扼住。

杨逸之感觉一阵彻骨的冰寒从身体深处升起，渐渐蔓延过全身。海风吹拂，他就像是一具空壳，被吹得支离破碎。

不出所料的结局，她再一次忘了他。

就在刚才，她还是那么眷恋他，为他的每次细微的感情波动而或喜或怨，而今，都不在了，有的只是那抹青色身影，只是先生。

他的剑气在瞬间涣散，化为点点飞舞的流萤。他心中一片茫然，甚至失去了与郭敖一战救走她的信心。

郭敖仍然淡淡看着秋璇："我只答应为她疗伤，并未答应放过她，是吗？"

秋璇叹息一声："是的。"

郭敖点头："很好。"

他转头，望着卓王孙："卓兄，你若想救她，就请答应我一个条件。"

卓王孙冷冷注视着他，眉峰中有一丝厌烦："讲！"

郭敖："我要她。"他指向的，是秋璇。

卓王孙目光斜视，看了他一眼，又看了秋璇一眼："你要她？你要她做什么？"

郭敖淡淡笑了："你说做什么，就做什么。"

卓王孙目光陡然一凛。

两人之间，像是突然起了一阵浪涛，狂风猛然涌起，刮过整个海岛，天地间传来一阵凄厉的长鸣。风暴，似乎又要在这片海域上降临。

郭敖一动不动，所有人的呼吸都骤然止住。

卓王孙霍然转身，讥诮地看着秋璇："你听到了？"

秋璇点了点头。

"过去。"他冷冷道。

众人都是一怔，似乎还未明白他话中的含意。

卓王孙目光冷冷锁在她身上，挥手指向相思，一字字道："既然你爱的是她，就去换她回来！"

他的声音是那么冷漠，没有一点温度，也不留丝毫余地。

炫目的夕阳下，秋璇的眸子似乎黯淡了片刻。

她静静地看着他，良久，突然展颜微笑："好。"而后她提起裙角，赤脚踩在沙滩上，轻快地跑到了郭敖身边。

郭敖："我要你答应我，不再离开我。"

秋璇没有迟疑，笑着点头："好。"

郭敖倒真是信守承诺，随手就将相思放开。

相思却不肯走，回头惊讶地看着秋璇，似乎想说些什么。就见秋璇微笑着向她摆手，嘴唇无声地说出两个字："快走。"

相思却不禁有些犹豫，一步一回头地向卓王孙走去。

杨逸之目光落在秋璇身上。她的笑容依旧慵懒而随意，仿佛对这一切满不在乎。但他看到，一缕淡淡的哀伤在她骄傲的眸子中稍纵即逝。

杨逸之和她不过一面之缘，却知道她是师父唯一的女儿，同样骄傲，同样美丽，却也同样为爱所伤。他忍不住轻叹道："卓兄，你怎能……"

卓王孙冷笑一声，打断了杨逸之的话："她若也想我救她，就也来求我。"他的目光冷冷投向相思："像她一样求我！"

相思怔怔地站在当地，不明白发生了什么。杨逸之的心轻轻抽紧。

秋璇看了卓王孙一眼，微笑道："真是个小气鬼。你下次要是让我救你，不用求我，告诉我一声就可以了。"

她转身，不再理会卓王孙，对郭敖道："我们走吧。"

"不要忘了带上锅子、铲子、火石、火绒、刀子、扇子，要养活我可是很不容易的。"

郭敖静默地收拾起所有东西，跟在秋璇身后，向海岛深处走去。

兰丸抚着胸叹息道："真是太刺激了！太惊险了！太神奇了！"他似乎有种毛病，不说话就会死。

卓王孙冷冷看着郭敖的背影，脸上的阴云更重。

兰丸："哎，你的脸色好青。"

卓王孙冷眼扫了过来，兰丸惨叫："不……不要迁怒于我，我是无辜的！"

卓王孙忽然道："站住。"

郭敖应声住步。

卓王孙淡淡道："我只说过允许你交换，但没说过放过你。"

袍袖缓舞，宛如苍龙之行，他一字一顿道："我、要、你、死！"

四个字说过，杀气已满布整座海岛，锁住了一切生机！

郭敖抬头，悠然长叹："你我之间，真的要一战吗？"

日色陡然凝重，太阳在这一刻完全沉入了海平面，苍蓝色的大海上，浮动着幽静的光芒。海风格外沉重，吹过来的时候，似乎要卷走一切。

光芒像是被吸引一般，附着在两人身上。

卓王孙身上飘逸的，是淡淡的青光。光如苍龙，不住从他的体内逸出。每溢出一条，他的气势便增一分，沉凝而冷肃的剑气，便更强烈一分。更可怕的是，一股极寒的杀气隐隐亘于每个旁观者的心灵深处，产生死亡般的恐惧。

郭敖身周却是一片漆黑，那些光芒似乎凌乱，却与卓王孙的青光针锋相对，不让分毫。郭敖的身形是淡淡的，黑光却越来越强，将他的面容、形体遮蔽住，渐渐什么都看不见。他的人像是消失了，只留下一大团沉黑的光芒。

两位绝顶高手，相隔三年，再度惊世一战。

杨逸之轻轻叹息。他的风月之剑已经出过一次，已无力阻止两人的决斗。

再无人能阻止。

卓王孙面容越来越冷，冰冷的杀气在他身周迅速凝聚。杨逸之忍不住踏上一步，护在相思身前。月白色光芒闪动，将两人笼住。秋璇站在不远处，脸上笑意盈盈的，看不出对任何一人的担心。虬髯客与兰丸趁着这机会，早已不见了踪影。

卓王孙缓缓抬起衣袖，袖底已是一片青光。

郭敖淡淡的声音自浓黑中传了出来："卓兄，我始终悟不出你的春水剑心，只能另辟蹊径。好在咱们两人的剑心都非正统，正好趁此时决出谁强谁弱来。"

卓王孙冷冷道："这个答案，你永远不会知道。"

因为他坚信，一出手，郭敖必定会死。

剑心已炽烈如日！

但就在此时，一声啼哭传了过来。

卓王孙猛然一凛，急忙抬头。

海岛正中央的高山，在这一刻瓦解。高山最上层的三丈被横空截去，形成一个巨大的高台。高台上面，放了一座岩石雕成的巨大天平。

一位孱弱的少女，身着雪白的羽衣，被缚在天平的盘子上。

卓王孙厉声道："小鸾！"

小鸾似乎被封住了穴道，无法回答，只有一声声隐约的哭泣从山顶传下。

卓王孙身影如怒龙腾起，瞬息没入森林中，青云般向山顶掠去。

秋璇幽幽叹了口气，凝视着卓王孙远去的背影。

"你说要让我快乐——这就是我的快乐吗？"

她这句话，问的却是郭敖。

郭敖沉默，久久无法回答。

寂静中，她展颜微笑："走吧。"

两人向左前方行去，身影也迅速湮没在海雾中。偌大的海滩上，只剩下杨逸之跟相思。

相思的身形被笼罩在暮色中，看上去是那么单薄。失去了卓王孙的庇护后，她显得有些彷徨不知所措。

杨逸之无声地叹了口气。

不管怎样，他终于解开了她身上的傀儡剑气。

接下来的事情，就是如何回到中原。

夜色已深，风暴将成。他们只有一条小船，万万无法横渡大海。他轻轻道："相思姑娘……"

这个称谓一出口，他忽然满口涩然。

似乎，这是他第一次如此称呼她，竟是如此陌生。然而他此后都要用这个称谓来称呼她，以礼相守。

"我们先找个地方安顿下来，天亮之后再想办法回中原，你看如何？"

他不想去帮卓王孙。有卓王孙在，小鸾就没有危险。他只能将相思送回中原，他能做的，只是保证她的平安。

相思轻轻点了点头。

刚从傀儡剑气中被解救出来，她的思绪有些茫然。有许多事、许多人影在她脑海里晃来晃去，似乎近在眼前，却又无论如何都看不清楚。

这让她痛苦到无法思考，只能默默点头。

杨逸之在前面带路，两人向右前方行去。

孟天成默默跟随着他们。他似乎也中了傀儡剑气，变成不会思考的傀儡。

只是，刺这一剑的是他自己。

第二十章

误入仙人碧玉壶

海岛的最南角，一座秀丽的山峰拔地而起，云雾缭绕，花树盛放。

这正是传说中南海观音的修行之地——珞珈山。

山顶上有一座白色宫殿，并不十分巍峨，却处处透出纤巧灵秀的气息，就如一朵白云，无声地停栖在山顶上。

殿广十丈，却没有宫墙，雕花屋檐下，伫立着四十九根晶莹剔透的廊柱，白色的纱幔披垂而下，悬挂在廊柱间。

人间四月芳菲尽，山寺桃花始盛开。此时正是四月末，满山桃花开到极盛，落花漫天飞舞，在白色的纱幔上绣出一朵朵娇红。

山风拂过，一片桃花打着旋儿飞落，穿过悬垂的纱幔、玲珑的廊柱、茫茫的水雾，飘落到大殿中心的一方浅池中。

如镜的水面荡开轻轻的涟漪。

晏清媚斜坐在池边，轻轻倚靠在廊柱上。翠色裙裾已被池水沾湿，她却浑然不觉，一手支颐，注视着水面。

池并不大，水却极清，水面上，舰船、礁石、岛屿一字摆开，仔细看上去，竟与这片海域一模一样。

几块礁石从北向南，一字排开。礁石只有不到十分之一露出水面，更为巨大的礁体隐藏在水波之下，仿佛是一座座坚固的壁垒。只是，这些壁垒顶端已被掀开，露出空洞的内核，象征着它们已被攻破。

这，正是卓王孙一路经过的水宫礁山。

海域的另一面，散布着几座小岛，岛上山石、围墙、云梯一应俱全，模拟出营寨的模样。海岛周围是一艘艘散布的舰船残骸，展示着这里曾发生过激烈的海战。

这正是杨逸之与倭寇交战过的几处岛屿。飞云城、流花港、海风城、暮雪岛，宛如一枚枚棋子，整齐地散落在棋局上。

她身前的水面浮出一座巨大的海岛，海岛的最南面，一座灵秀的山峰拔地而起，白色宫殿停栖山顶，正与眼前这座宫殿一般无二。

这里，正是众人最后齐聚的海外仙岛。

岛屿、舰船、营寨，一切都栩栩如生，仿佛不是出于人力仿造，而是用仙法幻术，将这片海域缩微而成。

晏清媚的目光透过茫茫水汽，落到仙岛北面的沙滩上。

一艘精致的画舫停泊在海边。画舫比其他舰船规模略大，雕绘精致，仔细看去，正是模拟沙棠、木兰那两艘画舫制成。

她细长的眸子中凝起淡淡的笑意，轻轻抬手，一根碧绿的柳条横在她的纤指之间。柳条一寸寸扫过水面，最终点在这艘画舫上。

“终于聚齐了。”

她回过头，向水雾深处道：“谢谢你。”

大殿的另一角，似乎还有一个人。

帷幕从殿顶垂下，将大殿一分为二。一位白衣少女端坐在帷幕后，纱幔与水雾遮住了她的容颜，只看到一双长长的水袖垂在地上，就如从天幕中裁下的一道月光。极轻的沙沙声从她的袖底传来，似乎在织着什么。

那影子是如此纤细，仿佛只是一缕云烟，随时会飘散。

晏清媚微笑道：“若没有你帮我，这个计划并不会如此顺利。”

云烟深处，少女沉默了片刻，轻轻开口道：“我什么都不会……是这个计划太过巧妙，他们才会上当。”

晏清媚眼中的笑意如春水化开：“与其说是计谋，不如说是天意。”

她凝视着水面，目光渐渐变得锐利：“郭敖再度出世时，我已感到，无论仇恨还是江湖，他都已不再挂怀，唯独对秋璇不能忘情。于是我暗示他，普天之下，只有我有办法，能让她改变心意，永远留在他身边。我本以为，他会带着她来这里找我，没想到他竟完全不愿借助我的力量，只想将她困在沙漠中长相厮守。这与我最初的设想完全相反，我的计划本会受到阻碍，但秋璇为了能顺利脱身，恰好将他骗到了海上。这难道不是天意？”

帷幕后，少女握着织梭的手顿了顿，沉默片刻，道：“如果他真的去了沙漠，那这个计划岂不是不能施行？”

晏清媚淡淡笑了：“那倒未必。他终究会来这里，只不过晚上几天罢了，因为他有不得不来找我的理由。”

她手中的柳条一挥，另一艘精致的画舫从礁石后缓缓浮出，无论形体还是纹饰，都与停泊在沙滩上那艘一模一样：“四月十七，郭敖与秋璇乘着这艘名叫‘沙棠’的画舫，驶入大海，成为这个计划的第一条线。本来，一切应当完全在郭敖的掌控之下，但秋璇不愧是姬云裳的女儿，奇招频出，成为这次计划中最大的变数。连我也没有想到，她为了救相思，竟舍弃了画舫，与郭敖乘铜鼓漂泊海上，而将昏迷的相思独自留在‘沙棠’之内。”

她微微弹指，一瓣陨落的桃花轻轻落到“沙棠”上。“沙棠”顿时失去了方向，在水上缓缓漂浮。

柳枝斜斜划过水面，停在沙滩上的那艘画舫仿佛受到了无形的牵引，向水面退去，就在离‘沙棠’三尺之处停住：“三日之前，卓王孙乘着另一艘画舫——‘木兰’，一路尾随我，亦进入这一片水域，成为本计划的第二条线。”

晏清媚妩媚一笑：“可连他也没想到，螳螂捕蝉黄雀在后。虬髯客早已跟随在‘木兰’后，意图施展困龙计划，将他困住。释迦遗族在海面搭起戏台，以佛本生故事引他回归，他迅速看出了水下礁山的秘密，让画舫沉入海下。”

她手上的柳条微微一顿，“木兰”缓缓沉入水中。

那片水域中，便只剩下了“沙棠”，载着一瓣粉红的桃花，在水中漂浮。

“就在此刻，杨逸之奉命围剿倭寇，永乐公主炮轰海风城。虬髯客情急之下，火速前往救援，而将困龙计划交给兰丸执行。当时海雾迷茫，兰丸只片刻之间便失去了‘木兰’的踪迹。他岂能想到，卓王孙已将这艘画舫潜入海下？兰丸害怕虬髯客责罚，出动忍者疯狂搜索这片海域，于是……”

她微笑，手中的柳条划破水面，指向独自漂浮在水上的“沙棠”：“这艘载着相思的‘沙棠’，便被兰丸误以为是卓王孙所乘的‘木兰’。当他用困龙计划擒住相思的时候，还以为擒住的是卓王孙。”

她手腕微沉，“沙棠”与“木兰”的模型，一在水面，一在水下，轻轻擦身而过：“至此，便有了一次巧合：郭敖与秋璇、卓王孙与小鸾，本来是毫不相关的两条线，便在这样的误会中交会。”

帷幕轻拂，白衣少女默然片刻，轻轻道：“果然是很妙的巧合。”

“虬髯客得知捉错了人，勃然大怒，将本已残破的画舫毁掉了。”

她轻轻挥手，“沙棠”顿时化为碎屑，只剩下一瓣桃花托在她的指间。她将桃花轻轻放置到“海风城”旁边的一艘战舰上：

“兰丸并没有意识到相思的重要性，只将她当作普通俘虏，囚禁在舰船内。而那场海战中，杨逸之大破海风城，缴获战舰无数，其中有一艘，正载着相思。于是，杨逸之将相思救出。这便是第二次巧合，从此，杨逸之便将相思带在身边，成为这个计划的第三条线。”

她凝视着水面，纤指微动，青青柳条拂过一座座礁石壁垒：“卓王孙连破三座礁山水宫，一路向南。每一次，都是一幕佛本生故事，每一次，都有一位仙人舍身指路。卓王孙渐渐失去耐心，欲将释迦遗族全部灭掉，他却没有想到，最后一座礁山中，已设下了可以杀死他的埋伏。”

她手上柳条一沉，那座最大的礁山顿时破碎：“于是，虬髯客，便在他最不经意之时，出手刺杀。”

帷幕后，少女正轻轻拂过机杼的手指微微一颤，一根极细的丝线断裂。

晏清媚似乎并没有察觉她的变化，只叹息道：“虬髯客万万没有想到，大明军队为了追赶兰丸，炮轰礁山。礁山崩坏，落下的巨石将虬髯客必杀之局打破。这便是第三次巧合——杨逸之这条线的力量，影响了卓王孙这条线。”

她轻轻抬手，沉入水下的“木兰”徐徐浮出：“卓王孙潜入水下后，就将‘木兰’抛弃。壁垒爆炸时，木兰浮出水面。却又恰好被漂泊在附近的郭敖与秋璇得到。郭敖终于想起了我的暗示，要将秋璇带到无人的仙山，于是，他们乘坐这艘‘木兰’，来到了这座岛屿。”

柳条破水，指引着“木兰”停靠在“仙岛”沙滩上。

“这是第四次巧合，秋璇与郭敖，再度与卓王孙这条线交织。卓王孙因仙人指引，一路南行；虬髯客走投无路，只得上岛求南海观音协助；而杨逸之误以为相思身上的傀儡剑法是虬髯客所种，亦追踪而来。最终，郭敖为了寻找仙岛，杨逸之追踪虬髯客，卓王孙要寻找小鸾下落，齐聚此地。”

她抬起手上的柳条，轻轻一拂，整个水面的雾气顿时散去，透出清明而整饬的格局来：

“如果说，这就是一盘精致的棋局，那么，有棋手绝妙的安排，亦有棋子们自己的变数，更多的，却是天意。

“天意让他们，成就我的计划。”

云水深处，少女沉默了良久，轻轻道：“恭喜你。”

晏清媚展颜微笑：“这仅仅是第一步而已。”她手一顿，碧绿的柳条折为四截，一一插上岛屿，“吴越王与兰丸、相思与杨逸之、秋璇与郭敖，还有……卓王孙。”

柳条插上的，分别是一座黑色森林、一座废弃的古城、一座山峰、一片开满鲜花的山谷。它们分别坐落在海岛的东南西北，隐藏在浓浓的雾色下，透出诡异的气息。

“就在这座岛屿上，一盘更精妙的棋即将开局。”

她注视着岛屿的模型，嘴角挑起一缕隐秘的微笑，突然一拂袖，四段柳条一起沁出鲜红的汁液，红得就仿佛是血。一滴滴凝结在翠绿欲滴的柳条上，格外妖异。

也许是山中的水汽太过寒冷，机杼后，白衣少女似乎轻轻战栗了一下。

晏清媚抬头看了她一眼，微笑道：“你若觉得为难，之后的事就不必再参与了。”

白衣少女沉默不语。

晏清媚轻轻叹息，笑容依旧是那么妩媚：“其实，怎样都无所谓了。从他们踏上这座岛屿的那一刻，我的棋局已经完成。”

纤长的手指从岛屿上空划过，仿佛推出决胜的棋子：“我要做的，只是目送棋子们走到应去的位置。”

少女沉默良久，轻轻摇了摇头：“不。”

“从我知道真相的那一刻开始，我只想做一件事……”

她苍白的手指突然握紧，一缕极细的丝线在她指间崩断，一滴鲜血溅落在如雪的丝缕上：“我要亲手杀死他。”

虬髯客走了几步，忽然停步。

兰丸疑惑地看着他。虬髯客双目精光闪耀，注视着四周，忽然说：“不对。我们每次前来觐见南海观音，走的都是这条路，从海滩走过来七十二步，便会出现一条岔道，走左边的岔道，再走三十六步，便可看到一棵两抱粗细的古树，顺着古树一直往南走，便可到达珞珈山。但现在……”

他的目光有些沉凝：“一路走来，没有岔道，也没有古树。我勉强按照记忆走到这里，眼前却已经没有路了。”

四周是茫茫的森林，越走越密。这些森林都是由生了上百年的古树组成的，枝条在空中纠缠，连成了密不透风的一片，连天光几乎都照不下来。此时已近夜晚，林中几乎已伸手不见五指。

兰丸道：“也许是我们上岛的位置就错了？”

虬髯客缓缓摇头：“不，我想岛上应该出了什么变故，你小心些。”

兰丸笑了：“观音是不会为难我们的，我们不如走回原来的地方，等着观音派使者来迎接。”

虬髯客沉吟良久，道：“看来也只能如此。”

他们掉转头，向回走去。走了几十步，虬髯客忽然停住：“这不是我们来的地方。”

兰丸疑惑地看着他。虬髯客的脸色更加沉重，他忽然拔身而起，飞掠上了树梢。浓浓的暮色浸满整座岛，放眼望去，四周尽是漆黑的绿荫。

虬髯客心中感到一阵不妙。他从海滩进入树林，不过走了一百多步，现在的夜色又不是特别黑，以他的眼力，应该能看到大海才是。但现在，他仿佛已深陷进树林中，四周千里万里之外，全是树林。

这已经远远超过了这座岛的范围。这座岛究竟发生了什么可怕的变化？

虬髯客跃了下来，对兰丸道：“我们今夜就驻扎在这里，一切等明天再说。”

天一亮，视野便会开阔，那时便容易找到出路。

他的担心没错，岛上果然出现了可怕的变化。

但发生可怕变化的，并不止这座岛。

那一位位死去的释迦遗族，用自己的心与身上的黑羽所预示的灾劫，似乎已展开了。

究竟会是怎样可怕的灾劫，值得用全族的毁灭来预示？

第二十一章

林深雾暗晓光迟

忍者野外生存之术天下无双，不过片刻，兰丸就在树上搭了个小小的木屋，正在准备生火。虬髯客忽然悄声道："噤声！"

兰丸急忙从树上跳下来，躲在他身后。一串人声飘了过来。大概那些人没有料到这座森林里还会有人，说话并无顾忌。

只听一个苍老的声音道："公主命咱们跟随盟主的船只，来到这座岛上，可找来找去不见盟主，这可如何是好？"

另一个中年女子道："你着什么急？既然知道盟主在这岛上，还能跑到哪里去？我们这么多人，散开找，不出一天，管保能够找到盟主。"

苍老声音道："我瞧着这林子有些怪异，大伙还是小心点好。"

中年女子道："怪异又怎样？我们这么多人，还能怕它？大不了一把火烧得精光！"

虬髯客对武林中人比较熟稔，听了几句，面带微笑，悄悄道："这位女子乃峨嵋派的守真师太，跟她说话的，是武当派的清宁道长。他们倒真有本事，居然远远跟着我们也找来了。"

兰丸道："厉害吗？"

虬髯客潜运内息，感应到守真、清宁周围还有一百多人，武功都不是特别高，笑道："不怕，全是我的手下败将。"

他不再躲避，哈哈大笑着走了出来："守真师太，当年嵩山上一别，想不到在此海外再度相逢。"

守真师太正在跟清宁道长说话，陡然见虬髯客现身，不由得吃了一惊，倒退两步，厉声道："吴越王？你将我们盟主怎样了？"

虬髯客道："往日种种，如今岂堪再提？吾今日不过是江湖一客，师太称我为虬髯客便可。至于贵盟主，功力通玄，我能拿他怎么样？"

兰丸在一边待不住了："你们的盟主，我见过。"

虬髯客目光一横，兰丸刚吐到嘴边的话又吞了回去。但他要倾吐的欲望是那么强烈，就算虬髯客的威严也压不下他。他悄悄地道："有两个人，在这岛上。干了非常非常奇怪的事！"

他神秘地点点头，脸上露出一丝极为暧昧的笑容。

这种种形态，看在守真师太眼中，真是疑心大起。这座海外荒岛上，还能有什么人？这两个人，当然是指虬髯客与杨盟主了。非常非常奇怪的事？现在虬髯客好端端地在这里，盟主却遍寻不见，这非常非常奇怪的事，只怕于盟主极为不利。

她跟清宁道长对望一眼，都从对方眼中看到了疑惑与担心。铮的一声，守真师太长剑出鞘，指着虬髯客，厉声道："你将我们盟主怎样了？今日若不将盟主交出来，誓不与你罢休！"

剑尖几乎指到了虬髯客的鼻尖。虬髯客修养再好，也不由得动怒。他纵横江湖，除了仅有的几个人外，谁敢对他如此讲话？他淡淡道："峨嵋派的人，还没学会讲礼貌吗？"

他的袍袖似是动了动，守真师太手中的长剑啪的一声折成两段！守真师太大吃一惊，急忙后退，虬髯客的长袖已然搭上了她断掉的长剑。一股沉凝的真气传了过来，守真师太只觉身子像被铸在了长袖上一般，无论怎么用力，都无法挣脱分毫。

虬髯客真气微动，守真师太踉踉跄跄向他跌了过来。虬髯客冷冷道："今日叫你知道规矩！"

另一只长袖飘动，向守真师太当头劈下。这几日连遭重创，虬髯客心中郁怒至极，一招就要将守真师太毙于袖下，出出怨气。

蓦地，旁边几柄长剑伸了过来，却原来是守真师太的几名弟子过来援手。守真师太是峨嵋派的第二代门人，她的弟子便是第三代了，虬髯客哪会放在眼里？长袖微摆，要先将他们的长剑震断，再取守真师太的性命。

哪知长袖才出，那七柄长剑忽然结成了七星之状。七人的劲气连在一起，竟然极为坚韧，虬髯客长袖一荡，将长剑冲得七零八落，但一柄都没有断。虬髯客大为诧异，守真师太用力一挣，竟趁着他吃惊的空当，将断剑夺回。

但虬髯客的武功何等高绝，长袖一甩，重新将断剑卷住，一声清啸，袖底五指弹出。只听铮铮铮一阵清响，七柄长剑同时被弹断，七人全部被他狂猛无俦的劲力摧倒在地。虬髯客冷笑，长袖探出，立意要毙掉守真师太。

“无量寿佛。”

只听一声佛号清宣，眼前剑光陡然闪动。虬髯客一声长啸，左袖飞舞，向剑光上迎去。那七道剑光在空中神龙一般夭矫变化，竟然连成了一体，精光闪动，刺刺一阵响，虬髯客的左袖竟然被刺穿了一个洞。剑光更不停留，冷森森地逼到了虬髯客的眉间。

虬髯客右手一抬，离了守真师太的断剑，双手齐举，威力陡涨，将长剑荡开。

守真师太趁机脱身，神色狼狈至极，从弟子手中接过另一柄剑，一摆手，六名弟子一齐上前，结成七星之状。

虬髯客已然看见，先前出剑的，正是清宁道长与他的师弟们。他心念一动，恍然大悟：“武当派可真是舍得。居然连真武剑阵都公之于众了！”

守真师太对他恨之入骨，厉声道：“你既然知道，就该知道真武剑阵的厉害！我们一百四十七人，全练就了真武剑阵，今日便要除你这个魔头！”

她说着，长剑摆动，引领着峨嵋派六名“守”字辈的弟子组成剑阵，向虬髯客攻去。只见七剑连辉，在绿荫黑夜中宛如一片白雪，向虬髯客拥了过来。

同时，清宁道长同仇敌忾，也与六名师弟结成剑阵，向虬髯客迫来。他们乃正宗的武当弟子，自幼修习真武剑阵，对阵法的掌握比守真师太她们何止高了一筹。十四柄剑结为一个整体，刹那间，虬髯客的身上要害处都感到了刺骨的剑光！

虬髯客双袖翻舞，紫芒骤闪，一股雄浑的真力伴随着茫茫紫雾向前涌起。这一招，他已施展出了九成功力！周围的古树一阵剧烈摇晃，真气冲击，迫得十四柄长剑互相撞击，铮铮之声不绝于耳。

但虬髯客发觉，自己已经无处可逃。

一百四十七人，二十一座真武剑阵，已在他周围布开，锁住了他的每一条退路。

剑气涌成无数雪浪，向虬髯客怒卷。这些人显然早经训练，一拨攻出之后，不管中还是不中，都绝不停留，马上退下，另一拨人立即补上，发动攻击。二十一座真武剑阵，七座一波，一波攻，一波守，一波策应，井井有条。虬髯客才挡了几波，便大感吃力。

就算他功力再高，也必将在这一百四十七柄剑组成的巨大阵法中被消磨殆尽。他当机立断：退！

紫雾飞出，咔嚓咔嚓几声闷响，周围几株古树全部断成几截，轰然向下倒去。武当派、峨嵋派的弟子在练习剑阵的时候，可没料到这种情况，急忙躲避。虬髯客趁着这些弟子忙乱之际，携着兰丸隐入了绿荫丛中。

守真、清宁等年长的弟子都极有江湖经验，古树一倒，他们虽慌却不乱，大声命令弟子们抓紧恢复阵形，一面派人警戒，一面安排人手四处搜罗虬髯客的下落。最重要的千万不要落单，给他可乘之机。

虬髯客隐在树上，将他们的一举一动都收入眼底。这里浓荫蔽天，加之夜色沉沉，更难被发觉。兰丸悄悄问道："我们现在该怎么办？"

虬髯客低声道："这帮家伙极为可恶。若不是他们，我苦心经营的飞云城、天雨城、海风城怎会陷落？不杀他们，难消我心头之恨！真武剑阵非比寻常，被他们缠上了，连我都难以脱身。只有趁他们落单时，先杀几个，慢慢等到杀得差不多了，他们就不是我的对手了。"

说着，虬髯客闭目沉思真武剑阵的变化，沉思良久笑道："真武剑阵，果然了得！"

清宁道长果然是个人才，一百四十七人中，有四十二人是二代弟子，组成六座剑阵，剩下的一百零五人是三代弟子，组成十五座剑阵。他将这些弟子分成五支队伍，分别去四周搜索，而自己率领一座二代剑阵居中策应。武当派有一种凌云哨，声音极响，用于相互之间传递信息。五支队伍只要不离得太远，就不会被虬髯客各个击破。

这样的安排，的确极为缜密，但可惜，他的对手是虬髯客。

虬髯客的武功高出他们太多，他隐身跟踪，这些人根本无法发觉。兰丸的武功虽然低一些，但忍术最善隐藏形迹。所以，当他们两人远远跟随一拨人马时，这些峨嵋派弟子根本没有察觉。

领头的，正是守真师太。

林中藤蔓横生，遮蔽了微弱的月光，四周伸手不见五指。守真师太不敢大意，命一名弟子隔一会儿便吹动凌云哨，再命一名弟子专门听别的队伍的哨声，免得离别人太远。其余之人，全神贯注地结成剑阵，免得虬髯客骤然出现，造成慌乱。

虬髯客远远跟随着，并不现身。

他只耐心地等着出手的最好时机。

果然，还不到一刻钟，就有些三代弟子开始擦汗。守真师太大声训斥着，保持着队伍的队形。又过了两刻钟之后，她也开始擦汗。

夜色深沉，浓得看不到尽头。

虬髯客隐在绿荫丛中，闪到了一株大树上。这株大树距离守真师太有几十丈的距离，但他算准了，当他们到达树下时，士气必将低落到极点。那时，就是他出手的最佳时机。

果然，守真师太率领着弟子们一面搜索，一面向这边走了过来。就算虬髯客正携着兰丸隐在他们头顶，他们也没有发觉。虬髯客等到守真师太和她的弟子们到了树下，突然一声暴喝，真力暴运，大树轰然倒塌！

那些弟子已然筋疲力尽，连剑都拿不稳。靠着平时艰苦的训练，才勉强保持队形。大树轰然倒塌，顿时将几个走在树下的压倒。一股狂猛的掌力猛卷而至，离得近的几名弟子首当其冲，连剑招都没有递出，就被击杀。

守真师太一声悲呼，猛地扑了上来。

激愤之下，她竟忘了结剑阵。

紫芒在她面前炸开，她忽然觉得树林中的风声是那么刺耳。

然后，她软软地跪下，断剑刺进了自己的胸膛。

虬髯客的身影自倒塌的树荫中狂笑着飞起，没入了森林中。

顷刻之间，守真师太与十三名弟子，殒命在虬髯客的掌下。峨嵋派弟子惊慌失措，拼命地吹着凌云哨。附近的另几支队伍听到哨声有异，急忙赶了过来。

一时间，树林中尽是衣袂破风之声。

清宁道长叫道："不要慌乱，大家停下，结成剑阵！"

众人齐声轰应，当啷啷一阵响，个个结成真武剑阵。但就在这瞬息工夫，惨叫声不断传来，已被虬髯客杀了几人。

清宁道长脸色阴沉，率领着二代剑阵急急赶来，终于，将所有人汇聚在了一起。

他清点人数，发现总共死了二十六人。这二十六人分别属于两个二代剑阵与六个三代剑阵。清宁道长按住心头的怒火，将剩余的人重新组成了一个二代剑阵与两个三代剑阵，由于缺少配合，它们的威力已大为逊色。

眼见森林中一片漆黑，虬髯客随时可能现身，他们仿佛陷入了虬髯客所编织的巨大网中，无法逃脱。清宁道长不敢再命他们追捕虬髯客，于是吩咐师弟清音率着一个二代剑阵连同两个三代剑阵巡逻，其余的人草草吃些干粮，就地歇息，等天亮再说。

这一夜，没有人能够入睡，只是在半梦半醒之间小憩一会儿。大约过了一个时辰，清宁道长呼唤守善师太的剑阵醒来，替换清音。

但守善师太永远不可能醒来了。

谁也不知道，虬髯客什么时候潜入了人群中，什么时候杀死了守善师太。

但他的目的很明显，每个二代剑阵中都杀死一个人，这个剑阵就不再完整，纵然再补上一个人来，威力也大大减弱。那时，虬髯客就不必再怕他们。

清宁道长站在守善师太的尸体边，心头泛起一阵寒冷。

夜，还漫长得看不到尽头，但他们已失去了二十七条生命。

没有人知道，真正的杀戮，才刚刚开始。

第二十二章

草木无情空寄泣

兰丸在剥树皮。

忍者们的野外生存能力是最强的。虬髯客在策划谋杀的时候，兰丸就在造房子。

他随时随地都希望自己能够生活得优雅一些。

这座森林太寒冷了，他想暖和一下。但不能生火，生火就会暴露目标，所以，他只能造一所房子，铺一张床，好好睡一觉。等明天醒来时，虬髯客就会叫醒他，那时，所有的武林人士都会死光。

他一点都不为虬髯客担心。他要做的，只是让这所树上的小屋更艺术一些。

但突然之间，他发现了一件奇怪的事情。

这一次，轮班的是清雨率领的剑阵。

清宁道长很信任这位清雨师弟，他年纪虽然不大，但剑术上的造诣几乎已不在自己之下，纵然敌不过虬髯客，保命是没有问题的。所以清宁道长很放心地进入了梦乡。

他一定要养精蓄锐，想出个好计策，在黎明到来前将虬髯客抓住。

但他一合上眼，眼前就尽是百年古树的影子。狰狞的藤蔓相互纠缠，像一条条巨大的血管，妖异而缓慢地蠕动着。他们置身的仿佛不是一座森林，而是一只巨兽的腹脏。

清宁道长皱了皱眉。他行走江湖三十二年，什么奇怪的事没有见过？怎么心情这么容易躁动？他深吸了口气，运动武当心法，将这些胡思乱想全压下，吐纳三周天，慢慢睡着了。

他做了个梦，梦见森林中的古树都活了过来，枝条皆化为赤红，里面盛满了血。悄悄地，它们将枝条伸到熟睡的人群中，扎入他们的肌肤，贪婪地吸着血。他拼命地呼救，却没有人能听到。

没有人能够醒来，只有那些树枝停下了举动，妖异地望着他。

突然，一声凄厉的叫喊从北方传了过来。清宁道长霍然惊醒，急忙招呼一声，率领着众人向喊叫声传来的方向奔了过去。

远远地，浓密的阴暗中，他看到那名叫灵山的小道士，面部扭曲，仿佛受了极大的惊吓，直直地指着前面，不住口地大声叫嚷："鬼！鬼！"

清宁道长怒斥："道法正气，乾坤朗朗，什么鬼敢靠近？"

灵山尖声道："真的是鬼！清雨师叔被鬼取走了头！真的是鬼！"

清宁道长的心陡然一沉，他顺着灵山的手指望去，赫然见到清雨正站在前面，却已没有了头颅。

大团鲜血泼洒在蓝布道袍上，尚未干涸，透出浓浓的腥咸之气。幽微的火光中，一只蝴蝶像是被血腥吸引来一般，围着尸体转了几圈，缓缓振翅飞走。

清雨的头颅，却不知去了哪里。

清宁摆了摆手，六名师弟散开，仔细寻找，却怎么都找不到清雨的头。

清宁喝道："哪有什么鬼？这必定是虬髯客下的毒手！大家就地休息，等着天亮跟他决战，为清雨师弟报仇！"

众人答应一声，心里却都感到一阵沉重。凶手来无影去无踪，没有留下丝毫痕迹。清雨道长武功这么高，还是被凶手神不知鬼不觉地取走了头颅。

这仗，可怎么打？

兰丸斜坐在树枝上，继续揉着树皮。他脚下就是峨嵋派遇袭之处，峨嵋弟子的尸体就横在地上，清宁道长怕收尸的时候被虬髯客突袭，没有掩埋这些尸体，只由守如师太草草念了几句往生经。

这些尸体，有的横在草丛中，有的被压在树下，肢体已经破裂，却还维持着挣扎的模样。只是他们的头颅，全部消失不见。

兰丸感到一阵诧异。

中原的规矩这么奇怪吗？死了人不掩埋，反而将头割下带走吗？我们大倭国可不是这样的。

死去的人是多么可怜哦！

兰丸剥着树皮，小心地将它们弄得柔软，再拧干里面的水分，层层叠放起来，将这些树皮铺在木屋里，闻着树皮的香味入睡，该是多么惬意！

他收集了一大抱树皮，悄悄向木屋所在的大树挪去。

地上那些横七竖八的无头尸体，突然浮现在他心底，让他感到一阵恶心。

不行，他得赶紧造好房子，赶紧睡觉，看多了，会变态的。

他来到了小木屋前，轻轻推开那布满苔藓的门。

浓郁的血腥气扑面而来，令人作呕。

兰丸脸色陡然惨变！

几十颗头颅，整整齐齐地码在木屋的中间，死去的眼珠已经发白，却仍不肯闭上，仿佛两团凝固的水银，直勾勾地瞪着他。

兰丸吓呆了。

他抱着的树皮哗啦啦散开，从树梢落到了地上。一瞬间，他晕了过去。

扑通一声，他重重摔在了地上。

剧烈的疼痛让他再度醒了过来，凭着忍者的本能，他知道巨大的危险正在靠近。

但周围一片黑暗，什么都没有。

只有极为轻微的簌簌声，在黑暗中振响，仔细听时，却又分不清从何而来，仿佛只是耳鸣一般。

兰丸恐惧得差点大叫起来，但他知道一叫出口，敌人就会知道他的位置，所以，他用力捂住口，压抑着自己的恐惧。

沉静的黑暗像是山，慢慢向下压了过来，伴随的是那越来越近的簌簌声，仿佛无数只蚂蚁，正在钻入鼓膜。

兰丸的心理在一点点崩溃，他终于忍不住惨叫一声，向外奔了出去。

无声无息中，他感到自己的长发被截去了一段，散发披垂下来，将他的眼睛挡住。但此时的兰丸什么都顾不得了，全力向前狂奔。

他一定要找到虬髯客，让其保护自己。

他能感觉到，睡梦中的武林人士已经被他的尖叫声惊醒，向这边拥了过来。

但他只能狂奔。

猛然，他的身子一轻，被一个人提了起来。兰丸大喜，急忙睁眼，提起他的人，正是虬髯客。他刚想说什么，却见虬髯客面色凝重至极，冲着他做了个噤声的手势。

兰丸乖乖地在虬髯客身边坐下，然后，他看到了极为妖异的一幕。

离此处最近的七名武林人士被兰丸的叫声惊动，追了过来。他们的脚步惊起了森林枯叶中栖息的枯蝶与鸣虫，发出一阵叽叽吱吱的怪啼，听上去格外瘆人。

虽然这七人的领队已被杀，仓促凑成了一组新的剑阵，但他们全是武当、峨嵋的二代弟子，战斗力颇为不俗。

但突然之间，他们的头颅猛然飞了起来。七具身子仍然向前狂奔，头颅却脱离了脖颈，在空中高高飞起。

鲜血像是节日的烟花，从脖腔里狂涌而出，随着失去控制的身体泼洒在大地上。

那七颗头颅，并不坠落，诡异地悬停在空中，一动不动。

七个人的表情仍栩栩如生，有的震惊，有的恐惧，有的焦虑，有的还惶然不知所措，就像是荒郊野寺里的雕像，停在死去的一瞬间。

鲜血从头颅下方的创口奔涌而出，宛如在空中开了七道血泉。

远方传来几声夜鸟的哀啼，仿佛在预示，真正的杀戮，终于拉开了序幕。

兰丸惊讶地张大了嘴巴，半天合不拢。

真武剑阵的威力，他早就见识过，就算是虬髯客这样的高手，都无法短时间内攻破，但此时，这七名二代弟子却妖异地猝死。

漆黑的森林，仿佛化身恐怖的炼狱。

七道血泉在空中慢慢止住了喷涌，只剩下点滴细流，一声声敲打着夜的寂静。

兰丸几乎都不敢呼吸了。

缓缓地，头颅仿佛被无形的线索操控，向空中飞了起来，越飞越高，竟向兰丸搭的木屋落去。兰丸忍不住打了个冷战。要是他不是个有完美倾向的人，造好了木屋就睡进去，此时只怕身上堆满了头颅。

一想到这里，兰丸就不禁全身颤抖。

虬髯客目光深邃，紧紧盯着那些头颅，显然，他也没有看出来，凶手到底是谁。

在这座黑森林中，仿佛潜藏着一个神秘而可怕的敌人，他的出手诡秘莫测，武功高深至极，连吴越王都没有自信挡得下他一击。

这个人，究竟是谁?

夜，长得就像是一生一般。

虬髯客没有摸清楚那个神秘人的底细，不敢随便出手，但武林人士的尸体，仍在不住增加。

没有凶手，没有征兆，突然之间，头颅便凌空飞起，热血溅空。

这片森林,就像是传说中被诅咒过的魔域一般,永远笼罩在黑暗中,不断吞噬生命。

死亡人数，已经高达五十二人。上岛的武林人士，已经折损了超过三分之一。

恐惧，沉沉地压在每个人心头。

夜，却仍然很长、很长，等不到尽头。

兰丸郁闷极了。

不能在温暖的小木屋睡觉，他的皮肤怎么办?

他仰天叹息一声，又急忙捂住了嘴。他可不敢惊动那个隐藏在森林中的神秘高手。

虽然他并不情愿，但虬髯客还是离开了。虬髯客并不是个坐以待毙的人，他一定要找出这个人来，予以格杀。

兰丸用隐身术躲在树顶上，一动也不敢动。

露气越来越重，粘在皮肤上，慢慢滑落，就仿佛是一群不知名的黏虫正在身上爬行，附骨难去。

好难受。

兰丸摇了摇头，这一路可真是苦差啊，他不由得怀念起自己的团扇美酒，开始有些后悔。突然，他从树上跳了起来!

他看到了一件可怕至极的事情。

清宁道长吩咐缩小露营的圈子，命令仅剩下的四个二代剑阵分成两班，轮流守夜，不管什么东西靠近，都不交战，只用真武剑气远远地御敌。果然，这样布置后，安全很多。大家难得地安睡了一个多时辰。

清宁道长却不肯休息。那妖异的幻影仍然藏在他的头颅里，让他有些心神不宁。他禁不住向四周看了一眼，那些古树静静地伏在阴影中，并没有化成梦中的粗大血管。他不禁哑然失笑。

难道是自己草木皆兵了吗？

但那些幻影，似乎已侵入他的体内，让他感觉麻麻的，似乎那些藤蔓化成的血管，就在他体内。

突然，沉重的脚步声在森林深处响起。

清宁道长一惊，急忙示意守夜的十三人都警惕起来。

一股恶臭扑鼻而来，清宁道长急忙示意众人屏住呼吸，以免中毒。

脚步声极其缓慢，从四面八方而来，将他们团团围住，一声声逼近，仿佛踏在他们的心上。

终于，一切声响都静止了，森林中的夜色也更加浓重，宛如一摊化不开的死水。清宁道长运起内功，方能看到一丈之外的情形。

他的脸色霍然变了。

这一瞬间，他的脑海中只有灵山狂呼的那个字：鬼！

靠近的人，穿着武当派、峨嵋派的衣服，身上染着暗红的血迹。他们的行动僵硬而笨拙，像是被用拙劣手法操纵的木偶，四肢抽动，在一股神秘意识的驱动下，向他们一步步逼了过来。

更可怕的是，他们都没有头颅。

他们，赫然是之前死在森林里那些人！

清宁道长一声清啸，惊醒了所有睡着的人。他们慌乱地爬起来，那些无头尸体已经很近了，不用内功很高深就能看到。

他们扭曲的身体仿佛因嗅到活人的气息而疯狂，狂乱地向前扑着。

弟子们忍不住惊呼出声，挣扎着向后退去，谁也不敢靠近这些恐怖的尸体。

白色的黏液不住地从无头“僵尸”身上的破洞中涌出。他们的身体在这座森林中迅速地溃烂了，然后被恶魔占据。

他们想要择人而噬。

巨大的惊恐侵吞着弟子们的心灵，他们慌乱地拥挤着，那些无头尸体却越逼越近。

几位弟子恐惧之下，被地上的枯枝绊倒。他们惨叫着，却无力爬起来，只得拼命地呼叫着同门救他们。

但又有谁敢靠近？

慢慢地，几具“僵尸”逼近，踩住了他们的手脚。弟子们惨叫起来，求生的本能战胜了恐惧，他们凌乱地施展拳法，向那些“僵尸”击去。拳脚触处，腐肉四散，沾了这些弟子满身。

他们的呼叫声戛然而止。

一颗颗头颅，凌空飞了起来，血溅五步。

他们，也变成了一具具无头“僵尸”。

其他弟子见到这一惨剧，更是心胆俱裂，嘶声喊叫着，连抵抗的勇气都没有了。

清宁道长大惊，一声清叱，剑芒骤现。

长剑宛如青龙一般，破空向“僵尸”飞去。他也不敢靠近这些可怕的“僵尸”，只能飞剑伤敌。

噗的一声闷响，长剑扎在了“僵尸”身上。剑中蕴涵的强大真气，令“僵尸”接连后退了几步，扑通一声栽倒在地上。但还没等弟子们欢呼，“僵尸”就缓慢而笨拙地爬了起来。

长剑就插在“僵尸”身上，他们却恍如无觉。

清宁道长心中生出一阵寒意，他刚才连使真武伏魔印、北斗七星印、南斗生死印、太上无绝印，都没有丝毫用处。

什么邪魔，竟不畏道法正气？

突然，他心生一计，叫道：“大家到树上去！”

这句话提醒了众弟子，众人纷纷施展轻功，纵上古树。毕竟经过多时的训练，众弟子虽在忙乱之中，仍是以剑阵为单位，同一剑阵纵上同一株古树，丝毫不乱。

那些“僵尸”缓缓走到树下，想攀上树木，但“僵硬”的手脚已无法带起沉重的身体，他们只能在树下徒劳地扑着。

清宁道长终于松了一口气。

他抬头，密密麻麻的树木将天遮住。

夜，究竟还有多长？

兰丸看着这些“僵尸”扑向武当、峨嵋弟子，吓得腿都软了。

他笃信世间真有鬼神，此时心中只有一个念头：冥界之门打开了，伊耶那歧率领着他的子民开始抢夺太阳下的土地了！

赶紧跑吧！

他施展开忍术，快速寻找着虬髯客的方向。

远远地，只见虬髯客大袖垂地，仿佛在聆听着什么。

他身周四丈外，赫然站着四具无头“僵尸”。

“僵尸”静止不动，也似乎在聆听着什么。

兰丸急忙止步。

虬髯客听见他走近，叫道：“不要过来！”

兰丸当然不会过去。作为一个忍者，他知道什么地方是危险的，什么地方是安全的。此时，虬髯客身边无疑危险至极，而最安全的地方，当然是树梢了。

他赶忙找了个最结实的树杈，坐了下来。

虬髯客的大袖突然舞起，卷起两团猛烈至极的真气。紫雾弥漫，如出海的蛟龙。这一式，绝非寻常人所能抵挡。

四具“僵尸”一动不动，虬髯客的衣袖却像是遇到了最锋利的剑气一般，突然被截断！紫雾轰然爆散。

虬髯客目光一肃，双袖着地卷舞，将地上腐败的枝叶卷起，暴雨般向四周袭去。

这些枯枝败叶经他双袖中含的三花聚顶神功锤炼后，无异于刀剑，被它们砸中，就算一流高手也难以应付，何况这些“僵尸”？

兰丸忍不住要拍手欢呼。

但，枝叶卷起的秘流才一出手，便倏然散成几十截。强猛的三花聚顶劲气被割断之后，气团彼此间无法聚合，纷纷在空中爆开。

一时间，枯枝败叶的粉末满空飞扬。

似乎有个无形的高手站在虬髯客面前，所施展的，亦是诡秘莫测的无形剑气，锋利无比，断金碎玉。

虬髯客大袖垂地，已经缺了一截。

那些“僵尸”，忽然缓缓举步，向他迫了过去。

虬髯客身子拔起，却又突然一沉，他一掌向左边拍去，却又突然撤了回来，向后方扫去。

他身周空空如也，但他全力击打着，脸上的神色越来越凝重。

“僵尸”的身子，也似乎随着他的掌风抖动着，越来越急。

虬髯客脸上忽然露出了一丝神秘的笑容。

他摊开手掌，掌中是十几枚石子。他潜运内力，石子爆散而出。

没有一枚石子是击向“僵尸”的，那些“僵尸”却突然停止了动作，呆立在原地，像是木偶被剪断了提线一般。

兰丸惊讶地张大了嘴。

虬髯客张开袍袖，仿佛在等什么东西落下。他仔细地看着这枚东西，脸上的笑容清晰起来：

“我终于明白了。”

第二十三章

风叶落残惊梦蝶

无头“僵尸”扑击着古树，力量越来越大，这些千年古树都不能承受他们的蛮力，慢慢瓦解。清宁道长忧心忡忡地看着他们，一点办法都没有。

突然，所有“僵尸”都静了下来。清宁道长忽然有种错觉，他们脖子上的血腔，就是他们的眼睛，他们正用这只巨大的“眼睛”盯着他，看得他毛骨悚然。

他们的“眼睛”忽然打开，唰——唰——仿佛什么东西在黑暗中缓慢地振动着翅膀，又仿佛什么都没有，只剩下令人窒息的恐惧。

突然，一团浓黑的阴影从这只无比巨大的“眼睛”中飞出，沿着树干盘旋着，向树上飞去。

清宁道长心知不妙，急忙一声清啸，领着师弟、徒弟们向上飞纵。

古树在这一刻崩裂，一尺一尺地被截断，轰然向下砸去。清宁道长跟几个师弟的武功极高，古树倒下时，并不慌乱，斜纵上了另一棵树，但同在一棵树上的三代弟子就没那么好的武功了，只听一声惨叫，随即声音戛然而止，又有几颗头颅飞起，几具无头尸体跌了下去。

鲜血带着浓重的腥气喷溅在树干上，像是一幅凌乱的泼墨画。

人群立即慌乱起来，哭喊着向更高处爬去。

清宁道长突然道：“慢着！”

他突然出手，剑光破空而起。

正在猛力摇晃着树干的“僵尸”，突然停了下来，像是破碎的人偶跌在了地上。

清宁道长嘴角露出了一丝微笑。

守如师太惊喜交加，急忙问道：“清宁师兄，你发现了什么吗？”

清宁道长回转剑光，只见长剑上穿着一只蝴蝶。

这只蝴蝶有手掌大小，通体漆黑，在黑夜中几乎是隐形的一般。几条晶莹的细丝从它的翼上垂下来，另一头赫然连到了“僵尸”身上。

清宁道长笑道：“原来，我们在森林中遭遇的神秘杀手，就是它。”

“它？”守如师太一怔，“蝴蝶？这怎么可能？”

清宁道长不答，伸手折下一根树枝，向空中一划，树枝掠过蝶丝时，竟被无声息地切成几截。

就算最锋利的刀剑，也不过如此！

守如师太脸上变色，清宁道长黯然道：“清雨师弟就是因为没想到这一点，所以遭了这些蝶丝的暗算。”

黑夜之中，森林中极为昏暗，这些蝶丝细而透明，很难觉察，而且锋利无比，黑夜奔行时，被横在空中的蝶丝划过颈部，头颅就会被割下。难怪那些头颅会悬停在空中，因为被蝶丝黏着的。

不必说，那些“僵尸”也是被蝶丝操纵的傀儡，才会如有生命一般。想通了这一点，守如师太不由得长出了一口气。

无论蝴蝶有多么可怕，总比神鬼要好对付得多。

但这些蝴蝶为什么会杀人呢？

清宁道长飞出一剑，将树下一只“僵尸”斩开。

黏稠腥臭的液体从“僵尸”身体中流出，借着淡到了极点的光，隐约可以见到，这些液体中夹杂着无数个手指大的白点。

清宁道长面色凝重，缓缓道：“那是卵。这些蝴蝶袭击我们，是为了繁殖。它们将卵种在尸体内，以血肉为食，繁殖后代。”

清宁道长顿了顿，久久凝视着浓黑的夜色，仿佛若有所悟。

忽然，他回过头，对着守如师太跪了下来。

守如师太大吃一惊，急忙搀扶：“清宁师兄，你何故如此？”

清宁道长不起，肃然道：“今日有一机会，能令正道昌明，但需要师妹牺牲一下，不知道师妹可否同意？”

守如师太道：“咱们佛道本是一家，同为天下正道效力，有什么牺牲不牺牲的？”

清宁道长磕头："多谢师妹。清风明月不照人。"

说着，他猝然出手，一剑刺入了守如师太的肋下！

与此同时，武当门下齐齐出手，将峨嵋弟子一起格杀。

显然，那句"清风明月不照人"，就是武当派出手杀人的暗语。

守如师太满脸惊讶地看着他，不明白这个满脸慈悲的师兄怎么突然下此毒手。清宁道长俯身，长叹道："日后天下太平，邪道殄灭，都是师太的功劳。"

说着，他又恭恭敬敬地磕了三个头。

守如师太的目光越过他的身体，只见几名武当弟子紧紧抓着几具无头"僵尸"。

她忽然明白了清宁道长想做什么，不由得感到一阵刻骨的恐惧，却再无力挣扎。

虬髯客带着兰丸在林中穿梭，却再也没有发觉武当、峨嵋派的踪迹。他又击杀了一些黑蝶，却始终走不出这片密林。

他仰望着头顶阴沉沉的树叶，树叶厚厚的，像是漆黑的天。他甚至不记得蓝色的天空是什么样的了。

天，仿佛从一开始就是黑色的，只有两三丈高，沉沉地压在头顶。

突然，就听一个人叫道"王爷，别来无恙"，他猛抬头，只见清宁道长站在一棵树下，望着他，面带微笑。

虬髯客冷冷一笑。这一次他无论如何都不会放过这群浑蛋。

清宁道长道："我练了一种新的剑阵，王爷想不想见识一下？"

说着，六个人缓慢地从他背后走了出来。

森林中太过黑暗，虬髯客根本看不清楚六人的面容，仅从服饰上可以看出，这六个人有三人是武当派门下，三人是峨嵋派门下。

虬髯客冷笑。

真武剑阵并不是天下无敌，尤其是在这群废物手下施展出来。他有自信，能在十招之内将剑阵击垮，而在二十招之内，就取走清宁项上的人头！

他心中越来越烦躁。

清宁道长缓缓举步，向前跨了出去。六人也同时举步，真武剑阵成形。

虬髯客身子一晃，闪电般迫近，七七四十九掌飞出！

一旦让剑阵从容布好，再破起来就难了。他一定要抢在前面，攻他们个措手不及！

剑阵的弱点，清宁道长当然非常清楚，但他并没有阻止虬髯客。

砰砰砰一阵闷响，虬髯客的七七四十九掌，拍在了那六人的身上，这些人，竟然连躲都不躲。

虬髯客心底生疑，脚步不由得一缓。

腐败的血液从他们体内涌出，虬髯客心头一凛。

清宁道长的狂笑声中，那六人的行动倏然快了起来！

一只只黑色的蝴蝶从他们体内的破洞中飞出，带出一条条晶亮的蝶丝。蝶丝的另一端，竟控在清宁道长手中，他手中，赫然也是一堆黑蝶。清宁道长用蝶丝操纵着六具尸体，连同自己，布下了一座妖异的真武剑阵。

这些尸体全然不畏拳脚，更为可怕的是那些飞舞的黑蝶。它们一面在空中飞舞，一面吐出极为锋利的蝶丝，在空中织出一张巨网。只要沾到半点，肢体立刻就会破碎。在浓浓夜色的掩映下，这张死亡之网几乎与森林的黑暗融为一体，让人难以看清。

若在平时，虬髯客可用无上的内力将这些蝶丝震断，但有了真武剑阵为它们掩护，他根本无法腾出手来。

在清宁道长的狂笑声中，真武剑阵一连击出了一百零八剑！

黑蝶飞舞，死亡之网越织越密，三花聚顶神功凝成的紫雾被一团团割裂，爆散。随着一声声肉体破碎的闷响，更多的黑蝶从傀儡身体中涌出，振翅飞舞。

几招过后，虬髯客额头上渗出了一丝冷汗。

真武剑阵已经迫近他身前两尺，若再近一尺，他随时会有生命危险。

这座妖异的“僵尸”剑阵，就像是一张黑色巨网，将他的一切退路封死，这就像巨大的蜘蛛就躲在不远处的阴霾中，缓缓操纵着蛛丝，一面欣赏着猎物的垂死挣扎，一面将网越收越紧，令人无处可逃。

突然，一大团黑影从天上冲了下来。那是一座破碎的木屋，里面盛满了早就腐烂的头颅。木屋砸在剑阵上，清宁道长一惊，剑阵微微一滞，虬髯客趁机冲天而起，脱离了剑阵的束缚。

冷汗，已浸满了他的脊背。

清宁道长停下剑阵，远远看着他。长长短短的蝶丝从他袖底垂下，透出森寒的光芒。

“我会追你，直到杀死你的那一天。”

他嘴角浮现出一丝妖异的笑容，看得虬髯客亦有些毛骨悚然。

虬髯客不敢多留，带着兰丸飞逃而去。

这还是第一次，他在一个二流高手手底吃败仗。但他并不感到丝毫恼怒，只有刻骨的恐惧。

清宁道长冷冷注视着虬髯客离去的方向。

黑蝶慢慢枯萎，从空中落了下来，蝶丝也迅速从晶亮变为灰败。被他驱动的几具“僵尸”完全腐烂，“僵尸”体内的污液跟未孵化的蝶卵全部淌了出来。

一阵风过，失去寄主血肉保护的蝶卵迅速枯朽。

他身后，只剩下寥寥十几个武当弟子，全部惊恐地看着他。

这些黑蝶固然凌厉至极，但它们的寿命实在太短，活不过一个时辰。而蝶卵若是暴露在空气中，也会迅速腐败。

他需要更多的黑蝶，需要更多的寄主。

他回头，对着他亲的弟子们柔声道：“你们，愿不愿意为正道昌明牺牲一下？

“日后武当派天下无敌，你们都是功臣啊！”

黑蝶从他手中飞舞而起，如刀的黑暗，罩向这些弟子。

兰丸彻底吓坏了，再也不敢离开虬髯客半步。

虬髯客的信心也在慢慢瓦解。这座秘魔森林，迟早有一天连他也会吞噬，无论他怎么挣扎，都无济于事。

黑蝶、清宁，不过是这森林的帮凶而已。他们迟早有一天也会被吞噬，成为黑蝶孵化前的寄主，而后，腐败。

这一次，真的是他的穷途末路吗？

虬髯客竟无法回答！

不知过了多久，虬髯客与兰丸终于踏上了森林的边缘。

突然，他们身后的树丛一阵骚动。

两人回头，就看到了清宁道长那张极为妖异的脸。

几日不见，他的两条眉毛变得极长，从额前垂了下来，眼眶深陷进去，笼罩在一片黑影下。灰白的眼珠高高凸起，上面密布着无数条裂纹，将眼珠划分成细小的圆孔，看去竟宛如生出了上千只复眼。

他佝偻着身子，在丛林中缓缓行走，俨然一只直立行走的巨大蝴蝶！

满地枯叶发出惊恐的碎响，这只人形蝴蝶踉跄着，在黑暗中缓缓逼近。

他的声音无比嘶哑："你知道吗？这种力量……这种力量实在太强大了，只要拥有它，我就可以天下无敌……什么卓王孙、杨逸之，都不在话下！

"我会统一武林，你们都会歌颂我、纪念我的……

"你们都会纪念我……"

他踉踉跄跄地前行，千只复眼一起放射出妖异的光芒。

但突然，扑通一声，他跪倒在地上，头颅摔了出去。

一只黑蝶从他体内飞出，晶莹的蝶丝缠住了他的头。噗的一声闷响，他的头颅破空飞起，静静悬停在空中。而层层蝶丝将他的身子裹住，形成一枚巨大的茧。

所有的弟子都死了。这种黑蝶繁殖得实在太快，需要的尸体实在太多，最后只剩下他一个人。

这种珍贵的蝶卵不能暴露在空气中太久。于是，为了俘获这种力量，为了将这种无敌的魔物带出森林，他只能将蝶卵种在自己体内。

他本以为，靠着自己的内力，能够压制蝶卵的孵化。一旦他走出森林，就能找到其他人作为寄主，将蝶卵移植到别人体内。

然而，就在他找到其他人的前一刻，黑蝶已破体而出。

他终于与这种力量同化。

虬髯客与兰丸看着他惨死的样子，禁不住毛骨悚然。

但这种力量……但这种力量……

虬髯客忍不住看着渐渐飞近的黑蝶。

拥有这种力量，他能不能胜过杨逸之？能不能胜过卓王孙？能不能取回他失去的一切？

连清宁这样的人都可以凭借这种力量打败他，若是这种力量在他手中呢？

虬髯客忍不住怦然心动，他的目光，转向了兰丸。

兰丸脸色大变，疯狂地向外跑去。

但虬髯客一出手，就抓住了他。

夜色黏稠得宛如包裹在蝶卵上的汁液，在这片森林的腹腔里滚动着。

黎明，到底何时才能孵化而出？

第二十四章

吴王池馆遍重城

秋璇停住了脚步。

她没有想到，海岛上竟然会有一座城。

恢宏的宫室坐落在城池的中心，宫室周围辐射出八条道路，将整座城池划分为八片。每一片都修建着层层叠叠的屋宇，聚集着集市、酒肆、客栈、庙宇。高高的城墙将这座城池圈住，城墙之外是宽阔的护城河。

就算是中原第一流的名都巨县，也不过如此。

可是，已全部荒废。

暮霭沉沉，锁住整座城市，这座城空得听不到一点人声。宫室上明亮的金漆已经暗淡，暮色返照在上面，就仿佛一位年华不再的老妇，哀伤地对镜叹息。原本高大的围墙已经颓败，巨大的裂痕纵横交错，尘埃与蛛网挂满门窗。空气中，一股腐败的气息四处弥散。这座城市的规模仍记载着它曾经的繁华，时光的无情却令它风华全失、老态龙钟。

秋璇叹息道："真是不错的地方。"

他们面前是一条宽逾三丈的护城河，一座吊桥横亘河上，两根粗如人臂的铁锁从城墙上延伸出来，仿佛这座城池狰狞的长牙。

锁链上锈迹斑斑，木板更是几乎全部腐烂，一踏上去，就发出令人恐惧的裂响。铁锁摇晃，灰暗的蛛网从木板的缝隙中簌簌脱落，坠入深不见底的渊薮中。没有水流，只有莫名的黑色阴霾浮起，在寒风中卷起诡异的旋涡，却始终看不清究竟有多深。

暮色笼罩下，几声凄厉的哀鸣划破长空，仿佛在提示着每一个入侵者：这不是普通的吊桥，而是通往另一个世界的甬道。

河的彼岸，似是传说中的幽冥之都。当最后一缕夕阳消失时，那荒落的城池即将点起万盏鬼火，笙歌艳舞，化为无数孤魂怨灵的乐土。

一入此境，再世为人。

秋璇仿若不觉，轻轻走上桥，穿过城楼，一直走上气息奄奄的大街。

她微笑道："想不到你为我准备了一座城池。"

郭敖默默跟在她身后："我说过，要带你去个没有人的地方。"

秋璇："这句话我却不敢苟同。那里不是有人吗？"

郭敖顺着她的手指看去，只见道旁残存的门楼旁，一个人坐在门槛上，背对着他们，似乎正在弯腰捡拾什么。他似乎费尽了全身力气，但仍没捡起来，佝偻的身子痛苦地颤动着。

两人向那人走去。郭敖轻轻拍了拍他的肩膀："老伯，请问……"

那人的身体突然崩塌。

一阵惨叫声尖锐地传入两人耳中。郭敖一怔，双掌同时推了出去。

那人的身体被他的掌风击飞，重重地砸在院墙上，身上的袍子立即如枯叶般破碎。

一群老鼠尖叫着从袍底钻了出来，却没有逃走。它们后脚支撑着站了起来，拱起两只前脚，看着两人。

它们的眼睛血红得就像是两个血洞。

郭敖皱了皱眉头。

那个人只剩下一具白骨，骨头上密密麻麻地布满了爪痕和齿痕，血肉早已被这些老鼠吃没了。

郭敖与秋璇对望了一眼，都不知道该说什么。

难道这座城中，真的没有一个活人了吗？

两人慢慢向城中心走去，郭敖的剑心散开，搜索着城中每一处生机。

这座城似乎真的空了，但并不是没有居民。居民很多，都是老鼠。老鼠充斥着城市的每个角落，荒败的房舍全被老鼠蛀穿，然后倒塌。青石大道被啃噬得残缺不全，无数的鼠道四通八达。他们走了片刻，忽然听到一阵窸窸窣窣之声，越来越多的老鼠从城中的每个角落涌出，将他们包围。但这些老鼠感受到郭敖身上可怕的杀气，不敢靠近，全部前腿抬起，像人一样站立着，血红的眼睛看着他们。

他们每走一步，鼠群就跟着移动一步。到后来，鼠群越聚越多，整个大街上密密麻麻的全是老鼠。他们每走一步，就听到潮水般的哗啦一声。

它们血红的眼睛直勾勾望向他们，有些呆滞，更有些诡异。

暮色，锁住整座城市，仿佛铺开了满地残血。

两人几乎走遍全城，没有发现一个人。

这是座废城，也是座死城。

夜晚来临的时候，月是那么圆、那么大，清泠泠地悬在空中，好像从来就没有过白昼一般。

那些老鼠都后腿着地，看着月亮，仰头凄号。

整座城中充满了那种尖锐得让人狂乱的号叫声。

他们来到一处略为空旷的广场。五色的大理石被裁成各种形状，在地上铺成七朵巨大的牡丹。每一块石材都经过精心打磨，平整如镜，返照出凄清的月色。上百只白玉盆、水晶盆、琉璃盆随意摆放在镜面上，盆中没有奇花异草，只剩下一丛灰暗的尘土。

这里，曾经是宫室的苑囿，虽已废弃了多年，却依旧能看出昔日的繁华。苑囿的东南角曾种满了牡丹，汉白玉的栏杆上，还雕刻着历代歌咏牡丹的名篇。也许是由于大理石过于坚硬，这里并没有留下老鼠的痕迹，显得出奇整洁，也出奇清冷。

这座城中几乎没有树木，唯有这片苑囿的中心，矗立着一株桂树的遗骸。桂树巨大，在如镜的地面上投下峥嵘的倒影，仿佛还在追忆着当年枝叶扶疏、上参月空的繁华。树干已全部干枯，一片叶子都没有，虬龙般的树根已经被蠹空、腐烂。

郭敖砍下仅有的几根树枝，倚着桂树，搭起一个矮棚，又在树根上削出一块略为平整的地方，用木屑与枯叶铺出一张床。远远的风吹过来，清冷而荒凉。秋璇抱膝坐在床上，听着无数老鼠的哀号，感到心烦意乱。

秋璇皱起眉头：“你就不能想个办法？这么叫下去我怎么睡得着？”

郭敖道：“好。”他从地上坐起来，走了出去。

过了一会儿，北方的老鼠安静下来。再过了一小会儿，南方、东方、西方的老鼠也都安静了。空气中弥漫着房舍崩塌激起的灰土，郭敖慢慢走了回来。

这座城中的房舍已倒塌了三分之一，八条街道，全被震起的乱石堵住了。

城，也陷入了死寂。

这让月亮显得更大、更圆，一旦望着它，就忍不住想象，月面上那层层阴影中到底住着什么。想来想去，再难入睡。

秋璇幽幽叹了口气。

郭敖坐在离她八尺远的地方，默不作声。

秋璇问道："你在想什么？"

郭敖："食物、水。"

秋璇笑了："想不到你是个居家的人，首先想到的，竟然是这些。"

郭敖不答。

秋璇再问："那你想没想到，水在哪里？食物又在哪里？"

郭敖沉默。在这座城中，没有水，也没有食物，有的只是老鼠，无穷无尽的老鼠。

郭敖："我一定会找到的。"

但一日一夜过去了，他什么都没有找到。

每一口井，都被秽土填满，就算有水也没法饮用。所有的房舍，郭敖都仔细搜过，没有任何食物。

从破败程度来看，这座城至少已荒废了三十年，城中就算留下任何食物，也早就被无孔不入的老鼠吃光了。

郭敖仍在搜索，仿佛不知疲惫一般，从不气馁，也从不停止。

只是，这座城是空的，完完全全空着。

第二日，正午。

烈阳炙烤着这座城市，没有人能够想到，四月的天气怎会炎热得这么可怕，而一旦入夜，又会冰冷入骨。

真是鬼天气。

秋璇做了一把伞，撑在她的床上。她永远都是懒洋洋的，懒得动，懒得说话。没有水，没有食物，她也并不担心，最担心的是把自己的皮肤晒黑了。

郭敖突然站了起来。

一阵嘈杂的声音传来。

远远地，明亮的阳光下，只见一群人从北城门走了进来，一面走，一面发出感叹的声音，似乎在惊叹这座城市的宏大。

郭敖无声无息地闪身而出。

没有打斗的声音，一刻钟之后，郭敖走了回来。

他手上提了个袋子，袋子里鼓鼓囊囊的。

他将袋子扔在地上，哗啦一声响，一大堆金银珠宝散了出来。

秋璇俯身拾起一枚绿宝石，那枚宝石极大，晶莹通透，几乎有鸡蛋大小。如此品质，怎么都值几千两银子，寻常人家得到了，一辈子都花不完。

秋璇叹了口气："我宁愿见到的是一个煮好的鸡蛋。"

郭敖："但他们不是母鸡，下不出蛋来。"

秋璇："他们是什么人？"

郭敖："倭寇。好像是在海上跟他们的首领走散了，迷路走到这里来的。"

秋璇叹气："他们要真的是母鸡就好了。"

郭敖沉默。

秋璇："你下次要再带我去一个没有人的地方时，至少要在那里多准备些东西。"

郭敖："什么东西？"

秋璇："鸡蛋。"

倭寇们显然也又饥又渴，冲到空城里面，一阵疯狂搜索。他们自然什么都找不到。郭敖打着伞，秋璇微笑看着他们，看着他们的绝望越来越重，最后终于颓然坐在街道上，再也没有力气干任何事情。

他们畏惧郭敖方才展现出来的绝世武功，不敢靠近，只用夹杂着复杂颜色的眼光偷偷瞄着两人，摸不清楚他们究竟是干什么的。

秋璇叹气："真可怜。你说他们能活过七天吗？"

郭敖："不能。"

秋璇："我们能活过七天吗？"

郭敖沉默。

秋璇："是不是只要找到水，就能，找不到，就不能？"

郭敖缓缓点头。

秋璇："那你找到没有？"

郭敖摇头。

这座城的所有井都被填满，树木全部枯死，护城河中的淤泥都结成了坚硬的泥块，连露水都无处凝结，更不用说裸露的水源了。城中见不到任何植物，动物也只有老鼠。

秋璇："我看你只有挖井了。"

她本只是随意一说，郭敖却真的干了起来。

他挑选了一口最大的井，跳了进去，整整挖了三个时辰，挖到后来，秋璇从上面都看不到他的影子了，他才从井里出来。这口井已成为一个幽深的大洞，至少有十丈多深。

但没有一丝水，从地下十丈深挖出的土，仍完全是干的。

这座城的地下水，像是已完全被吸干了。

秋璇手搭在床边上，有一下没一下地摇着扇子，看着倭寇们。那些倭寇发挥了专业特长，在城中大肆搜索。几百人一下子让这座城市热闹起来。他们刚开始兴奋地挥舞找到的器皿、珍宝，但随即，他们的兴奋越来越黯淡，连声音都变得嘶哑起来。他们没有找到一滴水、一点食物。

终于，他们的激情消耗殆尽，一堆一堆瘫倒在大街上，东倒西歪。

郭敖又挖了一口井，收获的仍然是一堆干土。

秋璇忽然问道："你有没有觉得奇怪，这些老鼠吃什么呢？"

这座城里面，足足有十万只老鼠，若是没有食物，它们又怎么活呢？

郭敖："不奇怪。"他随意挥出一掌，将街上的一堆土轰开。

几只正在俯身吃着什么的老鼠，抬起前爪，直勾勾地看着他们。

它们吃的，赫然是一只老鼠的尸体。

在烈日的曝晒下，死鼠已经有些腐烂了，肢体、内脏被咬得满地都是，在地上散开暗红的血团。那些直立的老鼠呆看了一会儿，见没什么事情发生，又低下头围吃起来。

咯吱咯吱的咀嚼声，让人毛骨悚然。

秋璇将脸侧开，皱眉道："够了。"

郭敖拂动袍袖，尘烟轰起，地上出现了一个大坑。老鼠还有秽土都被这一击卷走，露出干净的地面。

秋璇叹息了一声，将扇子举起挡在额头上。

淑女，是从来不看这些的。

郭敖挖了六口井，几乎遍及城中的所有方位，但没有找到一滴水。

他们来到这座空城，已经两天了。

秋璇叹道："你这样是不行的。古人说万物皆我师，动物往往对水更为敏感，你不妨找找看，这些老鼠是去何处饮水的。"

郭敖停下挖掘。

这话非常有道理。这些老鼠数量这么多，想必在这座城里面已经生活很久了。如果没有水，它们绝不可能生存下去。何况老鼠多生活在地下，对水脉最是敏感。跟随着它们，真的能够找到水源也说不定。

整整一个白天，郭敖消失了。近黄昏的时候，他才重新出现。秋璇见他衣角有湿泥，笑道："找到水源了？"

郭敖："找到了。地下深处有一个水坑，足够几百人喝上一年的。"

秋璇："那你为什么不取些回来？"

郭敖脸上难得地泛起了一阵烦恶："那里面全是老鼠，整整一水池的老鼠。"

秋璇皱起眉头，又拿扇子掩上了额头："你没有去换身衣服？"

一想到他衣角上的泥土是从哪里沾上的，秋璇就一阵恶心。在这座城里面待了两天，她对这些长着红色眼睛、不时站起来的老鼠充满了厌恶。

第二十五章

银汉无声转玉盘

太阳落下，圆月初升时，城中难得地凉爽起来。死寂渐渐笼罩了这座城池，不久，夜的寒气即将肆虐，将城池封印，而后，老鼠尖厉的号叫声将令这里成为一座恶魔之城。

尤其是当秋璇知道它们为什么号叫之后。

夜色中，当圆月的冷光照着它们时，它们将狂性大发，互相追逐着咬啮。输者迅速就会被周围的老鼠一拥而上，连骨头都啃得干干净净。垂死者残酷的叫嚷声让那些倭寇心烦意乱，他们用倭语咒骂着，挥着太刀胡乱地砍着空气，似乎在攻击隐藏在夜色中的恶魔。

月色让这座城通透无比，一切都无所遁形。城中涌流着无穷无尽的黑色潮流，却又在逐渐褪去。

秋璇看着月亮："你为什么这么辛苦地找水？"

她问的是郭敖。

"我曾经和卓王孙去过荒原，在戈壁中转了整整一个月，他不吃不喝，也没事。你觉悟剑心之后，武功就算不如他，也差不了太多，支撑二十来天应该没有问题的。"

郭敖沉默，缓缓道："剑心即天心，心成之后，我心即宇宙，不灭不坏。常人三五天不饮水便会脱水而死，我却可以从空气中聚敛水汽，反渗回皮肤。就算是被关三十天不吃不喝，也不过损耗掉一半功力而已。"

他抬头，注视着秋璇："但你，不行。"

秋璇怔了怔。这几日来，他全力找水，不惜深挖十丈，跟鼠群搅在一起，难道就只是为了自己吗？

郭敖似乎不愿跟她对视，转过了目光，淡淡一笑。

“许诺过要让你快乐，想带你去天涯海角，至少也该给你一杯水吧？”

秋璇静静地看着他。过去的郭敖、现在的郭敖，她都非常熟悉，但说这句话的郭敖，是陌生的，陌生到需要仔细看，才能够看清。

“过来。”她向他招了招手。

郭敖不知道她想做什么，微微迟疑，还是走了过去。

秋璇轻轻握住了他的手：“谢谢你。”

那一刻，她春水一般的眸子漾开丝丝涟漪。

郭敖的心轻轻一震。

被囚禁的三年来，他炼去心魔，成就大道，本以为天下万物都不足以触动他的心，但这一刻，他听到了夜风在月光下发出的轻轻吟哦。

他的心有一些空落。时光仿佛回到了三年前，自己又成为那个初入华音阁的少年，怔怔地站在海棠花树下，一任她的风华耀花了双眼。

她微笑道：“你待我真好。”

待她好吗？绑架她，逼着她做她不愿意做的事情，故意在众人面前激得卓王孙与她决裂，又胁迫她来到这座满是狂鼠的死城。

这算是对她好吗？

郭敖一时无言。

秋璇仿佛看出了他的心事，柔声笑道：“你人才也算出众，武功又这么高，又处心积虑把我困在这样的绝境中，对我又这么好，我应该觉得很有趣才对……”

“只可惜……”她的笑容缓缓凝结，静静地注视着他，一字字道，“你不是我所爱的人。”

郭敖缓缓咀嚼着她的这句话，心中有些苦涩，但随即淡淡一笑：“我不在乎。”

秋璇抬起头，仰望星空，长发被夜风撩起，遮住了她目中闪动的光影，只余下一声轻轻的叹息：“可我在乎。”

郭敖依旧默然。

秋璇看着郭敖的沉默，突然笑起来：“你不用这么难过，我有一个好消息还没有告诉你。”

她的情绪变化太快，郭敖一时还没有完全适应。

“我说过，你不用照顾我的。”

她的眸子神秘地眨了眨，手中忽然出现一个小小的玉瓶：“瞧见没？少林寺的天王护心丹。”

那个玉瓶光滑圆润，显然是用上等的羊脂美玉雕成的。上面镌刻着几个红色的篆字，赫然是“天王护心丹”。

郭敖认得，这个瓶子，是上代少林寺方丈的遗物。里面盛放着二十四枚天王护心丹，每一枚丹药都有生死人、肉白骨的功效。无论受多重的伤，只要服上一粒，便可延七日之命。

秋璇：“护心丹要是当饭吃，吃一粒至少十天不饥。你再看这是什么？”

她的脖子上戴着一块翠绿的玉石。郭敖一直认为这只不过是装饰，但此时仔细一看，禁不住失声叫道：“冰玉髓？”

秋璇笑道：“算你识货。”

天王护心丹虽是珍物，世间犹可寻觅，冰玉髓却算得上稀世奇珍。它只在直径超过七寸的玉石中心才能孕育，其形如水，刚成形之时若能得到，服饮后便可陡增二十年的功力。但成形后七日就会凝成实质，不能服用。然而由于其得天地玄妙而生，对佩戴者大有好处，寻常毒物不能侵；又由于是水质，所以可从空气中聚敛水汽。

冰玉髓中有一小槽，慢慢凝出一槽冰露。

秋璇微笑着伸出手指，将一滴晶莹的露珠接在指尖，而后，轻轻沾上樱唇。

郭敖沉默不语。有二十四枚天王护心丹和这枚冰玉髓，秋璇就算被困三个月，都不会受饥渴之虞。

哪里用自己挖什么井、寻什么水。

他静静地看着这个女子。他始终看不透她，她就像是镜中的海棠，似真似幻，让人永远无法捉摸。

“那你为什么要跟我走？”

他终于明白，从一开始，就不是他绑架了她。一路从浙江入东海，过南海，登荒岛，她之所以留在他身边，都不过是她愿意而已。

秋璇的笑靥暗了暗：“你不喜欢我陪着你吗？”

郭敖淡淡道：“喜欢。”

秋璇："喜欢就不要问了。"

她幽幽叹了口气："免得我伤心。"

清冷的月色中，两人都沉默不语。

忽然，一阵奇异的咀嚼声传了过来。这种咀嚼的声音夹杂在鼠群的尖号声中，显得格外刺耳。

散坐在街道上的倭寇们，听到咀嚼的声音猛地竖起了耳朵。

他们已经三日三夜没有吃任何东西，饥饿几乎磨尽了他们所有的力气。每个人的胃中都仿佛有一个轮子在不停地搅动，让他们整个人焚烧起来。

在如此饥饿的耳朵听来，咀嚼声就像是一阕天音绝唱。

他们倏然全站了起来，大呼小叫地互相呼喊着，向咀嚼声走去。

破败的房舍被推倒，烟尘弥漫中，一个倭寇被提了出来。他们拎着倭寇的胳膊，大声喝骂着，似乎在谴责他怎能私自藏食物，背着他们偷吃。

他们忽然停下来，因为他们发现了那名倭寇吃的是什么。

那，赫然是一只老鼠，一只半截鼠头已被咬碎，却仍在他口中挣扎的老鼠。

惊愕与恐惧令擒住他的人松开了手。

那名倭寇用力一挣，两只手顿时获得了自由。他抓住老鼠的后腿，用力往嘴里一送。吱呀的惨叫声顿时停止，老鼠的半截身子钻进了他的咽喉中，诡异的咀嚼声顿时钻进了每个人的耳朵里。

每个人都呆呆地看着他，看着这疯狂的一幕。

才一小会儿，那只老鼠就全被他吃了下去。他脸上露出一阵痴迷的微笑，举起了双手，连连点头，大声地用倭语欢呼着："おいしい（好吃呢）！おいしい（好吃呢）！"

他转向每个人，不停地重复着这个词语："おいしい（好吃呢）！"

沉闷的城中，一时间只剩下这句疯狂的话语在久久回荡。倭寇们看着他脸上的笑容，看着他嘴角的血迹，浓浓的血腥气强烈地搅动着他们的味觉。寒冷的夜风中，那抹猩红是如此温暖。

零星的应答响起："おいしい（好吃呢）？"

他的回答更像是惨号："おいしい（好吃呢）！"

更多的人应和：

“おいしい（好吃呢）……”

“おいしい（好吃呢）……”

“おいしい（好吃呢）！”

他们在那名倭寇的带领下，冲向黑压压的鼠群。

响亮而奇异的咀嚼声，几乎将整座空城淹没。

郭敖带着怒气出现的时候，也不禁被眼前的一幕惊呆了。

一群倭寇，跪在鼠群中，每个人手中都捧着一只肥大的老鼠，拼命地往自己口中塞去。看到郭敖，他们脸上露出迷醉的笑容，将老鼠从嘴中拖了出来，拼命地送到他面前：

“おいしい（好吃呢）！”

郭敖强行压抑着杀戮的欲望，才没有将他们全部斩碎。

夜色，在惨烈的咀嚼声中被搅得粉碎，直到黎明到来。

郭敖依旧沉默着。这座死城，是他为自己选的牢狱。

无论这里的环境如何残酷，都比有人的地方要好。他不喜欢见人，人类特有的虚伪、贪婪、懦弱、畏惧、挣扎都让他感到烦恶。

这里，令他想到了沙漠。

夜晚，若不是圆月如此大，便可以看到星光。

沙漠中的星光是最美的。躺在沙堆里，在死亡的怀抱里看着天幕遍布着小小的星辰，就像是躺在它们之间，连死亡都变得美丽起来。

那时所做的梦，就像是永恒。

他想带她去沙漠，就是想让她看一眼那里的星光。

江南的夜已足够美丽，但是不会有那样的星光。

她看到了，会不会永远记住他？

翌日正午。一串鼓声在沉闷的城中响起。

倭寇们踏着鼓点，跳着怪异的舞蹈，从街道的尽头缓缓走了过来。击鼓的两个男子上身赤裸，露出精干的肌肉来，一下下捶着一面大鼓。他们连同那面大鼓被十几个人抬起，大鼓后面，跟着所有的倭寇，肃穆而整齐地跳着神乐，一步步靠近。

鼓声像是嘶哑的号角，弥漫成惶恐与野蛮。舞蹈在街道中蔓延成狂欢的极乐，队伍一点一点靠近，终于，停在郭敖与秋璇面前。

所有人突然发出一声号叫。

秋璇伸出手指，放在唇上："别打搅他们，他们在跳祭神舞。"

过了良久，乐声停止，一个像是首领的人越队而出，跪在郭敖面前，大声地说着什么。

秋璇笑道："他们将你当成了神，要你保佑他们，还要为你献上他们最真诚的祭祀。"

首领重重地磕了几个头，肃然退了下去。

后面赤着上身的倭寇，献上了一个大篮子。

篮子打开，所有的倭寇都跪了下来，大声地念着祈祷文。

郭敖变了脸色。

那篮子里，赫然是一篮肥大的死老鼠！

首领叽里咕噜一阵说。

秋璇："他问你，对他们的祭祀满意吗？"

郭敖冷笑："非常满意。"

秋璇："他们请求你赐福给他们。"

几个人肃穆地捧出一个巨大的袋子，撑开袋口，眼巴巴地望着郭敖，似乎在期待他的赐福。

郭敖淡淡道："好。"

阳光陡然亮了亮。

首领全身一阵痉挛，脖子已被扼住。郭敖面无表情，将他提到面前，指节缓缓用力。

那首领张大了嘴，吃力地想叫出声来，却无论如何都无法吐出一个字。他的脸越来越紫，双手在胸口乱抓，似乎极力地想将心脏剜出。

突然，咔的一声响，他的脖子被生生地扼断，鲜血溅起了一丈有余。

郭敖将尸体掼入袋子中，淡淡道："这就是赐福，满意了吗？"

那些倭寇脸上变色，全跪了下去。

他们捡起装有首领尸首的袋子，肃穆地跪拜。袋子上用浓墨写着一个大字：“福”。沉闷的鼓声再度响起，妖异而诡秘的神乐在荒废的街道中蔓延着，一直走入宫殿中。

晚上，鼠群的尖号声小了很多，响亮而奇异的咀嚼声却一刻都没有停歇。

这些倭寇好像获得了无上的美味一般，疯狂地捕食着老鼠。他们的身材很快就变得臃肿，每个人的肚子都畸形地胀大，几乎拖到了地上。他们仍跳着破碎的神乐，疯狂地大叫着，满城搜索着美味，没有一刻停止过。

这座城，很快就变成了真正的死城。

鼠群，被这五百三十六名倭寇吃得精光。

再也没有那细碎的尖号声响起了，夜晚一片死寂。月亮依然那么大、那么圆，照得城中和白昼一样明亮。

倭寇们的肚子都跟麻袋一样，瘪了下去。饥饿之火再度主宰了他们的身体，但这一次，更加难挨。一旦品尝过鼠肉的美味后，胃的每一点空虚都让他们难受无比，当整个胃都空了时，他们觉得胃好像翻了过来，将整个身体包裹，消化着。

必须吃点什么东西……

他们喃喃地对自己说。

可这座城池中除了秽土，什么都没有。

突然，一名倭寇惨叫着跳了起来。

“福袋！”

倭寇们先是迷惘，慢慢地开始应和他。

“福袋……”

“福袋！”

他们一个个加入到舞蹈中，疯狂地扭动着，脸上露出狂喜的表情，巨大的肚子瘪着拖到地上，发出鼓声一般的砰砰闷响。

他们拥进了宫殿，将那个巨大的袋子抬了出来。

袋子打开，已经半腐的首领露了出来。

他们发出一阵惨号，扑了上去。

首领的尸体迅速被肢解，一块块被他们捧在手里，贪婪而急切地吞食着。他们争着、抢着、厮打着，狂乱而急迫地尖叫着，层层堆上来，疯狂地挤压着里面的人，企图抢到属于自己的一块。

腐肉，甚至骨骸，迅速被吞吃干净。

但那些早已被撑大的胃，没有半点满足。他们舔着嘴角，品尝着舌尖上残存的血腥，吸吮着空气中的味道，意犹未尽。刚被激起的胃疯狂搅动着，将他们的饥饿、躁动、贪婪点燃。

他们需要更多的血，更多的肉。

他们的眼睛，慢慢开始变红，红得就像是两个血洞，直勾勾地望着前方，有些呆滞，更有些诡异。

迷茫之间，他们仿佛看到很多的血、很多的肉，在自己身边浮动着，新鲜、美味，足以填饱饥饿的肚子。

他们惨号着，向彼此扑了上去。

整座城充满了那种尖锐得让人狂乱的号叫声。

袋子上，浓墨的“福”字，很是刺眼。

第二十六章

陌上山花无数开

杨逸之静默地跟在相思身后。

海岛仿佛只剩下他们两人。清冷的海风吹拂，抬头看去，天蓝得像是没有尽头。海上的天若是晴时就晴得很彻底，连一丝云都没有，让人忍不住疑惑，若是抬头，会不会在天空中看到自己的倒影。

相思似乎也不知道该走向何方，只是茫然前行。

杨逸之担心她一直走下去，会不会走到天涯海角。

从海滩上看去，这片岛被大片森林覆盖，看不出有多大。但走不一会儿，森林却不见了，取而代之的，是一大片花海。广阔的平原上有柔和的矮坡，鲜花遍布其上。它们的颜色都极为鲜艳，七彩纷呈，一片连着一片，就像是天孙织就的星河。花色虽多，但彼此并不混杂，红色的就是红色的，方圆十丈，开到荼蘼，紧挨着它的又是一片黄花，灿然绽放。而其余的地方，都被鸢紫色的花朵占据，花海绵延数十里，就仿佛是一片巨大的紫色织锦，上面点缀着一朵朵五彩的图案。

相思缓缓走入了花海中。

两个人，谁都不再说话。

微风轻轻吹起，荡漾起一阵浓烈的香气，缓缓沁入人的肌肤中，令人心旷神怡。

就连这两个满腹心事的人，也禁不住停下脚步来，呼吸着这香醇的气息。

身体自然打开，索取着更多的香气。香气中似乎有种安息的作用，令人忘掉烦忧。

伴随着嗡嗡的振翅声，蜜蜂在花丛中穿梭着，采着花心深处的花蜜。这些蜜蜂体形极小，身子也是淡紫色的，钻到花苞深处，浑身沾满花粉才出来。一飞动起来，花粉落得漫天都是，就像是淡淡的星尘，洒满整片花海。

相思张开手，花粉从空中飘落，落在她手上，淡淡的，有红色，有黄色，最多的是紫色。

相思缓缓地在花丛中坐下，就像是花海中的一只蝴蝶。

遥远的塞外，也有另一片花海，一样无边无际，一样春意盎然。只不过，那里的花只有一种颜色。

青色。

曾几何时,那个青色的身影也曾踏过千山万水,来塞外寻她,一如今天他寻找小鸾。

为了她，他曾独面千军万马，只淡淡对她说："我命令你，跟我回去。"

那一刻，他在白马上对她伸出手，让她忘掉一切忧愁与负担。

但她没有，她选择了回到荒城，去做她的莲花天女。

于是，花海深处，他转身离去，再不管花开花落。

自那以后，她再也没有见过他的笑容。他对她，永远只是青色的云，再难亲近。

直到今天也是一样。

怨恨他吗?

不。只能怪自己，当初为什么不跟他走呢?放弃那些受苦的人，放弃荒城。毕竟，在战争中，她又能够做些什么呢?她只能守住自己的爱情。

有时候，她也会疑惑，自己选择留下，到底是为了什么?但记忆中仿佛空缺了一大块，再也无法复苏。

她只记得，她守护的城池，最终化为尘土。她最想救的五百人，全变成了骷髅佛。而她的爱情，从那一天开始，如镜子有了裂隙，再难重圆。

值得吗?

相思静静地想着，笑容逐渐黯然。在这片绚烂的花海中，一切都在绽放，只有她的笑容无法盛开。

杨逸之远远望着她，却无法靠近。

无论是莲花天女，还是上弦月主，都离他那么遥远。傀儡剑气解开后，他与她便形同陌路。而他无法漠视她的痛苦。

他记得三连城上，他曾经许下的诺言。

如果注定了要失去，我宁愿不曾拥有。

如果这份记忆让你无法承受，那么，便请你微笑着忘记。我亦终身不再提起。

两年前，当她选择了留在卓王孙身边，他心痛如死，却尊重了她的选择。只因他看到，当她陪伴着卓王孙时，笑容是那么单纯。

而当她在自己身边时，悲伤与忧愁是那么多。

于是，他宁愿放手。

宁愿岁岁年年，永远承受相思之苦的煎熬；宁愿看着心爱的人近在咫尺，却不能言，不能动；宁愿看着她留在别的男子身边，却只能默默守护。

两年的岁月，却漫长得仿如一生，漫长得如同凌迟。

但他并未后悔。如果她和他的爱只能是一道刻骨伤痛，他宁愿自己一个人背负。

只要她幸福。

但，为什么？她还是如此忧伤？

杨逸之远远看着她。连片花海在暮风下起伏，宛如卷起的波涛。她坐在一处缓坡上，轻轻抱住双肩，茫然地望向远方。

那一刻，她的身影是那么单薄，仿佛一只受伤的蝴蝶，停栖在茫茫沧海之上，无法飞越。

杨逸之的心在轻轻抽搐。他忽然觉得自己很失败。这么多年，他究竟为她做了什么？让她一次次遭遇危险，然后再一次次救她吗？让她一次次为爱所伤，然后再为她求幸福吗？

是谁，安排了这样的命运——一定要让他在她哭泣的时候才能出现？

是谁，设计了这个无解的谜题——他用尽所有力量去守护她，却给了她那么多不可承受之重。

是不是他自己？

杨逸之紧紧地握住了双手。

他忍不住想走向前去。

突然，一个声音高叫道："杨盟主，别来无恙。"

那声音中气十足，语调却颇为古怪，仿佛不谙汉语。

杨逸之回首。

就见一人站在花海中，对着他双手合十，满面笑容。那人身上一袭黄袍，皓眉长须，赫然是他们在乐胜伦宫前遇到的扎什伦布寺大德加查。在他身后站着一群喇嘛，好些相思都还记得，也都是雪域之巅上对抗帝迦时见过的故人①。

他们一齐双掌合十，向两人行礼。杨逸之知道，他们都是藏边有名的高僧，不敢怠慢，急忙低下头来，躬身回礼。

相思问道："大师何故来此？"

加查大师道："闻说南海观音现身此处，地涌金莲，古佛降世，于是特率弟子们前来瞻仰，取些佛法回去。"

相思问道："大师可曾见到南海观音？"

加查大师："我们来此已三日，走来走去都是茫茫花海，没有出路。但佛经上云，无穷花海涌现，便是佛兆。想来南海观音已知道我们到达，是以变化出花海幻象。只要我们虔诚等待，不久就会出现的。"

相思合十道："但愿大师早聆妙音，得见真容。"

加查大师："两位又去何处？"

相思默然片刻，却说不出话来。杨逸之轻轻叹了口气："我们漂泊到这座海岛上，与伙伴们失散，找寻不到。"

加查大师笑道："那我们可共同等候观音。观音现身之后，两位不妨问一问伙伴们的下落。"

两人没有别的去处，只好同意了。佛门尚简，便在花海中随意打坐，诵念佛经。群群蜜蜂也被吸引，围着他们嗡嗡吟唱。倒真有古佛说法，万类谛听的意味。

夜，渐渐沉了下去。花粉仍在空中载沉载浮，被天上的星光照耀，透出淡淡的荧光。坐在花海中仰望，那些花粉在微光中仍能分辨出各自的颜色，有红的、黄的、白的，更多的是紫色的。清冷的夜风中，七彩花粉缓缓流动，返照着通透的月色，在空中汇聚起一条光之缎带。

这景象宁静而凄美，令人不由得想起了分隔牛郎、织女的银河。

杨逸之忍不住向相思望去。

相思的眉头微微蹙着，似是在思量着什么。他与她何尝不是隔着一条银河，彼此

① 事详《华音流韶·天剑伦》。

只能相望？

盈盈一水间，脉脉不得语。

突然啪的一声响，一名小喇嘛举手，将一只蜜蜂拍死。

加查大师温声道："顿珠，你过来。"

那名小喇嘛恭声答应了，缓步走到加查大师身前，虔诚跪倒。

加查大师道："万物都是一命，岂能随便杀戮？佛祖尚且舍身饲虎，割肉喂鹰。我们没有佛祖那般功德，亦不能随便杀生。我们进入花海，本就是侵占了蜜蜂的家园，它们仇恨我们，蜇伤我们，也是应该的。岂能随意戕害？"

顿珠道："是。多谢师父教诲，弟子深感惭愧。"

加查大师道："去吧，诵念十遍《往生咒》，为其祈祷。"

顿珠退后坐倒，虔诚地念经。

花海中蜜蜂极多，体形又小，防不胜防。经常落在人身上，人微微一动，蜜蜂受惊，往往便蜇伤人，有些弟子便忍不住伸掌拍死。此时听师尊如此说，都深感惭愧，大声跟着念起经来。

相思亦对加查大师心生敬意，不再驱赶身上的落蜂。杨逸之暗中运转风月剑气，将蜜蜂从她身上驱开。

一直到月快落了，加查大师方率弟子们歇息。

相思心力交瘁，和衣在一处矮坡上睡着了。杨逸之心绪紊乱，不能成眠，就借着星光，跟加查大师谈论佛法。讲到佛祖舍身救众生的故事，杨逸之感慨万千。

听别人舍身容易，但真到自己头上，又岂是说舍便舍？对于旁人而言，肉身难舍。对于他而言，却是身可以舍，一片心意却无论如何无法割舍。

加查大师见他对佛法有兴趣，也是欢喜，为他详加解释。

突然，矮坡上的相思发出一声惊呼。

杨逸之一惊，急忙抬头，只见相思已经坐了起来，一个黑影围着她，不住地向她扑击。杨逸之身化月光，倏然掠出。

那个黑影，赫然竟是加查大师的弟子顿珠。淡淡的星光下，只见他满脸狂乱的笑容，双臂张到极大，诡异地不住颤抖着，大张着嘴，恶狠狠地向相思咬过来。

相思的武功本也不低，但顿珠的动作快得不可思议，且面目极度扭曲，看上去宛如恶鬼，让相思失去了抵抗的勇气。顿珠一口恶狠狠地咬在相思肩上，刺的一声，撕下一大片衣衫来，凝脂般的肌肤立即暴露在夜风中，惊起一层寒栗。

相思惶然变色，急忙遮住肩头。顿珠倏地跳了起来，恶狠狠地向她的咽喉咬下。

杨逸之恰在此时赶到，光芒一闪，顿珠凌空飞了出去。

杨逸之急忙扶住相思：“受伤没有？”

相思惊魂未定，只紧紧抱着自己的肩膀，不住地摇着头，什么话都说不出来。

杨逸之心中一痛，想要抚慰她几句，却不知道该说什么。

加查大师率领其他弟子也赶了过来，顿珠正从地上爬起来。杨逸之这一招出手凌厉，将他的右臂完全折断，露出森森断骨。他却茫然地坐在地上，浑浑噩噩，仿佛不知疼痛。

加查大师一掌扇在他的脸上：“畜生！你做了些什么？！”

顿珠仿佛突然惊醒一般，哭道：“师父，救救我……”

加查大师厉声道：“救你？我们佛门清净之誉全被你败坏了！”

他站起身来，满面惭愧地对杨逸之和相思道：“相思姑娘，我教徒不严，致你受惊。我一定重重处罚他。”

相思也不好多说，轻轻点了点头。杨逸之扶着她坐下。

加查大师命九弟子、十三弟子将顿珠押下去，严加看管。

顿珠跪下来磕头：“弟子一时丧心病狂，祈求施主原谅。”

两名喇嘛将他押了下去。

顿珠深怀愧意，三日三夜，没有进半点饮食，远远地盘膝坐在花海中，念诵经文。加查大师命人给他送水的时候，才发现他将戒刀刺进了自己的腿中，将自己钉在了地上。

他要用自己的血，洗清自己的罪孽。

他无时无刻不在念着经文，尽管神志已渐渐模糊。

相思原谅了他。

也许，修行的生活真的太过艰苦，才会犯下这样的错误。

顿珠双手合十，虔诚念经，就如花海中坐化的古佛。

茫茫花海中，总是飘扬着一股馥郁的香气，令人沉醉。

尤其是在夜晚，天上的星光明亮的时候。

杨逸之抬头看着横过中天的星河，久久无语。相思的惊吓并没有完全平复，他本该陪着她——但他有什么资格陪着她？

他只能孤独一人，卧看牵牛织女星。

猛然，一声尖叫撕裂着传入了他的耳中。

相思！

杨逸之瞬息间赶到了她身边，眼前却是一幕诡异至极的景象。

顿珠完全疯了，双臂拼命地向后张开，剧烈抽搐着，怪异的姿势令他身子佝偻，仿佛一只垂死的昆虫。他的嘴极力张开，露出白森森的牙齿，追逐着相思。他动作虽诡异，却极轻快，不住向相思扑击。

相思从矮坡上奔下来，踉跄着躲避着他的追击，却不小心跌倒在地。顿珠口中发出嘶嘶的叫声，俯冲下来，一口狠狠咬住了相思的脚踝。相思痛极，扑倒在地，顿珠身子一阵诡异扭动，从地上弹了起来，露出狰狞的牙齿，猛地向相思的喉咙咬去。

突然，他的身子猛地弹起，凌空跌开数丈。却是杨逸之赶到，风月剑气爆发，将他击倒。

他扶起相思，柔声道：“不要怕，我在这里。”

相思惊惶地抓着他的手，一时气结，说不出话来。

顿珠双手已完全折断，但他体内像是有一股怪异的力量支撑着他，令他面孔扭曲，不住地从地上弹跳而起，想要扑咬相思。

相思全身颤抖，紧紧抓住杨逸之的衣袖，躲在他身后。

杨逸之皱眉，手微抬，一道剑芒击在顿珠的双膝上。

顿珠大声地惨叫着，面孔突然松弛，脸上露出恐惧至极的神色。

“师父，救救我！救救我！”

加查大师终于赶了过来，痛心疾首地看着顿珠，转身向相思、杨逸之躬身行礼：“佛门不幸，出此败类。老衲实在庇护不得，但求姑娘能留他一丝转世的机会。”

顿珠的脸色慢慢平静下来。

“弟子自知犯下的罪孽深重，请师父为我转世。”

梵音在花海中浮动，每个人面上都浮现着哀戚之容。

那是为顿珠所做的法事。等法事做完，明日正午时，便会对顿珠实行戮身之刑，接引他的魂魄重入轮回。

夜，渐渐深了。顿珠全身被锁，手脚伤处草草敷了些药，躺在花海中。杨逸之再也不敢离开相思，坐在矮坡不远处守护着她。

喇嘛们做了一天法事，也都累了，就地歇息。

顿珠轻轻地叫了起来："师父……师父……"

叫了几声，只听加查大师低声道："你还有脸叫我师父？"

顿珠哭泣道："弟子知道罪孽深重，但弟子自幼由师父抚育长大，襁褓之中便感受师恩，此时想到就要再入轮回，无法报答师恩，心里难过至极。"

加查大师默然。他的这些弟子，哪个不是由他抚育长大的？若不是犯了极大的过错，他又怎生舍得惩罚？

他从地上站起，走到顿珠面前，叹道："你做下这等恶事，与恶鬼无异。师父也包庇不了你。"

他温言道："你好好去吧。如若有缘，来世你再投入我门下。"

顿珠拼命地支撑着身子，他的手足俱断，碎骨扎进了泥里，让他勉强坐了起来。此情此景，看得加查大师一阵酸楚。

顿珠："师父，你就真的想杀了弟子吗？现在也没人看到，你不如放了弟子如何？你就对他们说是弟子自己逃走的。师父……我这么年轻，我不想死！"

说着，顿珠哭了起来。

加查大师也叹息起来："师父怎能放你？佛门戒律森严，我不能为你破戒啊。"

顿珠急声道："师父，戒律重要还是人命重要？此处乃观音驻锡的珞珈山，如若我有罪，必然出不了此岛，如若我无罪，师父何必杀我？师父！求你给我一次机会！"

加查大师也犹豫起来。顿珠见机道："师父若是还怕我继续作恶，不妨将我的武功废去。我保证此后绝不做任何错事，师父！"

说着，顿珠挣扎着向师父爬去。他的身躯全被绑住了，只露出几截折断的手脚，戳在地上，鲜血淋漓。

加查见爱徒如此凄惨，也不由得动容，滴泪道："好吧。你若能记住师父的教诲，也不枉咱们师徒一场。"说着，加查轻轻将他扶正，替他解开身上的绳索。

顿珠："我永远忘不了师父的恩情！"

加查将他的双手解开，正低头解他脚上的绳索，突然听到一阵诡异的嘶嘶声。他急忙抬头，就见顿珠的双眼已经变成了紫色。

他断碎的双臂死命地向后展开，嘴唇几乎已完全裂开，白森森的牙齿突出，不像是人，倒像是垂死的妖魔。

加查大师大吃一惊，顿珠的牙齿已然咬住了他的咽喉。断裂的骨骼就像刀一般刺入了他的体内，加查大师的身体遽然痉挛。

他的脑海中，闪过了一丝悔意。

他实在不应该释放这个徒弟的，因为这已不再是他的徒弟，而是恶魔。

他猛地运起全身的功力，使劲攥住了顿珠的身体。佛门内功爆发，嘶嘶的声音陡转尖厉，顿珠的身体，竟被他硬生生地折为两截。

但顿珠的牙齿一直恶狠狠地咬着他的咽喉，绝不放口。身体断裂的痛楚让他将全身的力量都聚集到了牙齿上，突听一声闷响，加查大师的咽喉，竟被他咬出了一个大窟窿。

黏稠的鲜血从窟窿中涌出。顿珠半截身体发出一声嘶鸣，拼命想跳起，吸吮那股鲜血。但他的生命也在此时到达尽头，伏在加查大师的尸体上，渐渐化为僵硬。

被惊醒的喇嘛们，连同杨逸之、相思一起，看到了这惨烈的一幕。

两具尸体都被埋了起来，结成一个小小的坟茔。

没有人能将他们分开。

惨状仍萦绕在每个人心头，无法挥去。顿珠双手缚在身后、牙齿突出的狰狞姿态，就像是每个人的梦魇。

没有人知道为什么，顿珠会突然变得这么疯狂。

他本是寺中最温文的喇嘛，平时连生气都很少见到。

也许，每个人心中都种着恶魔，只是没到开花的时候而已。在这片花海中，每个人心中的恶魔都将被释放。

第二十七章

抱蕊游蜂自作团

喇嘛们本能地念着佛经，超度加查大师与顿珠的亡灵。

加查大师不在了，他们该怎么办？是继续等待南海观音的出现，还是回归雪域？他们谁都拿不定主意，只能忐忑地念着经文。

中午吃饭的时候，他们拿出携带的干粮，分给相思与杨逸之。一百多人默默地坐在加查大师的坟前，都不知道该说什么好。

相思将干粮碾碎，托在手心。那些细小的蜜蜂纷纷落在她掌上，伸出吸管一样的嘴，尝试着将干粮的碎末吸起来。它们似乎很想吃这些干粮，吸了几次没有吸起来，忽然变得暴躁，双翅振动飞起，恶狠狠地冲下。

相思一声痛哼，蜂毒螫在她的掌心，就像是浸在了沸水中一般。意识中整只手都被烫得皮开肉绽，眼睛看到的却是掌心只有微微红点，并没有太多异状。

杨逸之急忙拿出伤药来为她医治。一触她的肌肤，就觉她周身火烫，就像一块烙铁，不禁大惊——这小小蜜蜂怎会有如此剧毒？

那只蜜蜂螫了相思之后，全身毒液流尽，生机立即断绝。它小小的身子仿佛成了一具空壳，被风吹起，飘浮在花海中。

蜜蜂，是何等渺小却又何等惨烈的生灵。虽然微不足道，但若被触犯，一定会用自己的生命复仇。哪怕螫伤敌人之后，自己也会立即死去，也在所不惜。

杨逸之轻轻叹息，将毒液从相思的掌心挤出，包扎好伤口。他感到相思的身体不住颤抖着，仿佛承受着巨大的痛苦，却无能为力。

相思轻轻蹙着眉，并没有呻吟。这个女子，习惯于自己承受一切痛苦。就算再难以忍受，她也从不向别人抱怨。她所在意的，只有别人的痛苦。

而他只能站在一旁，看着她。他想要她幸福，努力达成她的一切愿望，但总是让她受到更多的伤害。

这一切，又到底是为了什么？

沉闷的午餐完结后，喇嘛们净手，准备开始午后的诵经。

“弥落，如果我不能回去的话，能不能告诉我的徒弟，让他不要再那么怯懦了？我最担心的就是他过于眷恋母亲，始终长不大。”

“迦妙，你放心好了，我死都会将你的心意传达给他的！”

“弥落，我真的很担心他，他去远方找他妈妈了，会不会出事呢？”

“迦妙，你放心好了，他一定会成长为一名真正的喇嘛！”

“弥落，那我就放心了！”

突然，正在谈话的一名喇嘛发出凄厉的嘶嘶声，突然暴跳起来，双手向背后摆出奇异的姿势，两排尖牙突出，向另一名喇嘛恶狠狠地咬去。那名喇嘛刚才还跟他话着家常，完全想不到他竟突然变成了恶魔，惊慌地叫道：“迦妙……”

下一秒他已被一口恶狠狠地咬在了脖子上。剧烈的疼痛伴随着烧灼感迅速从伤口蔓延开来，他能感觉到自己的血像是被一股巨力吮吸一般，向外狂飙而出。他大吃一惊，急忙运尽全部力气挣扎，但咬着他的那名喇嘛力气大得异乎寻常，两只手向后奇异地摆动着，身子却紧紧贴着他，无论如何也挣脱不开。

这件事发生得太过突然，别的喇嘛虽然都在不远处，却没有一个人反应过来。凄惨的叫声在花海深处回荡，围绕着一个个茫然失神的人。

杨逸之探出双指，隔空敲在喇嘛的颈骨上。那名喇嘛受痛张嘴，被咬的喇嘛急忙用力一挣，才从他口里挣出来。喉咙已经被咬得血肉模糊，呼吸的时候都有气咝咝地从伤口处漏出来。

其余的喇嘛这才回过神来，当啷啷一阵响，几十柄戒刀出鞘，将咬人的喇嘛团团围住。

咬人的喇嘛在地上打了几个滚，慢慢地坐了起来。他看着弥落鲜血淋漓的喉咙，眼角流出了一串泪：“弥落，对不起……”

他试图向弥落走去，为他包扎。但他刚靠近弥落，双手便一阵奇异地抖动，呈现怪异的姿势向背后折去，脸上的表情也陡然狰狞起来，双眼突出，透出淡紫色的妖芒。

弥落毛骨悚然。他自三岁起就跟迦妙一起流落街头，乞讨为生，后来同时进入寺内，皈依佛门。此后几次恶战，彼此都为对方牺牲过，当真可以说是换命的交情。但现在，迦妙怎会变得如此疯狂，非要杀死他不可？

迦妙不顾身边刀芒闪烁，努力想靠近弥落。他几乎已无法说出完整的话来，一张口就是嘶嘶的声音。弥落大叫道："不要过来！不要过来！"

突然，人群中传出一声凄厉的惨叫。

一名持刀戒备的喇嘛，被他身边另一名喇嘛狠狠抱住，一口咬在咽喉上，正在大口大口地吞咽鲜血。被咬喇嘛凄厉地惊叫着，极力挣扎。

咽喉脆骨被嚼碎的声音，清晰地传了出来。

旁边的喇嘛脸上变色，想要用刀砍他，但想到此人乃寺中一起长大的兄弟，这一刀怎能砍下去？刚犹豫片刻，那人的喉咙已被完全咬开，鲜血喷了抱住他的喇嘛一身。

瞬息之间，被咬的喇嘛身体只剩下本能的抽搐。咬他的喇嘛慢慢站了起来，那沾血的诡异笑容，让所有人都感到一阵毛骨悚然。

他淡紫色的眼眸令人仿佛看到了恶魔。

突然之间，他的眼睛一阵急遽眨动，紫色仿佛被突然抹去，消失无踪。他身子一震，仿佛刚刚惊醒，目光呆滞地往下睃巡着。

他看到了那具尸体，惨叫起来："哥哥，谁杀了你？我要为你报仇！我要为你报仇！"

他无助地仰望着周围的人，目光中尽是哀伤的狂乱："谁杀了我的哥哥！谁杀了我的哥哥！"

所有喇嘛对望一眼，都从对方眼中看到了惊惧。

这两名喇嘛所杀、所伤的，都是他们平时最亲、最敬的人。这变化实在太妖异，让他们不敢再相信这两个人。他们不敢靠近，只能远远地用刀指着他们。

他们彼此再对望时，心中充满了恐惧。

身边的这个人，值得信任吗？

悄悄地，所有的人都挪着脚步，离对方远了些。

谁都不知道身边这个人，会不会像刚才那两人一样，突然变得疯狂，扑上来死死咬住自己的咽喉。

花海中一片死寂。

没有人可以相信，没有人能够依靠，身边站着的，也许就是一名人形恶魔。

突然，又是一声剧烈的嘶嘶声响起，一名喇嘛甩开手中的戒刀，疯狂地向身边的人扑去。那人有了前车之鉴，一声惨叫，向旁边跑去。嚓嚓两声响，旁边伸过来两柄刀，将追赶的疯狂喇嘛双腿砍断。

那名喇嘛在地上打着滚，不停地惨叫："救我！救我！"

没有人救他。有几个喇嘛慢慢走上前来，手中戒刀精光闪烁。

他们脸上的杀意，是那么明显。

这些脸上透出淡淡紫色的人，已不是他们的同类。结局必定只有一个：不是你死，就是我亡。

试想连你最亲近的人都可能会突然抽出刀来，捅你一刀，这个世界会是什么样子？

相思冲了上去："不！你们不能这样做！请给他们一次机会！"

手提戒刀的喇嘛脸上露出一丝讽刺的表情："机会？给他们杀人的机会吗？"

相思："这或许是病，总归有治的办法。你们同是师兄弟，难道真忍心杀他们？"

喇嘛："那能怎么办？"

相思："我们将他们绑起来好不好？绑起来了，他们就不能伤人了，我们慢慢再找治疗的办法。"

喇嘛沉吟着，互相看了看，双掌合十："女施主真是菩萨心肠，就依你所言。"

几名喇嘛手持戒刀，将那几名疯狂的喇嘛绑了起来。他们倒并没有反抗，垂着头，也不知道在想些什么。

相思对杨逸之道："你有没有什么发现？"

杨逸之摇了摇头。

每个人手上都紧紧握着刀，不管是谁，只要靠对方稍微近一点，便立即会引发一声厉喝。这些喇嘛本都是相亲相爱的师兄弟，此时却像是仇人一般。

这片花海中，似乎藏着恶魔，借着花粉潜入人的脑中，控制了他们的灵魂。

这是个鲜花遍地的修罗场，恶魔在杀戮与鲜血中悄然潜行。

一个下午，两个时辰之内，又有四名喇嘛被砍翻在地，绑了起来。他们疯狂之前，没有半点异样。这些人被绑成一团，好在，他们彼此之间并不会撕咬。

杨逸之沉吟着，慢慢走上前来。

风月剑气本是以光以气为力，与自然万物相合，于虚无处生出大神通来。它对万物的感应也最是敏锐。杨逸之见这些人的病症太过奇异，便想借风月剑气，来感应一下这些人身上究竟发生了什么。

才靠近这些被缚之人，他的心便突然一震。

一股难言的狂躁，从那些人身上透过风月剑气传到他的内心。以杨逸之如此修为，心神早就清明如月，仍不由得一惊。风月剑气无形无息地探出，像春风一样笼罩住那些人，那些人的身体，瞬间就像透明一般，显现在杨逸之心中。

杨逸之悚然一惊。

狂躁来源于那些人的大脑，仿佛有一股奇异的力量聚结在他们的脑髓深处。杨逸之尝试着用风月剑气触动这团躁动，那人突然一声嘶叫，双手猛然后伸，低头向杨逸之猛撞过来。他变得力大无穷，绳子被挣得一阵响，牵连到其他的人也都被拖倒。

身边的喇嘛们脸上露出一阵慌乱之色。

他们脑海中的狂躁力量来自哪里呢？杨逸之心中疑惑，缓缓收回了风月剑气。他回到相思身边，默然坐下，再度探出剑气，环绕在两人周围。

幸好，相思与他脑中都没有这种力量。

相思忧愁地问道："有办法吗？"

杨逸之摇了摇头。这团力量已经深入脑髓，如果要强行移除，这些人必死无疑。

一种不祥的预感从他心底生出，他却什么都没有说。

他不想让她担心。

相思拿了些食物，喂给那些被缚的人。只有在照料别人的时候，她脸上的忧郁才会消失一些。杨逸之怔怔地看着她，心里有些茫然。

究竟怎样，才能让她不再忧愁。

清晨，杨逸之在阳光中醒来，就见相思远远地跪倒在地上，似乎在抽泣。

杨逸之心一紧，急忙走过去。

炫目的阳光下，血腥满地。昨晚被缚的那些人，全部身首异处。

杨逸之震惊地抬头。

那些喇嘛，都面无表情地看着他们。杨逸之感受到一阵怒意，他能想象，此刻相思心里是多么失望。他们辜负了一个信任他们的人。他们或许想不到，如果有一天他们身陷灾难，为所有人抛弃，这个女子仍会为他们祈命，用尽自己的所有去保护他们。

那是何等值得珍惜的善意。可惜当沦陷之人不是他们时，他们就会肆意践踏。

每个人握着戒刀的手，都青筋暴露。他们不再相信任何人。每个人都可能是恶魔。他们只能为了保全自己，对其他人大开杀戒。无论是他们的师兄弟，还是陌生人。

杨逸之心中忽然灵光一闪，拾起血泊中的一把戒刀，向一枚滚落地上的头颅劈去，刀尖在血泊里仔细地搜索着。

相思震惊地看着他。这个清明如月的男子，双手从未沾染过血腥，此刻竟会做出这样的事。是什么改变了他？是这片花海吗？

杨逸之眉头紧皱，缓缓将戒刀挑起："我明白了。"

刀尖上，是一团黑色的血污。

蜜蜂。

蜜蜂的双翅努力地向后张着，六只尖脚死命地抱着脑髓，嘴针深深地扎进脑髓里。令人恐怖的是，这些蜜蜂竟然还都活着，脑髓被斩开，它们发出一阵嘶哑的声音，拼命想从脑髓的包裹中飞出。

那种声音，就跟发狂之人嘶嘶的叫声一模一样。

相思恍然大悟。罪魁祸首居然是这些蜜蜂。它们的体形极小，落在人身上后，便沿着耳道爬进去，一直爬入颅内，释放出毒液，引得这些人行为疯狂。

这也就是杨逸之的风月剑气所感受到的狂乱之力。

想不到加查大师命弟子不可随意杀生，却造成这么多弟子陷入魔劫，连自己都未能幸免，实在极为讽刺。

相思正在感慨，杨逸之身子陡然一震，缓缓回头。

茫茫花海中，只见所有的喇嘛都手持戒刀，将他们团团围住。淡淡的紫光自他们眸中闪出，越来越浓，越来越亮。

风月剑气，发出一声啸响。

仿佛千年古剑，感受到浓烈的妖氛，激起漫天龙吟。

杨逸之的心却沉了下去。

他能感应到，周围一百三十六名喇嘛，每个人脑中，都有一团狂乱的气息。显然，他们已全部被恶魔一般的蜜蜂俘获，随时会陷入狂暴。

他们已不能称之为人。

相思随着他的目光看出去，脸色顿时变得苍白。

她轻轻摇头："救救他们……"

杨逸之低头，看到了她眉间的哀婉。

一缕不知从何处透下的阳光刺痛了他的眸子。恍惚之间，他仿佛回到了荒城，她一身金甲，紧紧抱着一名垂死的稚童，将稚童肮脏的脸贴在自己的脸上。此后，她便在这座城中越陷越深，苍白的恶魔，天外的城池，在她孱弱的身体上轮番肆虐。

而他，在神与人的交界处徘徊，只为成全她的慈悲。

唯一的希望，是她能幸福。

她幸福吗?

杨逸之挽着她的手，轻轻将她扶起。朝阳的光芒倾泻在两人身上，宛如一座命运的枷锁，锁住了她，也锁住他。两人注定一次次相遇，一次次离别。

是天意弄人，又或者，仅仅是因为他的软弱?

相思执着他的衣袖，声音中尽是哀恳："我求你，救救他们。"

杨逸之默默看着她。

蜂毒一旦入脑，便绝无可救之法，杨逸之不能，任何人都不能。

这些喇嘛的意识早已死亡，只是占据了他们躯壳的恶魔，还在压榨着肉体上最后一丝滋养。每拖延一刻，都只会让受苦者更加痛苦。

唯有死亡，才是唯一的救赎。

他用力握住了她的手。

相思一惊，忍不住抗拒起来，本能地向后退了一步，却被他紧紧拉住，无法挣开。

第一次，他的声音是那么决绝："跟我走。"

相思怔了怔："你……你说什么？"

杨逸之一字字道："以前我总觉得顺从你，你就会幸福。但从现在起……

"你只要跟我走。"

相思讶然抬头，眼前这个男子是那么熟悉，又是那么陌生。她想要挣开，但他双眸中的痛苦几乎让她失去了抗拒的力量。那痛苦是如此浩大，如此深广，令她只看一眼，就忍不住感到一种茫然。

似乎，那痛苦也发自她内心深处，只是被某种东西遮掩了，无法触及。

那淡淡的白衣、锁着的眉峰，是如此熟悉，让她的心禁不住震惊。她看着他，仿佛看着一连串破碎的画面，从记忆深处缓缓泛起。

"跟你走？"她忍不住问道，"你……是我什么人？"

什么人？

两年的守望，日夜相思，竟换来这一问吗？

杨逸之的笑容有些苦涩，一时无语。

相思茫然地看着他，摇了摇头，用尽最后的力量，转身离去。

她害怕若再犹豫片刻，就再没有离开的勇气。

杨逸之没有松手，却也没有挽留。他身旁，花海摇曳，似乎也在为即将到来的离别悲伤。

就在她的手指滑出他掌心的刹那，相思禁不住惊呼出声。

那一瞬，她被他拉入怀中，旋舞而起。

风月剑气化作万千星尘，随着他们的身影洒下。

珞珈山上，漫天水云微微一震，仿佛石子投入了水面，荡起阵阵涟漪。

桃花惊落，晏清媚骤然抬头，失声道："不好！"

一直在她掌控中的棋局，竟有了不该有的变数！

相思挣扎着，她不能容忍这么多生命在她面前消失；她亦不能容忍，回忆的痛苦即将破开她的身体。

仿佛有什么在轻轻地碰触着她的心。

她要用尽全部力气才能看清楚，却又不想看到。只因她心中有一种不祥的预感，这段失去的回忆，藏着让她破碎的伤痛，不能记起，也不忍记起。

泪从腮边滴下，被剑气激飞，融入花海的深处。花海中的一切，都在碎裂，化成点点晶莹的星尘，逐渐模糊。

唯一清晰的，是杨逸之的微笑。

“从现在起……

“你的幸福，由我给予。”

那一刻，他清明如月的眸子骤转冰冷，月白的剑气倏然飙出！

万物焚落，相思一声嘤咛，在他的怀中失去了意识。

她的心，却忽然感到一丝宁静。

晏清媚看着眼前的沙盘，久久不能站立。

海岛东面，那座开满鲜花的山谷，已经焚毁。

她无法不震惊。因为她所了解的杨逸之，绝对不会做这种事。他总是清明如月、隐忍、宽容，他的悲悯不亚于相思，执着于每一分苦难。

洞庭湖上，他一叶扁舟，挑战当时几如恶魔一般的遮罗耶那：“若要有人殉道，便自我开始。”

塞外荒城中，他甘愿吞下蛇毒，化为忘情的神祇，守护着相思，也守护着满城百姓。

他的双手，从不曾沾过鲜血，更不曾杀过人。

而今，一出手便毁去一百三十六人的性命，以及花海中所有的毒蜂。

她从未想过，他竟会这样决绝。

这是她所未算到的，最大的变数。

她精心布下的阵法，因此而现出崩坏的裂痕。这裂痕还会蔓延，直至整个计划破灭。

桃花乱落中，她缓缓抬头，嘴角露出一丝微笑：“该是将军的时候了吗？”

第二十八章

故将白练作仙衣

卓王孙如苍龙一般向玉山之巅攀行而去。

玉山高绝，直插天外。只有一道细细的阶梯如丝般盘绕着山体。阶梯两边，立着无数身穿黑色鹤氅、身涂黑泥之人，他们满面哀愁地望着卓王孙，不住跪拜，口中诵念着一些模糊的词句。

卓王孙认得，那就是在海底礁山宫殿中，几次劝他回归神王之位的释迦遗族。他本以为他们已经灭绝了，不料还有这么多人在这里。

这座玉山极高，却诡异地有些倾斜，看上去令人极不舒服。

这些释迦遗族，在这里又是做什么的?

卓王孙担心小鸾的安危，顾不得细究这些。剑气飙散，丝丝凿入山体，攀着山峰向上激飞。真气激荡处，玉石纷纷落下，宛如因日照而沦落的冰雪。

小鸾的哭泣隐隐传来，就像是敲在他心头一般。

哪怕世界崩坏，他也不能让小鸾受到丝毫伤害。

千丈山顶，瞬息而至。

山顶已被削平，只挨着悬崖留下四丈多高的一块石头，雕成一只鹰的形状，苍鹰面相狰狞，仰天怒啸，却被禁锢在玉石中。它的双翅展开，长达二十丈，形成一个巨大的天平。

双翼的尾端缠着丝绳，下面结着两个玉盘。小鸾就坐在一个玉盘中，双手抓着丝绳，静静地看着他。

只是玉盘之下，就是万丈深渊。

天平因为有了小鸾的重量，慢慢倾斜，向深渊滑落。卓王孙心一紧，向天平纵去。

“别过来。”小鸾缓缓站了起来，天平因为她的动作，更快地倾斜起来。

卓王孙脸色一变：“小鸾，别动。”

小鸾缓缓摇了摇头。

她脸上没有恐惧，却绽放着春花盛开般的笑容，她轻轻提起裙裾：“哥哥，你看，我长大了。”

卓王孙这才发现，此时的小鸾已不是之前的模样。她永远如女童般的身体已变得纤秀而高挑，虽然仍然那么单薄，却呈现出少女特有的风姿。由于长期不见阳光，她的肤色苍白得几乎透明，就像一只精心雕刻的瓷偶。白纱裙穿在她身上，跟肤色几乎相同。山风吹过时，她淡淡的眉眼就像是远山的黛痕一般，在轻愁薄恨中徐徐展开。

她，赫然已长成十六岁的少女。

那亦是她真实的年龄。

卓王孙心弦震了震。

他不再前行，轻轻点头，涩然的微笑浮现在眼底：“是的，你长大了。”

每一个孩子都盼着长大，但长大后会怎样？

长大后便不想长大，因为不再无忧无虑，不再随便撒娇，不再有永远支取不完的溺爱、娇宠，便会面对残酷而苍凉的世界，便会——死。

她永远不可能活过十六岁，纵使他神通通天亦不能。

她在天平上迎风而立，笑容苍白而甜美，就如一朵纵情绽放的优昙，绽放在他的目光中。

卓王孙的心一痛，他缓缓伸出手：“小鸾，别动，我来救你。”

“不！”

小鸾的表情里有一丝坚决，这表情让卓王孙觉得有些陌生。这些年来，小鸾都是个温婉听话的妹妹，从来不会对他说“不”。

但他随即释然。

他知道，小鸾以后说“不”的次数会越来越多，因为她已经长大。十年来，他抗天逆命，强行挽留她在世间，不惜奇药殊方，遏制她的成长，让她永远停留在十三岁。但在心底深处，他何尝不曾希望，有一天她不再蜷缩在自己的翼护里，而是快乐地奔跑在阳光下？何尝不想，有一天，她不再是自己怀中听话的瓷娃娃，而能如所有少女一样，为了自己的心事和秘密，叛逆兄长说的每一个字？

他只是不知道，她还能说几次。

死神随时会到来夺走她的生命。她的美丽、笑靥、声音……一切的一切，都只是假象，随时会离他而走，永远不会回来。

这一切多么残酷，却又无法避免。

小鸾静静地看着他。

“哥哥，我长大了，能不能求你为我做一件事情？”

无论她要什么，卓王孙都会给她：“能。你说什么都可以。

“无论什么，只要你想要，我一定会帮你做到。”

小鸾脸上泛起一丝嫣红，这使她看上去更像个人，而不是瓷娃娃。

“我要嫁给你，哥哥。”

卓王孙讶然抬头，他从未想过，小鸾竟会说出这样的话来。

她理解这句话的意思吗？她知道什么是“嫁”吗？

或许在她心中，这只不过是跟他做过的万千游戏之一。

但天平在缓缓沉没，这座玉山即将把她吞没。

小鸾的目光却很坚定，她攥着那根丝绳，眼神中有卓王孙陌生的东西。

“哥哥，我已经知道，自己只有几天的生命。但，我要嫁给你，做你的新娘。”

卓王孙心一痛：“小鸾……”

小鸾脸上浮起淡淡的笑：“哥哥，这是我一直的心愿。无论多么珍贵的药，都只能让我的身体停留在十三岁，但我的心，早已经十六岁了，不是吗？”

卓王孙无言以对。是的，他应该早一点想到，小鸾并不是一个孩子了。十年的朝夕相对，十年的耳鬓厮磨，他或许只当她是妹妹，但她呢？

小鸾甜甜微笑：“很多次，我都躲在帘子后面，看到你和秋璇姐姐、相思姐姐在一起。不知道从什么时候开始，我嫉妒她们，嫉妒她们可以长大，可以做你的新娘，但是我不能。我觉得自己好没用，一生都靠你照顾，连累你，却不能跑，不能跳，甚至连做你的新娘都不能……于是，当南海观音说，她可以解开我身上的封印时，我是那么高兴。”

她依旧微笑着，但通透如琉璃的眸子中已经有了泪光：“我知道，从那一天起，我的生命就已经可以用分秒来计算，但我不在乎。”

她抬头望着满天飞落的桃花：“哥哥，每一朵花蕾都期待着开放，哪怕只有一夜的盛开，也胜过在枝头等待千年……”

卓王孙低声打断她：“小鸾，别说了。”

他轻轻叹息：“我答应你。”

小鸾脸上绽放出笑容，她从身后捧出一袭白色的嫁衣，白得就像是一抔雪。

这是雪织成的嫁衣，只能穿在一个雪做的人身上。

“哥哥，这是我为自己织的嫁衣，还没有完成，你喜欢吗？”

天平已倾斜到极大的角度，小鸾所在的玉盘，随时可能从天平上滑落，坠入深谷。

“别动！”卓王孙不敢耽搁，纵身跃上另一个玉盘。

这架天平实在太过高大，高四丈，长二十余丈，纵然以他这样的修为，也只能一步一步来，慢慢靠近小鸾。

幸好，当他纵身到玉盘上后，天平逐渐稳住了，不再倾斜。但如何走到小鸾身边，却是个难题。

如果他就这样纵身过去，他的体重叠加到小鸾的玉盘上，天平立即就会倾覆，极有可能在他触摸到小鸾之前，玉盘就已跌落深渊。

玉山上空空如也，他又有什么别的办法？

突然，苍老的笑声传来：“魔舍身，魔亦舍身了啊！”

黑色的人流，寂静地自玉山小径蔓延而上，他们就像是黏附在洁白上的污垢，顷刻沾满了整个山顶。山顶上密密麻麻的，都是黑色的鹌鹫。

他们用敬畏、惊惧、欢喜、狂热的目光看着卓王孙。

着一袭白色羽衣的身影站在他们正中间，那是一名白发苍苍的老者，他几乎站立不住，因为他的身体上插满了尖刺。

血不停地从他身上流出来，玉山被血浸透，呈现出猩红的颜色。

他极力伸出手，指着卓王孙：“看啊，魔舍身了！”

卓王孙一凛。

这些人在此刻现身，必然没什么好意。他自然不惧他们，他唯一担心的，是小鸾。

他嘴角挑起一丝冷笑：“滚开！”

为了小鸾，只要这些人敢再近一步，他必会动雷霆之怒，将这些人化为尘芥。

魔？只有他出手后，他们才会知道什么是真正的魔。

没想到，白色羽衣老者跟黑色鹤氅之人全跪了下来。

“您听说过佛舍身的故事吗？”

卓王孙当然听过。

在那黑暗的海底洞府里，他见到过那座雕像。佛陀舍身的故事，他自然知道。

“传说佛陀曾见老鹰追逐一只鸽子。鸽子投于佛腋下，祈求庇护。鹰对佛说：‘您以救鸽为慈悲，却不知鸽子得救后，我无肉吃就会饿死。救一命而杀一命，还算慈悲吗？’佛想了想，觉得有道理，就对鹰说：‘我割自己的肉给你吃，鸽子多重，我就割多少肉。’于是佛就令人取来一座天平，将鸽子放上去，自己割肉放在另一个秤盘上。哪知佛身上的肉都要割尽了，还无法令秤平衡。于是佛纵身跳了上去。诸天诸神见了，都齐声赞叹，为佛的善行而感动。”

羽衣老者匍匐在地上，侃侃而谈。

“此乃佛陀最脍炙人口的善行之一。佛陀凭此善行，得证正果，飞升极乐世界。可有没有人关心过那只鹰如何？”

他的声音陡转苍凉：“作为残忍、贪婪、自私象征的鹰，又会沦落到什么下场呢？逼佛割肉残体的罪过，它怎么背负？

“真相是，它吞噬了佛肉，获得了一时满足，却永远背负上了罪孽，无法洗清。只要佛舍身的善行一日被传颂，它就一日不得解脱。它盼望佛能像救鸽子一样救它，佛却去了西天，再也没有回来过……

“佛的血肉，像烈火一样在它体内燃烧，连日光都仿佛能点燃它。渐渐地，它不能再生活在太阳下，只能借海水的浇灌，才能熄灭血液中的火焰。只要它脱离海水，身体就会爆炸。它只能用海泥涂满全身，蜷缩在海底的壁垒，用苦行来祈求佛的宽恕。为此，它雕出无比巨大的佛像，显示虔诚。

“这只鹰，就是我们的祖先。我们释迦遗族，就是吞食了佛肉的罪恶之族。

“这一世，我族用尽一切力量，做出无尽牺牲，才让佛重新诞生在这个世界上，祈求他能原谅我们，为我们说一次法。这样，我们轮回中的罪孽才能够解脱……”

他的声音陡然一高，却带着哭泣般的颤抖：“佛却提前灭度了！

“我族悲号祈求，佛终于降下佛谕，恒河沙数无量世界的神王，迷失在这个世界，堕落成魔。只有我族以大牺牲让神王归去，才能获得拯救。”

他的双眸中倏然腾起一阵火焰。

“您为恒河沙数无量世界的神王，您亦是天下人所畏惧的魔，塞外的可汗因你而驻马，海上的妖魔因你而封印，神祇的阵法因你而破灭，蓝发的魔君因你而流放……

“今日，请您在此舍身，褪去魔躯，回归神位，令我族永得拯救。”

一时间，所有羽衣鹌鹫的人都跪伏下来，齐声诵念着卓王孙的名字。

嘈杂的求告之声让卓王孙感到一阵烦乱，他冷冷道：“你们想让我如何舍身？”

羽衣老人：“此世界的一切，已与您毫不相关。您所关心者、拯救者，都如微尘蝼蚁泡影萤火。请您即刻放下，回归无量神位。”

卓王孙斥道：“荒谬！”

羽衣老人缓缓站了起来。

“伟大的魔啊，若您还对尘世有所留恋，不肯为我们舍弃生命，就让我们用自身的血，来助您舍身。这是我族将自己的血、自己的肉，还给佛的方法。”

说着，他突然跳了起来。

他的身体在半空中骤然扭曲，一道惨厉的红光自他的血肉中迸发出来，宛如凭空响了个霹雳，将他的身体轰成碎末，向卓王孙猛击过来。

卓王孙一凛，这一击之力竟然如此霸猛，连红衣大炮之威都远远不及！

但卓王孙此时的修为几乎已达化境，心随念转，左掌卷了出去。

雷霆被他收在掌中，霸猛的力道迅速被消解，接着轰然炸开。但威力已小了很多，不足以威胁到卓王孙。

血肉在他手中碎散，就像是绽开了凄艳的烟火。

黑色鹌鹫之人一个个虔诚跪倒，向卓王孙敬拜。

梵唱声，响彻整座玉山。

“请王归去。”

“请魔舍身。”

他们念诵着，这两句话仿佛是他们念诵了千万年的道号、佛号。他们念诵着，凌空跃起，化成雷霆，向卓王孙轰去。

他们的鲜血中似乎蕴含着一股极为疯狂的力量，配合着他们修炼的奇异功法，能将全身修为压缩成一点，猛烈爆开。这极像中原的飞血剑法，但全部生命聚于一击，威力更是飞血剑法的几倍。

卓王孙连拒十几人，心中暗暗惊骇。

就算以他通天的修为，真气都不由得有一丝紊乱。

这些人，是何等疯狂！他们竟然真的相信，这样能让他们全族解脱千年前的诅咒。

山顶上黑压压的，足有几百人，更多的人正密密麻麻地从山径上走上来，用自己的身体请王归去、请魔舍身。

他们双掌合十，满面虔诚。他们不是想杀卓王孙，这只是唯一能让神王回归的方法。

他们的血肉化成的雷霆，是一场场凌迟。迟早，他们会将卓王孙的血肉爆成一片片堆砌在天平上。

就如佛舍身。

佛为了救鸽子，自我凌迟，用刀割下了一块块肉，最后纵身而上，用自己的身体换得了鸽子的生命。

小鸾就在天平的那一头，仿佛传说中那只孱弱的白鸽。

而他现在的处境跟佛何等相像。只不过凌迟他身体的，不是刀刃，而是这些人化成的雷霆。但他能躲吗？剧烈的爆炸，只要他挡不住一个，天平立即就被轰碎；但只要他离开玉盘，小鸾就会落下深渊，万劫不复。

他能躲吗？

冥冥中，他仿佛又听到了湿婆神王对他说的话。他不该留恋凡尘，应该顺从他的命运，回归那无限高悬在恒河沙数无量世界之上的神座。

他，能接受这样的命运吗？

卓王孙挑起眉峰，春水剑法破天而出。

乱血纷飞，天雨如血之曼陀罗，生命在他手下如同尘芥，他随意挥洒，将他人的生命化为掌中烟花。

是为魔。

是为魔舍身。

滔天剑气从玉山顶上轰然升起，苍龙般直贯天空，万点殷红的血雨凝结，铺天盖地陨落。

每一滴雨中，都凝含着卓王孙的无上剑意。

春水剑法，化身千亿，这一剑，如天龙行雨，将戮尽峰顶、峰中、峰下所有人。

卓王孙嘴角浮现出冰冷的微笑。

何不成全他们?

如他们愿，化身为魔。

此时，西方亦陡然升起一道月白色的剑光。

那道剑光中，竟然也含有凛凛神威，肃杀、惨烈、凌厉、威严。两道剑光都威力无匹，有着斩尽万物的酷烈。

两道剑光撞在九天之上。

漫空雨云骤然凝结，两股沛然不可御的劲气在半空中轰然炸开。

天地仿佛都剧烈地摇晃起来。

顿时，天地昏暗，大海上风涛高举，迫人而来。那些黑色鹤氅之人脸色骤变，被这无敌的魔威吓得不知所措。

卓王孙眉峰一蹙，冷冷一笑，正待再出一剑，将西天上的那道剑光劈得粉碎，顺便将这些人全化为尘芥，突听咔嚓一声轻响。

他心头一凛，骤然回头。

一道裂纹，出现在天平的正中心。卓王孙神色大变，身子急忙纵起。

他再也顾不得杀人，也顾不得再考虑天平的平衡，流星般向另一个玉盘掠去。

玉盘上，小鸾向他伸出手："哥哥，救我！"

但就在他触及小鸾之前，那个玉盘无声地从天平上滑落，向深渊坠下。

惊惧，第一次充满了卓王孙的心。

他失声厉呼："小鸾！"

小鸾雪白的身影，倏然消失在满山雨雾中。

卓王孙两手空空。

他或许能够拥有整个世界，他或许能斩尽世人，却永远不能再拥有她。

“小鸾！”卓王孙狂啸。

这一刻，他感觉到心碎的刺痛。

这一刻，他并没有感到仇恨。

因为还来不及，他只觉得这一切是那么不真实，他不会失去小鸾，永远不会。

但他又清楚，他其实早就失去她了。在他第一次见到她的时候，他就失去她了。

他苦苦将她留在身边，只不过将这一失去拉得无限长；却终将有到来的一天。

他武功天下第一，风采天下第一，文韬武略天下第一，威严智谋天下第一，却留不住一个珍惜的人。

他贵为恒河沙数无量世界的神王，却只能眼睁睁看着她死去。

“小鸾！”

这声嘶啸，像是一把刀，将他的心剖开，血淋淋地放在自己面前。

如不能庇护她，恒河沙数无量世界，要来何用！

第二十九章

欲访浮云起灭因

花海在崩坏。

盛开的七色鲜花全部化为粉尘，悬浮在两人身侧，汇成一道七彩的星河。骨与血亦爆碎，在花的颜色中掺入了触目惊心的夭红。

这一切，是那么美丽，就像是千亿星尘化成的梦。

但在这梦境中的杨逸之，是那么陌生。

相思惶惑地看着他，这样的杨逸之，让她感到茫然。这岂是那个白衣飘飘、温文优雅的武林盟主?

这想法令相思感到一阵不妥。她很了解这个男子吗?

似乎有什么东西，在心里轻轻一颤。

一阵莫名的忧伤传来，令相思感到恐惧。似乎有什么东西正潜伏在她心底，随时可能钻出来，化成一个庞然魔物，将她吞噬。

她在惧怕什么?

相思心潮起伏，缩在杨逸之的怀抱里，竟然忘了挣扎。

海风从远处吹过来，腥咸而又凉爽，将花海星尘全部吹走，一座高出云表的玉山出现在他们面前。两人心中一阵恍惚。这座玉山矗立在海岛的正中央，他们一上海岛就见到了。但自从他们进入海岛后，却再也没看到过这座玉山。

这是那么不可思议，他们却从来没有怀疑过。

杨逸之沉吟着，向玉山走去。

一阵雷鸣般的啸动自天外传来，整座森林仿佛都被惊醒，像是惊发了一场地震。

好几棵古树从中折断，将吴越王从睡梦中惊醒。

东方天上，露出了一片鱼肚白。

夜终于到了尽头，吴越王一跃而起。

兰丸哭丧着脸跟在他身后。

“大人，你能不能放过我？我不想死啊，我不想身上长满蝴蝶……”

“闭嘴！我不是没将卵放你身上吗？”

“大人，可我总觉得还是有这个危险。你能不能将那些卵丢掉？一个活色生香的天才，比杀人的蝴蝶更有价值啊！”

“闭嘴！”

兰丸不敢再打搅他，吴越王的脸色却变了。

他藏在树洞中的卵，他准备用来孵化杀人蝶、杀回中原的卵，竟在黎明到来的刹那，全部枯萎。

难道它们只能生存在黑夜里？

吴越王脸色沉了下去，兰丸知趣地赶紧跑开。他顺着树枝跳到了古树的梢头，折断的古树让这座森林有了个缺口，他轻易就可以爬到树冠顶端。

突然，兰丸发出一声尖锐而恐惧的叫喊。吴越王大袖招展，向树梢上掠去，随即脸色陡然沉下。

整片森林，被白茫茫的蝶丝笼罩，就像是一个巨大的、待孵化的卵。

那些蝶丝坚韧、密厚，就连阳光都照不透。吴越王霍然明白，不是夜太长，而是没有阳光能照下来。

这些杀人蝶，显然将森林当成了掠食的场所，它们在这里居住了不知多少年，一层一层蝶丝吐上去，将这座森林完全笼罩住，化为永夜。

万幸的是，就在刚才，一种不可知的力量从天上陨落，将层层蝶丝打开了一个缺口，让他们看到了阳光。

森林之外，阳光普照。

玉山沐浴在日光中，宛如沉静的少女，沐浴已罢，在梳洗着晨妆。

吴越王招呼兰丸，两人踏着层层蝶丝，向玉山走去。

血腥在空气中弥散，这座荒落的城市仿佛刚刚经历一场战火。

秋璇扇着扇子，叹着气。

长几丈的巨石从地下被挖出，整齐地斩成方形，堆砌成六丈多高的石塔，塔上安放着一张同样由巨石制成的大床，秋璇正侧卧在这张床上。

十一根石柱支撑着一座石头宫殿，将她与这座满是血腥的城市隔绝。她悠悠扇着扇子，感受着天际传来的凉风。

唯一不爽的是，这里的一切，都是石头筑成的。

石头的塔，石头的宫殿，石头的床。

如此巨大的石头，每一块都有千斤之重，就算是郭敖，亦不可轻易搬动。城中的倭寇们全自相残杀而死，更不可能帮上忙。

究竟是谁建成了这么庞大的宫殿?

一阵吱吱声从石柱旁传出，只见一团碧绿色的影子依偎在秋璇的身旁。

碧海玄天蛊。

这是七禅蛊的首领，数月前，由晏清媚亲自交给郭敖，曾被种在上官红身上，最终又被郭敖收入囊中。

倭寇们的尖叫声沉寂后不久，秋璇就开始抱怨。

她的抱怨很多，比如城里血腥气太重，让她禁不住恶心；比如四周太冷清，又碰上郭敖这么个闷人，连个说话的人都没有；比如城里的屋舍太简陋，根本无法遮挡烈日，就要毁了她的皮肤；比如古人说金屋藏娇，郭敖若想留她在这破城中住下去，起码也得有一座像样的宫殿……

郭敖不得已，只得把七禅蛊交出来，供她驱使。

此刻，碧海玄天蛊对着秋璇，发出一阵愤怒的啸叫。

秋璇拿着扇子，拍在它的头上："你敢造反？你敢不听我的话？"

碧海玄天蛊似乎对她手中的扇子极为畏惧，吱吱了两声，马上变得很乖了，伏在秋璇腿上，不敢再抱怨。

秋璇："那就快些命令你的手下，加快建造速度！本女王的宫殿才盖了这么小一片，你不觉得羞愧吗？亏你们还是大名鼎鼎的七禅蛊，建个宫殿这么慢！阿碧，你怎么搞的，是不是你的手下不听你的话了？你的威信不行哦。"

被称为“阿碧”的碧海玄天蛊倒真有羞耻之心，被秋璇训斥了一顿，大感惭愧，急忙吱吱吱吱一阵乱叫。站在它身边的灵犀蛊专门负责传达它的旨意，发出一阵丁零零丁零零的啸叫。随着远处传来的同样的啸叫声，城内顿时忙碌起来。

赤血蛊轰隆轰隆钻到了地下，大片的泥土立即被它强猛的内力扬起，露出一大块岩石。剑蛊飙发出惊人的剑气，将石头削成整齐的方块。飞花浩气蛊催发惊人的杀气，将石块打磨得光滑如镜。此生未了蛊天生魅惑之力，对于艺术品位有着无与伦比的见解，立即在石头上雕刻出精美绝伦的花纹。

这四位，分别被称为阿赤、阿剑、阿飞、阿未。

秋璇女王的宫殿，在七禅蛊的努力下，逐步向外扩展，渐渐掩盖了这座城池的荒废。

秋璇心满意足，下令：“阿灵，传郭敖觐见。”

灵犀蛊急忙丁零零一阵叫，郭敖缓步走上了台阶。

秋璇：“爱卿，让你巡视本城，有何发现？”

郭敖皱了皱眉：“你能不能正经点说话？”

秋璇看了他一眼：“在这座城中你怎么正经？”

郭敖沉默，不回答。

秋璇：“别板着一张脸，阿未，去，给他换张脸，这张脸太臭了。”

碧海玄天蛊被秋璇当人质控制住后，七禅蛊无不听话。此生未了蛊立即跳到郭敖面前，变化出几张不同的面孔让郭敖选。它最擅长的就是改变人的容颜。郭敖随手将它塞进怀里，不理它的抗议，缓缓道：“发生了一件事。”

秋璇：“讲，赦你无罪。”

郭敖：“城外出现了一座山。”

秋璇：“什么山？”

郭敖移开身子。

漫天阳光中，玉山看上去灵秀绝伦。秋璇咦地惊叫了一声。

他们刚上岛的时候，就见过这座山。这座山位于海岛的正中央，高出云表，应该说无论在海岛的哪里，一抬头都能见到它。但偏偏，自从他们进入这座城，就没记得见过它。

现在，它又突然出现在他们面前。

这预示着什么吗？秋璇脸上露出了一丝深思之色。

“备马，备轿。”

她当然知道城里面没有马，也没有轿。

但这是秋璇女王的谱。说完，她迈步向玉山走了过去。

郭敖看着玉山，脸上露出了一丝复杂的神色。

卓王孙从山顶盘旋跃下，袍袖张开宛如一只巨大的青鹤，鼓起一阵云气，托着他缓缓飘落。

玉盘跌落，将地面砸开一道巨大的裂隙，隆隆巨响从地底传来，仿佛有什么东西破碎了。

释迦遗族已被他杀尽，没有丝毫慈悲。

但另一个玉盘上的小鸾，在方才的激战之中，不知去向。

卓王孙变了脸色。

隐隐的光芒从地面裂隙中透出，沿着光芒看去，一座宏伟的宫殿从这道裂隙中透出冰山一角。

卓王孙来时的路上已经见过三座这样的宫殿，每一座都由地底火山喷发后的遗迹改造而成，宏大、壮丽。但哪怕前三座叠加起来，也不及眼前这座十分之一。

缺口，就像是天幕揭开了一角，露出的是整个世界。

海岛上的玉山，只不过是很小的一部分而已，更大的部分埋藏在这个地底世界，几乎与露出地面的部分同高。从地底看去，仿佛一支擎天的玉柱。地底的岩石全是漆黑的，显得那座玉山尤其秀美高洁。黄色的硫云在玉柱旁升腾，显然，地下还埋藏着一座随时可能喷发的活火山。

一座宏伟至极的佛像，矗立在山根前。

佛陀面如明月，低头微笑。他口中吐出莲花一般的字句，似乎在讲述经文。在他对面，庄严的天女们簇拥着一位美妇，虔诚合十，感谢佛为她讲经。

这是佛陀悟道飞升之前，亲往忉利天为母讲经的故事。

传说中，佛陀降诞以后的第七天，佛母摩耶夫人便逝世了。因为她是佛的母亲，死后得以居住在忉利天宫，享受天人的福报。

忉利天，有琉璃之宫殿，有锦绣之罗帐，有金银之器皿。但佛母并不快乐，因她是如此思念自己的儿子。这思念太过深沉，以至于由情入孽，滋生出大痛苦、大悲伤，永远不得解脱。

佛游历红尘，超度众生时，也感到了母亲的痛苦。于是，他在飞升极乐之前，特意来到忉利天宫，为生母说法，以求解脱母亲的痛苦。

洁白的山根前，塑像巍峨。佛陀的慈悲，佛母的欢喜，天女们的曼妙，都栩栩如生，似乎这并不是地底险恶世界，而是忉利天的极乐之境。

巨大的阶梯绕着玉山盘旋而下，一直没入深坑中，四壁的岩石上，凿了许多低矮、逼仄的洞，无数身着黑色鹤氅、涂满海泥的人，静静站在洞中，望着卓王孙，仿佛望着自己一生的魔障。

卓王孙的目光掠过这一切，盯在佛像前的老人身上。

老人身披白色羽衣，面容慈祥，并没有像之前的人那样自残身体。

卓王孙凝视着他：“小鸾何在？”

老人缓缓抬头：“她已被南海观音救走……”

“南海观音何在？”老人正要回答，卓王孙已一把将他提过来，抬起他枯瘦的手臂，摆向南方，冷冷道，“你是否还要指向南方？”

痛苦瞬息扭曲了老人的面容，但他的目光依旧那么沉静：“不。南海观音就在这座玉山之顶。你随时可以去找她，亦可以随时带走小鸾。你是魔，天上天下都没有拘束你的方法。”

老人轻轻叹息：“只是，她还有三日的寿命。”

卓王孙双目中寒光一闪。

小鸾就是他的逆鳞，他绝不容人触动半分。但偏偏这些人一心求死，让他也有些束手无策。

要杀掉这些人吗？还是看着他们自己死去？

卓王孙推开他，冷冷道：“说，要怎样才能救她？要我舍身？”

老人摇头：“只有南海观音才能救她。”

说着，他缓缓起身，向那个巨大而幽深的火坑走去。幽暗的火舌迅速将他攫住，他的身体就像是一截枯木一般，顷刻之间就已熊熊燃烧起来。

他突然转过头来，静静望着卓王孙。

“去找南海观音。”

他的视线也被火舌吞没，佝偻的身体跌入火坑中，灰飞烟灭。

卓王孙感到心中一阵烦闷，郁积的怒气无法发泄，发出一声长啸。

既然一切都是南海观音捣的鬼，那就抓住她，逼迫她解开小鸾身上的魔咒。

剑气如狂龙一般在他身周旋绕，他抬头望向玉山顶峰——如果南海观音不现身，他就将这座海岛一并摧毁！

突然，他的目光跟佛陀相对。

足以毁天灭地的剑气不禁一滞。

佛陀谛视着他，目光如秋夜星辰，唇间那莲花一般的经文，似乎正是讲给他听的。

那一刻，他忽然发现，这座为母讲经的佛像，容貌与之前的都略有不同。

少了几分庄严，却多了一分让诸神禁不住叹息的俊美。

他曾见过。

他盯着佛陀，仔细打量着佛陀的容颜。

忽然间，他明白了很多事。

玉山上空无一人，随处都是遭到破坏的痕迹，似乎有天雷从云中击下，将这座山击得满目疮痍。显然，当他们被困在废城中的时候，这座山上发生了很多事。

秋璇沉吟着，循着山径走到了山顶。

巨大的天平静静地立着，仿佛在称量天空。一个玉盘已经脱落，坠入深不可测的深渊。秋璇往悬崖下望了望，悬崖深不见底，只有白色的云雾急速流动着，卷起团团旋涡。

显然，那个玉盘已跌得粉碎。

郭敖站在她身后，一言不发。他的目光也望着那个天平，神色有些莫测高深。

突然，山下传来一阵脚步声，一个声音叫道：“我们又见面啦！”

兰丸不顾虬髯客阴沉的面容，笑着扬起手跟秋璇打招呼。他的笑容瞬间加倍，因为杨逸之与相思在山的另一面出现。若不是虬髯客重重冷哼一声，兰丸一定会冲上前去，找最好的位置准备看戏。

秋璇也笑了："很好，大家都到齐了。"

她叹了口气，舒舒服服坐了下来："我想大家一定想问一句话——你为什么在这里。"

的确不错。每个人心中都有满腹疑团，想要问清楚别人为什么也会出现在这里。这座岛，有太多疑团，来到岛上的人，也都有着各自的秘密。

杨逸之与相思。

虬髯客与兰丸。

郭敖与秋璇。

这三拨人，有可能是朋友，亦有可能是敌人。

谁都可以相信，谁又都不可以相信。

见到众人沉默，秋璇又笑了笑："我想没有人愿意回答。我们不如换一个：你是怎么来到这里的？"

虬髯客冷笑："我为什么要告诉你？"

秋璇叹了口气："王爷，请往下看。"

从玉山往下看，海岛的全景历历在目，被分割成了四块。森林、花海、废城、石林，每一处都笼罩着一团淡淡的云，只是颜色不同。森林之上是绿色的，花海之上是七彩的，废城之上是黑色的，石林之上是褐色的。就在他们说话的片刻之间，发生了一件极为奇异的事情。

四团云，渐渐浓烈起来，将四处笼盖住，森林、花海、废城、石林都不见了，只能看到四团颜色截然相反的云，以及无边无际的大海。

虬髯客脸色骤然改变。

秋璇幽幽道："王爷武功虽高，这座山离海岸不过几百丈，但我可以赌一文钱，王爷此刻下山，一定走不到海边。"

虬髯客想到来时的情景，立即默然。

秋璇道："诸位若想离开这座海岛，就请开诚布公地说出各自的经历。我们将之综合在一起，说不定能找出什么破绽来。"

这三拨人本来谁都不肯相信谁，他们能够相信的只有一个，那就是有道理的话。

秋璇此刻的话很有道理。

虬髯客沉吟着，终于将森林里发生的事情说了出来。说到清宁道长将自己身上全种满蝶卵时，连他都忍不住露出一丝恐惧。这件事，实在太过诡异，诡异得宛如一场永远醒不过来的梦魇。

秋璇用扇子轻轻在地面上将他经过的路线画了出来。有几处虬髯客都记不太清楚，兰丸随即做补充，他在森林中曾找寻过虬髯客几次，每一步都记下了距离。忍者自然是最会认路的，否则又怎能跟自然合为一体？

接着，杨逸之也将花海中发生的一切说了出来。在花海中，他曾数度抬头仰望星河，于是能推测出走过的线路。相思合上眼睛，睫毛轻轻颤动着，似是仍不敢倾听那凄惨的一幕。

秋璇也将他们经过的路线描绘了出来。

接着，是郭敖诉说了废城中倭寇与饥鼠的经历。

三条路线，在地面上连在一起，连成的一个点，就是玉山。

从这之中，又能看出什么呢？

秋璇沉吟着，目不转睛地看着这个图形。她突然站了起来，奔到悬崖边上。郭敖大惊，急忙跑过去，秋璇却在这一刻止步。

山岚中，她的脸色竟有些苍白。

郭敖的心沉了下去。自出华音阁，他们经历了多少艰险，秋璇始终谈笑自若，从没有半分担心。但她现在的神色，凝重到了极点。

每个人心中都生出了一丝不祥的感觉，急忙奔到悬崖边上。

雾气茫茫，什么都没有。

秋璇：“你们看，这座山像什么？”

众人怔了怔，这座山姿容秀美，纤纤如指，直入苍天。像什么？不过像是一座山罢了。

秋璇沉默着走回来，将山的形状绘制在图的空缺处。

图形赫然成为一朵四瓣之花，花瓣丰美，透着卓出尘世的雍容。

秋璇的神色少有地凝重：“曼陀罗花。”

郭敖：“曼陀罗花不是八瓣的吗？”

秋璇：“不错，曼陀罗花的八瓣花，分别象征着人世间的八苦：生、老、病、死、怨憎会、爱别离、求不得、五蕴盛。前四苦为身苦，乃人生在世身体所感受到的苦楚；后四苦为心苦，乃心意不获满足而得到的苦楚。是以，八瓣曼陀罗花本为四瓣之花重合而成。由前四苦滋生出后四苦；又由后四苦回归于前四苦。是以八瓣曼陀罗花，又常被省略为四瓣之形。”

郭敖：“那又如何？”

秋璇苦笑：“那就表示我们进入了世间最险恶的阵法——曼陀罗阵。”

杨逸之不禁变色。曼陀罗阵的威力，他自然比谁都清楚。当日他与卓王孙率众穿行藏边，进入姬云裳布下的曼陀罗阵，九死一生，若不是姬云裳未存杀心，他们一行早就全部殒命。若这座岛上布置的也是曼陀罗阵，而岛主又心存恶意的话，他们必不能全身而退。

郭敖与虬髯客虽然未亲历过曼陀罗阵，但对此阵的厉害之处也颇有耳闻，脸色齐齐改变。他们来时陷入阵法，受蝶、鼠之苦，几乎无法摆脱，已然领教了此阵的厉害之处。

秋璇道：“所幸的是此阵还未最后成形，我们还有一线生机。”

众人精神一振，听秋璇解释道：“曼陀罗阵利用的是生老病死的力量。就我们所经历的来看，王爷所遇的杀人蝶，用蝶丝的力量，诱惑人类牺牲自己供它们繁殖，正可谓生；盟主所遇的紫蜂，钻入人的脑髓，致人疯狂，正可谓病；我们所遇到的疫鼠，互相咬杀，吞吃灭种，正可谓死。这座玉山上发生了什么事，我们并不清楚，想必应当是另一座‘老’之法阵。”

她停顿了片刻，若有所思：“走入这座‘老’之法阵的，应当就是卓王孙了。但为什么当我们会合此地时，他却不见踪影呢？”

她秀眉微蹙，似乎有些忧虑。不过这忧虑也只是片刻而已，她随即道：“阵主的本意，就是让我们在蝶、蜂、鼠中自相残杀，将生老病死发挥得淋漓尽致，阵法吸收其力量，便会成长为真正的曼陀罗阵。可惜杨盟主在关键时刻看破此点，用无上剑意将疯狂的喇嘛全部杀死，令死之力枯竭，阵法无法运转，有了一丝缺口，生、病、老之阵也受到了影响，将我们放出。真是该感激盟主才是。”

杨逸之沉默片刻：“我并没有看破。”

秋璇：“不管怎么讲，这令我们从阵中脱身，齐聚山顶。这一变数应该是阵主没有想到的。趁着曼陀罗阵尚未完全成形，我们还有一丝生机。”

兰丸：“那现在该怎么办？”

秋璇：“要对付曼陀罗阵，必须用曼陀罗阵才行。我们从阵法中走出，生老病死的力量还残存在身上。我们就要在这座山顶上，制造出另一座曼陀罗阵来，让阵主作茧自缚！”

杨逸之沉吟：“当年师父是怎样开启曼陀罗阵的，我不知道，但小晏殿下为了降魔开启胎藏曼陀罗阵，却是齐聚八位高手，手持八件上古法器，才得以成功的。我们现在，既没有八位高手，也没有八件法器。”

秋璇微笑：“那是因为他没有开启曼陀罗阵最重要的东西，不得已而用这种下乘之法。我想这位阵主也没有这件东西，才会设下这么精密的圈套，聚敛庞大的生老病死之力。若是有这件东西，我们身上残存的力量便足够开启曼陀罗阵。”

她一字一顿道：“这件东西，就是曼陀罗阵的阵图，普天之下，只有这一件。”

说着，她从怀里取出一幅古旧至极的卷轴，轻轻打开，放在她方才绘制的四瓣曼陀罗花之上。

一股神秘的力量从卷轴中透出，每个人都感受到了从它之中传出的凛凛之威。

虬髯客狐疑道：“你怎会有这种上古秘宝？”

秋璇笑了：“你看，他们两位就没有问这个问题，只因王爷不知道我是谁。”

虬髯客恍然大悟。

秋璇，姬云裳唯一的女儿，而姬云裳是上一任曼陀罗阵的主人。如果这世上有一人有曼陀罗阵的阵图，那必定就是秋璇。

秋璇淡淡道：“现在，请各位围绕着阵图，站到东南西北四个方位上。”

每个人都听从她的吩咐。

虬髯客站在东方，杨逸之在西方，郭敖在南方，秋璇自己站在了北方。

秋璇：“我即将发动曼陀罗阵，将诸位身上残存的生老病死之力集中到一点上去。这一点，即将诞生曼陀罗阵真正的阵主。”

她回头微笑：“兰丸，你过来。”

年轻的天才忍者吃惊地指着自己的鼻子：“我？”

秋璇：“是的。我们四人都须出全力才能将阵法开启。因此，汇聚后的力量，便只能凝结到你身上。你即将是曼陀罗阵的阵主，我们都要靠你才能破开海岛，摆脱险境。”

兰丸的脸上显出一阵光辉：“这……这就是命运吗？我，曼陀罗阵的新主人，将拯救这个世界！”

他大义凛然地站到了四个人中间，满怀着拯救这个世界的信心。

秋璇：“拾起那幅阵图。”

兰丸一把将阵图抓起来，擎在手中。他肩上肩负着神圣的责任，他即将成为古往今来、天上地下最伟大的忍者！

秋璇淡淡道：“开始吧。”

一股庞大的力量猛然在山顶炸开，伴随而起的，是炽烈的剑光。幽冥中似乎生出了秘魔般的力量，在每个人的心底窃窃私语。

秋璇的脸色郑重无比。那一刻，炫目的光芒照亮了天空。郭敖、杨逸之、虬髯客，三位当世的绝顶高手都不由得感受到自己的身、心、意、形被光芒紧紧束缚，似乎有什么重大的事情即将发生。

兰丸震惊地发现，那幅阵图正发出炽烈的闪光，他就像是握着一团火。

他极力压抑自己，才没有惊叫出声。

秋璇露出了一丝笑意：“日月虚藏，天摽地成，启！”

她的纤手向着阵图一指，光芒骤然一炽！

瞬息之间，绿影一闪。

兰丸喷出一口鲜血，身子飞了出去，阵图已被夺走！

第三十章

无缘却见梦中身

砰然一声轻响。

一柄油纸伞在四人中间撑开，伞上的桃花恰如人面一样娇艳。

油纸伞轻轻旋转，遮住了伞下的人影，只能看到一袭淡淡的绿衫、雪白的罗袜、镂空的木屐。

曼陀罗阵图正执在此人手中，依然散发着炽烈的闪光。

但一接触到阵图，绿色人影身形猛然一滞。

秋璇嘴角浮现一丝笑容：“你好。”

油纸伞凝然不动。

秋璇微笑：“你想必已经发现，发光的不是阵图，而是阵图中包着的那把扇子了吧？”

她哧哧地笑了起来：“这把扇子叫作南明离火扇，挥动时能发出三昧真火，就连凶悍无比的七禅蛊也不敢抵抗。我方才放阵图时，将它悄悄塞了进去。每个人都顾着听曼陀罗阵的故事了，想必没有人发现我手中已经没有扇子了吧？”

虬髯客惊道：“那这阵图呢？难道是假的？”

秋璇：“阵图倒是真的，却不是曼陀罗阵的阵图，好像叫作五行定元阵。但的确是上古流传下来的，半点不假，唬人绝对是一等一的。”

虬髯客：“难道曼陀罗阵没有阵图？”

秋璇：“有，却已经毁掉了。”

她脸上露出一丝哀伤。真正的曼陀罗阵只有一座，真正的阵图，也随着那座曼陀罗阵永远消失了。同时消失的，还有那个与曼陀罗阵共存亡的人。

秋璇："这件事，只有我知道。但我若说阵图在我身上，没有人会怀疑。我若说只有我最清楚曼陀罗阵，也没有人会怀疑。"

只因为，曼陀罗阵曾经的主人，便是她的母亲。她的母亲给她留下了丰厚的遗产，若是这其中还包括曼陀罗阵图，实在也没什么好奇怪的。

虬髯客："所以，五行定元阵的阵图，加上南明离火扇发出的光，七禅蛊制造出的内力、杀气、剑气，就营造出了曼陀罗阵开启的假象。我们睿智无双的阵主，也就上当了！"

秋璇淡淡道："那只是因为，她绝不能让曼陀罗阵落到别人手里！"

一个冷冷的声音从她身后传来："曼陀罗阵也无法救她！"

秋璇回头，笑道："真是好人不长命，祸害留千年。我还以为你死了呢。你怎么这么晚才出来？"

虬髯客、杨逸之、郭敖都变了脸色，他们没一个人想见到卓王孙，但卓王孙偏偏就从玉山下走了上来。他倒一点都不惊讶，谁都不看一眼，径直向油纸伞走去。

"幽冥岛主、馨明亲王的母亲，你难道此时还不敢以真面目示人吗？"

"幽冥岛主？"杨逸之一怔，"难道我们身处之地，便是幽冥岛？"

卓王孙不去理他，冷冷道："我一路行来，几座海底洞府在我面前崩毁，每一座里面都有一尊佛像，分别是释迦太子降生像、释迦太子悟道像、佛陀割肉舍身像、佛陀往忉利天为生母说法像。我本以为，那不过是释迦遗族的信仰，但见到最后那尊像时，我忽然悟了。这不仅仅是你族的信仰，更是你的愿望。

"只因最后那尊佛像的容颜，我见过。"

杨逸之："难道……"

卓王孙："盟主倒真是聪明。不错，佛像就是我们都见过的人，幽冥岛的传人、日本国的皇子馨明亲王殿下！"

杨逸之不语。

此时，卓王孙的语调是如此冰冷。哪怕当他提到小晏的时候，也未曾有丝毫波动。他身上散发出的，是拒人千里之外的寒意。当年嵩山之巅，御宿峰顶，大威天朝号上，冈仁波齐峰中，他们历经患难，知己至交之情已经荡然无存。

他自然知道是为什么。

但他并没有从相思身边走开半步。

从这一刻起，他再也不愿回避自己的宿命。如果她的幸福必须由他焚掉身体与灵魂才能给予，他也在所不惜。

卓王孙："幽冥岛上居住的，便是鹰之一族。他们曾吞食佛之血肉，从此承受佛罪，体内流着恶血，不能离开大海。要获得拯救，只能祈求佛的宽恕。然而，佛早已灭度，飞升极乐。当代幽冥岛主突发奇想，想要让佛重新降临尘世。

"佛每隔数百年，便会化身为转轮圣王，重临人间，度化众生。于是她费尽心血，找到青鸟月阙，让她预言转轮圣王降世的二十四种征兆，并一一应验在自己身上。她如此做，便是要使自己成为佛母。

"吞食过佛的血肉，必须将血肉还给佛。十月怀胎，受尽苦楚，精血凝成骨肉，诞育出佛之转世，便是她的偿还之法。她苦心孤诣，只为一件事——佛顿悟之后，能够回到海岛上，为她族讲经，洗尽鹰之一族的罪孽。

"我一直不曾明白，馨明亲王为什么与我们相遇，又为什么跟随我们到藏边。现在，我终于明白了。原来馨明亲王的目的亦是曼陀罗阵。曼陀罗阵乃天下最强的法阵，却以两种形态存于世间。其一是姬云裳主持的金刚曼陀罗阵，主外，主力量，宏大无比，山川丛林无不可纳入战阵，阵主将获得与诸神匹敌的力量，最后却也将与此阵同化。

"馨明亲王想借着曼陀罗阵的力量悟道，解救自己的母亲，也解救鹰之一族。

"可惜，冈仁波齐峰顶，他却在悟道的同时，为众人舍身涅槃而去。佛虽降世，却未来得及说法超度生母。于是，他的母亲就只能另想办法，为自己化解佛罪。

"幽冥岛主，我可曾说错？"

油纸伞颤动了一下。这细微的变化，并没有逃过每个人的眼睛。

显然，卓王孙这一番分析，已令她的镇静瓦解。

她用小鸾将卓王孙诱到海上。释迦遗族（即鹰之族）几次不惜以自己之死，让卓王孙回归神王之位，让本族获得解脱。她与释迦遗族之间的关系，在卓王孙见到佛像之面时，就已明白。她就是释迦遗族的领袖，她做这些的目的，究竟是什么？

被卓王孙揭破天机，幽冥岛主的心也因此而惊动。

他们要擒住此人，此时就是最佳时机。

虬髯客哈哈大笑："错与对都已无妨。岛主还是先考虑一下，如何从当世四大高手的联手中逃掉吧！”

卓王孙、杨逸之、郭敖、虬髯客，无一不是当世顶尖高手，他们联手一击，连神佛都会灭度。

幽冥岛主的修为有多高？

没有人知道。

但这已不重要。就算她已如神明，也绝对挡不住四人的联手一击。

四人同时踏上一步，杀气陡然一盛。

无论如何，他们必须擒住幽冥岛主，绝对不能让她逃脱！

油纸伞缓缓地移开，一个清宁无比的声音响起：“不愧是华音阁主，也不愧是姬云裳的女儿，两位联手，竟令我苦心布下的曼陀罗阵土崩瓦解。阁主竟然连二十年前的事情都猜得这么准，真是令人拜服。若不是身在梦中，真想与阁主对饮一杯呢。”

身在梦中？每个人都怔了怔。

油纸伞，于此时收起。

卓王孙猛然一凛。

春水剑气如狂龙一般升起，搅动漫天龙吟。却不是由他催动，竟是本能激起，他要强行约束，才能在对面传来的滔滔不绝的压力下保持镇定。

一双眸子，淡淡地注视着他。

那双眸子的主人，如凤凰一样骄傲，如凤凰一般高高在上。她冷冷审视着他，是上代仲君，在审视着新任的阁主。

卓王孙刚刚说过的话，还在他耳边萦绕：“我不同夫人动手，只施展剑法。”

地上，赫然是几道剑痕，正是他施展春水剑法留下的痕迹。他霍然想起，这正是两年前，姬云裳秘入华音阁，他于白阳阵中与之对垒的场景①。

他还记得，姬云裳看过剑痕后，便转身离去。那一战，并未发生，却是他胜了。不是他的武功胜过了姬云裳，而是他的天命、气度让姬云裳折服。

但此刻，姬云裳注视着剑痕，脸上缓缓浮起了一丝冷笑：“传说，每一任华音阁主，皆有不败的天命。”

---

① 详见《华音流韶·紫诏天音》。

卓王孙并不回答。

江湖中，几乎每个人都听说过这个传说，却没有谁敢亲自去验证这个传说的真实性。

得天命者，天地同力，万物皈依。

江湖传说，华音阁主得星辰之力庇护，注定终身不败。这个传说听上去未免有些荒唐，但数百年来，竟无一例外。或许，这就是天命的力量。哪怕华音阁主当时武功并非天下无敌，却得天庇佑，寥寥几位可以称为对手者，或不会与他相遇，即便相遇，也不敢妄然挑战天意。

天意自古高难问，又有谁敢违抗？

姬云裳看着他，一字字道："可惜……可惜今天，即将破例！"

黑色广袖如云振散，剑气冲天而发。七彩的剑光，宛如凤凰之尾羽，从姬云裳手中爆开，瞬间将天地都笼罩其中。

卓王孙眉峰皱起。

两年前的一幕，竟完全逆转。

那时，他刚继承华音阁主之位，天命未稳，而姬云裳早已是无敌的传说。

果然，还是要一战吗？

两年来，他也曾偶然想过，如果当日那一战真正发生了，又将如何？也许，这便会是他人生中的第一场败绩。

但，也只是或许而已。

和姬云裳一样，他亦不相信天命，再难问的天命，最终仍要归于自己的掌握。

卓王孙冷笑，剑气振动，向剑芒最盛之处迎去。

姬云裳冷冷道："我亦要让你知道，谁才是华音阁真正的主人。"

白阳阵，倏然发动。

卓王孙惊骇地发现，华音阁中所有弟子，全在阵法中出现。他们都听命于姬云裳，手持利刃，向他猛攻。

他变得一无所有。

这一幕，是那么荒唐，却令他心中生出一阵恍惚感：这一切，必将发生。

油纸伞陨落的瞬间，地面上透出一道金色光芒，在大地上迅速蔓延，绘出一朵八瓣之花。

杨逸之听到一个熟悉的声音响起："逸之。"

杨逸之浑身一震。

大地不住震颤，仿佛要用尽万亿年蕴藉的灵力，供给这朵八瓣曼陀罗花生长。花蕊中心，梵天神像顶天立地，在空中张开一对金色的羽翼。

羽翼舒展，姬云裳华服盛装，横剑而立，华光映着她深不可测的眼波，宛如暗夜中的星河。

她轻轻道："我说的这些，你可听懂？"

杨逸之茫然。

姬云裳的目光渐渐转为冰冷："我教诲你多年，你竟只能施展出如此软弱的剑意？

"你的剑何在？"

她的声音如金玉振响，杨逸之不禁全身一震。

地宫之中，灯火摇曳，杨逸之似乎想起了什么，猝然低头，竟发现自己遍身浴血，风月剑气几乎微弱到熄灭。他需要仰望，才能看清姬云裳的容颜。

他想起来了，这是两年前，曼陀罗地宫一战的场景。

他已抵挡她两剑。

金光乍现，梵天的面容，在这一刻是那么清晰。梵天眸中的慈悲，照亮了他，让他霍然看清楚天地间的隐秘，亦看破了曼陀罗阵的秘密。

他看出，正是曼陀罗阵让姬云裳获得了神明般的力量，但同时，她作为阵法的主人，必将以身殉之，不得解脱。

满天流光之中，姬云裳的剑再度破空而出。

这一剑，已灌注她全部的修为，才一出手，便如流星下坠，光华满室。

杨逸之没有抵挡，眸子中满是悲伤。

他记得这最后一剑。

而后，他即将出手，斩向姬云裳背后的那对羽翼，斩破她与曼陀罗阵的牵绊。

他当初却没有想到，这一剑，亦将斩断她的生命。

他的手轻轻颤抖。

这一剑之后，她将与他永别。

从此后，茫茫红尘中，再没有那个风华绝代的身影。他一生的师缘，亦尽碎于此。

这或许不是他的错。天上地下，没有人能杀死曼陀罗阵中的姬云裳，除了她自己。是她选择与曼陀罗阵共存亡，是她亲手逆转曼陀罗阵，又在法阵崩坏之前，将他轻轻推开。

但他又岂能原谅自己？

两年来，他曾多少次从梦魇中醒来，而后，便沉沦在无尽的追悔与思念中，痛彻神髓？

又如何能再来一次？

杨逸之热泪盈眶。

“不，师父。”

他跪倒在地。

“我，永远不会向您出手。”

秋璇轻轻一颤。

瞬息间，周围的一切都改变了模样，她站在一条幽暗的甬道中，四周都是狰狞的岩石。

她忍不住回头。

一扇雕绘着曼陀罗花纹的巨门缓缓开启，透出一座无尽宏伟的宫殿。

宫殿空旷而恢宏，通体由巨石砌成，没有任何多余的装饰，只有一道玉白的阶梯，一级级向上延伸着，仿佛要通向世界的尽头。

世界的尽头没有天堂，也没有炼狱，只有一尊石座。

云裳宛如一朵黑色的花，绽放在洁白的石座上。一缕不知从何处透下的月光，如纱帐轻轻垂下，照亮了那人的容颜。

那人正低头，谛视着手中的一朵花。

暗狱曼陀罗之花。

月光之下，石座上的人是何等美丽、高华、神秘、强大，正如她手中的暗狱曼陀罗，不可方物，亦无懈可击。

姬云裳，尘世间完美的传说。她的强大、庄严、雍容，甚至让人不敢去谛视那绝美的容颜。因为在大多数时候，她的美丽亦如冰霜，高华如神，却也不容亲近。

秋璇知道，其实她的侧颜才是最美的。

只在这个角度，月光照在她如水波一般的黑衣上，激起琉璃般的光影，于是，便能在偶然间看到，她低垂的眸子中泛起的淡淡涟漪。

她手中的暗狱曼陀罗仿佛一面镜子，在不经意的瞬间，照出她的寂寞与忧伤。

秋璇不禁感到一阵酸楚。

母亲。

这个称呼到了口边，却又生生吞下。

她亦是杀了自己父亲的人。

当郭敖施展出那招凤还巢的时候，秋璇要极力克制，才能掩饰自己的痛苦。

父亲与母亲，曾是她最敬爱的人。但在那一剑之后，她无法再原谅母亲，从此，十年不交一语。

她甚至不告而别，逃回华音阁，躲在海棠花丛中，挥霍自己的年华，只为不想让前辈们看到她，再去感叹她多么像，或不像她的母亲。

但此时，她又见到了母亲。

秋璇曾经是那么敬她、爱她，又曾是那么恨她、怨她。但此刻，秋璇惊讶地发现，自己竟然只想扑到她怀里，好好地哭一场。

这是不可能的。

一定是假的，就像一场梦。

姬云裳突然抬头，如冰玉镂刻的脸上绽开一缕微笑。这微笑竟是如此温柔，那一瞬，仿佛无尽夜色都与之同笑。

“璇儿，你要走吗？”

秋璇怔怔地看着她，泪水不知什么时候已经沾湿了衣襟。

她禁不住一步一步向石座走去。

是梦吗？

那就做一个美梦吧。

油纸伞随风飘去，只留下一袭黑衣。

四周也在这一刻变得漆黑，水流声幽咽传来。郭敖一惊，夜色如云变幻，显出了一个他无比熟悉的人影，以及一招无比熟悉的剑法。

凤还巢。

只是，这一剑，刺向的不是于长空，而是他自己。

纤手如玉，这一剑施展出来，是如此完美，如此强大。更让郭敖动容的，是剑光后的容颜。

秋水为神的眸子中，含着刻骨的创痛，他深深感觉到了这一剑承载的悲伤。

剑光没入了他的身体，他却不躲闪。尖锐的剑锋在他的身体中肆虐，他不愿招架，只想看看，当这一切发生时，那双眸子里是否会有些不同的东西。

果然，那双眸子变得错愕、惶惑。

她猝然松手，想要抽回剑，抽回仇恨，抽回此后十年的追悔。

郭敖吃力地鼓动内力，身体逆着剑锋冲了过去。他张开双手，想要抱住她。

是的，这一生，他唯一对不起的人，就是她。

他伤害她、欺骗她、背叛她。

如果真有可能，他宁愿用他的生命，换她一句原谅。

姬云裳。

虬髯客大笑，大风云掌排空而出。

“虬髯客，你敢伤我？”

这声音是如此熟悉，虬髯客大吃一惊，急忙住手。

油纸伞落，一张如冰玉镂刻的脸出现在他面前。这张脸虬髯客自然熟悉，这正是约他来此的南海观音。

虬髯客急忙跪倒，惶恐道：“观音……”

她淡淡道：“起来，我将赐给你天下无敌的力量！”

虬髯客满心欢喜地站了起来。他忽然觉得观音的容貌有些改变，至于是怎样的改变，他无法说出，只能感觉到，她有着与以前截然不同的气势。

隐约中，他似乎有了一个错觉。眼前这个女子并不是南海观音，而是华音阁上一任仲君、曾经的曼陀罗阵主——姬云裳。

但这又有什么关系？

只要她愿意赐给他天下无敌的力量，是谁都无所谓。

“出掌。”

虬髯客犹豫着，大风云掌飞出。

剑光自南海观音手中出现，那一剑，几乎连天空都被切开了。

虬髯客大喜，他确信，只要自己能学到这一剑，就一定能胜过卓王孙。他正想跪下，向南海观音致谢，却发觉那一剑并没有停留。

剑光如天风海雨，猛烈地向他攻了过来，他的一切退路全被吞噬、消灭。他大惊，惨叫，却眼睁睁地看着剑光没入自己的心口。

油纸伞缓缓飘落，伞上的桃花散在风中。

晏清媚嘴角挂着一丝隐约的笑意，看着漫天风云。

卓王孙、杨逸之、郭敖、虬髯客、秋璇，都中了她的梦杀，沉沉睡去。

她能用梦杀击败他们，不是因为她比他们强，而是因为他们心中，都有一个无法逾越的阴影，那就是姬云裳。

前辈、恩师、母亲、主人……不，比这一切还要重要，比时常出现的梦魇更难忘，比永恒仰望的山峰还要高。

击败他们的，不是她，而是姬云裳。

她的笑意更盛，转向另外两个人。

兰丸脸色已吓得苍白，使劲地想将自己藏起来。万幸的是，晏清媚并没有太注意他，她的目光，锁定在另一个人身上。

相思。

她绽开笑容：“过来。”

她的笑容中有神秘的魅惑之力，相思情不自禁地向她走去，明知这样不妥，却无法抵抗。

第三十一章

尘埃零落梵王宫

秋璇醒来的时候，看到玉山脚下，巨大的佛像在向她微笑。

浮生若梦，只有佛陀的笑容是真实的。

她缓缓坐起来，凝视着这尊佛像。

真的如卓王孙所说，他有着和馨明亲王相同的容颜吗？

她竭力想从佛陀的笑容中，重构出小晏的音容笑貌。她发觉，自己竟无法将传说中那悲悯、优雅、高贵、甘为众人舍身的少年，同这么黑暗、逼仄的空间联系在一起。

佛陀讲经，华美的语句犹如莲花，面容静默而绝美，就像天上的星辰，绝非俗世所能拘束。他的笑容笼罩之处，一切苦难都化作尘埃。

一声幽幽的叹息传了过来：“他很完美，不是吗？”

秋璇脑中忽然灵光一闪，不禁脱口而出：“你想要他复活！”

她明显感觉到，身后的那个人身形一震。

秋璇笑了。她知道，自己猜中了那个人的心思。但这个答案，让她也觉得震惊。

古往今来，就算以秦始皇的雄才大略，执长鞭以鞭挞天下，都无法抗拒死亡的威严。神仙鬼怪的传说虽然多，但从没有一个人能够真正长生，更不用说从冥界归来。

这个念头，何等疯狂，何等离奇。

但幽冥岛主的行为，何事不疯狂，何事不离奇？

秋璇将惊愕压下，缓缓回头。

晏清媚一身绿衣，斜倚在玉白的山根之前。巍峨的地下宫殿空寂得似乎只剩她们两人。

晏清媚看着她，细长眼眸中的震惊还没有消失：“你不像你的母亲。”

秋璇的笑容暗了暗："为什么要像呢？"她抬头，看着那尊佛陀，微笑道，"他也并不像你。"

晏清媚脸色微微一冷："你不问，我怎会认识你的母亲？"

秋璇并没有在意这个问题，四处搜索着，似乎想找个舒服的地方躺下。但她失败了。这座地下宫殿宏伟庄严，但没有一个地方是舒服的。于是她百无聊赖地回答："当我见到你布置的曼陀罗阵时，我就知道你与我的母亲必定有极深的渊源。"

晏清媚的眸子中流露出一丝赞许，她凝视秋璇良久，轻轻拍了拍手："万里挑一的容貌，万里挑一的智慧，没想到你的母亲，竟也有如此出色的作品。"

秋璇看了她一眼："作品？你把后代当作是自己的作品吗？"她抬手指向那尊佛像："那他算什么？"

晏清媚眸中春水陡然一冷，碧绿的杀意顿时如藤蔓般爬满了宫殿。

秋璇无视她的怒意，淡淡道："既然你会布置曼陀罗阵，想必知道，曼陀罗阵的力量虽然强大，却无法令人复活。支撑阵法的力量，是生老病死，所以，这座阵法也没法摆脱生老病死这四苦。"

晏清媚沉默："不错。

"但我要讲个故事给你听。

"古代中国，有个伟大的帝王，他完成了不朽的伟业，统一了天下。他梦想着长生不老，就命令方士们前去海上，寻求不死之术。有一个方士带着五百童男、五百童女到了扶桑国，因为传说这里藏着不死之术的秘密。但取得不死之术的方法实在太残忍，最终方士未敢实行，与那些童男童女一起定居在扶桑国。传说这就是日本的开始。"

秋璇叹了口气："你其实可以说得更清楚一些，那个帝王就是秦始皇，而那个方士，叫作徐福。"

晏清媚："我之所以不说，是因为这些不重要。重要的是，不死之术的秘密，藏在扶桑国。"

秋璇笑了："那只不过是个传说而已。"

晏清媚："不是传说。实际上，不死之术的秘密，藏在三个地方。只不过徐福知道的，只是扶桑国而已。"

秋璇的脸色变了变："你是说，青鸟？"

晏清媚："是的。青鸟乃上古神族，血中藏有不可思议的力量。这一点你自然非常清楚。日曜、月阙、星涟这三位青鸟族最后的传人，谁都不知道她们已经活了多少年。她们有着打破生死轮回的力量。更没人知道，她们的九窍玲珑心中，藏着不死之术的秘密。以之为药引，可以让逝去的魂魄重新聚敛。徐福当年前去扶桑国寻找的，就是青鸟月阙的心。"

秋璇："可惜三位青鸟已经全部死了。"

她说得不错，日曜、月阙、星涟，全部一一死去，只为让西王母重新降临这个世界。就算九窍玲珑心有再大的灵力，也不可能找出来了。

晏清媚："不错。青鸟是全部死了，可是，九窍玲珑心传下了一枚。"

她淡淡道："据说星涟临死之时，将心挖出，心血溅入相思的眉心。你知道吗？这就是青鸟一族的传承仪式。相思成为九窍神血的继承者，她的心会在这滴血的浇灌下，慢慢转变为九窍玲珑心。我想，现在也基本上长成了。"

秋璇的脸色微微变了变。

复活小晏，竟需要挖出相思的心吗？

晏清媚凝望着秋璇："有了九窍玲珑心之后，还需要轮回之力，才能打开生死之门。"

秋璇："曼陀罗阵？"

晏清媚："不错。曼陀罗阵的力量源自生老病死，于有常中生无常。此乃佛觉悟时领会的真谛，是以有着打破生死的力量。只有曼陀罗阵，才能打通生死的桥梁，带回已死的魂魄。"

秋璇沉吟着。曼陀罗阵的力量有多强，她自然知道。青鸟族人又极为神秘，个个都有着无穷的秘术。这两者结合起来，就算能令死人复活，也不是什么不可能的事情。

"你母亲曾留我在曼陀罗阵中住过一段时间，其间我问过阵法的事情，你母亲知无不言。只不过那时，我并没想到用此阵来复活任何人，所以没有问得很清楚。是以我虽知此阵有阵图，却不知道阵图什么样子，才被你骗过。"

晏清媚轻轻地笑了。

这段话也让秋璇感到感慨。她忽然想到了一事："你说启用不死之术的代价极大，是指……"

晏清媚缓缓道："九窍玲珑心只不过是个容器，容纳魂魄的容器。曼陀罗阵也只提供了能打通生死关隘的力量。而真正的魂魄，便是记忆。”

秋璇：“记忆？”

晏清媚：“不错。是存在活人心中，对于逝者的记忆。”她仰头，望着那尊微笑的佛像，“没有记忆，他就不会认识我，我复活的，不过是一个有着和他相同容貌的人罢了。只有将所有人的记忆凝聚在一起，才会重造出他的灵魂，才能得到真正的他。”

秋璇脸上变色：“你是说，要杀掉所有见过逝者的人？”

晏清媚：“是的。这就是不死之术的代价。徐福就因为这代价太大，不敢归报秦始皇，所以才定居扶桑的。见过秦始皇的人何止千千万万，若都杀死，造的杀孽太大。”

秋璇：“但你，你要付出这代价！”

晏清媚：“不错。因为我不能失去他。”

她脸上露出复杂的神情，却无法遮掩痛楚之色。“我不能失去他。他是转轮圣王，是我尝尽艰辛才育出的骨肉。他一定要回忉利天上，为生母说法。这是令我族解脱的唯一办法。”

她仰头凝望着玉山：“这座珞珈山顶，就是我为他造出的忉利天。

“他一定要回来，我们鹰之一族一定要因他而得救。因为，我们虽然食了他的血肉，但作为他的母亲，我又重新给了他血肉。而此刻，我还要重新给他魂魄。”

秋璇：“但你，你要杀多少人？”

晏清媚嘴角露出了一丝微笑：“他从小就不怎么外出，见过的人很少。唯一出的一次远门就是藏边曼陀罗阵。而海上妖踪已灭，曼陀罗阵已毁，我要杀的人并不多。

“所以花海中，魅蜂让藏边的喇嘛们自相残杀；而废城中，狂鼠使倭寇们互相吞噬：森林中，武林人士争相杀戮。他们，就是见过佛的所有人了。”

她笑了起来：“多吗？不多，也就几百人而已。”

秋璇：“不，还有人。”

晏清媚：“还有人？”

秋璇：“鹰之一族。馨明亲王作为他们的少主，作为拯救他们的希望，他们当然都见过他。莫非，你要将你的族人也全部杀光？”

晏清媚笑容妩媚：“你说得不错。他们的确都见过他。他出生的第一天，他们就争相来瞻仰他。你知道吗？我告诉了他们一个谎言。”

她悠悠道："这个谎言，是一个佛谕。一个让他们用死谏，让神王归位的佛谕。你看，他们相信了，一个接一个地自愿舍身死去，很快，就会没有鹰之一族了。何况，就算他们不死，以他们用小鸾威胁卓王孙的罪孽，也令卓王孙的耐心一点点消失，就算他们自己舍身舍不完，卓王孙也会将他们杀光的。他们很相信我这个族长，根本没有怀疑过，佛都灭度了，又哪来的佛谕呢？"

"这样不好吗？全死了，也就没有诅咒了。"说着，她微笑起来。

"还有，卓王孙也很可笑，还真的以为他是这件事的主角了。我会让他也死在这里的。"

十九年来，岁月似乎没有在她身上留下印记。她的笑容还是那么妩媚、优雅，带着让人心动的力量。

但秋璇连一丝都笑不出。幽冥岛人并不少，加上武林人士、倭寇、喇嘛，只怕会有两千多人。

两千多人死去，只为了复活一个人。

虽然九窍玲珑心、曼陀罗阵都有不可思议的力量，但秋璇并不觉得真的就能让人复活。她仍然觉得，这个想法实在太疯狂、太可怕。

她注视晏清媚："你们有没有想过，你们的苦难，不是佛的诅咒造成的，而是另有原因？佛是何等慈悲，既然愿意为一只鸽子割肉舍身，又怎会计较鹰的罪过？"

秋璇看着玉山底部的深坑："你们长期居住火山之中，受地火熏烤，吸入硫黄毒气，自然会在体内累积火毒，燥热难当。失去了海水的浇灌，当然很难活下去。你有没有想过，另外换个地方居住，也许这个'诅咒'就会消失呢？"

晏清媚："我想过。你所说的，我都知道。"

秋璇心中突然闪过一丝明悟："你从来都没想过令你的族人解脱，那你想要的究竟是什么呢？"

晏清媚走上前，抚摸着秋璇的长发："是的，我不想拯救我的族人，我只想拯救他。"

秋璇："那你有没有想过，你这样做，是多么自私？"

晏清媚轻轻地笑了："自私？我只是爱他。"

秋璇冷冷道："爱他？为了让他出生，不惜与恶灵交换，在他身上种下血咒，让他永远活在对血的渴望中，是爱他？为了让他复活，杀死上千人，让他永远活在对生命的愧疚中，是爱他？你究竟是爱他，还是爱你自己？你所拯救的，究竟是他，还是你自己？”

晏清媚眉间挑起一丝怒意：“当然是他！为了他，我可以牺牲自己的一切！”

她嘴角挑起一丝残忍的笑意，她忽然有种渴望，渴望从这个骄傲、聪慧、美丽的少女脸上，看到深深的惊惧与惶恐。

一如十九年前，面对那云裳如花的女子。

于是，她看着秋璇，淡淡微笑：“你，必须跟我一起期待他的复活。

“因为，你将作为他的新娘，迎接他的复生。”

秋璇果然脸上变色：“你……你说什么？”

晏清媚微笑：“海岛太过寂寞了，完美的转轮圣王需要一个同样完美的女子，陪伴他终生，不是吗？”

她俯下身来，轻轻托起秋璇的下颌：“何况，我与你母亲知交一场，我们的子女若是能结为连理，想必是一件美事。”

秋璇冷笑：“你的如意算盘打得真好！卓王孙若是任你这么摆布，他也不是华音阁主了！”

晏清媚轻轻笑了：“卓王孙？因为有小鸾，他一定会听话的。”

秋璇脸上微微变色。

突然，一个声音传了过来：“我呢？你又怎么来对付我？”

晏清媚与秋璇同时回头，郭敖慢慢从玉阶上走了下来。他的脸上没有一丝表情：“我答应你，将她带到了海岛上。我已经带来了。

“我对你的承诺已完，现在，我要带她走。”

他徐徐走下，一直走到秋璇面前。

秋璇心中生出一阵疑惑。难道他是为了跟晏清媚的约定，将自己带到这座岛上来的吗？那为什么，他开始的时候要带自己去沙漠？沙漠无疑离海很遥远，离这座岛更遥远。

她凝视着郭敖，郭敖脸上依旧没有一点表情。

刹那间，她明白了。

他就是要带着她，去最遥远的地方，离这里越远越好。

只是，阴错阳差，他们从去沙漠的路上转到了海上，最后仍然来到了这座岛上。

这就是宿命吗？

秋璇忽然觉得自己的心境有些烦乱。

晏清媚柔柔地看着郭敖。

“想带她走吗？走得出曼陀罗阵？”

郭敖淡淡道：“我无所谓。”

晏清媚：“走得出忉利天？”

郭敖沉默。晏清媚的实力有多强，他自然很清楚。幽冥岛上还藏着多少可怕的秘密，他不知道。如果晏清媚说没有人能离开这座岛，他一点都不怀疑。

他真能带着秋璇走？

郭敖慢慢抬头：“那我只好在这里杀了你。”

“对不起。”话音未落，陡然间光芒一闪，他的手指已指在晏清媚喉间。没有人看清楚他究竟是怎么出手的！

晏清媚却连一根手指都没有动。

“为什么不刺下去？真要杀我，就该毫不犹豫地刺下去。”

郭敖沉默。

晏清媚眉间聚起一丝微笑：“还是你已经发现，就算杀了我，也解不开她身上的禁锢？”

郭敖沉默。

晏清媚：“想救她吗？”

郭敖沉默。

晏清媚：“想得到她吗？”

郭敖沉默。

“为什么我们不能谈个交易呢？一个两全其美的交易？”她的眸子弯成一抹新月，像是要将郭敖的魂魄勾住，“九窍玲珑心、曼陀罗阵、记忆，我都已经集齐，却还少一件东西，那就是用以复活的肉身。”

“你愿不愿意做他的身体？”

她打量着郭敖，脸上露出了一丝满意之色。郭敖的身体不错，健康，年轻，武功绝顶。如果说稍有瑕疵的话，那就是他没有小晏那么纤弱，也没有那样完美的容颜。

但她手中奇方异术那么多，可以慢慢改造。

“姬云裳曾托我好好照顾你们两人，现在，我们的愿望完美地结合在一起了。我将承载了他记忆的玲珑心换到你身上，你成为我的儿子，如愿以偿地娶到心爱的人儿，我们一起幸福地生活在一起……难道不好吗？”

她轻轻转身，向两人摊开双手：“生活在这座光明的忉利天上，不好吗？”

秋璇：“你疯了……郭敖，你不要听她的。”

郭敖脸上仍没有一丝表情：“为什么不听？”

“她说得不错，这的确是个很好的安排，所有人都得到了满足，不是吗？”

秋璇惊愕地看着他。

郭敖回过头，望着晏清媚：“现在，你需要我做些什么？”

晏清媚：“什么都不需要做。或许，你可以趁这个机会，好好看看你的新娘，也好好看清楚他。”

郭敖抬头，佛正向他微笑。

“从此之后，你就是他了。”

第三十二章

何人织得相思字

长梦散去。

海风吹在玉山山顶，分外凄冷。

杨逸之醒来的时候，眼神还有些迷惘。姬云裳的剑锋，仿佛还在他面前闪烁。他的心一阵绞痛。师恩深重，七年前的三剑，与七年后的三剑，造就了他风月无边的绝世修为。

却如何报答？如果他的修为再高一点，他是否就能斩断曼陀罗阵对她的牵绊？

他恍惚中，只见相思低着头，站在一座巨大的石柱上。一只凶猛的鹰正紧紧攫住她，似是要冲天飞起。他一惊，完全清醒过来。

那是那只巨大的天平，相思被缚在天平的柱子上，恰好缚在鹰爪的位置。一个绿色的影子，微笑着站在柱子下面。

绿色衣衫，雪白罗袜，高高的木屐。她语笑嫣然，就像是海中的仙人。

卓王孙冷冷地站在她面前。

“你就是南海观音？”

她展颜微笑。

“观音自在幽冥，南海观音、幽冥岛主，都是我。你也可以叫我的俗世名字——晏清媚。”

“梦，还好吗？”她的笑容清远如海，“你在想什么？”

卓王孙冷冷道：“想我怎么杀你。”

晏清媚笑了：“你要杀的人不是我，是她。”

她的纤指指向被缚的相思。卓王孙不理她说些什么，袍袖一拂，春水剑法就要出手。

晏清媚淡淡道："只有她的心，才能救小鸾。"

卓王孙与杨逸之同时一震："你……你说什么？"

晏清媚一字一顿道："小鸾的性命只有三日，只有找到九窍玲珑心，才能为小鸾续命。除此之外，再没有任何办法。而九窍玲珑心，就在她身上！"

杨逸之："她怎会有九窍玲珑心？那是只有青鸟才有的！"

晏清媚笑道："想不到杨盟主知道的还真不少。不错，只有青鸟才有九窍玲珑心，但她，也有。是不是，华音阁主？"

卓王孙沉默着，缓缓道："不错，她有。因为，星涟将心给了她。"

数年前，卓王孙与杨逸之相约决战冈仁波齐峰。出海之前，卓王孙曾带着相思来到星涟潜身的血池。那一次，星涟在占卜中突然发狂，将自己的心生生挖了出来，鲜血溅入相思的眉心，从此植根她心中。此后，诸多诡异至极的事，都是由这颗心引起的。若是说相思身上有九窍玲珑心，也不无可能。

晏清媚："阁主总该知道，凭借着九窍玲珑心，三只青鸟活了多长时间。若是将这颗心移到小鸾体内，她至少会长命百岁。"

卓王孙沉默着。杨逸之失声道："不可，万万不可！"

卓王孙缓缓抬头："她是杨盟主的什么人？却要杨盟主来教我怎么做？"

他脸上浮现出一丝讥诮的笑意，杨逸之的话音骤然哽住。

卓王孙的脸色如这座玉山一样冰冷。

杨逸之不再说话，但他的目光变得坚毅、决绝。

"杀一个人，救一个人，阁主觉得忍心吗？"

曾经，他们互称为"杨兄""卓兄"，而今，换成了"盟主""阁主"。

从此之后，无复在嵩山之巅，击掌天下；无复在御宿峰顶，共饮一杯了吗？

卓王孙的声音没有一点温度："杀一万人，救一个人，都在所不惜！"

杨逸之身子震了震，但并没有觉得惊讶。或许，他早就知道卓王孙是这样的人，只不过一直拒绝相信而已。或许，这么多年，他都在努力，不是为了改变卓王孙，而是为了不让这样的机会出现。

卓王孙："让开！"

杨逸之沉默着。他能让开吗？卓王孙要杀的，偏偏是她，偏偏是这个莲花一样的女子。

他许诺过，她的幸福，由他给予。他岂能退缩？

他缓缓摇了摇头，修长的指间，光芒隐现。

“我从未想过，要与阁主再战一次……就请阁主施展出最强的剑法，当作我最后的祭奠吧。”

他抬起手，在身前缓缓划过，一道隐淡的光芒，在他身前出现，就像是一柄风月凝成的剑。

自从冈仁波齐峰一战后，他的修为更加精进，已可将风月剑气凝成实质。

卓王孙注视着他。

就像是当日，隔着三连城的风雾，注视着他的一举一动。

曾经，他们都想将对方当成是朋友。但这个人，显然已僭越了朋友的底线。有些事情，当他还不知道的时候，尚可以原谅。但当他知道了，却仍站出来的时候，就不可原谅。

卓王孙冷冷一笑。

“风月剑气，就该归于风、归于月，不要到红尘中来。”

风月之人，是否还该到红尘中来？

“今日一战，你我从此陌路。”

说着，春水剑法陡然一振。

一道无形的气息在他身前勃然而发，笔直向天空冲去。卓王孙双袖猛然一拂，玉山上的海风骤然猛烈起来，却连一丝一毫都没有散开，全部没入这道气息中，催化为最纯粹的剑气。渐渐地，一道青色的光芒在他身前出现，猛烈得几乎令人睁不开眼睛。青芒映着他的眉峰，碧气森森，显出神魔一般的冷冽杀气。

杨逸之面容一阵悲怆：“你我从此陌路。”

真该如此吗？狂烈的气息吹过，扬起他月光般的衣衫，猎猎作响。一别至今，他的修为虽更上一层楼，但卓王孙的长进也不下于他。若是他有丝毫疏忽，他，甚至后面柱子上的相思，都会被这一剑斩为尘埃。

杨逸之深深吸了口气，面容渐渐平和。他身前横着的光之剑，也一寸寸明亮，照着他的眉。他的眉心像是有什么点燃了，透出明月一般的光芒。他全身都像是化为风、化为月，消失在珞珈山顶，留下的，只有那抹剑形的光，以及漫空风华。

这两道光，一横，一竖；一青，一白；一霸猛，一温文；一似魔，一如神。彼此在峰顶颉颃，分庭抗礼，功力悉敌。虽然彼此未出动招式，但玉山之顶的风云已被他们搅动，互相蔓延、纠缠着，在天空中急速旋转着，争夺着每一分、每一毫。

晏清媚眼角露出一丝深思之色。虽然她早就料到这两个人的武功极高，但没想到他们竟然高到能聚敛风云的地步。天地间的一切似乎都被他们的剑气影响，化成剑的一部分。

她突然起了一个念头——如今的他们，可不可以战胜曼陀罗阵中的姬云裳？

这念头突如其来，连她自己也忍不住一笑。

好在，她不需要知道答案。

她一向认为，执着于武功高低不过是一种下乘法门，谋略远比武功重要得多。

因此，在她布下的棋局中，她便可以好整以暇地在一边看戏，看当世两位绝顶高手，因她一句话而自相残杀。

如果卓王孙赢了，她自然可以挖出相思的心。至于将这颗心放到谁身上，那就是她的事了。

如果杨逸之赢了呢？她怕什么？反正他只能施展出一剑。

所以，无论谁输谁赢，最终赢的，都是她。所以，她眸中的笑容妩媚妖娆，仪态万方。

倏然，卓王孙向前跨了一步。

青色的剑芒在这一刻扩到极处，上指天，下指地，随着卓王孙这一步，向白芒猛然冲去。刺眼的光芒，在两人中间骤然爆出，杨逸之眉峰一震。

月白色的光芒，也随之暴射而出。

龙电夭矫，两道光芒迅速地纠结在一起，化成一道青白两色的光虹，在玉山顶猛然爆开。

玉山猛然摇晃起来，这座千年古山，似乎不堪这两人的摧残，即将崩坏。这两人对撞的一招之威，真有惊天动地之力，令晏清媚脸上也不禁微微变色。

她叹息着，撑起了油纸伞，似乎要挡住漫天浮尘。

油纸伞却在刹那间化成飞灰。

两道剑芒，赫然全横亘在她的脖颈之上。

晏清媚一惊，却丝毫不敢动。

卓王孙眉间浮动着淡淡的笑意："从没有任何人，敢威胁我。"说着，剑气洒落，封住晏清媚身上十六处要穴。

晏清媚看着他。

她不明白，这两个正殊死搏斗的人，怎会突然联手？

杨逸之微笑道："我只是相信卓兄不是如此无情的人。"

所以他甘愿将风月剑气交给卓王孙，让卓王孙引领着他的剑气，实行奇袭般的一击。

晏清媚的武功多高，他们不知道，但若给她丝毫机会，她一定会逃掉。

可他们两人若是联手，没有人能找到丝毫机会。

晏清媚目光冰冷。

十九年后，她以忍术而参悟天地奥义，已自信有与姬云裳一战的实力，其真实修为，亦并不亚于这两人。

但她实在太得意于自己的计谋了，也实在没想到，在她的刻意安排下，以相思为工具，挑动他们的敌意，两人竟还能联手对付她。

是的，让相思来到幽冥岛，并伴在杨逸之身边，也是她刻意的安排。她本以为成功了，却不料是这种结局。

她忍不住看向杨逸之："若是他不想救相思呢？"

杨逸之淡淡道："我相信他。"

卓王孙一笑，向杨逸之拱手："谢谢。"

杨逸之微笑回礼："不客气。"

现在，他们成了胜利者，怎么庆祝都不过分。

卓王孙飞身攀上石柱，走向相思。相思抬头仰望着他，脸上满是惊喜的笑容，眼中却不住坠下泪来："先生，刚才吓死了我，我还以为你们真的……"

卓王孙轻轻拥她入怀，为她绾起散乱的长发："你很害怕？你是怕他杀了我呢，还是怕我杀了他？"

"先生……"相思错愕地抬头，怔怔看着卓王孙，不明白他为什么这么说。

卓王孙的神情忽然变得很阴沉，阴沉得让相思有些害怕。

她从未见过这样的卓王孙。

卓王孙轻轻抬起她的手，似乎要查看她手上的伤痕。突然，他用力地将其向石柱上按去。

相思感到一阵疼痛，忍不住呼道：“先生……”

卓王孙不理她，抓起落下来的绳索，将她紧紧捆在石柱上。

杨逸之大吃一惊，急忙冲上来：“你……你在干些什么？”

卓王孙仔细地打好最后一个结，淡淡问道：“你还有风月剑气吗？”

杨逸之一窒。施展过一次之后，他至少有四个时辰不能施展第二次风月剑气。这件事，江湖上每个人都知道。

“你，你什么意思？”

卓王孙淡淡道：“如果没有，就在一边好好看着。”

杨逸之：“你要做什么？”

卓王孙望着他，眼中有一丝郁怒与揶揄。他忽然转身，托起了相思的下颌。

“我要杀你，取你的心救小鸾，你愿意吗？”

相思身子一震，完全说不出话来。

卓王孙的目光、表情、语调，都是那么沉静，让她知道，这绝不是戏言。

“曾经救过满城百姓的莲花天女，你愿意吗？”

相思眼神中充满了惊恐，这时的卓王孙是那么陌生。

卓王孙忽然回头，对着杨逸之道：“仁慈的梵天，你愿意吗？”

杨逸之惊骇地看着他，一步一步后退。

三连城中所发生的一切，他本认为没有人知道，随着三连城的消失，这一切永埋地下，被忘情之蛇封锁。

但现在，透过卓王孙的眼眸，他赫然发现，这一切都在其中，没有一件遗漏。

他踉跄后退，但忽然明白了这意味着什么，又抢上几步，挡在相思的身前。

卓王孙看着他，一动不动，并没有阻拦他，冰冷的目光，沿着他的脸寸寸抬起，最终锁在相思惶惑的眸子上。

“看到了吗？他想救你。他已经施展过一次风月之剑，四个时辰之内，已不堪一击，但他仍然要救你。”

他的语调忽然变得温柔：“你想要让他救你吗？”

这句话，像是触到了什么一般，相思感到一阵疼痛，泪水忍不住滚落下来。

“不。”

“那么，杨盟主，请你走开。”

她不能再躲在这个人身后，让她跟卓王孙之间，还有第三个人。她深深闭上双眸，柔声哀求着。

杨逸之摇了摇头：“我不会走，除非我死。”

他伸手去解相思身上的绳索，相思突然尖叫起来：“走开！”

杨逸之愕然抬头，脸色已变得苍白。

相思厉声道：“这是我们俩的事！请你走开！你若再碰我一下，我就死在这里！”

杨逸之如受重击，踉跄后退，再也无法站稳。

她是如此厌恶自己吗？

相思不再看他一眼，心中却觉得万分愧疚。或许，只有这样，才能救他，才能稍补一点对他的愧疚。

欠他那么多，永远都无法偿还了，她忽然感到一阵惶惑，自己怎会有这样的想法？

她欠他什么？

她什么都想不起来。痛楚几乎让她窒息，仿佛被深锁在一个紧闭的壳里，无法呼吸。

卓王孙缓步走上前来，拂去她脸上的乱发。

“小鸾快要死了，只有你的心才能救她。救她，好吗？”

相思抬起头，透过泪水看着他：“你……你想要我救她吗？”

卓王孙：“想。”

她的泪水纷纷坠下，水红的衣衫都仿佛褪尽了色泽。

相思：“好，我答应你。”

卓王孙脸上露出了一丝笑意，他轻轻地为她擦干了泪水。他的指拂过她的脸时，岁月仿佛突然苍老。

当他最后凝视着她的时候，忽然想起了秋江上的那一回眸。

那是多么惆怅的回忆，连他，都想不起来该说什么。

他看着相思被泪水沾湿的脸，莲花一般温柔，莲花一般悲伤。

若没有这些背叛，他会爱她吗？

或者说，她爱他吗？这个女子一直追随在自己身边，无论他对她是多么冷淡，都无怨无悔。算是爱他吗？

那为什么，三连城上，她忘掉的是另一个人？

忘情之毒，将让中毒者忘记心中最念的人。

多么可笑。她心中最念的，是另一个男子，只因为忘记了一切，才执意留在他身边。但她每次缱绻看他的眼神，都深深刺痛了他。

天下无敌的华音阁主，可屠灭众生的魔王，在另一个战场上却是惨败，败给一生中最大的对手，却连扳回一局的机会都没有。

她已忘记了一切，又如何扳回？

是他不够宽容吗？

三连城之战后，他亦绝口不提往事。虽然冷漠，却依旧留她在身边；虽然郁怒，心中却依旧当那个人是知己。

但他们，一次次触犯他的尊严。

是他太过仁慈了吗？

那么，就将这些可笑的仁慈、可笑的怜惜，连同可笑的友情，一起摧毁吧。

他抬头，对晏清媚道："现在，可以开始你的换心术了。"

晏清媚也被他的举动震惊，此时，细长的眉目中终于露出了一丝笑意。

"好，不愧是华音阁主。小鸾，出来吧。"

第三十三章

烟花已作青春意

一声鹰唳在玉山峰顶响起。随之而起的，是阵阵悠扬的乐曲。一队队身着鹤氅的幽冥岛人鹰之一族缓缓自阶梯上步了上来。玉山顶上站不下了，就一圈圈围在山脊、山腰上。

他们原本悲苦的面容上映出一丝淡淡的喜色，仰望着天空，手中拿着乐器，吹奏出袅袅的乐音。

悬在悬崖外的天平玉盘缓缓沉下，几十名幽冥岛人操纵着天平，一直将绳索放到悬崖底下，然后一点点拉起。

小鸾身着一身雪白的嫁衣，站在玉盘中。

嫁衣如一朵盛放的花，沿着她纤细的身子垂下，层层铺陈在白玉盘上，是如此洁白、轻灵，就如天上的雪，却万载都不会融化。

只有幽冥岛上一种特有的蝶丝，才能织成如此瑰丽的衣衫。这种蝴蝶名为雪琉璃，它的双翅如蝉翼一样轻薄，也如琉璃一般通透，只生长在珞珈山最南面的悬崖上，以海上风露为食。蝶蛹埋藏于岩石罅隙深处，要历经十年的岁月，才能破茧成蝶，却只有一日的生命。

雪琉璃朝生暮死，生命如蜉蝣般短暂，却拥有惊人的美丽和最坚贞的爱。在破壳的那一瞬，它们便会选定自己的伴侣，那短短一日的生命中，比翼飞舞于沧海之上，将赊欠十年的美丽悉数挥霍。等到傍晚，它们双双相对，吐出如泪痕一样晶莹的蝶丝后，而后便化为尘埃。

雪琉璃的蝶丝极轻极细，几乎没有重量，也几乎难以目测，就像是天空中偶然飘落的一缕雨丝、一片轻云、一滴泪痕，极难收集，极难编织。要经过多么漫长而精心的准备，才能织缕成丝，积丝成匹，最终织成这样一身嫁衣；它的主人又怀着怎样的爱与希冀，才会将之穿在身上？

小鸾微笑着，站在巨大的玉盘中，就像是水晶碗贮的一抔新雪，随意一缕阳光，都会将她融化。她的目光隔着从珞珈山顶飘落的桃花，凝在卓王孙身上。

她已经十六岁了。少女的灵柔娇媚，在她身上显现得淋漓尽致。像是困于岩石罅隙中沉睡的蝴蝶，当它破茧而出、用十年的等待换一日绽放时，连天空都不禁叹息。

她簇拥着那袭如雪的华服，向卓王孙轻轻张开双臂，苍白而甜美的微笑绽放："哥哥。"

卓王孙身体轻轻一震。

她的美丽，连卓王孙都是第一次见到。十三岁到十六岁，女孩到少女的改变，足以让所有人震惊。

他催动内力，身形飘落到玉盘上。有那些幽冥岛人操纵，天平只是轻轻震荡，却不再沉下。

他轻轻将小鸾抱了起来。

第一次，他的动作有些迟疑。

小鸾抬头望着他，展颜一笑。一阵娇柔气息扑面而来，让他猝不及防。

这是他所陌生的小鸾。

小鸾却没有察觉这些，双臂展出，环住他的脖颈，还跟以往一样，额头贴在他的胸前，秀发轻轻拂着他的下颌。只是他嗅到的，已不再是淡淡的药香，而是盛开的少女芳香。

这让他有些感慨，随之一阵痛楚袭来。

盛开时，亦将凋零，他终留不住。虽然换心术就在眼前，她再也不会为盛放而痛苦，但不知怎的，他仍然感到一阵酸楚。

与他将要失去她，同样酸楚。

真气运动，卓王孙带着她飘上了玉山之顶，轻轻放下。

"小鸾，我找了位大夫为你治病。从此之后，你就再也不必吃药了。"

小鸾笑了，似乎对这一切毫不关心，只认真地问："哥哥，我漂亮吗？"

说着，她提着裙角，轻轻转了个圈，雪花像是围绕着她的旋舞轻轻落下，为一个精灵而叹息。在这一刻，她是唯一配上这玉山之美的精灵，芸芸众生，不过是尘世间污秽的浮尘。

似乎是一片落雪挡住了卓王孙的眼睛，让他的目光中也有了淡淡的涟漪："漂亮。"

她的手指滑过层层裙裾，轻轻叹息："这是专门为你织的呢，十日十夜，才织完。"

十日十夜，千丝万缕，十六年的心事，五千八百多日的等待，皆被一丝丝、一寸寸，织进这洁白无瑕的嫁衣中。

十日十夜，对于别的人，也许只是一个月的三分之一，一年的三十分之一，一生的两千分之一。对于她，却几乎是余下生命的所有。要不眠不休，呕心沥血，才能将这袭嫁衣织得如此美丽。

小鸾抬起头，目光如琉璃般通透："哥哥，还记得吗？你说过要娶我。"

卓王孙沉默。

是的，他说过。茫茫尘世间，他只为她做过这样的允诺。

他亦永不后悔。

他执起小鸾的手："你真愿意嫁给我吗？"

小鸾脸上绽开笑颜："当然愿意了。我最喜欢哥哥的。"

卓王孙轻轻用力，将她拉进怀里。

山顶的清风中，他昂首，对着无尽浩渺的苍穹："今日卓王孙与步小鸾结成夫妻，天荒地老，永不离弃。若背此约，人神共厌。天地日月为证，岁月轮回为证！"

说着，他屈膝跪倒在地。

这是他第一次，跪拜在天地面前。

只在这一刻，他的心意变得前所未有地简单。只要她愿意，他所有的一切都可以舍弃。尊严、荣耀、骄傲、名望，他的一切，都愿意为她付出，不求一点回报。

也许就是为了她，为了华音阁，他才如此留恋尘世，不肯回归。

小鸾将头埋进他的胸前，轻轻地抽泣着，泪水染湿了他的衣衫。

玉山顶峰，仿佛只剩下他们，紧紧执手，跪拜在苍穹下。

那一刻，诸神无言，地老天荒。

慢慢地，小鸾抬起头，隔着一个呼吸的距离凝视着他。慢慢地，她的嘴角浮起一缕笑意。

卓王孙也微笑着。

这是个大喜的日子，不是吗？

小鸾："哥哥，我们需要一位证婚人。"

卓王孙："好啊。这峰顶上所有的人，都是我们的证婚人。"

小鸾摇了摇头："不，我不想要这么多。"

她的笑容天真而纯粹："晏阿姨说，女孩子在出嫁的时候，要由父母亲手将她交给新郎。可我很小就没有了父母，这个世上，除了哥哥，还有一个人对我最好……"

她抬头，看着被绑在石柱上的相思："相思姐姐，你愿不愿意替我的父母，把我交给他？"

卓王孙抱着她，望向相思。

相思全身一震，怔怔地看着小鸾，似乎还不明白发生了什么。

"相思姐姐，你愿不愿意为我的婚礼祝福呢？"

小鸾的笑容纯粹得就像是一抔新雪，天真无邪地看着相思。

相思呆呆地看着小鸾，她真的知道这一切的含义？生生世世，天荒地老，还是只不过是小女孩披上轻纱、装扮新娘的游戏？

她忽然感到心一阵隐痛，玉山上的风就像是一柄尖刀，刺入她心里，轻轻搅动。

她甚至不敢看这双琉璃般的眸子。

这里，亦有她的罪。

她忽然想起，她一直不敢面对这双眸子。她一次次离开华音阁，宁愿在江湖上流浪，是否亦为了逃避这两道琉璃般的光芒？因为这个家，这个她成为上弦月主的地方，有她不敢亦不愿面对的柔软之处。

那是她的罪，此刻正注视着她，轻轻地问："你愿意祝福我吗？"

恨她，或者忌妒她，都将成为罪。她不过是个注定了会夭折的小女孩，对爱情、对人生、对这个世界有着幼稚的幻想，不容任何人打破。

这幻想便是童年时泥做的小小扑满[1]，只要打破了，那些幼稚、天真、荒诞、纯

---

① 中国古时以泥烧制而成的贮钱罐。扑满最早的记载文字，见于司马迁所写的《史记》中。它还有许多别称，如：悭囊、闷葫芦、储钱罐。

洁的幻想，都会像钱币一样哗啦一声淌出来，散到天尽头。此后找再多的扑满，放上再多的钱币，都无法弥补这打碎的一个。

相思的心亦成为一个扑满，里面装满了凄楚与伤痛，轻轻一碰就会破碎。但她不能打开它，而是要将更多的伤痛装进来，深深埋藏。

只有这样，才能成全小鸾的梦。

只有伤尽自己，才能成全。

“我……愿意……”

小鸾甜甜地笑了起来，轻快地转身，仰望着卓王孙：“哥哥，她答应了。”

卓王孙轻轻点头。

小鸾目不转睛地看着相思，却对卓王孙道：“哥哥，你愿不愿意将刚才的话，对我们的证婚人再说一遍呢？”

相思身子轻轻一震。

这一刻的小鸾，竟有点陌生。她的眼神不再如琉璃般通透，而是有一点嫉妒，有一点埋怨，有一点挑衅。

这让她不再像一朵水晶镂刻的花，而更像是一个真正的少女，为了爱情，做着淘气而天真的恶作剧。

相思的心轻轻抽搐。这么多年来，卓王孙和她，亦曾有过缱绻燕好之时，他们几乎从未刻意避讳小鸾。因为在他们心中，她不过是一个孩子，需要人时时刻刻照顾、不离左右的病人。却没有想到，这么多年来，她已渐渐长大。爱情，是最神奇也是最恶毒的巫师，悄悄将妒忌和酸涩装入了她心中的扑满。

是要报复她吗？相思的笑容有一点苦涩。

就算如此，那也不过是孩子脾气，又何须在意，何忍在意？但不知为何，当相思听到那一句誓言时，她的心却如破碎一般痛。

这誓言，亦是她的渴求。多少年来，多少次形于梦寐，她却从来不敢奢望有一天，能听他说起。

没想到，他真的说了出来，一字一顿，是那么坚定，那么执着，镂刻上岁月，镂刻上轮回。

不同的只是，听的人，是小鸾。

又怎忍再来一遍？

相思怔怔地看着卓王孙，却不知要说什么好。

卓王孙没有看她，只平静地将誓言重复了一次。

“今日卓王孙与步小鸾结成夫妻，天荒地老，永不离弃。若背此约，人神共厌。天地日月为证，岁月轮回为证！”

相思猝然合眼，泪水沾湿了衣襟。

小鸾满意地笑了，轻轻合上双眼，长长的睫毛在她脸上投下一片瑰丽的阴影。她仰起头来，向着卓王孙。

“哥哥，该吻我了。”

卓王孙身子猛然一震。

相思的呼吸也在这一刹那停止。

卓王孙抱着小鸾，突然感到一阵惶惑。他的身体在这一刻变得僵硬，竟然无法做任何动作。

小鸾的睫毛轻轻颤动着，雪白的腮畔泛起一缕嫣红，似是一直在期待。

良久，山峦无语，寂静的夜空中，仿佛只有岁月在低低吟哦。

缓缓地，小鸾的嘴角绽放出一丝冰雪般的微笑，她柔声道：“仇人的女儿，无法吻下去吗？”

她的手，突然攥紧，轻轻放在卓王孙的胸前。

卓王孙一声痛哼，身子竟踉跄后退。

他体内像是永无止尽的真气突然干涸，再也无法运转分毫，他的通天修为，竟在这一瞬间被完全冰封！

他惊骇地抬头，却在这一刻，发现小鸾身上透出一簇幽蓝之光。光芒围绕着她，就像是蝴蝶围绕着冰雪之花。

她轻轻抬手，莹莹幽光围绕着她的手指，就像是恒河的波纹。她的动作并不快，结着一个一个法印，但天地万物，没有一个能阻挡她的动作。

仿佛轮回中的宿命一般，卓王孙眼睁睁地看着她一掌重重地印在自己的胸前。

刻骨铭心的痛瞬间穿透了他的身体，卓王孙一声怒啸，霍然记起了这一招的名字：“恒河大手印！”

他感到自己停滞的真气被这一掌引发，却完全不受他的控制，在体内轰然爆开，全身的血脉顿时沸腾，仿佛要将他一寸寸烤成灰烬。

小鸾轻轻笑了:“不错。哥哥,这是天上地下,唯一杀得了你的招数——恒河大手印。

“丹真[①]姐姐将它传给我，就是因为我是唯一杀得了你的人。”

她轻轻偎依在卓王孙怀里，卓王孙却步伐踉跄，几乎站立不稳。恒河大手印的威力无边无际，的确是杀他的唯一方法。

他无论如何都想不到，小鸾竟会施展这一招，竟会想杀了他!

小鸾捻着他衣襟上的散发，轻轻靠在他胸前，似乎要聆听他狂乱的心跳:

“哥哥，你会死吗？你死了的话，我的爹爹，会不会开心呢？”

卓王孙心弦一震。

步小鸾的父亲，是华音阁上代元辅，步剑尘。自上代阁主于长空死后，华音阁十数年无新主。步剑尘掌握阁中大权，一心辅佐郭敖上位，欲将卓王孙清除出华音阁。在继统一战中，卓王孙打败郭敖，夺得阁主之位，并将阁中反对势力全部摧毁。步剑尘走投无路，临死之前将小鸾托付给他，然后甘心就戮，死在他的剑下。

杀父之仇，不共戴天。

而今，小鸾是为父亲报仇吗?

她做的这一切，仅仅是为了替父亲报仇吗?

他苦笑，吃力地想将小鸾推开，但体内的创伤实在太重，连这个简单的动作都已做不完整。他抱着小鸾，一个踉跄，单膝跪倒在地。

就如刚才祷告天地时一样。

只是，鲜血从他身上溢出，慢慢地将小鸾身上的嫁衣染成血色。

---

① 丹真那沐。三只青鸟一心召唤的西王母转世。毗湿奴力量的拥有者，职责守护众生，阻止魔王毁灭这个世界。在冈仁波齐峰顶，她本可用恒河大手印的力量，将一切因缘摧毁，却最终罢手。辞世前，她将恒河大手印的力量传给小鸾，以维持她的生命。并预言，当卓王孙放弃神格、沦入魔道之时，这一招将再度现世。事详《华音流韶·天剑伦》。

第三十四章

为君零落为君开

晏清媚看着这一切，嘴角的笑意越来越浓。

卓王孙本来是最难控制的变数，却被步小鸾的恒河大手印击中，身心俱遭重创；杨逸之的风月剑气已出，不足为惧；郭敖为了秋璇，已受她控制；虬髯客本就唯她马首是瞻，绝不会倒戈攻击她。

这一切，都是她的安排。

一切，又回到了她的掌控之下。

她轻轻拍了拍手，一队羽衣人将秋璇押了上来。

秋璇看到卓王孙，全身不禁一震。这么多年来，她第一次看到这样的卓王孙。落落青衣已被鲜血染透，看不出本色，紧皱的眉峰中写满了刻骨的剧痛。春水剑气感觉到巨大的危险，本能激起，在他身周形成一圈屏障，但这屏障也在强烈的光芒中明灭不定，宛如夜空中的流萤。

秋璇的脸色不禁变了。

晏清媚脸上是胜利者的笑容。

“曼陀罗阵乃天下最强的法阵。生老病死，只是开启曼陀罗阵的基础。完整的曼陀罗乃八瓣之花，也只有八苦汇聚，才能将曼陀罗阵的力量发挥到极致。要困住如此多的绝顶高手，只有生老病死的简易曼陀罗阵是远远不够的。”

秋璇缓缓点了点头：“也就是说，还有后四种苦。”

晏清媚微笑：“不错，在我制造出的梦境中，你们都看到了自己的心魔。杨逸之，有爱别离之苦；你，有怨憎会之苦；郭敖，有求不得之苦；而他就复杂多了……”

她看了卓王孙一眼：“梦境中，只有他未完全沉沦于幻象，导致曼陀罗阵无法完整发动，也才未能将你们完全困住。直到此刻，最为深重的一苦，才在他身上完整地呈现。”

她得意一笑，对卓王孙道：“阁主大人，‘五蕴盛’的滋味如何？”

五蕴盛，便是八苦谛的最后一种，是前七苦的总和，生、老、病、死、怨憎会、爱别离、求不得……世间的一切苦难，汇聚于心，是以称为五蕴盛。

是为小鸾。

卓王孙依旧看着怀里的小鸾，没有动，也没有回答。

晏清媚：“直到这一刻，曼陀罗阵最强的力量终于完整汇聚。这种力量，兼金刚、胎藏曼陀罗阵之长，到底有多强，想必你比我更加清楚。如今，我就要用它打通生死两界，缔造出前所未有的奇迹。

“这是连你的母亲，都未能窥探到的，曼陀罗阵的真正奥义……”

她伸手，轻轻抚过秋璇的脸：“期待吗？伟大的复活仪式即将开始。转轮圣王、我的儿子，也是将来要与你厮守的人，即将重新降临这个世界，没有人能阻挡。”

秋璇冷笑，突然转向那些幽冥岛人。

“你们难道没有发现吗？她想要做的，不是拯救你们，而是想要让小晏殿下复活！她要杀死你们，复活他的儿子！”

幽冥岛人呆呆地看着她。

秋璇忽然感到一阵不安。

晏清媚淡淡道：“她说得没错，我要你们舍身，来复活转轮圣王。你们可愿意？”

幽冥岛人齐齐跪拜。

他们的人生，就只有一个目的——为了吞噬过佛血肉而赎罪。而今，佛有可能重生于世上，他们愿意舍身。

他们是罪孽之鹰，吞噬了佛之血肉，本就应该把自己的血肉还给佛。

还了，他们就解脱了。

秋璇只觉这个世界简直疯了。真有人认为死人会复活吗？

玉山之上，幽冥族人围在晏清媚脚下，口中念诵经文，不住叩拜着，仿佛他们迎接的，不是一场屠戮，而是久违的狂欢。

秋璇渐渐冷静下来：“不错，我了解曼陀罗阵的力量。但即便这种力量，也不可能真正打通生死。”她叹了口气，“青鸟族的九窍玲珑之心可以传承记忆，你弄尽玄虚，不过是借助这一特质，将所有生者对小晏的记忆凝聚这颗心内，再用曼陀罗阵之力，将它移植到另一个人体内。或许，你还有奇方异术，可以改变这个人的容貌和体形，但这个被强行移植上你儿子容貌和记忆的人，真的是他吗？

“转轮圣王虽不断临世，但下一个转轮圣王，跟上一个转轮圣王。是同一个人吗？

“你所做的一切，不过是自欺欺人罢了。”

晏清媚在风中微微一震。

秋璇抬头，静静地望着她：“两千条逝去的生命，都将成为他的罪。你‘重生’后的儿子，注定无法成佛，只会背负着无尽的罪孽度过余生，这一切，都是拜你所赐！”

“住口！”晏清媚的手突然扼上秋璇的咽喉，碧绿的衣衫如云般扬起，“有罪的是你们！”

秋璇静静地看着她，并不挣扎。

晏清媚细长的眉目挑了挑，似乎察觉了自己的失态，缓缓松手：“想必你的母亲曾告诉过你，曼陀罗阵是天地力量之极，在不同的阵主手中，将呈现不同的姿态。你的母亲以八苦谛，触发入阵者心中之情，获得无坚不摧的力量。而我触发的，是你们的罪。生老病死、爱别离、怨憎会、求不得、五蕴盛，都是你们在轮回中种下的罪孽。只有有罪之人，才会被曼陀罗阵控制……

“每一个人都有罪。若众生无罪，佛又何必要舍身？”

她顿了顿，脸上重新凝聚起妩媚的笑：“就让佛的重生，来为你们赎罪吧。”

秋璇微微变色。

晏清媚：“请转轮圣王。”

轰然一声巨响，玉山震动。

玉山最中心处，忽然绽开一朵巨大的莲花，莲花中心，有一个漆黑的空洞。缓缓地，一阵机簧响动，一座莲蕊形的玉台从地底托起，缓缓嵌入这朵莲花之上，天衣无缝。

一人身着紫衣，静静站立在莲台中。他面容肃穆温润，遥望海天。海风吹动，衣袖翩翩，上面刺绣的九纹菊仿佛盛开在风中，洒下阵阵冷香。

幽冥岛人发出一阵骚动。他们仿佛见到了那位睽别已久的转轮圣王。但随即他们发现，那不是小晏，而是郭敖。

郭敖像是已失去神识，静静地站在莲蕊之中。他身着小晏的服饰，竟有三分相似。

晏清媚看着他，一阵目驰神往。她喃喃道：“我一定会让你复活……我一定要再见到你……”

她突然一声清叱：“日月虚藏，天攖地成，曼陀罗阵，启！”

随着她的话音，玉山的东、南、西、北同时响起一阵爆炸之声。青、黑、红、紫之气同时腾起，如四条狂龙，盘旋着玉山扶摇直上，在玉山顶上三千丈的高空凝结，又突然如镜中之影般叠加为二，凝成一朵八瓣之花，大放光明。炫目的光芒化为实质，从天空飞落，轰击在大海上，顿时海涛汹涌，向玉山席卷，巨大的山体亦摇摇欲坠。地底的火山被激发，岩浆从罅隙中溢出，顿时激发出百丈高的巨浪，轰然冲天。

天地像是要灭掉重生一般。

晏清媚微笑，感受到曼陀罗阵的力量正在一点一点开启，生死彼岸的门，亦在一点点打开。

她朗声道：“虬髯客。”

虬髯客被这连番的变化弄得无所适从，闻言低声答应道：“观音大士。”

晏清媚：“带你的剑，将相思的九窍玲珑心挖出，送到转轮圣王面前，然后，我将赋予你底定中原的力量。”

虬髯客沉吟着，但这座曼陀罗阵以人内心深处的罪孽缔造，只要被阵主引动八苦，便会深陷阵法的禁锢，失去几乎全部力量。他已没有违抗的资本。

他叹息一声，从兰丸手中拔出宝剑，缓步走到相思身前。

卓王孙依旧一动不动，仿佛神思已不在这个世界。杨逸之想要抢上去保护相思，但失去风月剑气，又被曼陀罗阵的力量禁锢着，几乎无法起身。

虬髯客轻易地走到了相思身前，止步，沉默。

“我亦身不由己，你不要怪我。但为了让你少受点痛苦，我会用傀儡剑气刺你心脏。剑气入体，你周身便会僵硬，感受不到痛苦。

“这算是，我唯一能给你的仁慈吧。”

说着，他一展长剑，剑锋上一缕碧光闪出，瞬间腾到剑尖上。傀儡剑气虽是绝传的剑法，但大内藏有的武林秘籍极多，虬髯客虽未专门学习这门剑法，但也知道剑理。像他这样的高手，一法通而万法通，立时就将傀儡剑气模拟出来。

一剑向相思心房刺下，虬髯客感到一阵烦躁。

他什么时候沦落到这步田地了？

曼陀罗阵的八道光芒，也随着他这一剑急速下降，要在他破开相思胸口的瞬间，与九窍玲珑心结成一体，释放出打开幽冥之门的力量，令转轮圣王回归。

就在这时，一道人影倏然从阵外飞纵而入，直扑相思身前。

虬髯客正在惆怅中，这一剑深深地没入了那人的胸膛。

他大吃一惊："孟卿，你……"

扑来的人，正是孟天成。他死死地抓着虬髯客手中的剑，厉声问道："这是不是傀儡剑气？"

虬髯客惊骇之情尚未平息，孟天成一用力，抓住了他的手。

"这是不是傀儡剑气？"

剑气的碧芒几乎已贯穿他全身，令他身子渐渐僵硬。但他的目光却怔怔的，执着地盯着虬髯客，等待着回答。

虬髯客几乎下意识地应道："是……"

孟天成松开他的手，看着自己全身都被绿色覆盖，狂笑起来：

"我还记得她！

"我还记得她！

"我还……"

他的狂笑声戛然而止，只余下一阵撕心裂肺的咳嗽。

这一剑刺得实在太深，傀儡剑气还未完全发作，就已将他的全部生机凝滞。

痛苦一如凝固的血，被他握在掌心，却又在最后的温度中渐渐融化。

他轻轻抬头，山风呜咽，似乎带起一串细碎的响动。

多么像风铃的声音。

他仿佛看到，曾几何时，自己走过铺满青石的整饬院落。窗棂下，杨静回过头，对他淡淡微笑。

阳光洒满庭院。那一刻，她脸上阴郁的伤痕与忧伤都消失无踪，仿佛回到了初见的时刻，那绿衣华裳的仙女，在桂树下展颜微笑。只是，不再仰望着月宫，而是坐在他的窗前，对他淡淡微笑。

只对他。

风铃在不可知处轻轻摇响，却又越来越远。这一切，仿佛只是一场清雨后的梦，陨落在夏日的屋檐上。

一春梦雨常飘瓦，尽日灵风不满旗。

他笑了。果然，他还记得她。不思量，自难忘，哪怕是傀儡剑法，也带不走他的记忆、他的思念。

他的愿望得到满足了。他想被傀儡剑气刺中，变成一具傀儡，来验证对她的爱。现在，他知道了结果。

孟天成的笑容渐渐定格，他的手刚刚抬起，却凝滞在半空中，仿佛要推开一扇无形的门。

十年的背负，十年的报恩，十年的流离，十年不为世人所容的骂名，于今，终于一起放下。迎接他的，只有浣花溪头，那一扇爬满苔痕的木门。

门后，是她的粲然微笑。

玉山顶上疾旋的四道光芒，却在这一刻轰然暴落。

但落点，并没有九窍玲珑心，而只有孟天成正在冷却的尸体。曼陀罗之光钻进他的体内，一阵激烈纠结后，传出一声失望的呻吟，光芒慢慢消散。

自此，曼陀罗阵走向崩坏。

晏清媚大惊："怎么会这样？怎么会这样？"

她已经将一切掌控在手，但千算万算，没有算到孟天成会突然跳出来。而此时，曼陀罗阵的力量已经耗完，不可能再发动第二次。

她接受不了，她谋划了十九年的大计，连卓王孙、杨逸之、虬髯客这样的豪雄都被她算计，玩于股掌之中，竟会败于孟天成之手！

她狂怒、痛苦、绝望，想杀尽一切人！

站在莲座上的郭敖，突然发出一阵痛苦的呻吟。

他乃曼陀罗阵的核心，而今，这座阵的力量失去约束，首先被波及的就是他。天空中的光芒落下后，天色阴沉得可怕，像是神明在愤怒自己的力量遭到滥用，即将展开毁天灭地的报复。这股力量猛烈地旋转着，形成巨大的风暴，向玉山压了下去。

玉山晃动着，倾斜得更加厉害，似乎随时会折断倾倒。

晏清媚却完全顾不上理会，几乎疯狂："怎么会这样？怎么会这样？"

她无法接受这个结局，数年的期待，数年的布局，只为了迎接她的孩子，为了迎接佛。

她的儿子，她的转轮圣王，一定会回忉利天上，为她讲经。

这就是她的命运。天上地下，没有什么能改变，哪怕是神王都不能！

曼陀罗阵爆散后的力量冲击着玉山上的一切，天地之威，终于肆虐，要给亵渎的人一个永生的警告。

晏清媚再也顾不得控御曼陀罗阵的力量，飞身跃入龙卷肆虐的阵法核心，冒着可以将天地搅为碎屑的力量，踉跄而行。

她执着地向前走去，不再有沉静的微笑，不再有绝顶的计谋，不再有高绝的力量，只是一位悲痛欲绝的母亲，一步步走向自己垂死的孩子。

曾几何时，她为了替鹰之一族赎罪，费尽心机，让转轮圣王成为自己的儿子；但当失去他后，她才蓦然发现，无论全族，还是自己，都比不上他。

她想让他活着，她想再看他一眼。她不想再让他遇到任何危险。

因为，他是她的孩子。

为了复活他，她不惜将本想拯救的全族人推向毁灭的祭台，不惜冒着天谴之危，策划这天怒人怨的转生计划。

疯狂吗？卑鄙吗？恶毒吗？愚昧吗？

这只不过是一个母亲的执念而已。

狂暴的力量中心，郭敖抬起头，刺骨的痛苦却让他的心无比宁静，他终于可以好好地看着她，看着这个向他走来的女人。

睥睨天下的幽冥岛主？执掌生死的南海观音？凶手？恶魔？或者，仅仅是一个痛失挚爱的母亲。

郭敖的心中突然有一丝茫然。

他的母亲呢？他恍惚还记得，他见母亲最后一面时的情景。多年分别后，他惊讶地发现，他的母亲青凤已是那么苍老，苍老得连他都几乎快认不出了。布满风霜的脸上满含惊喜，却依旧是那么怯弱，甚至不敢靠近他。

而后，她告诉他一个秘密，一个让他的世界彻底崩坏的秘密。他的父亲不是于长空，而是大奸臣严嵩。她骗他说他是于长空的儿子，只不过是想给他一个更好的未来，却让他的一生，都活在剑神的阴影中，最终沦入魔道。

他又如何能接受？仇恨和绝望顿时如火焰，将他最后的理智化为灰飞。

劫灰满空，痛彻神髓。

当他清醒的时候，他的母亲已永远睡去，带着重见爱子的喜悦，沉睡在他的怀中。

那时，他明白了，他为何那么羡慕秋璇，那么想摆脱自己的出身，只因为他所有的，不过是个卑微、怯懦、平凡的母亲。他的母亲并不强大、庄严、完美，无法保护他、无法给他无忧无虑的童年，也无法给他光辉灿烂的未来。

山风拂过，破碎了轮回，破碎了记忆。

他抬起头，茫茫之中，仿佛看到母亲青凤在风暴中，用尽全力地向他走来，不再卑微，不再哀求，而是勇敢地面对肆虐的一切，伸出双臂想要保护自己的孩子。

一如那袭在曼陀罗阵中绽放的墨色云裳般具有的力量——那曾是他多么渴求的希冀。

郭敖忍不住流下一滴泪。如果说，这座曼陀罗阵以罪孽发动，那么阵中罪行最为深重的，便是他自己了。

弑父杀母，罄竹难书的罪，永难宽恕。华音阁中，他入魔之后杀的人，又比晏清媚少了多少？

突然之间，他心中所有的纠结都放下了。他心中什么念头都没有，只有宽恕。

宽恕的不是别人，而是他自己。

却也因此而宽恕所有人，包括他曾嫉妒的，他曾辜负的，他曾伤害的，他曾厌弃的。

他想说一个谎言。

他看着晏清媚，轻轻道：“你这么想复活我吗？”

晏清媚嘶声道：“当然！”

风暴隔绝了他们，让他们看不清彼此的容颜。风暴卷起郭敖身上的九纹紫衣，亦扬起了晏清媚的一身翠绿。那一刻，她仿佛看到了小晏的微笑，他也仿佛看到了青凤的泪光。

郭敖微笑：“当年，我被囚禁于华音阁石牢中，武功尽废。为了重获力量，我不惜开启秘魔的法门。没有人知道，自走出石牢那一刻起，我就只有三个月的性命……就算你将我复活，也不能改变这一点。如此，你还愿意复活我吗？”

“愿意！”

晏清媚凄声打断他：“就算是只有一个月、一天、一个时辰、一刻钟，我也愿意。”

她凝望着他，伸出手，似乎要隔着夜风，触摸他的容颜：“我建造曼陀罗阵，杀掉千百人，就是为了能再重见你一面啊！”

郭敖身子轻轻颤抖，是的，他本不该怀疑这一点。那是他该得到的，他的母亲永远深爱他、思念他、保护他。无论他变成什么，无论他还有多久的生命，都不会改变。

他的脸上忽然露出一缕笑容，却如明月一般动人。

“如你所愿……母亲。”

风暴，在这一刻像是被一股强大的力量劈空斩开，连同天上的阴霾一扫而空，露出晴明的月色来。

月色垂照而下，照在郭敖的脸上。

郭敖抬起头，他的容颜，竟在一点一点地改变。

晏清媚的脚步骤然停住。她惊愕地看着这一切，全身的力量仿佛被抽空，忍不住轻轻跪倒在地。

那一刻，她看到一位释迦太子，她的转轮圣王，在悄悄降临。

世间的一切都是那么宁静，那么沉美，似乎也因王的降世而变得无比驯善。郭敖的脸，在寂静的光中一点点改变，改变成她心目中完美的形象，改变成地底那慈柔微笑着向母亲讲经的佛，变成她的永恒。

他伸出手，缓缓将她扶起。

“母亲，我也多么想，再见你一面……”

那一刻，诸天静寂。她觉得，就算让她背上再多的孽，犯下再重的罪，她都心甘情愿。她宁愿永生赤脚走在火红的岩石上，只为再看一眼这曾经陌生、依旧熟悉的笑容。

她的眼泪禁不住坠落。

第三十五章

空里浮花梦里身

卓王孙的身子一震，他感觉到真气在一点点恢复。

这感觉是如此不祥，他忍不住猛然抬头。

小鸾的脸仍在静静地笑着，但脸上的笑容慢慢灰败，宛如盛放了一夜的优昙，在黎明到来的瞬间寸寸枯萎。

那一刻，卓王孙的心也被寸寸凌迟，他凄声道："小鸾！"

小鸾吃力地睁开眼睛看着他，良久，仿佛才认清他，勉强地笑了笑："哥哥……"

她已不再是个鲜活的人，卓王孙看着她的时候，就像是看着一缕幻影。小鸾轻轻地抽泣起来，苍白的手指抚过他沾血的伤口："痛吗？"

她抬头，脸上是苍白而甜美的笑容："恨我吗？"

卓王孙猛地抱紧她，声音中是压抑不住的郁怒："恨！恨到入骨！恨到绝不放你离开，恨到要命令你活下去！"

小鸾却笑了："哥哥，你又在骗我了……"

她静静地看着他，琉璃般的目光似乎要照透他的心："为什么，你不恨我？"

卓王孙紧紧抱着她，如此用力，似乎要将她揉碎。

小鸾伸手，抚过他脸上的血痕，声音有些凄然："可你不恨我，我怎么能安心地死去呢？"

卓王孙感觉到悲痛与惊惶正在慢慢吞没自己。他看着小鸾一点点死去，却完全无能为力。

第一次，他感受到深深的恐慌。

他是万物之主，他掌控一切。无论是在江湖上还是在华音阁中，他予取予求，没有任何人能忤逆他，连上天都不能。

但现在，他能够做什么？

他怀中，小鸾的笑容渐渐破碎："到底要怎样，你才能恨我呢？"

随着曼陀罗阵崩坏，所有人被禁锢的力量都在慢慢恢复，却不知如何是好。

曼陀罗阵开启至今，不过短短一瞬，却让他们仿佛经过了一生般漫长。

杨逸之挣扎起身，来到天平前的石柱下，将相思身上的绳索解开。世界崩坏，如果他只能守护一个人，那只能是她。

这一次，相思并没有挣扎，任他将自己松开。一阵山峦余震传来，她站立不稳，软软跌倒。

杨逸之伸手扶住她。如今的他，已不在乎卓王孙会怎样看，也不在乎其他人会怎样看。这一方曼陀罗阵，方圆不过三十丈，却是多少绝顶高手的博弈？每一枚筹码，都有牵动天下之重。

可谁又会在乎相思？除了他，又有谁还记得她，谁又愿意为她解开束缚？

大地依旧震颤不止，山峦回响中，相思抬起头，静静地看着他："多谢。"她的目光是那么柔弱，仿佛山中的一抹轻岚。

杨逸之心中一痛，轻轻拥她入怀。

相思顺从地伏在他怀中，突然，她柔声道："对不起。"

杨逸之一怔，猝然间，一阵刺痛透来，让他几乎无法呼吸。他低头看去，一枚精致的莲花已深深刺入他肋下的穴道。

相思注视着他，泪水渐渐模糊了双眼："谢谢你对我这么好……只是，我不能再连累你了……"

杨逸之一震，心中涌起一阵不祥的预感，他摇了摇头，努力运用残存的真气，想将这朵莲花逼出。

相思咬了咬嘴唇，轻轻在尚未刺入的花柄上一碰。

砰的一声轻响，机簧弹开，尖锐的莲瓣在他的血肉中绽放，一阵酥麻从肋下传来，迅速行遍全身，杨逸之猝然倒地，再没有站起来的力气。

他的目光中满是惊愕："你……"

相思仿佛不忍看他，将目光挪开："莲心上淬过一种特殊的药，能让人半个时辰之内功力尽失……就请你，在这段时间内，放我做自己想做的事吧！"

“不！”杨逸之的心，仿佛预感到了诀别之痛。他伸出手，想要抓住她。

她却轻轻闪开，苍白的指从他的掌心滑落，只留下淡淡的凉意。

她转过身，向卓王孙走去。

相思在卓王孙面前止步。

眼前的他是如此陌生，那么悲痛，那么惶惑，那么愤怒，她从未见过这样的他。

当魔王悲痛的时候，这个世界就将沦落。

她凝视着卓王孙，凝视着武林群豪面前，飞扬跋扈的他；凝视着洞庭烟波上，温文儒雅的他；凝视着草原花海中，狂戾暴虐的他；凝视着花光酒影里，年少多情的他。

“我一定做过一件错事，虽然你不说，我也不记得了，但我知道，一定错得很厉害，让你无法原谅。我若是死了，你能原谅我吗？”

她哀恳地望着他，望着秋江上回眸时，看到的他。

卓王孙震惊地回头，看着那个秋江上回眸，凝视宛转的她。

他霍然明白，她说的是什么意思。只有九窍玲珑心能够救小鸾，而只有她，才有九窍玲珑心。

她想用这颗九窍玲珑心，换取他也服下一杯叫作忘情的毒药，忘掉那三连城中的一段往事，忘掉他已深种于心的郁怨。

可以忘记吗？忘记了又当怎样？

看着她，他心底深处的某个地方突然有一丝惊动。

也许，他从未认真地看过她，只因她总是伴在他身侧，不曾离去。他也从未认真想过，有一天他会永远失去她。

而那时的世界，是否比现在更加荒凉？

他沉默着，坚忍的冷漠，就像是一道伤痕。

良久，他眸中有光芒闪动：“好，我原谅你。”

相思心中一痛。这个答案，是她最希望听到的，也最不希望听到。并不是她即将因为这个答案而死去，而是她猜对了一件事。

她的确做过一件错事，错到他永远不会原谅她，只有死，才能掩埋。

为什么，她却连一丝一毫都不记得呢？

她轻轻拾起地上的剑。

如果剖开自己的心，能让这件事成为过去，她心甘情愿。

她最后看了卓王孙一眼。

卓王孙冰霜般的眸子中，也泛起了一丝涟漪。

这让相思感觉到一丝安慰。

在他心中，自己终究还占据着一处小小的角落。虽然它是那么小，那么不起眼，相比天下，相比华音阁，甚至相比小鸾，都不值一提。

但那个角落，就是她的，永远都是。

又有什么怨言？

她微笑着举起了长剑。

杨逸之惊惶的呼声传了过来："不要！"

他挣扎着，想要冲过来阻止相思。他不能让她做如此疯狂的事情，但肋下的刺痛瞬息洞穿了他的神髓，他踉跄跌倒。

卓王孙眸中的涟漪，就在这刹那间重新冰封。杨逸之对相思的柔情，就是封住他的冰。

他一字一顿道："刺下去，我立即原谅你。"

他放开步小鸾，站了起来，冷冷地看着相思，伸出手，仿佛等待着相思将心剖出来，放到他的手心里。

山风吹拂，带来心碎的声音。

还有什么可犹豫的呢？

相思微笑抬头，剑尖垂落，刺破了她如玉的肌肤。

一股庄严的气势在山峰上升起，仿佛明月照临，将整个玉山化为一片茫茫雪域。

相思刺下的剑，竟不由得凝在半空中。

卓王孙心神悚然一惊。如今他的修为已晋神境，世上已绝少有事能令他动容，而此时，不知为何，他心底竟感到一丝惶惑。

"卓王孙，你触犯了禁忌。"一个淡淡的声音，从他身后传来。

卓王孙倏然回首。

小鸾静静地站在离他不到三尺处。山风从天上吹来，将她身上雪白的衣衫吹起，就像是一朵盛开的莲花，晶莹剔透。

她的眸子，也仿佛已变得透明，冷得如冈仁波齐峰上的冰雪。

世间之情，已在眸中成空。

卓王孙失声叫出的一句“小鸾”，却生生咽在喉中。

这绝不是他认识的小鸾。

她虽然依旧纤弱、苍白，却沉静、雍容，一如九天上的神明，不容任何人有半点触犯。

犯者必死。

卓王孙的惊愕缓缓凝结，他凝视着小鸾，一字一顿问道：“你是谁？”

小鸾不答，十指缓缓张开，在胸前结成一个奇异的手势。

卓王孙认得，这正是丹真传给她的恒河大手印。

今夜之内，这个秘魔般的法印已是第二次出现在她手中，却与方才迥然不同。

仿佛刚才只是模仿者拙劣的学步，而这一刻，传说中世间唯一能杀死魔王的力量，终于回归到主人手中，从而有了惊天动地的威能。

那一刻，天地间响起了寂寥的叹息，似是诸天神明不忍见到俗世崩坏，发出一声悠然慨叹。

卓王孙眉峰猛然一凝：“你是丹真？”

小鸾静静一笑：“如你所见。卓王孙，因你触犯了禁忌，我再度降临。我非丹真纳沐，而是西天昆仑山的主人，西王母。”

她的目光，转向相思：“卓王孙，你不能杀她。永生永世，生死轮回，你都不能杀她。”

卓王孙冷笑：“为什么？”

“因为她是你的命运。”

卓王孙冷笑：“我的命运中只有自己！”

小鸾摇了摇头：“你还不明白，从千年以前，你的命运就是她。若你杀了她，这个世界必将崩坏。在冈仁波齐峰上，我将心魂寄托在恒河大手印中，传给了小鸾，就是为了监控你、阻止你。”

“你知道我为什么选中她吗？”她静静凝视着卓王孙，“因为她是世间最纯净之身，没有任何罪孽。人的心就是他们的罪，她没有罪，所以也就没有心。正因为如此，她注定了要夭折。人岂能无心？然而，一旦她承受了恒河大手印，就不会死去。因为恒河大手印的力量，会维系她的生命，直到你成魔的那一刻。”

卓王孙身子猛然一震。

这么说，如果他什么都不做，小鸾根本不会死去？

他为了挽救她所做的一切努力，都不过是一厢情愿、庸人自扰？

这又如何可能？

小鸾仿佛看透他的心，淡淡一笑："你错了。她已经死了。就在冈仁波齐峰上，你的小鸾就已经死了。恒河大手印留住的，只是她的躯壳。"

卓王孙怒道："胡说！"

小鸾："是因为你感觉不出分别吗？还是因为你根本不在乎她？你要的，其实只是个呵护的对象而已，根本不在乎这个人是谁。从冈仁波齐峰回来后，伴在你身边的，其实是我。你又什么时候在意过？"

冰雪织成的嫁衣在风中飘舞，她的声音被风吹得通透无尘："你用真气为她续命，为她耗尽神医灵药，置爱你的女子不顾，视天下苍生如粪土。你觉得自己很伟大吗？觉得她是你魔王心中唯一的柔弱吗？在我看来，你不过是自欺欺人罢了。"

卓王孙冷笑。

小鸾："不相信是吗？那我问你，你知道她心中究竟在想什么吗？十六年来，她快乐吗？她痛苦吗？"

卓王孙身子猛然一震，脸色渐渐变得苍白。他的武功无敌、智谋无双，此刻却无法回答她哪怕一个字。

小鸾："你可知道，她每天躺在你的怀里，受着无微不至的关怀，被你当作珍宝一样捧在掌心时，却有四个字在烧灼着她的心。"

她手中的法印猛然发出一丝刺眼的光芒。

"杀父仇人！"

卓王孙的心猛地抽紧。

小鸾冷笑："你该不会天真到相信，她永远不会知道这件事吧？事实上，她早已知晓一切。但她仍然要叫你'哥哥'，跟你同住，扮作一个天真的孩子。因为她知道，她若想复仇，就只能这样做。她甚至准备了这个，每天都戴在身上。"

她轻轻拾起腰间的璎珞。

长长丝带的尽头，悬挂着一枚青色的玉珏。这是她父亲留下的遗物，亦是天罗十宝之一。如果运用得当，有不啻任何上古神兵的威能，但挂在她身边，就只是装饰而已。

这枚玉珏她已经戴了多少年，这件事，卓王孙自然知道，但他从未想过，这竟是为杀死他准备的。

小鸾：“你知道她为什么接受恒河大手印吗？不是为了活下去，而是为了拥有杀死你的力量。普天之下，只有恒河大手印，才能杀死你。

“冈仁波齐峰上，小鸾早就已经死了，是我占据了她的躯壳。

“卓王孙，如今你知道了这一切，感到悲伤吗？”

她静静地凝视着他。这是小鸾的容颜、小鸾的身体，那神情却是如此陌生。

卓王孙亦凝视着她，却并不觉得悲伤。

这件事，是那么不真实，让他无法悲伤。

又或者，她说的都是真的，即使有一天小鸾真的离开他，他也不会掉一滴眼泪？

他沉吟片刻，张开双手：“小鸾，回到我身边。

“就算你真的想杀死我，也要先回到我身边！”

小鸾看着他，静静地笑了。

“多么拙劣的表演。

“虚伪。

“将仇人的女儿留在身边，像宠物一样豢养着，很快乐吗？”

卓王孙陡然怒吼：“闭嘴！”

宛如炸雷一般，整座玉山都被他这声怒吼震得摇动起来。厉风自卓王孙身上盘旋而起，吹得他满头长发暴散，他满面怒容，厉声道：“不管你是什么神、什么灵！滚！”

冲天剑气飙散，卓王孙身形逆风舞动，猛然一步向前踏下！

天地轰然震响，那股自小鸾掌心发出的庄严气势，本控御万物，冲虚祥和，此时被卓王孙踏得粉碎。

小鸾淡淡笑了笑。

“不愧是注定灭世的魔王。我们打个赌如何？”

她扬起手，法印在空中舞动，化成一连串光芒，最后凝结在她的掌心。

“这就是恒河大手印的真正奥义，世间唯一能杀死你的力量。我这一掌击出，你若不招架，将必死。你若招架，她的身体已孱弱至极，两股相撞的力量势必令她粉身碎骨。

“你不是说，爱她、愿意娶她、宁可为她付出一切吗？这一掌，将令你知道，你的承诺是多么可笑。”

她抬起手掌，脸上依旧是淡淡的笑容。

卓王孙凝视着她，怒气慢慢消失。

疯狂的飓风，也随之静止下来。

“小鸾，你真想杀死我？”

他的语调中第一次有了苦涩。他本予取予求，天下无人敢拂逆，却只有她，是他唯一的牵挂。终他一生，他不能加一指于她。

“无论你是谁，我都不会对你出手。你若想杀我，那就动手吧。”

他缓缓坐下，背对着小鸾，一动不动。

小鸾怔了怔，似是没想到他竟会是这样的反应。

但随之，她微微冷笑，缓缓抬起手掌，掌心闪动的，是这个世界上最庄严、最神秘的力量。

这种力量本不应存在于人间。传说当年大禹来到天宫，想要见识天地间最终极的秘密，于是，西王母便为他演练了此式。这一式，堪称夺天地之造化，乃天上地下，唯一能杀死灭世魔王的招数。

而今，在这个身披雪嫁衣的少女手中，施展了出来。

天地竟在这一刻陷于死寂。

传说，这一式若施展出来，神鬼都会夜哭，因为天地的秘密将第一次毫无保留地展现在世人之前，是为诸神之禁忌。

但在小鸾手中，这一式竟出奇宁静，仿佛只是为卓王孙拂去衣上的征尘。但手掌尚离他的手臂三尺远，卓王孙身上的青衣已片片破碎。

他竟真的没有丝毫抵抗。

小鸾的手忍不住顿了顿。

他的背影，看上去是那么落寞，没有怒意，没有杀气，不再像天下无敌的华音阁主，不再像令众生惊惧的魔王，而只是一个伤了心的人。

真的一掌击下去吗？

小鸾笑了笑，笑容是那么凄然。

灿然光芒，倏然自她掌心爆发，向卓王孙的肩头怒压而下。

这一掌，将击碎他的肩胛，撕开骨肉，直逼他的心房。这一掌，将令他痛彻心扉。

“不！”

相思尖叫，向小鸾掌上迎去。她本绝不相信小鸾会向卓王孙下手，此时却不由得她不信。她来不及细想，想用身体挡住这一掌。

小鸾脸上变色，叫道：“快躲开！”

但相思已扑到她掌前。小鸾掌心的光芒倏然大盛，瞬间扩成一个凌厉的光环，玉山上仿佛升起一轮灿烂的太阳，炽烈的光芒映得人睁不开眼睛。巨大的吸力自日环中心迸发，相思惊呼一声，已被吸入光芒中。

卓王孙猛然转身。

日环灿烂得看不清楚，相思的身体几乎已全没了进去。光环宛如实质一般，猛然向里收紧。相思痛楚的神情，却在那一刻清楚无比地传进了卓王孙眼中。

是那一回眸，卓王孙心下一紧。

仿佛只是本能，他的手探了出去。

真气宛如春水，将相思裹住，向外迸发。但就算是他，亦低估了日环的威力，一股巨力雷轰电闪一般传了过来，卓王孙身子剧震，一退再退！

日环宛如雪崩一般爆开，卓王孙手上鲜血炸散，一直退出三丈，才勉强立定身形。

相思被巨大的爆炸之力抛出三丈，跌落在地上，顿时失去了知觉。

卓王孙几乎要向相思走去，却又止住了。光雨乱坠中，他心中有一些茫然。他不是本已决定要取她的心来救小鸾吗？为什么又在最后一刻将她推开？

为什么？

滴答，滴答，鲜血从他袖底坠落，在玉山上溅起点点寒梅，一如他紊乱的心绪。

他抬起手，却看不到伤痕。

一阵莫名的恐惧从心底生起，他猝然抬头。

雪花缓缓飘落在他怀里。

那是小鸾。

她几乎承受了恒河大手印全部的威力，孱弱的身体完全破碎。大团嫣红的血溅出，同他的血混在一起，将那袭嫁衣染得血红。

如果嫁衣本是雪，而此时，已是鲜红的雪。

卓王孙怆然跪倒，紧紧抱着她，看着雪一缕缕融化。

一滴泪缓缓自小鸾的眸中流出，她吃力地凝视着他，嘴角却含着一丝微笑。

那一刻，仿佛有什么东西在卓王孙心中破碎。

无论西王母还是丹真，都绝不会流泪。

流泪的，只会是小鸾。

“你骗我！”他忍不住低吼道，“你不是西王母，你一直是小鸾！”

小鸾勉强笑了笑，这一刻，她就像是个恶作剧被发现的孩子：“还是……被你看出来了……不骗你，你怎么放得下。”

卓王孙悲痛至极，紧紧拥她入怀。她的身体却那么冰冷，他就像拥着一捧雪，越用力，便会越快融化：“为什么，你为什么要这么做？”

她艰难地抬起手，冰凉的手指轻抚过他的眉宇，仿佛要铭记他的每一寸容颜。

缓缓地，她的手轻轻垂下，按在卓王孙的胸口上。

“哥哥，痛吗？”

她抬头，静静凝望着他，似乎在等着他的回答。

那一刻，她的眸子中映出了天空的颜色，就如生命中第一次所见那样，净如琉璃，绝无半点尘埃。

卓王孙的心骤然一痛，他猛地抱紧她，仿佛要用尽全部力气，将她的骨、她的血纳入自己体内。

“对不起……”她展颜微笑，苍白的手指在空中划过一个凄伤的弧，顺着他的脸，轻轻落下，就如一片陨落的枯萎的叶。

“我只是想，尽力伤你一次，等我死的时候，你就不会这么痛……”

一丝甜美的笑，爬上了她苍白的脸颊，缓缓凝结，而后，就永远永远停在了那儿。

卓王孙跪在地上，就像是抱着一片水晶、一盏琉璃。

他昂首，此刻的天空亦宛如琉璃，不带一点尘埃。

一如她临别的目光。

在这个世界上，只有她如水晶一样存在，通透无尘，没有任何罪孽。

她本无心。

只是，上天不想将她长久地留在这个污浊的尘世上。

第三十六章

直将归路指茫茫

她再也不会用唯一能杀死他的招数，一次次击向他了。

她再也不会像个小女孩一样缠着他，一会儿见不到他就会哭了。

她再也不会乖乖地坐在他的膝前，却偏偏要像个大人一样对他说话。

她再也不会撩起帘子，探出头，叫他一声“哥哥”了。

他已失去她，永远失去她。

他可以拥有整个世界，却无法再拥有她，哪怕只有一日、一刻、一时。

最后的温暖，残留在他的怀抱里。就连这点温暖，他也无法留住。

没有人知道，小鸾在他心中的地位。

所以，也没有人能理解，当他失去小鸾时，心中有多痛。

武功天下第一，文采风流天下第一，智谋术算天下第一，旁人看来，他应该享尽荣宠，无欲无求。

但他亦是世人心目中第一的魔头、属下眼中威严的领袖、正道心中可怕的敌人。平日，他独自坐在御宿山巅，一壶酒，一朵花，宛如世外神仙，但亦是因为，他的身边一个人都没有。

就连那朵曾被他捧在掌中的水红莲花，也每次都恭谨地叫他“先生”，他甚至分不清，她究竟是敬自己，还是爱自己。

只有小鸾。

只有她殷殷地叫自己“哥哥”，毫无保留地相信他、依赖他，对着他想笑就笑，想哭就哭，什么都不隐瞒他，对于他仿佛是透明的。

于是，他也什么都不隐瞒小鸾，对她仿佛是透明的。只有对着她，他才不是天下第一的阁主，不是世人心中的魔头，是“哥哥”，是个活生生的人，是个可以煮药烹茶、看花擦桌，偶尔可以笑一笑，想到不顺心的事情可以叹口气的人。

某种程度上讲，她是他唯一留在这个世上的“人心”，失去她，他不知道自己将会变成什么。

但现在，他失去她了。

她在他手中渐渐冰冷，变成一块琉璃、一抔雪。

卓王孙觉得世间的一切，渐渐变得恍惚了，离他远去。

玉山，仿佛变成了一面镜子，矗立在卓王孙面前，雄伟的、贯通天地的镜子。镜中，一个跟他一模一样、但贯通天地的神像，静静地凝望着他。

“痛苦吗？是不是觉得失去了一切？”

卓王孙不答。

镜中神像：“但你知道吗？造成这一切的，是你自己。

“你是万千亿恒河沙数无量世界的神王，你执掌着无量世界亿万生灵的命运，而你的命运，也必须按照既定的仪轨前行。如若违反，将有大灾劫发生。

“这就是大灾劫的开始。因为冈仁波齐峰一战，你已完成了神王赌约，觉悟神格。灭之力已开启。如果你不回归，这个世界，会渐渐受它影响，终将毁灭。

“丹真纳沐将恒河大手印的力量灌入小鸾体内，本来你若是在雪山上回归，小鸾将在大手印力量的支撑下，一直活下去。晏清媚也不会策划让小晏转生的计划，鹰之一族也不会绝灭。但正是你对红尘的留恋，让本应完满的结局，走向崩塌。”

镜中神像叹息一声：“现在，还来得及，回归吧。忘掉这个世界上所有的事，回来做万千亿恒河沙数无量世界的神王，这是你的命运。”

巨大的镜子中，毁灭之神向他伸出了手。

卓王孙一动不动：“回归后，我是什么？”

镜中神像：“你会成为神王，万千亿恒河沙数无量世界的主人，所有生灵都膜拜的主人。”

卓王孙："那'卓王孙'呢？"

镜中人沉默了片刻道："你应该知道，'卓王孙'从来没存在过，他只不过是毁灭之神在人间的化影，你回归后，这个影就会破裂。世上再没有卓王孙，只有毁灭之神。"

卓王孙："你是说，就像我从未存在过？"

镜中神像："是的，你从未存在过。"

卓王孙："那世界上，见过我的人将如何？"

镜中神像："你还记得晏清媚让小晏转生的方法吗？"

卓王孙骤然一惊。

神像巨大的眼眸中没有一丝波动，似乎所说的是一件微不足道的小事："所有与你相关的人，都会死。在你回归的那一刻，你所有存在过的痕迹，都会被抹去。然后，这个世界就像从未有过你一样，进入本来注定的仪轨。"

卓王孙身子一颤。

镜中神像："你是万千亿恒河沙数无量世界的神王，让您回归，这点代价算什么。"

卓王孙沉默着。

是的，实在是太小了，小到微不足道，小到若是成为贯通天地的神王，都不会注意到。

但，那是他的全部。

是他在这个世界上所有的牵挂，是他在这个世界上存在过的证明。

为了万千亿恒河沙数无量世界在他的力量庇护下继续繁荣，他存在过的所有痕迹，应该被抹去。

他就该如没有存在过。

这是神王的想法，是佛的想法。

但不是他的想法。

所以，他不是神王，不是佛。

卓王孙："我说过，我不想成为你。我是——卓王孙。"

他抱着小鸾，缓缓站了起来。

巨大的镜子，于这一刻仿佛突然遭受一股巨大的力量，崩塌，碎裂。

卓王孙的脸上，没有任何表情。

每一块镜子的碎片中，神像的脸上都露出惊容。

神像："你做什么？"

卓王孙："我，要做我自己。"

"可再不回归，你就将堕落为魔。难道你真的要成魔？"

卓王孙的声音淡淡而坚定。

"是的，我要成魔。

"我，不会回归！"

滔天的威压，在整座幽冥岛上弥漫。

所有人都感受到了窒息般的压力，如飓风，如海啸，抨击着每个人的心。

卓王孙回头对所有人淡淡道："这座天平来自一个异国传说，人死后，就要把心放到天平上称量，如果重量超过一根羽毛，就是有罪。"

"你们把我放上去，用小鸾来称量我，现在，该是我来审判你们的时候了。"

他将小鸾轻轻放到天平的玉盘上。

一身嫁衣缓缓垂下来，将天空也染上血色。卓王孙轻轻抬手，将玉盘送了出去。小鸾静静地躺在玉盘上，仿佛一朵凋谢的花。

卓王孙一拂袍袖，离他最近的幽冥岛人被他一把抓在手中，嘶的一声轻响，他的内力透体而入，那人惨叫一声，胸口一阵刺痛，心脏猛然一声沉重跳动，竟然冲破胸膛，跃到了卓王孙手中。

卓王孙握着它，心脏还在他手中勃勃跃动着，带着腥热的温度。他轻轻甩手，将心脏扔到天平的另一个玉盘上。

小鸾的身体裹在如雪的嫁衣中，缓缓下沉。

一颗心，当然压不起她的重量。

卓王孙冷冷道："你有罪。"

他的内力倏然一撤，那人惊恐的尖叫这才歇斯底里地爆发出来，身体在同一时刻猛然爆散。

卓王孙却闪电般飞到另一人身边，一举手，将他提了起来。

心，勃勃跃出胸腔，被摔在玉盘上，溅开大片血花。天平，仍在缓缓倾斜。

“你有罪。”

又一个人爆炸成赤红的血末，玉山被染得一片血红，纷纷飞舞的，是凄艳的红色之雪。

卓王孙的身形飞舞，宛如一只青色的巨蝶，穿过纷扬的红雪，一次次停栖在惊惧的人群中，而后，将鲜血与生命带走，剜出心脏，扔到天平的另一端，毫不犹豫，绝无怜惜。

没有愤怒，没有疯狂，他的声音冷静得可怕，仿佛就是末世的神祇，在审判世人的命运。

“你有罪。”

惊恐倏然蔓延，这些幽冥岛人早已有了舍身的觉悟，但现在，他们感受到了巨大的恐慌。魔王在玉山顶上肆虐着，夺走每一个人的生命。他们将以最悲惨的方式死去，永生无法再进入轮回。

惊恐几乎将他们的精神击溃，他们忍不住尖锐地嘶啸起来，狂乱地夺路而逃。

但巨大的玉石凭空飞起，将道路堵死。整座玉山都在凄厉地颤抖，仿佛亦畏惧魔王的威严，随时会崩塌。

“你有罪。”

心脏从破碎的胸腔里被剜出，飞舞在玉山顶上，在玉盘上堆起高高的一摞，宛如一座狰狞的山丘。猩红的血泉涌出，将大地染成血海。山风吹过，透着浓浓的血腥之气，几乎让人无法呼吸。

本为观音修行的珞珈之山，已化为赤红的炼狱。

魔王的杀戮，像是无终无结的梦魇，永在凌迟。

小鸾的身体簇拥在血色嫁衣中，缓缓下沉。

仿佛天平亦在这一刻被魔王诅咒，无论放上多少颗人心，这座天平永远不会被压起。

若连她也有罪，就让整个世界为她殉葬吧。

一个淡淡的声音传了过来：“没有用的。”

卓王孙猝然回首。

秋璇隔着血红的落雪，静静望着他，眸中有淡淡的哀伤。

卓王孙垂手，猩红的血沿着他的衣袖滴落。

他看了她一眼，冷冷道："莫非你也想知道，自己是不是有罪？"

秋璇摇了摇头："知道吗？天平并不在这座山上，而在你心中。它称量的不是罪孽，而是你心中的分量。"

"所以，要想让它平衡，就将你最爱的人的心放上去。只有比小鸾还要珍爱的人的心，才会让它平衡。"

她微笑："那，就是我。"

卓王孙双眸一寒："你说什么？"

秋璇淡淡笑了笑："我在说，你最爱的人是我，只有将我的心放上去，天平才会平衡。你想否认哪一句？"

卓王孙厉声道："你在求死！"

秋璇抬头，逆着他的目光："试试？"

说着，她缓缓拉开了自己的衣襟，微笑看着卓王孙。

一时间，卓王孙竟不能逼视她。

他已化为魔王的心，竟在这一刻有了紊乱。

可小鸾已经死了。她为什么不能死？

为什么要挡住自己杀戮？是自己对她太过纵容了吗？才让她仗着自己的爱，为所欲为吗？

卓王孙的面容越来越冷，几乎令这座玉山化为冰雪。

"你、在、求、死！"他一字一字吐出。

杀机在他的掌心中跃动，只有鲜血，才能让魔王平息怒火。

秋璇抬起头，静静地望着他，一如望向那朵永无机会绽放的海棠。

是不得好死，还是同归于尽？

她展颜微笑，等待着命运的降临。

毫无畏惧。

"卓兄，你相信佛吗？"

卓王孙回头，只见郭敖正微笑看着他，却已是小晏的容颜。

那如诸神精心雕琢的面容，在如血的玉山上绽放着明朗的光芒。

晏清媚失声道："不要过去……"

她的心愿已了，现在，她只想带着郭敖回到扶桑国，给他转轮圣王该有的一切。她绝不愿意对抗一个如神魔般的卓王孙。

郭敖转身："母亲，你相信佛吗？"

那一刹那，晏清媚竟无言。不相信佛，她何须去求二十四种启示？不相信佛，她何必苦苦让他复活？

郭敖的眸子盯着卓王孙。

"唯有佛之心，才是真正纯洁无罪。我前生可以舍身救鸽，此生也可以剜心以救天下人。

"唯有我的心，能压起这座天平。"

卓王孙目光中露出一丝讥嘲。

"你？你能救世人？"

"弑父杀母、背信弃义，你无罪？"他冷冷道，"真是天大的笑话。"

郭敖沉默片刻，缓缓道："正因我有罪，魔王开启的炼狱，只能由我来终结。"

他缓缓转身，向那巨大的天平走去。

玉盘的一端，已堆积起小山一般的心脏，但无论多少颗心，都无法令这个天平平衡。只因步小鸾的死，实在太过沉重。

魔王的震怒与悲痛，将这座天平化为众生罪之审判，他将杀尽世人，方能平息自己的怒火。

而今，佛站在这座天平前，逆着魔王盛怒的目光，不禁想起在地底看到的那尊雕塑。

佛陀慈眉善目，坐在自己的母亲面前，为她讲经。忉利天上的美景虽然繁华，但佛母因为思念佛而悲苦。佛虽超出尘缘，四大皆空，但仍为母讲经，消解母亲的思念之苦。

他的母亲呢？

记忆仿佛已经过去很多年，褪色得那么淡。他只记得，自己的母亲青凤，是死在他怀中的，苍苍白发委顿在他的手臂上，宛如一蓬秋草。

那便是他的罪，无可宽恕之罪。

佛微微垂目，躬身。

鲜血爆出，心被他从胸腔中生生挖出，擎在手上。秋璇与晏清媚脸色齐齐大变。

佛展颜，微笑。

他终于看到了自己的心，正如看到了自己的一生。

他亦曾是令众生惊惧的魔。峨嵋峰顶，他曾残忍地屠戮武林同道，鲜血染红了古刹；华音阁前，他曾发动阁众与天罗教火并，让两个传承数百年的门派几乎走向灭亡。

他亦曾掉转剑锋，刺入救命恩人的身体；亦曾用刀锋，将一生中最好的朋友逼入火海；亦曾当着华音阁众的面，冷静地将姬云裳杀死于长空的秘密公之于世。

甚至，他亦曾暴虐地对待秋璇，几乎强行侵犯于她[①]。

他心中的阴霾，曾是那么重；他心底的罪孽，曾是那么多。多到连自己都不忍宽恕，重到轮回都无法承受。

但这一刻，他宽恕了自己，也宽恕了世界，宽恕了众生。

当他打开自己的胸膛时，天地万物都发出轻轻的叹息。

卓王孙："你为什么要这么做？"

郭敖："因为，我知道是什么困惑着你。

"因为，同样的问题，也困惑着我，让我入魔，让我犯下滔天罪孽。我在后山苦思了三年方想通，所以我才能用余生的岁月，换取三个月自由随意的生活。现在，我所做的，也是一样的事，用余生的岁月，换取一份自由随意——看清自己的心。

"不要让任何东西束缚你，做你想做的事情。但这不是魔。我不是魔，你也不是魔。

"你只会是一个人——天下无敌的卓王孙。"

他抬头，望向卓王孙："看，天平倾过来了。"

说着，他将心轻轻放到天平上。

奇迹，在这一刻发生。

就在心刚刚触及天平的瞬间，玉盘像是被人猛击了一掌般，缓缓沉了下去。

天平的那一端，步小鸾的身体徐徐上升。

---

① 事详《武林客栈·星涟卷》。

天平，在这一刻倾斜。

大地隆隆震响，沾满了鲜血的曼陀罗阵在地上重新绽放出金色的光芒，徐徐蔓延，凝结出八瓣之花的形状。

珞珈山顶响起诸天梵唱。

玉山崩塌，莹洁的碎屑卷起千堆雪，八瓣之花绽放出透彻天地的光芒，这一切恍惚又回到了当年冈仁波齐峰顶的景象。

佛，依旧站在八瓣曼陀罗花之中，为神、为魔、为天地万物、为芸芸众生，托起一颗心的重量。

炫目的天空宛如一幅凄绝的背景，朵朵流火在天幕中绽放出十万莲花，侍奉着他飞扬的身姿。他长身立于苍穹之下，广袖凌风，紫袍上垂下道道璎珞，在变幻的光影中飘动不息。

他瀚海一般的眸子中有无尽的悲悯，静静注目着掌中，那里，曾托起的，不是一颗心，而是众生、日月甚至整个宇宙。

天雨飞花。

光芒将大地映得血红，然而连这光芒也丝毫不能沾染他的身体，只有一种冥冥而来、宛如自天庭垂照下的清华笼罩着他的面容，让他本来毫无血色的脸显得如此生动。

那一刻，他破颜微笑。

那一刻，岁月奇迹般轮回，仿佛回到了佛灭度的一幕。

那一刻，所有人都不再疑惑。

是佛，再度降临这个世间，再度为众生舍身。

这个荒秽的世界何幸，这些戴罪的世人何幸，竟要让佛舍身两次？

千百年后，佛再度将自己的血肉割舍，亲手放在天平之上，只为了压起天平另一端，那羸弱的白色影子；只为了让这个世界，从魔的震怒中解脱。

漫天光影突然破碎，却是秋璇闯入了法阵核心。她扶住佛摇晃的身躯：“你……你怎会如此……”

佛的面容一点一点灰败。

“我说过，我只有三个月的寿命，只是少活了几十天而已，没什么的。”

他凝视着秋璇。

“我知道，我不是你所爱的人。却还是忍不住想让你陪我度过这最后的三个月……只可惜……”

他再也说不下去。即使是佛，失去了心脏，也即将不久人间。鲜血没过他俊美庄严的容颜，迅速凋谢。

他低头，轻轻念诵：

非魔非劫，不住不空。

无尘无垢，莫撄莫从。

勿嗔勿爱，难始难终。

拈花向君，如是一梦。

一旁，晏清媚眼中满是泪痕。她知道，这是他在为她说法。

他欠她的，欠一次忉利天说法。

于今偿还。

晏清媚绽放出幸福的笑容，含泪向他走来。

他的眼睛开始模糊，却始终盯在她的脸上，似乎要分辨她的容颜。

“对不起，我不是你的儿子。”

山风凄清，将他最后的叹息吹散，再无余响。

“不。”晏清媚轻轻将他抱了起来，“你是他。”

她爱怜地抚摸着他的脸庞：“他的确复活了。

“只有他，才有这样的慈悲。这，是佛的奇迹。”

她抱着他，向玉山下走去。他的身体渐渐冰凉，她并不在意，一步步走向地底的深坑，走向那地火灿烂的地方。

“我会陪着你，永远……”

秋璇看着他们的背影，眼中忽然有一丝惆怅。

她的手中，有一件东西，那是他最后留给她的纪念——此生未了蛊。

此生未了。

念及这四个字，她忽然有种落泪的感觉。

卓王孙怔怔地看着眼前的玉盘。

玉盘徐徐升起，在他面前定格，只隔着一个拥抱的距离。

小鸾依旧躺在如雪的嫁衣里，月光照在她的脸上，透出前所未有的宁静。

他的心在颤抖。

在那些强行挽留她的日子里，她虽然甜甜微笑，但他知道，她心底的悲伤与痛苦是那么多。

卓王孙垂下手，一颗破碎的心滑落在地上，在雪白的岩石上溅开淋漓的血迹。

他张开满是鲜血的手，却不再杀戮，只抱起她的身体，深深跪了下去。

魔王终于停止屠戮。

但所有人心中都没有丝毫欢喜，仿佛他们的心也被剜出，放在那座洁白的天平上，称量着一生的罪孽。

曼陀罗阵失去了主持，发出几声悲鸣，缓缓归于沉寂。

卓王孙抱着小鸾，跪在天平下，一动不动，直到东方破晓。

曙色照亮了玉山。

卓王孙在第一缕阳光降临处，挖了个小小的坑，将小鸾葬了下去。他本想立一座碑，但沉吟良久，仍然想不起来该在上面写什么。

郭敖最终的话触动了他。他，要留在这个世界，不管神王之位有多么荣耀，不管万千亿恒河沙数无量世界将因他不回归而失去神王福佑，他都不在乎。他在乎的，是这个世界，是与他相关的那些人。

他是卓王孙。

他这样做，不是魔。

神像的话，却宛如诅咒，一直萦绕在他耳边，挥之不去。

“你是执掌灭之力的毁灭神王，你必须回归，是因为你已完成了神王契约，灭之力已经开启。如果你不回归，这个世界，会渐渐受它影响，终将毁灭。”

他能预感到，一波又一波的灾劫将会在接下来的岁月中来临。微风会成为暴风、狂风，直至席卷一切的飓风。他所认识的人，将会在这场飓风中死去；他所存在的痕迹，将会彻底被抹杀。

那是神，强逼他回归的手段。

华音阁宏伟的殿宇将会倾覆破败，只剩废墟；虚生白月宫、东部苍天青阳宫；西部均天少昊宫；南部炎天离火宫；北部玄天元冥宫，终将坍塌成灰；相思、秋璇、琴言、楼新月、韩青主等人，终将命归黄泉。

甚至，世间众生将会迎来大杀伐、大征战，兵灾战火会焚烧寰宇，他所认识的人，会在一场场残酷的战斗中死去。

就连他，也不能幸免。

直至劫灰将他存在的一切，完全湮没。

他必须面对这一切。这是他，选择做卓王孙的代价。

但他不是魔。他只是选择了对抗自己神格的道路。

相思在他身边，似乎想要帮忙，最终却不敢走近。

杨逸之远远望着他们，感到自己只不过是个外人。

最终，他还是没能给她幸福。

到了离去的时候了，卓王孙回头望着那座玉山。

珞珈山裂痕密布，一片荒芜，无数幽冥岛人在上面望着他们。

他沉默着，缓缓登上了船。

秋璇站在船下，却没有动身。

卓王孙皱了皱眉头：“你又想做什么？”

秋璇微笑：“我不走了。”

她转了转身：“我要留在这里。我要治好他们的病，还要在这座岛上种满海棠花。从今天开始，我就是这座岛上的主人。”

卓王孙眸中闪过一阵惊讶，但随即沉静下来：“你决定了？”

秋璇徐步走了过来，衣裙摇曳在海波中，宛如一朵绽放的花：“其实，我心中一直有个疑问，不知道你心中最爱的人究竟是谁。不过，这已经不重要了。

“如今，你我永诀在即，临行的时候，你能不能为我流一滴泪？”

她手中捧着一枚种子，微笑看着卓王孙。

四周投来众人惊愕的目光，她却全然不顾。

卓王孙怒道：“你又想干什么？”

秋璇：“占卜啊。滴了你的泪之后，种下去，就算见不到你，我也知道你是否平安。”

卓王孙一把将她拉过来：“跟我回去！”

秋璇挣脱了他，笑道：“下一世，我的脾气若不是现在这么坏，再这样跟我说话吧。”

卓王孙凝视着她。

秋璇脸上慢慢绽开笑容：“就要离别了，真的不肯为我流一滴泪吗？”

卓王孙头也不回地向船上走去。

“若真有下一世，我一定会为你流这滴泪。”

秋璇眼中忽然有一点湿润：“喂！”

卓王孙停步。

“这个送给你。”

一个东西扔向卓王孙，卓王孙伸手接住。

此生未了蛊。

“若是想念我，就找个人变成我的样子哦！”

秋璇笑得很开心。

卓王孙的身形滞住，他回过头去。

阳光下，秋璇笑容满面。

却也第一次，泪流满面。

他忽然有种感觉，此生此世，再也不会见到她了。

（本集完 · 后事请见华音系列大结局《梵花坠影》）